dtv

Hans-Peter Kunisch

# TODT NAU BERG

Die Geschichte von Paul Celan,
Martin Heidegger und
ihrer unmöglichen Begegnung

dtv

**Ausführliche Informationen über**
**unsere Autoren und Bücher**
**www.dtv.de**

Dieses Buch ist auch als eBook erhältlich.

MIX
Papier aus verantwortungsvollen Quellen
FSC® C083411


Redaktion: Dr. Andreas Wirthensohn
Satz: Nadine Clemens, München
Gesetzt aus der Dante
Druck und Bindung: CPI books GmbH, Leck
Printed in Germany • ISBN 978-3-423-28229-1

# INHALT

# PROLOG

Mitten durchs Moor, hat einer gesagt. Aber es sei nicht gefährlich. Wie auf Parkett gehe man auf diesem Steg. Der hat gut reden. Obwohl immer wieder ein paar Strahlen milder Nachmittagssonne durch die dichten grünen Blätter finden, ist der leicht abschüssige Holzsteg, auf dem sich die drei Männer bewegen, feucht und es gibt kein Geländer.

Drei Männer im Moor. Ein Dichter, ein Philosoph und einer, der glaubt, dass er mit beiden befreundet ist. Saumwege und kleine Inseln sieht man neben dem Steg, Wacholdergebüsch, Sumpfklumpen und Farnhügel. Manchmal steigen Blasen auf und ein Vogelruf fährt durch die Stille. Die drei tasten sich langsam voran. Aber keiner will, dass es so aussieht, als ob es ihm Mühe bereite. Also gehen sie möglichst gerade und unbeschwert. Und sprechen müssen sie auch noch. Alle drei wollen, dass die anderen erzählen, sie verstünden etwas von der Natur.

Gerhart Baumann ist der Einheimische hier. Er hat seine berühmten Gäste aus Freiburg hergefahren, weil er die Gegend um Tiefenhäusern, aus der seine Mutter kommt, schon als Kind kennengelernt hat. Paul Celan, der jüdische Dichter aus Czernowitz und Paris, wollte schon vergangenes Jahr mit Martin Heidegger in ein Hochmoor im Schwarzwald.

Ausgerechnet. Heidegger, der hier in der Nähe, in Todtnauberg, seine berühmte Hütte hat und sich gerne den Anschein eines Bauern im Sonntagsstaat gibt, aber mit *Sein und Zeit* auch einen der philosophischen Welterfolge des 20. Jahrhunderts geschrieben hat, versteht noch immer nicht genau, warum. Letztes Jahr begann es in Strömen zu regnen, und Celan hatte nicht das richtige Schuhwerk. Diesmal gibt es keine Ausrede mehr, auch wenn die drei in den waldigeren Teilen des Moors wieder zu schlittern beginnen.

Schon vor über einem Jahr hat Paul Celan in Paris in der Zeitung von der Aufführung eines Theaterstücks von Bert Brecht gelesen. Brecht erzählt darin, wie ein paar widerständige Politiker zu Beginn der Nazizeit aus politischen Gründen in einem KZ gelandet sind, das mitten im Moor liegt. Statt sich zu verbünden, schlagen sie, die aus verschiedenen Parteien kommen, sich mit den Schaufeln, mit denen sie Beton mischen müssen, beinahe die Köpfe ein. Noch immer können die »Moorsoldaten« sich nicht einigen, wie die Republik am besten zu verteidigen gewesen wäre, wer von ihnen die Zeichen der Zeit nicht richtig gelesen hat.

Paul Celan hat beide Elternteile in einem deutschen Lager in der Ukraine verloren. Sein ganzes Leben und Schreiben sind davon bestimmt. Celan kann nicht verstehen, warum Martin Heidegger sich 1933 als Rektor der Universität Freiburg für Hitler begeistert hat. Aber er kennt auch seine philosophischen Bücher und fühlt sich ihrer besonderen Sprache verwandt. Er möchte, dass Heidegger, der sich nie öffentlich zu seinen Verstrickungen in den NS-Staat geäußert hat, ihm erklärt, wie es dazu gekommen ist.

Celan mag das Halbdunkel des Moors, seine sanfte Unheimlichkeit. Durch sein anderes Licht, die brackige Luft und die leisen Geräusche holt es die Menschen aus ihrer Gegenwart. Es konserviert die Vergangenheit. Aber sie ist nicht erstarrt. Unter der beweglichen Moordecke, die wie ein Uhrglas gewölbt ist, schwingt das erdige, schwarze Wasser noch immer. Hier hält die Vergangenheit die Gegenwart in Bewegung. Doch auch die Zukunft ist unsicher. Ein falscher Schritt, und man ist verschwunden. Das Moor, denkt Celan, hebt die Zeit auf. Darum sind Menschen hier unsicherer als sonst. Überrascht müssen sie sich neu orientieren. Alles ist Gegenwart. Auch Heidegger wird sich dem stellen müssen.

# 1
# KEIN PERSILSCHEIN, ACHT ROSEN UND DIE GANZE EXISTENZ

Das Hotel Victoria in der Eisenbahnstraße, direkt am Colombipark, ist an diesem 24. Juli 1967 eine der besseren Adressen in der Freiburger Innenstadt. Die guten Zimmer haben noch immer kein eigenes Bad, die Holzböden des vor hundert Jahren erbauten Hauses knarzen an allen möglichen Stellen. Doch die getäfelten Wände, der dunkelrote Läufer auf der Treppe und die gediegenen Lüster lassen erahnen, warum Gerhart Baumann, ordentlicher Professor für Neuere deutsche Literatur und einer der Bildungshonoratioren der Stadt, seine Universitätsgäste hier unterbringt. Auch die Umgebung passt. Aus den Fenstern kann man, auf einem kleinen Hügel, das »Schlössle« der Gräfin von Zea Bermudez y Colombi sehen, ihren stattlichen Witwensitz, um den herum im 19. Jahrhundert ein eindrucksvoller Park angelegt wurde.

Paul Celan kann sich durchaus geehrt fühlen. Der 46 Jahre alte Dichter der berühmten »Todesfuge«, die seit Celans erster Gedichtsammlung *Mohn und Gedächtnis* als Beweis dafür gilt, dass auch nach dem Holocaust Gedichte in deutscher Sprache möglich sind, soll an diesem Abend im 1100 Hörer fassenden Auditorium Maximum der Albert-Ludwigs-Universität lesen. Wahrscheinlich nur aus Übersetzungen »von Shakespeare bis Ungaretti. Celan begründete diese Entscheidung, Übersetzungen zu lesen, mit der vorläufigen Unmöglichkeit, seine Gedichte vorzulesen in einem Land, das die Kriegsschuld und die Schuld gegenüber dem Jüdischen Volk nicht abgetragen habe.« So berichtet es der Germanist Gerhard Neumann, damals Baumanns Assistent. Neumann hatte Celan über Elmar Tophoven, Samuel Becketts deutschen Übersetzer, in Paris kennengelernt und die Lesung vermittelt.

Die Gründe für Celans Absicht, »nur« Übersetzungen zu lesen, sind verständlich, muten aber auf den ersten Blick etwas eigenartig an. Er hat schon mehrfach in Deutschland eigene Gedichte vorgetragen. Nicht nur 1952 in Niendorf an der Ostsee, bei jener berüchtigten Tagung der Gruppe 47, auf der Celan im internen Wettbewerb um den Preis der Gruppe, deutlich abgeschlagen, immerhin die drittmeisten Stimmen erhielt. Aber Hans Werner Richter, der Tagungsleiter, verwies Celans melodisches Vortragspathos in einer Mischung aus Irritation und Perfidie bei Tisch in die Synagoge und verglich es mit dem rheinischen Singsang von Joseph Goebbels. Auch in Tübingen, Stuttgart, Frankfurt, Kiel, Hannover ist es in der Zwischenzeit zu Lesungen aus eigenen Werken gekommen. Celan hat 1958 den Bremer Literaturpreis und 1960 den Büchner-Preis, den angesehensten Preis für deutschsprachige Gegenwartsliteratur in Deutschland in Empfang genommen. Doch die Jahre 1959/60 markieren einen Wendepunkt.

Es ist eine verwinkelte, aber am Ende ganz einfache Geschichte. Sie hat mit einer Frau zu tun, die mit vielen berühmten Männern bekannt war und in ihren Erinnerungen *Ich verzeihe keinem* geschliffen davon zu berichten weiß. Ob Rainer Maria Rilke, mit dem sie liiert war, obwohl sie »seinen Schnauzbart über den Negerlippen nicht ausstehen konnte«, oder James Joyce – »dieser pedantische Egoist (…), ein arktischer Fisch, eine Kreuzung zwischen Hummer und Auster« – alle werden sie von Claire Goll, die 1891 als Clara Aischmann in Nürnberg geboren wurde, mit so knappen wie scharfen Charakterbildern bedacht. Und seit 1952 macht Claire, die ihn einmal »mein Päulchen« nannte, Celan das Leben zur Hölle.

Oder lässt er es sich von ihr zur Hölle machen? Manchmal weiß er das selbst nicht mehr genau. Aber seit Claire Goll ihre Pressekampagne, ursprünglich per geheimem Rundbrief, 1960 mit Zeitschriftenartikeln öffentlich gemacht hat – Celan soll die Werke ihres verstorbenen Mannes, des elsässisch-jüdischen Dichters Yvan Goll, plagiiert haben –, fühlt sich Celan zu Recht verfolgt. Und er liegt auch mit seinen sonstigen Mutmaßungen nicht falsch. Rezensionen konservativer Starkritiker zeugen von bundesrepublikanisch-plüschigem Antisemitismus nach dem Holocaust: Hans Egon Holthusen, der Celan in einer Kritik einen »Fremdling und Außenseiter dichterischer Rede« nennt, ist nicht nur der Autor von *Der unbehauste Mensch*, einem Nachkriegsbestseller zur geistigen Situation der Zeit. Er war auch Angehöriger der SS. Holthusen schreibt, Celan verfüge über eine »durch sich selbst inspirierte, aus rein vokabulären Relationen und Konfigurationen entwickelte Dichtersprache« – und reinigt sie damit von Wirklichkeit und Geschichte. Für die Holthusen, einst ein überschwänglicher Propagandist des NS-Systems, mitverantwortlich ist.

Auch Günther Blöcker, ein historisch weniger kompromittierter wichtiger Kritiker, versucht, Celans Gedichten die Relevanz zu nehmen, indem er sie zu »vorwiegend graphischen Gebilden« erklärt. Andererseits erledigt er die ihm unliebsame sprachliche Freiheit Celans mit dem Kurzkommentar »das mag an seiner Herkunft liegen«. Jeder Satz dieser Art ist für Celan ein Stich ins Herz. Gerade auch angesichts der kommenden Tage, vor denen er sich manchmal fürchtet.

Noch stehen die Fenster seines Zimmers im Victoria offen, aber vor einer Stunde hat er die schweren Vorhänge zugezogen. Sie lassen nur einzelne Flecken Licht herein, bewegen sich kaum. Celan hat Baumann gesagt, er wolle noch die Lesung vorbereiten. Jetzt liegt er auf seinem schmalen Bett und horcht, mitten am Nachmittag, auf alles, was von draußen kommt und durch seinen Körper geht.

Aber keine Straßenbahn »rast« hier durch seine »Stube«, kein Wagen geht über ihn hinweg, wie einst über Malte Laurids Brigge in Rilkes gleichnamigem Epochenroman der Moderne, der Celan damals nach Paris gelockt hat. Gerade hört er nur die hellen Stimmen einiger deutscher Kinder, die von irgendwoher nach irgendwohin laufen. Sie sind fröhlich und ausgelassen, auch wenn sie die Sommerferien in der Stadt verbringen müssen.

Celan lächelt. Er erinnert sich, wie die kleine, feine Edith Horowitz im Herbst Kastanien sammelte, um sie im Winter von ihrem Balkon zu werfen, wenn Paul mit dem Cousin und Friseursohn Gusti Chomed zusammen bei Schnee und Eis den Czernowitzer Töpferberg herunterrodelte. Worauf die ängstliche Edith neidisch war und sich freute, wenn Gusti und Paul sich über Treffer am Kopf und Kastanien im Schnee wunderten.

Celan liegt ganz ruhig und aufmerksam. Es ist, als spüre er mit allen Sinnen, wie das müdeste der lärmenden Kinder auf dem Mäuerchen an der oval geschwungenen Auffahrt des Colombi-Schlösschens sitzen bleibt und den Kopf etwas auf die Seite legt.

Nichts war so schlimm, wie wenn Paul von seinem kleinen Vater – die Mutter war einen ganzen Kopf größer – nach Schlägen in die leere Kammer gesperrt wurde. Sie hatte nur ein winziges Fenster, das zum Hinterhof ging. Jedes Mal musste Paul warten, bis der Vater, der den Schlüssel mitnahm, aus dem Haus ging und die Mutter ihrem kleinen Jungen aus dem Fenster helfen konnte. Etwas später begann der Junge, Rilke zu lesen:

*Habe ich es schon gesagt? Ich lerne sehen. Ja, ich fange an. Es geht noch schlecht. Aber ich will meine Zeit ausnutzen. (…)*
*Da sind Leute, die tragen ein Gesicht jahrelang, natürlich nutzt es sich ab, es wird schmutzig, es bricht in den Falten, es weitet sich aus wie Handschuhe, die man auf der Reise getragen hat.*
*Das sind sparsame, einfache Leute; sie wechseln es nicht, sie lassen es nicht einmal reinigen. Es sei gut genug, behaupten sie, und wer kann ihnen das Gegenteil nachweisen? Nun fragt es sich freilich, da sie mehrere Gesichter haben, was tun sie mit den andern? Sie heben sie auf. Ihre Kinder sollen sie tragen.*

Pauls Vater Leo Antschel, dessen Namen Celan in ein anagrammatisches Pseudonym verwandelt hat, als er in rumänischen Zeitschriften zu veröffentlichen begann, war nach dem Ersten Weltkrieg als arbeitsloser Bautechniker in den Brennholzhandel geraten: ein einfacher, unsicherer, meist erfolgloser Mann, der große zionistische Überzeugungen hatte und gerne seiner Schwester nach Palästina gefolgt wäre.

Für Celans Mutter Fritzi, geborene Schrager, waren deutsche Bücher und die sanfte Natur der Bukowina das größte Glück. Sie, die kein Gymnasium hatte besuchen dürfen, wollte im Bildungswettstreit der Bürger von Czernowitz, die ihre Kinder alle für Genies hielten, vorne mitmischen. Als Einzelkind war Paul gefordert. Grenzen gab es zuerst beim Geld: Klavier war teuer, Celan sollte Geige spielen. Mit der Zeit gelang es ihm, sich von der Pflicht zu befreien. Er war in anderen Dingen begabt, lernte die Sprachen viel schneller als andere.

Als Celan vor zwei Jahren, 1965, von einer Reise nach Frankfurt zurückkam, stand auf einmal Ilana Shmueli in Paris vor der Tür. Drei Tage blieben sie zusammen und erzählten davon, wie die stolze Stadt Czernowitz sich noch habsburgisch gab, obwohl sie seit den Verträgen von Versailles zu Groß-Rumänien gehörte. Wie das Deutsche die Sprache blieb, in der die Juden lasen und schrieben und noch lange nicht ahnten, dass es auch die Sprache ihrer Mörder sein würde. Aber Französisch, meinte Ilana, die damals Liane Schindler hieß, noch jetzt, hielten sie in Czernowitz für eleganter und Verlaine für den raffiniertesten ihrer Götter. Auch Ilanas Mutter, die aus Wien kam, liebte die Literatur. Ihr Vater arbeitete in Czernowitz ebenfalls im Holzhandel, allerdings erfolgreich. Als Kind wurde sie mit der Kutsche zur Schule gebracht.

Celan wird von Rilke nach Paris geholt, aber auch die Zeit schickt ihn dorthin: Er soll Medizin studieren, doch in Wien und »im Reich« ist das, 1938, für Juden nicht mehr möglich. In Frankreich wird das rumänische »Baccalaureat« noch anerkannt.

So macht sich Celan zum Studienbeginn auf den Weg nach Tours, wo er das erste Jahr absolvieren wird. In der Nacht vom 9. auf den 10. November 1938 hält sein Zug in Berlin. Die »Reichskristallnacht« geht nur knapp an ihm vorbei, wie er im Gedicht »La Contrescarpe« erzählt:

*Über Krakau*
*bist Du gekommen, am Anhalter*
*Bahnhof*
*floß deinen Blicken ein Rauch zu,*
*der war schon von morgen.*

In Paris bleibt Celan bei seinem Onkel Bruno Schrager, der Schauspieler hat werden wollen. Die Eltern haben es ihm nicht erlaubt, und so verdient er sein Geld mit dem Rezitieren heiliger und anderer Texte, erst in Czernowitz, dann auf dem Montmartre und anderswo. Damals ist Celan von Paris begeistert. All das zu sehen, von dem er nur hat träumen können! An Gusti Chomed schreibt er anschließend, traurig und allein, aus Tours:

*Schau, in Paris ist es so, daß überall das Leben herumsteht, auf den Straßen und in den Häusern, überall. Da ist Notre Dame und der Louvre und das Musée Rodin, Kirchen und Gärten, Konzerte, Theater.*
*Tours, das ist Öde, Alleinsein, Bangnis.*

Auf der Durchreise hat sich Celan damals wohlgefühlt in der für ihn viel zu teuren Stadt. Aber als er zehn Jahre später wiederkommt, um zu bleiben, fühlt er sich bald wie in Tours.

Noch ein Jahr nach seiner Ankunft hat er nicht wirklich in die große Stadt gefunden. Da lernt er bei einem befreundeten Lyriker Yvan Goll und dessen Frau kennen. Celan trägt noch einen Brief für Yvan bei sich. Sein Mentor in Bukarest, Alfred Margul-Sperber, hat ihn ihm mitgegeben. Celan besucht das Paar an einem Sonntag in ihrem Zimmer im feinen Hotel Palais d'Orsay. Er liest vor, und beide sind beeindruckt. Yvan Goll notiert Anfang November 1949 in seinem Tagebuch:

> *Paul Celan, 31, rue des Écoles, hatte mir einen Brief mit Grüßen von Sperber geschickt. Er liest uns Gedichte aus »Der Sand aus den Urnen« mit inspirierter Stimme vor, und Claire und ich finden sie beide dort bewundernswert, rein und wissend, wo die Schatten von Rilke und von Trakl vor seinem klaren Genie langsam verlöschen. Vor allem »Todesfuge« ergreift und entzückt uns. Celan ist gleichzeitig schüchtern und sehr stolz. Er ist mit vollem Recht von seiner Mission als Dichter überzeugt. Er ist der typische, geistig anspruchsvolle Jude aus Czernowitz.*
> *Er hatte Claire acht rote Rosen mitgebracht, er, der im Quartier Latin ohne einen Sou dahinvegetiert. Wir haben ihn zu einem kleinen Abendessen eingeladen.* (Ü.: BARBARA WIEDEMANN)

In einem Brief an die Wiener Kinderbuchautorin Erica Lillegg berichtet auch Celan von der Begegnung:

> *Vergangenen Sonntag war ich bei Ywan Goll. Ein wirklicher Dichter. Ein Mensch. Der erste, dem ich in Paris begegne.(…) Ein langes Jahr habe ich gebraucht, um ihn ausfindig zu machen. (…) Ywan Goll kennt alle Größen unserer Zeit. Rilke, Joyce, Picasso. Alle. Und dabei ist er bescheiden. Und sterbenskrank.*

Goll hat Leukämie, was man Celan nicht gleich erzählt. Schon damals erwähnt er auch Claire:

> *Kennst Du seine Frau, Claire Goll? Sie war lange Zeit die Freundin Rilkes. Sie ist Schriftstellerin. »Wissen Sie«, meinte sie, »wir fürchteten, Sie könnten einer sein, der Gedichte schreibt, aber kein Dichter ist. Sie sind aber ein Dichter, ein wirklicher«. Und Iwan Goll, der das wahrscheinlich besser weiß als sie, meinte dasselbe.*
> *Ich brauche ein paar Menschen, auch in der Nähe. Warum musste ich ein volles Jahr warten, ehe ich Goll kennen lernte?*

Rote Rosen. Celan war ein gutes Dutzend Mal im Krankenhaus, er war mit Claire auf dem Friedhof, hat sie in der Zeit nach Yvans Tod begleitet, hat versprochen, Yvans Gedichte zu übersetzen.

Claire schien ihn zu mögen. Er hat noch ihre Briefe und Karten. Einen Kugelschreiber von Yvan hat sie ihm geschenkt und dazu notiert:

> *Er hat mit ihm den Mythe de la Roche Percée geschrieben. Vielleicht wird er auch für Dich, liebes Paulchen, ein Instrument der Inspiration. (26.11.1950)*
> *Liebes Päulchen, entschuldige meine Nervosität heute am Telephon (…) (7.6.1951)*
> *Liebes Päulchen, einen warmen Gruß aus Metz (…). (16.8.1951)*

Wie sich alles verändert hat. Heute ist Celan nur noch froh, wenn er nicht an Claire denken muss. Er hätte nie gedacht, dass diese schöne Frau, die sich mit sechzig Jahren in eine stark geschminkte Gouvernante zu verwandeln begann, ihm mit ihren Intrigen einmal den Boden unter den Füßen wegziehen könnte. Manchmal fühlt er sich nur noch von ein paar Spinnweben gehalten, und sobald er sich zu bewegen versucht, zerfallen auch sie.

~

In einem Brief von 1956 hat Celan dem Schriftsteller Alfred Andersch, der durch seinen Roman *Die Kirschen der Freiheit* bekannt geworden war, eine Szene aus der Todesnacht von Yvan Goll geschildert. Andersch war damals Redakteur beim Süddeutschen Rundfunk.

> *Als uns die Krankenschwestern ins Sterbezimmer riefen, lautete der »Schmerzensschrei« der »deutsch-französischen Dichterin« – lachen Sie bitte nicht –: »My darling!« Die beiden Krankenschwestern verstanden nämlich weder Deutsch noch Französisch …*

Claire war mit ihrem Mann ins American Hospital gefahren und fühlte sich dort wie auf einer Bühne.

Manchmal denkt Celan, dass er Claire falsche Hoffnungen gemacht hat. Die Intensität, mit der ihn diese schrille Frau noch nach 15 Jahren verfolgt, deutet auf etwas, das tiefer liegt als die Plagiate, die sie ihm vorwirft. Vielleicht hatte sie sich den charmanten, kleinen Juden aus dem armseligen Osten, der ihr schon zum Auftakt Rosen überreicht hatte, ganz selbstverständlich zum unterwürfigen Lebensbegleiter auf Dauer sowie zum mehr oder weniger unbezahlten Übersetzer auserkoren. Sie konnte nicht dulden, dass er mit Gisèle auf einmal die Frau kennengelernt hatte, die er heiraten wollte.

Der jungen, auf selbstverständliche Art freundlichen Adligen und Künstlerin, von der er ihr anfangs nichts erzählt hatte, musste Claire sich unterlegen fühlen. Und durch *Mohn und Gedächtnis* war er selbst auf einmal beinahe berühmt geworden, berühmter jedenfalls als Yvan und Claire. Er wollte nicht mehr – für sie und unter ihrem Namen – für wenig Geld Übersetzungen von Yvans Gedichten anfertigen. Wahrscheinlich hat er sie in ihren Augen »verraten«, und sie hat es ihm heimgezahlt.

Celan liegt immer noch auf seinem schmalen Bett im Freiburger Hotel Victoria und fühlt sich schwer, so schwer wie die alten, dunkelroten Vorhänge, aus denen Staubwolken kamen, als er sie vorhin bewegte. Er sollte aufstehen, Ausschau halten nach dem, was hinter ihnen geschieht. Nicht in unendlichen Erinnerungen kramen.

Ob die Luft in dieser kleinen deutschen Stadt, die er in diesen Tagen zum ersten Mal sieht, noch so frisch und leicht ist wie eben, als er durch ihre Straßen ging, ob es so schwül geworden ist, wie er es hier drinnen empfindet?

Während Celan regungslos daliegt, spürt er, dass ihn die Unruhe, die es ihm in den letzten Jahren so schwer gemacht hat, auf Menschen zuzugehen, wieder zu erfassen beginnt. Es sind Zufälle, denkt er, wenn noch irgendetwas passiert. Bei Ilana war es vor zwei Jahren die Überraschung. Es war keine Anstrengung. Es war etwas Neues, das aus dem ganz Alten kam. Plötzlich war sie da. Er wird sie in Israel besuchen müssen, wo sie mit Mann und zwei Kindern lebt. Er hat keine Ahnung, was sie dazu sagen wird, aber irgendwann muss es sein.

Claire Golls Fälschungen sind inzwischen erwiesen. Die Tübinger Celan-Expertin Barbara Wiedemann hat ein ganzes Buch darüber geschrieben. Unter anderem hat Claire Celans Übersetzungen der Gedichte Yvans nicht zurückgegeben und anhand seiner Übersetzungen unveröffentlichte Gedichte Golls verändert. Die »Todesfuge« gab es, bevor Claire für den toten Yvan ähnliche Bilder benutzte, das zeigt schon Yvans Tagebuch. Genau genommen hat Claire nicht nur Celan, sondern auch ihren Yvan betrogen. Aber damals ist das noch nicht für jedermann klar. Wer hat wann wem was zu- und zurückgeschickt? Das kann nicht nachverfolgt werden, solange Claire Briefe und Tagebücher zurückhält, in Texten von anderen herumpfuscht.

Celans ganze Existenz, die Wirklichkeit, auf der sein Werk fußt, seine Glaubwürdigkeit, seine Wahrhaftigkeit stehen auf dem Spiel. Celan fühlt sich von beinahe allen deutschen Freunden, die die Details der Debatte nicht verstehen, verlassen, gerät in Wahnvorstellungen.

Im Winter 1962 hat er mit Frau und Kind in Savoyen Skiurlaub gemacht. Er ist noch jetzt über sich entsetzt, wenn er sich daran erinnert, dass er dort einen zufälligen Passanten der Komplizenschaft mit Claire bezichtigt hat: »Vous aussi, vous êtes dans le jeu!« Sie, auch Sie sind mit im Spiel!

Das war vor fünf Jahren. Er wird von all dem endlich loskommen müssen. Vielleicht sind schon die nächsten Tage ein guter Anfang. Da geht es um ein anderes Spiel. Es geht um mehr als um eine Betrügerin.

Celan hat schwere Bedenken gehabt vor seinem Freiburger Auftritt. Aber schon sein erster Spaziergang heute Vormittag hat ihn in mildere Stimmung versetzt. Überall plätschern die Bächlein in der freundlichen kleinen Stadt. In allen Buchhandlungen stehen seine Gedichte im Schaufenster. Auch *Von Schwelle zu Schwelle*, *Sprachgitter* und *Die Niemandsrose*. Das literarische Freiburg, daran besteht kein Zweifel, wartet auf Paul Celan. Das Niveau der Stadt, hat er mittags gegenüber Gerhart Baumann, so scherzhaft wie freudig, behauptet, sei mit dem von Paris vergleichbar. Baumann hat gelächelt.

Beide wissen zu diesem Zeitpunkt nicht, dass genau dies das Ziel der besonderen Schaufensteraktion war: dass sich der berühmte, aber schwierige Gast in der Stadt von Anfang an wohlfühlen möge.

Und dafür verantwortlich zeichnet ausgerechnet Martin Heidegger, dem Celan aus guten Gründen misstraut. Heidegger ist für Celans Interesse an der kleinen Universitätsstadt Freiburg verantwortlich, aber auch für die Reserve ihr gegenüber. Ausgerechnet in Freiburg haben sie den Eigensinnigen aus Meßkirch zum Philosophie-Fürsten gemacht, dessen umstrittenen Denk- und Lebensweg Celan seit Langem verfolgt.

Heidegger hat seinen Buchhändler Fritz Werner dazu angehalten, die Kollegen zu informieren, damit sie ihre Schaufenster mit Celan schmücken. Denn auch Heidegger weiß, dass es zu einem Treffen zwischen Celan und ihm kommen soll. Auf Gerhart Baumanns briefliche Anfrage hat er enthusiastisch geantwortet:

> *Schon lange wünsche ich, Paul Celan kennen zu lernen. Er steht am weitesten vorne und hält sich am meisten zurück. Ich kenne alles von ihm, weiß auch von der schweren Krise, aus der er sich selbst herausgeholt hat, soweit dies ein Mensch vermag.*

Celan indessen, den die Werke Heideggers nie gleichgültig gelassen haben, wird bei dem Gedanken an das geplante Gespräch zwischen ihm – dem anerkannt wichtigsten jüdischen Gegenwartsdichter deutscher Sprache – und dem bewunderten, tief deutschen Autor des philosophischen Weltbestsellers *Sein und Zeit* immer unbehaglicher zumute, je näher es rückt.

An Gisèle hat er geschrieben, Franz Wurm, ein befreundeter Lyriker, Jude und in Prag geboren, habe ihm aufgetragen, »Heidegger Grüße auszurichten, was mich nicht gerade beglückt. In Wahrheit ist das Ziel meiner Reise Frankfurt, das heißt die Unterredungen mit Unseld (…).«

Celan will die Bedeutung des Treffens vor sich selbst herunterspielen. Kein Wunder. Heideggers politische Verstrickungen, die Nähe zur nationalsozialistischen »Bewegung« sind in dieser Zeit zwar noch nicht vollständig, aber doch in wichtigen Einzelheiten bekannt. Heideggers Werke freilich bleiben Celans eigenen in der Suche nach einer neuen, unverbrauchten Sprache, die aus einer alten, verschütteten entwickelt werden muss, verwandt. Seit er Heideggers Sprache zum ersten Mal begegnet ist, liest Celan sie immer wieder mit Staunen. Aber er will diesem zwielichtigen Menschen mit dem Treffen keinen »Persilschein« ausstellen.

Das ist er seinen Eltern schuldig, die in Michailowka, in einem deutschen Konzentrationslager in der Ukraine gestorben sind. Der Vater an Typhus, die Mutter durch Genickschuss. Die unsägliche Claire hat ihren Tod »legendär« genannt.

Es wäre ein Wunder, wenn das Treffen mit Heidegger keine neue Aufregung brächte. Das kann Celan gerade nicht brauchen. Die schwere Krise, aus der er kommt, da hat Heidegger recht, sie ist noch lange nicht überstanden.

## 2
## HÖRRESTE, SEHRESTE UND EIN FREIGÄNGER

Sechs Wochen zuvor, Anfang Juni in Paris.

Frische Luft! Eine ganze Woche lang! Der etwas gebückt gehende, nicht allzu große Mann mit dem fliehenden Haaransatz atmet auf. Gerade hat er, der, wie alle Patienten hier, in Socken gehen muss, das Büro von Jean Delay, dem angesehenen Direktor der Psychiatrischen Klinik St. Anne verlassen. Die Klinik, in der dieser Mann schon zum zweiten Mal behandelt wird, liegt im 14. Pariser Arrondissement, das nach der riesigen alten Sternwarte offiziell »Observatoire« heißt. Eine etwas zersiedelte Gegend mit wuchtigen Institutionen wie dem Gefängnis »La Santé«. Alle lagen sie einmal am Rande der Stadt.

St. Anne wurde Mitte des 17. Jahrhunderts erbaut. Vor hundert Jahren hat Napoleon III. das Spital in eine psychiatrische Klinik umgewandelt. Hier haben sie schon alles gesehen. Ein Verwirrter mehr oder weniger fällt nicht auf. Doch es steht wirklich nicht gut um Paul Celan, der gerade Urlaub erhalten hat, um nach Deutschland zu fahren. Ausgerechnet.

Diesmal ist er seit dem 13. Februar dieses Jahres hier. Fast vier Monate sind das. Er hält es, so gut wie möglich, geheim, aber wenn er hier herauskommt, wird er sich eine Wohnung suchen müssen. Gisèle, seine Frau, hat endgültig darauf bestanden, dass sie sich trennen. »Wir tun uns weh«, hat sie geschrieben. Das hat sie schön gesagt. Immerhin hat Celan schon versucht, sie umzubringen. Nichts Schöngeistiges. Mit einem Messer. Zwei Jahre ist das her.

Diesmal, Ende Januar, hat Celan sich selbst umzubringen versucht. Wieder war ein Messer mit im Spiel. Celan hat sein Herz nur knapp verfehlt. Der linke Lungenflügel war schwer verletzt. Sie mussten ihn in einer Zwangsjacke einweisen. Befragung der Nachbarn, Ambulanz.

Trotz all dieser Geschichten hat Gisèle Eric, ihren gemeinsamen Sohn, wieder zu ihm gelassen. Einmal pro Woche. Sie essen zusammen oder gehen ins Kino.

Gisèle ist beinahe eine Heilige. Sie hat ihre große katholische Familie, für die der dahergelaufene ostjüdische Dichter zu klein war, für ihn verlassen. Und wenn er eine lange Unterhose braucht, schickt sie ihm diese noch jetzt.

Was Eric wohl von ihm denken wird? Er ist gerade erst zwölf geworden und hat einen Vater, der immer wieder in der Psychiatrie verloren geht. Eric hat ihn schon oft außer sich gesehen. Er muss ihn für einen Verrückten halten.

Aber es ist nicht so, dass Eric diesem Verrückten gleichgültig ist. Dass da einer ist, der nach ihm weiterleben wird, scheint für Celan besonders wichtig zu sein. Und das begreift auch Eric. Er sieht beinahe so aus wie sein Vater. Er ist Teil der Behauptung »Celaniens«, wie sein Vater ihr kleines Familienland nennt, gegen das schreckliche 20. Jahrhundert. »Wir werden wieder hochkommen«, »standhalten«, wie Paul Celan in dieser Zeit oft sagt. Er will seine Familie retten, so lange wie möglich, er schreibt Postkarten und Briefe an Eric, die herzzerreißend sind. Beschwörende Ermutigungen, die wie Selbstermutigungen klingen.

*Mein lieber Eric, Du weißt, daß es mir im Augenblick nicht sehr gut geht – ich muß mich in Behandlung begeben. Du wirst einige Tage bei Tante Monique bleiben. Dann wird dich Mama abholen kommen, Du wirst in unser Haus zurückkehren, Du wirst fleißig arbeiten. Du wirst wachsen. Du wirst mit Mama warten, bis ich zurückkomme, um mit Euch zu leben, mit Euch und für Euch zu arbeiten. Nichts, das weißt Du, kann uns auseinanderbringen. Sei lieb zu Mama.*
*Ich umarme Dich ganz fest, mein Sohn Eric! Bis bald! Gruß! Dein Vater*

Manche Karten waren schon Botschaften aus dem Wahnsinn: »Mein Sohn Eric, ich grüße Dich. Ich grüße Euch, Menschen.«

Doch auch diesmal ist Celan wieder auf die Beine gekommen, trotz Ausgehverbots bis Ende April. »Zu Ihrem eigenen Schutz!«

Kaum Besuch. Hier kann man, denkt Celan, tatsächlich irre werden. Ständig schleichen Pfleger und Ärzte um ihn herum. Als wären es Deutsche oder Rumänen, die etwas mit ihm anstellen wollen. Wie damals im Arbeitslager von Tabaresti. Bald werde ich wieder Steine schleppen und graben, werde irgendwelchen Siegern irgendeine Straße bauen.

Die Welt ist mehr, als man sehen kann. Celan spürt die Gegenwart der Vergangenheit überall. Auch das unschuldigste Grün kann kontaminiert sein. Der Parc Montsouris, ganz in der Nähe der Klinik, ist schön: sanfte Hügel, ein Teich, verschlungene Wege, Spaziergänger darauf. Der Meridian von Paris läuft durch ihn hindurch. Eine Stele macht darauf aufmerksam. Der Meridian? Celan muss an seine Büchner-Preis-Rede denken, an den Meridian von Czernowitz, an die Schicksalslinie, die ihn mit seiner Heimatstadt verbindet, die ihn immer wieder aus dem Wahnsinn zurückruft und am Leben hält.

Ob Celan weiß, dass die »grüne Lunge« des 14. Arrondissements auch an die dunkleren Abschnitte seines Meridians erinnert? Montsouris wurde direkt über einem Steinbruch errichtet. Beim Bau wurden Hunderte von Leichen gefunden, die weggeschafft werden mussten.

In Czernowitz hatten die Juden Glück, wenn sie, wie Celan, in einem der rumänischen Arbeitslager bleiben konnten und nicht über den Bug, in die ukrainischen Konzentrationslager mussten. Immanuel Weissglas, ein Jugendfreund von Celan, mit dem er sich später nicht mehr verstand, schrieb *Kariera am Bug*, Gedichte aus einem Steinbruch.

Es ist gut, dass der Mann in Socken jetzt Hoffnung schöpfen kann und in die weitere Welt hinausdarf. Allein. Und wenn es gut geht, hat man ihm gesagt, kommen Sie im Herbst ganz raus. Erst mal eine Woche, dann werden wir sehen.

Celan, der seit fast vier Monaten nur an einzelnen Tagen Ausgang hatte, um seiner Arbeit als Deutschlektor an der Pariser Elitehochschule École Normale Supérieure nachzugehen, der ausnahmslos in der Anstalt übernachtet hat, kann es kaum fassen.

Obwohl er es sich schon lange erhofft. Er braucht die Luft. Er wird versuchen, wandern zu gehen. Über weite Hügel. Durch Wälder. Nicht wie hier, an den immer gleichen Türen entlang, auf und ab, in diesem dumpfen, alten Gewölbe, in dessen Gängen sich windschiefe Gestalten tummeln, die ihn beobachten, die aufschreiben, was sie sehen, und tuscheln. Auch jetzt geht, wie immer, wenn er sich aus seiner Abteilung entfernt, ein Pfleger hinter ihm her. Wenigstens hält er ihn nicht am Arm.

In der ersten Anstalt, in die er vor fünf Jahren eingewiesen wurde, nördlich von Paris, in Épinay, hat Celan – wie er an Gusti Chomed, der wieder in Czernowitz wohnt, geschrieben hat – noch »mittelalterliche Scherze« erlebt. Was genau Celan damit meint, sagt sein Brief nicht. Aber in den 1960er-Jahren empfand man oft nichts Ungewöhnliches dabei, wenn Psychiatriepatienten an ihren Betten angekettet wurden.

Über den Hügeln des Schwarzwalds wird er nahe am Himmel sein! Bei gutem Licht sieht man, so haben sie ihm versprochen, die Alpen. Und im Halbdunkel des Waldes kann sich jeder, der will, verbergen! In St. Anne, das sich über viele Gebäude verteilt, gibt es grüne Höfe, die Celan viel zu selten sieht, innen aber nur Enge und künstliches Licht. Sie wollen alles sehen. *Lichtzwang* wird Celan die Gedichtsammlung nennen, an der er gerade schreibt. Auch das Gemüt soll, bitte schön, heiter werden.

*Hörreste, Sehreste, im*
*Schlafsaal eintausendundeins,*

*tagnächtlich*
*die Bären-Polka:*

*sie schulen dich um,*

*du wirst wieder*

*er.*

Wieder er? Wer ist »er«? Wieso »wieder«? War er etwa »es«? Eins mit sich? Ist er das noch, ausgerechnet hier, in der Klinik? Oder war er es davor? In dem kurzen Moment, als er sich umzubringen versuchte? Oder als er mit Eric in der Bretagne am Meer herumtollte?

Die Polka, der Tanz der Verrückten, Hofgang, tagnächtlich.

Pierre Deniker, hinter Delay der zweite Mann in St. Anne, leitet dort die Abteilung für männliche Patienten. Er beschreibt eine namenlose geschlossene Anstalt dieser Zeit:

> *Wenn neue manische Patienten kamen, war das oft von großem Lärm und Unruhe begleitet. Laut schrien Patienten die Schwestern und andere Patienten an, erzählten Witze, führten Kunststücke auf oder wurden wütend. Wenn sie noch mehr in Fahrt gerieten, begannen sie zu kreischen, Gedichte zu rezitieren, zu johlen oder Opern zu singen. Tag und Nacht ging das so, nur mit kurzen Pausen, die für neuen Aufruhr frisch machten.* (Ü.: H.-P. K.)

Was immer geschieht: Celan wird auch aus seinem jetzigen Leben Gedichte machen. Er hat, bis auf ein paar ihm heute peinliche kitschig-romantische Anfänge, immer mitten aus sich heraus geschrieben. Seine Sprache muss durch dieses eigene, schwierige Leben in eben dieser Zeit hindurch. Anders kann man nicht schreiben. Oder es wird unerheblich.

Wahrscheinlich sind alle Leute, die ihn hier beobachten, die ihm beim Versuch, zu leben, zusehen, Diebe, heimliche Schriftsteller, Verrückte, Drogensüchtige auf der Suche nach Stoff.

Der Gedanke liegt nicht ganz fern: Henri Michaux, der so kluge wie sonderbare belgische Surrealist, den Celan für den »größten lebenden französischsprachigen Schriftsteller« hält, hat unter Aufsicht Experimente mit Rauschgift veranstaltet, hat sich, wie für alle Extreme, auch für den Wahnsinn begeistert. Michaux hat Celan schon in Épinay besucht. In St. Anne war er bei der Behandlung von Patienten mit dabei. Er hat Gisèle die Klinik empfohlen.

Michaux kann ihm nur Gutes wollen. Celan hat ihn vergangenes Jahr gemeinsam mit Kurt Leonhard übersetzt. Er hat alle Texte gemeinsam mit Michaux ausgewählt. Es ist eine schöne Sache geworden.

Celan lächelt scheu vor sich hin. Michaux' kurze Erzählungen sind Blicke in genau diese Gänge. Als Celan sie las, draußen, in der Rue de Longchamp, im feinen 16. Arrondissement, wo die drei Celanier nach der Versöhnung mit Gisèles katholischer Mutter ihr Zelt aufschlagen durften, wurde dem Dichter, in seinem kleinen Dienstboten- und Arbeitszimmer, beinahe schwindlig. Ein Verrückter, dachte er sich.

*Manchmal bleiben gewisse Worte wie Türme stehen. Ich muß wiederholt auf sie losgehen, und wenn ich in meinen Verwüstungstaten schon weit fortgeschritten bin, da, plötzlich, an der Kehre eines Gedankens, erblicke ich wieder diesen Turm. Also hatte ich ihn nicht weit genug niedergerissen, ich muß meinen Weg zurück gehen, muß das richtige Gift für ihn finden, und so verbringe ich eine endlose Zeit.*

Woran hat Michaux gedacht, als er das schrieb? An Autoren, an ihre Übersetzer?

*An der Kehre eines Gedankens.*

Wenn Celan Heidegger trifft, könnte er ihn fragen, ob Kurt Leonhard »détour« hier mit dem Heidegger-Wort »Kehre« übersetzen durfte. Das muss ihm gefallen, auch wenn man hier auch Abzweigung, Umweg und anderes hätte schreiben können.

Ob Heidegger seine eigene wichtigste Kehre geschafft hat? Weg von den Nazis? Ist er nicht etwa noch mitten drin?

Dass Celan zum ersten Mal länger aus der Anstalt hier herausgelassen wird, ausgerechnet, um in Freiburg eine Lesung zu halten und einen Philosophen zu treffen, für den die Nazis einmal Teil seines erhofften Deutschlands waren, der sich ihnen eine Zeit lang konsequent angedient hat, kommt Celan wie ein böser Scherz und Schicksal zugleich vor.

Womöglich hat es auch damit zu tun, dass der zweite Dichter, der dafür verantwortlich ist, dass Celan in St. Anne eine vergleichsweise gute Behandlung genießt, ein Heidegger-Freund ist: René Char.

Aber wie viel weiß Char, ein großer, kräftiger Mann mit massigem Kopf, der bekannte Poet und Résistance-Kämpfer aus der Provence, von den politischen Fehltritten seines kleinen oberschwäbischen Philosophen-Freundes?

Heidegger und er sollen idyllisch unter einem Kastanienbaum in Paris-Ménilmontant gesessen haben. Die Stimmung soll bestens gewesen sein. Jean Beaufret, ein als Deutschlandfreund und -kenner bekannter und berüchtigter Résistance-Kollege Chars, der Heidegger schon 1946 besucht hat, habe pausenlos geredet. So hätten die beiden Zeit gehabt, sich anzusehen. Vielleicht hat das schon gereicht.

Vergangenes Jahr hat Heidegger ihn zum ersten Mal in Südfrankreich besucht. Ob Char ihn da nach seiner Vergangenheit gefragt hat? Wahrscheinlich hat er Heidegger gar nichts gefragt. Wenn man ihn nicht zwingt, eine Waffe in die Hand zu nehmen, ist Char zu gutmütig. Dabei könnte er alles fragen: 1,92 groß, Fallschirmoffizier, Verbindungsmann der Résistance in Algerien, Kommandeur einer Widerstandsgruppe in Südfrankreich, Deckname »Alexandre«. Char hat genug Selbstbewusstsein, sich nicht kleinmachen zu lassen. Daneben sieht Heidegger wie ein Stumpen aus. Und er, Paul Celan, wie Chars schmächtiger Neffe.

Beaufret und seine Freunde haben Heidegger in Freiburg abgeholt, in die Provence kutschiert und dort wie einen privaten Staatsgast empfangen. Der Aufenthalt entwickelte sich »spontan« zu einem »Seminar«, in der Mitte der ehrfürchtig bestaunte weise Zwerg aus dem deutschen Wald, drum herum neugierige Franzosen. Char und Heidegger haben zusammen gelacht. Es ist ein schönes Foto geworden. Aber ob sie gesprochen haben?

Char hat schon 1944/1945 in *Hypnos*, seinem zerstückelten, aphorismenhaften »Bericht« aus dem Widerstand geschrieben:

> *Bildhaft gesehene Zeit ist aus den Augen verlorene Zeit. Sein und Zeit sind zweierlei. Das Bild, wenn es über Sein und Zeit hinaus ist, strahlt und ist ewig.*

Das Bild ist die Sprache der Dichter. Hat Char da auf seine Weise den Vorrang der Poesie vor der Philosophie behauptet? Man kann die Passage als Chars Interesse an einem Gespräch mit Heidegger verstehen.

Celan hat *Hypnos* übersetzt. Aber er traut Char nicht ganz. Er weiß, dass er Claire Goll mindestens flüchtig kennt. Es ist gespenstisch. Die eine bringt ihn in die Psychiatrie, der andere sorgt dafür, dass er dort anständig behandelt wird. Ein gefährliches Pärchen. Ob sie sich abgesprochen haben?

In St. Anne kennt Char den Direktor und seine Frau. Das heißt, Char hat ein Verhältnis mit ihr. Char, von Gisèle darüber unterrichtet, dass Celan in ein 17er-Zimmer in St. Anne überwiesen worden ist, hat an Pierre Deniker und sie geschrieben und ihr eine französische Ausgabe der *Niemandsrose* geschickt. Marie-Madeleine Delay, auf einer Fotografie anlässlich einer Ehrung ihres Mannes elegant und schön wie eine Frau aus den Modejournalen der Zeit, ist begeistert von der »großen und schrecklichen Schönheit« von Celans Gedichten. »Ein Mann«, schreibt sie über Celan, »der zu Jeans Familie gehören könnte«!

Es hat schon seinen Grund, dass sich die Beziehung zwischen Celan und Char etwas abgekühlt hat. Dieser »einfache Mann« spricht ihm zu gern von sich selbst, seiner lästigen Berühmtheit und er ist nicht allzu wählerisch in seinen Kontakten.

Immerhin hat Char aus seiner Zeit in der Résistance keine Erbauungsprosa gemacht. Da ist nicht alles präzise austariert, aber gerade deswegen lässt es die provisorische, gefährliche Existenz, von der *Hypnos* erzählt, erleben. Manchmal sind es tiefe Sätze, manchmal nur rasche Bemerkungen, Beschreibungen, kaum zu unterscheiden von dem, was passiert ist.

> *Mein eingegipster Arm verursacht Schmerzen. Grand Sec, unser guter Doktor, ist damit wunderbar fertiggeworden, trotz der Schwellung. Ein Glück, daß mein Unterbewußtes den Fall so geschickt zu steuern verstand. Sonst wäre mir die abgezogene Granate wohl in der Hand explodiert.*

Mal geht es glücklich aus, mal nicht.

> *Entsetzlicher Tag! Ich habe, aus wenigen hundert Meter Entfernung, der Hinrichtung von B. zugesehen. Ein Druck auf den Abzug meiner Maschinenpistole und er hätte gerettet werden können! Wir waren auf der Anhöhe oberhalb Céreste, die Büsche strotzten vor Waffen, an Zahl waren wir der SS mindestens ebenbürtig. Die zudem nichts von unserem Vorhandensein ahnte. Den Augen ringsum, die um das Signal, das Feuer zu eröffnen, flehten, antwortete ich mit einem Kopfschütteln ....Die Junisonne fuhr mir eisig in die Knochen.*
> *Er fiel, als habe er seine Mörder gar nicht gesehen; und so leicht, schien mir, als hätte der leiseste Hauch ihn vom Boden hinwegheben können.*
> *Ich habe das Signal nicht gegeben, weil das Dorf um jeden Preis verschont bleiben mußte.*
> *Ein Dorf – was ist das? Ein Dorf wie jedes andere auch? Vielleicht hat er das gewußt in diesem letzten Augenblick?*

Wahrscheinlich hätte Celan Char schon lange anrufen sollen, wie er es sonst immer mal wieder getan hat, und sagen, er wäre gern dabei, wenn »Sie beide zusammen denken«. Oder so ähnlich. Damals, 1955, nach dem ersten Treffen mit Heidegger unter Kastanienbäumen, hat Char ihm begeistert geschrieben.

> *Lieber Paul Celan,*
> *ich hatte das Vergnügen letzte Woche lange mit Heidegger zu sprechen, der in Paris auf der Durchreise war. Ich war überwältigt, von ihm, wie von seiner Philosophie, die der Dichtung gegenüber so offen ist. Seine Einfachheit. Seine Aufmerksamkeit, die er auf das Empfangen verwendet wie auf das Geben, ist heute etwas sehr Seltenes. Er schätzt Ihre Gedichte außerordentlich und kennt Ihre Werke sehr genau.* (Ü.: H.-P. K.)

Dabei – Celan lächelt wieder böse – kann Char kein Wort Deutsch.

Celan hat es schwerer. Er kann nicht einfach so tun, als ob er nichts von Heideggers »Sünden« wisse. Sie sind zu offensichtlich. Die gemeinsame Sprache ist da ein Hindernis. Und Char ist, genau betrachtet, ein Sieger. Er hat dazu beigetragen, die Deutschen aus Frankreich zu vertreiben, und Hitler und seine Kumpane haben sich umgebracht. Nazideutschland gibt es nicht mehr. Die kleiner gewordenen deutschen Staaten geben sich nach außen hin reumütig bieder oder, wie die DDR, gar »antifaschistisch«: Char kann dem unterlegenen einstigen Eiferer Heidegger mit Großmut entgegenkommen.

Celan ist kein Sieger.

Er könnte Heidegger fragen, wie er die »Todesfuge« verstanden hat. Oder er könnte doch mit dem Thema Char beginnen, auf den Widerstand zu sprechen kommen. Wo Heidegger sich da verorten würde? Aber das wäre zu böse.

Was will Char mit Claire? Wenn der Mann in Socken, der immer noch vor seinem Pfleger durch die langen Gänge von St. Anne geht, nur an sie denkt, wird ihm schlecht. Sie hat beinahe alle Freunde von ihm abfallen lassen. Wenn er ehrlich ist, denkt er manchmal, dass er keine mehr hat. Claire hat versucht, ihn zu ruinieren. Und leider ist es ihr wahrscheinlich gelungen. Sein Stolz verbietet ihm, daran zu denken, dass Claire aus ihm diesen Mann in den Gängen gemacht hat.

Manchmal ist er erstaunt, dass er in Deutschland noch immer hochgehalten wird. Dass er noch eingeladen wird, dass er auch in Freiburg wieder öffentlich auftreten soll!

Das Schlimmste, aber auch das Gewöhnlichste an Claire ist, dass sie die hässliche Rolle der »jüdischen Kollaboration« erfüllt, wie Celan es einmal ausgedrückt hat. Aber sie hat ja auch geschrieben, ihrer Mutter sei es recht geschehen, dass sie ins KZ gekommen sei. Sie habe ihre Tochter brutal erzogen. Und jetzt lässt Claire die alten Nazikritiker und ihr Opfer »Paulchen« nach ihrer Pfeife tanzen. Beinahe müsste man sie bewundern.

Char muss blind sein, dass er sich mit dieser Frau auf irgendeine Weise eingelassen hat. Es hat schon seine ausgleichende Gerechtigkeit, wenn er jetzt dafür sorgt, dass es Celan in St. Anne wahrscheinlich nicht so schlecht ergeht wie manch anderen.

Ob Gisèle gewusst hat, dass Char auch mit der hübschen Madame Delay ein Verhältnis hat? Delay selbst stört das vermutlich nicht. Er gilt als fanatischer Arbeiter, der um neun ins Bett geht, damit er um vier aufstehen kann. Und er ist doch auch ein Grandseigneur, der den Damen die Hand küsst. Vermutlich hat er seine eigenen Affären.

Das Schönste aber: Auch der Direktor von St. Anne ist eine Art Schriftsteller. Jean Delay hat schon ein mächtiges dreibändiges Werk über das Leben des Nobelpreisträgers André Gide verfasst, über die Psychologie des »Immoralisten«. Als ob ein Immoralist Psychologen und Psychiater bräuchte, sich wieder anpassen wollte! So einer hat sich von der Gesellschaft verabschiedet. Aber es stimmt, dass das Amoralische beim tief bürgerlichen Gide nur eine Attitüde ist.

Gerade eben noch hat der Mann in Socken am Ende der Audienz zu hören bekommen, dass Delay selbst fantastische Erzählungen geschrieben hat: *Die graue Stadt*, unter Pseudonym. Er arbeite gerade auch an einem Nachwort zum neuen Roman seines Akademie-Kollegen Henry de Montherlant: *Ein Mörder ist mein Herr und Meister.*

Delay schien Celan dabei so vor- wie nachsichtig anzuschauen. Deniker war auch dabei und hat sich nicht gerührt. Celan wusste nicht, was er sagen sollte. Unheimlich ist ihm vor allem, dass Delay und er sich erstaunlich gleichen. Delay ist größer, aber das sanfte, länglichrunde Gesicht ist ähnlich, bei Delay nur etwas schärfer geschnitten. Ist er ein überlegenes Spiegelbild, das seine Dämonen besser kontrollieren kann?

Sicher wird Delay bald auch ein Buch über ihn ins Auge fassen, ein Werk über den armen Juden Paul Celan. Kennen Sie den? Ein Hochbegabter! Die Deutschen haben ihn beinahe umgebracht, jetzt halten sie ihn für einen der größten Dichter des 20. Jahrhunderts. Ich kann das nicht beurteilen, aber meine Frau sagt, er sei gut. Er ist hier Patient. Ein faszinierender Fall! Meistens kümmert sich der junge Dalle um ihn. Er hat Verständnis für Künstler, Dalle ist selbst so ein »Nonkonformist«.

Jetzt lasse ich den Antschel nach Deutschland. Celan? Nein, Antschel! Sie haben ihm die offizielle Namensänderung abgeschlagen. Obwohl er schon lange Franzose ist. Das hat ihn mitgenommen, aber es macht doch nichts. Ich schreibe ja auch oft als Faurel und heiße Delay. In Deutschland will Celan einen Giganten treffen: Martin Heidegger, den Bauern unter den Philosophen, kennen Sie den?

Wenn Hannah Arendt über Heidegger einmal geschrieben hat, dass er in den 1920er-Jahren als »heimlicher König« der Philosophie galt, so ist Delay in den 1960er-Jahren in Paris der repräsentierende König der Psychiatrie.

Jeden Dienstag, wenn er einem interessierten Publikum ausgewählte Fälle vorführt, entwickelt Delay einen ganz besonderen, sanft majestätischen Pomp.

*Madame Suzanne legt ihm vorsichtig einen offenen blauen Mantel über die Schultern, dessen helle Tönung ideal mit dem makellosen Weiß seines Hemds korrespondiert. Um Punkt 11 Uhr tritt Delay, mit dem gut abgemessenen, ruhigen Schritt des Gelehrten, ins große Amphitheater seines Reichs, wo schon zweihundert Menschen dichtgedrängt warten. Meist*

*Studenten, in den ersten Reihen aber auch würdige Herren und ein paar Damen im Pelz. Seine Mitarbeiter, der Hierarchie entsprechend aufgereiht, warten, bis Delay sich an den langen Tisch setzt, der die Mitte der Bühne besetzt, und seinen Mantel sorgsam wieder in die passende Position rückt. Nicht ohne dabei mit einer unauffälligen Bewegung seine, so scheint es, dezent blau gefärbten Wimpern sanft zur Seite zu streichen. Worauf ein im Vorhinein bestimmter Mitarbeiter mit lauterhobener, klarer Stimme den präzisen und gut dokumentierten, in die Tiefe gehenden Krankenbericht eines Patienten vorträgt, der nach dreißig Minuten selbst auftritt, Delay vorgestellt werden muss und von ihm dann, ebenso höflich wie respektvoll, genauso lange befragt wird, wie sein Interesse anhält. Nach dem Abgang des Patienten entwickelt der Meister seine Überlegungen, seine Meinung, seinen Ratschlag, den eine Assistentin, berückt vom Klang der gut modulierten Stimme, mit devotem Heben und Senken ihrer Schultern in Empfang nimmt. Wenn es Zeit wird, steht der Meister auf und geht, langsam die Kohorte seiner engsten Mitarbeiter anführend. Keine Fragen sind von den Hörern gestellt worden, keine Bemerkungen gemacht. Sie hätten das Ritual gestört.* (Ü.: H.-P. K.)

So schildert es Benoît Dalle, der sich in St.Anne am intensivsten mit Celan beschäftigt und, wie Gisèle mehrfach an Celan schreibt, viel Verständnis für ihn beweise. Aber auch Dalle wirkt von heute aus betrachtet schillernd. Mit der ironisierenden Schilderung des Königreichs Delay in seinem Buch *Laissez parler les fous* präsentiert er, der darin »die Irren sprechen lässt« und eine Menge Fälle vorstellt, aber über Celan kein Wort verrät, sich auf der Seite der damals neuen Zeit. Doch auch die Bestrebungen der Anti-Psychiatrie, die sich in diesen Jahren entwickelt und zu einigen Reformen des veralteten Systems führen wird, sind ihm vor allem Anlass zu Spott.

Bald werden alle Ärzte Celan nichts mehr angehen. Schon in ein paar Wochen wird er sie verlassen und mit Heidegger durch deutsche Wälder streifen. Er wird mit den Blumen und Kräutern sprechen, wird ihnen die Namen geben, die seine Mutter, Fritzi Schrager aus Sadagora bei Czernowitz, ihm damals vorgesprochen hat, und die Deutschen werden sich wundern.

Was dort oben blühen wird, Ende Juli? Türkenbund, Rapunzel, Prachtnelke? Celan weiß, dass er Schmetterlingstäler finden kann, Quellen, einsame, kräftige Bäche und Pfützen, um die sie sich tummeln. Er wird sich hinsetzen an einen Bach, wird sich umflattern lassen auf einer Lichtung, am Wasser, wird wieder ein Junge sein, träumen, langsam größer werden und doch immer dortbleiben wollen. Vielleicht gibt es auch einen Fluss, in dem man baden kann? Wie damals mit Malzia, Ruth und Ernst im Pruth, der durch Czernowitz fließt. Die Badefotos von 1934 zeigen einen strahlend-energischen vierzehnjährigen Paul, der sich mit seinen Freunden wohlfühlt. Aber das Wasser im Schwarzwald muss kühl sein. Immerhin: Es ist Sommer.

Vielleicht haben Delay, Deniker und Dalle nicht gelogen, und diese Woche in Deutschland ist tatsächlich der Auftakt zu seiner Freiheit? Celan hat gemerkt: Es ist einfacher geworden, sie zu überzeugen. Er hält sich nicht schlecht. Sie scheinen ihm zu vertrauen. Delay, der literarische Psychiater, und manchmal sogar Pierre Deniker, der kommende Mann, der, mit Delay zusammen, als der Erfinder von Psychopharmaka gilt. Auch er soll in der Résistance gewesen sein. Es ist fast wie in Deutschland …

Seit einiger Zeit kann Celan wieder in die Rue d'Ulm, hält dort seine Übersetzungskurse an der École Normale, als sei nichts gewesen. Aber abends muss er zurück. Ob er von Donnerstag auf Freitag draußen bleiben könne? Das ginge vielleicht. Sie müssen uns nur sagen, wo Sie übernachten, verstehen Sie?

Ja, Celan wird sich eine Wohnung suchen müssen, wenn er rauskommt. Oder bleibt er hier? Sich bei den Irren einrichten, wie Robert Walser, den Celan sehr schätzt? Er hat nicht die geringste Lust. Er muss raus! Auch, wenn sein Draußen wieder schwierig werden wird: Er muss zu Eric. Celanien ist seine einzige Chance. Er wird es auch diesmal schaffen und nie mehr zurückkommen.

Manchmal geht Celan zu den Bollacks. Der charismatische Elsässer Jude Jean Bollack, ein wirkungsmächtiger Professor für griechische Kultur, ist ein Charakterkopf mit wildem Haar und sehr von sich überzeugt. Celan ist er »zu eitel«, wie er in seinen Tagebüchern schreibt, aber Bollack kommt aus Straßburg und kann Deutsch. Er ist einer der wenigen hier, die Celans Gedichte im Original lesen können. Auch wenn sich Bollack in seinem Urteil meist bedeckt hält. Celan berührt das Thema lieber nicht. Es reicht ihm, dass er weiß, dass einer ihn liest. Oder lesen könnte. Mit Mayotte, Bollacks Frau, damals Lateinlehrerin, kann Celan über Erics Schwierigkeiten mit ihrem Fach sprechen.

Eine Weile lang geht es um die Frage, ob Eric wiederholen soll – oder soll er in den neusprachlichen Zweig wechseln? So kleine Sachen sind manchmal schön. Da kommt sich der Verrückte in Socken wieder wie ein richtiger Vater vor.

Neulich hat Celan Bollack auch von dem möglichen Treffen mit Heidegger erzählt. Plötzlich hat beide die Wut gepackt. Am Ende waren sie sich einig, dass man Heidegger »vor Gericht« stellen müsse! Aber das wird niemand einfach so tun. Das wird Celan schon selbst machen müssen.

Der direkte Kontakt hat sich per Zufall ergeben. Der junge Neumann aus Freiburg hatte von Heidegger erzählt. Er habe nach dem Krieg zwar einige Jahre lang nicht unterrichten dürfen, aber inzwischen sei er in Einzelvorträgen immer wieder zu hören. Er habe nach wie vor gewaltigen Zulauf. Baumann, Neumanns Doktorvater, sei gut mit ihm bekannt. Heidegger, muss Celan sich gedacht haben, das ist der Nazirektor, dessen Bücher ich seit zwanzig Jahren lese.

Elmar Tophoven, ein freundlicher Mann vom Niederrhein, immer darauf bedacht, neue Verbindungen herzustellen, musste Celan gut zureden: »Jetzt könnten Sie ihn kennenlernen. Wenn er doch wichtig für Sie ist! Vielleicht können Sie mit ihm wirklich sprechen!« Ob Celan Heidegger seine Bewunderung ausdrücken soll? Oder seine Verachtung? Oder beides? Er muss Heidegger darauf ansprechen, wie er es heute mit den Juden hält. Wie es damals war und warum?

Aber werden sie überhaupt alleine sprechen können? Celan kann sich noch immer nicht vorstellen, wie sich dieses Treffen in Freiburg gestalten wird. Ja, er muss Heidegger dazu bringen, Stellung zu beziehen. Wird Heidegger sich anbiedern, oder wird er versuchen, ihn kommen zu lassen? Je länger Celan nachdenkt, desto nervöser wird er. Vielleicht sollte er die ganze Sache lassen?

Er wird den Deutschen klarmachen müssen: Diese Reise ist in erster Linie Geschäft, Orientierung zwecks Bestätigung des neuen Verlagsverhältnisses. Celan hat sich entschieden, von S. Fischer wegzugehen und bei Suhrkamp neu anzufangen. Siegfried Unseld macht Celan den Eindruck, er werde im Kampf gegen Claire zu ihm stehen. Er kann diesen großen, kräftigen Kerl brauchen.

Nein, es darf keinen bedingungslosen Frieden mit Heidegger geben. Er hat Bollack gegenüber angedeutet, dass er mit Heidegger in einem Hochmoor wandern gehen will. Um dort auf seine Aussagen zu warten.

Zufällig hat er in der *Frankfurter Allgemeinen Zeitung* den Bericht über eine Inszenierung von Brechts *Furcht und Elend des Dritten Reiches* gelesen und darin vom Kampf der Moorsoldaten erfahren. Es geht um untereinander zerstrittene Anhänger verschiedener Parteien der Weimarer Republik, die im KZ gelandet sind, um dort im Moor zu arbeiten – wie die realen Vorbilder im KZ Börgemoor im Emsland, die das »Lied der Moorsoldaten« geschrieben haben. Alle sind sie Regimegegner und können sich noch immer nicht über den Kampf gegen Hitler einigen. Immer droht die Gefahr, dass sie mit ihren Schaufeln im Moor aufeinander losgehen. Bollack hat ihn mit großen Augen angeschaut. Er hat nicht ganz verstanden, was Celan vorhat.

Dass Celan Freigänger ist, darf er niemandem erzählen, den Deutschen dort unten erst recht nicht. Sonst halten sie ihn für verrückt. Aber sicher wissen sie es. Sie haben ihre Kanäle, noch immer. Seit Celan erlebt hat, wie die deutsche Presse mit Claires Plagiatsvorwürfen umgegangen ist, wie sie ihr immer wieder geholfen hat, die Gerüchte über die Jahre am Leben zu erhalten, ist jeder Gedanke an Deutschland wieder mit Misstrauen besetzt.

Fünf Tage vor seinem Selbstmordversuch im Januar hat Celan Claire Goll zufällig im Goethe-Institut getroffen. Er musste den Raum sofort verlassen und hat dem Leiter des Instituts geschrieben, in ein Haus, in dem sie verkehrt, könne er nicht mehr kommen. Er darf nicht mehr an Claire denken.

Es fallen Celan hundert verschiedene Szenarien für die paar Tage in Deutschland ein, die er alle wieder verwirft. Man müsste all das berechnen können. Aber man kann nichts berechnen. Gar nichts.

# 3

# EINE LIEBE UND IHRE FOLGEN.
# WIE PAUL CELAN ÜBER INGEBORG BACHMANN ZU MARTIN HEIDEGGER KAM

Das fehlende »Glück« Celans beim Gedanken, Heidegger Grüße auszurichten, ihn ansprechen zu müssen, und die alternierende Lust darauf, ihn persönlich zu treffen, haben mit der öffentlich lange nicht bekannten, wechselvollen Beziehung zu tun, die sich zwischen zwei der wichtigsten, aber auch geheimnisvollsten deutschsprachigen Dichter und Denker über ein Vierteljahrhundert entwickelt hat, ohne dass die beiden sich bis zu dem geplanten Treffen in Freiburg gesehen hätten.

Zum ersten Mal liest Celan den Namen Heideggers schon 1943, offenbar in einer Zeitung in seiner Heimatstadt Czernowitz, die damals unter der Herrschaft der rumänischen Militärregierung von General Antonescu steht, einem Verbündeten Hitlers. Der Abschnitt aus *Sein und Zeit*, der in der Zeitung abgedruckt gewesen sein soll, wird von Celan nie näher benannt, aber laut Otto Pöggeler, dem Bochumer Philosophen, der mit Celan wie mit Heidegger gut bekannt war, vergisst Celan den Eindruck nicht. Sein frühes Gedicht »Ein Krieger«, verfasst am 2. April 1943, zeige Spuren der Lektüre. Tatsächlich findet man darin, neben Stil- und Motivparallelen zu Rilkes *Cornet*, den Gedanken vom existenzbestimmenden, individuellen »Sein zum Tode«, abgesetzt vom Tod als lautem Massenphänomen:

*Hörst du: ich rede zu dir, wenn schwül sie das Sterben vermehren.*
*Schweigsam entwerf ich mir Tod, leise begegn ich den Speeren.*
*(...)*
*Ich steh. Ich bekenne. Ich ruf.*

Einige Jahre später erhält die Verbindung zu Heidegger für Celan einen konkreteren Anlass. Im Dezember 1947 schlägt er sich zu Fuß und mithilfe von Schleppern von Bukarest aus über Budapest in Richtung Österreich durch, geht im burgenländischen Schattendorf über die Grenze und trifft etwas später in Wien ein, dessen Nachkriegsatmosphäre in Orson Welles' Filmklassiker *Der dritte Mann* wohl bis heute am plastischsten wird.

Eine überraschende, aber wirklichkeitsgesättigte Schilderung von Celans Existenz in dieser Zeit liefern seine damaligen Freunde Milo Dor und Reinhard Federmann in ihrem Spionageroman *Internationale Zone*. Er erscheint erst 1994, beinahe ein Vierteljahrhundert nach Celans Tod. Aber die Figur des Petre Margul, »Flüchtling, Journalist und Dichter«, der abends verloren über die Ringstraße strolcht, kein Geld mehr hat und nicht weiß, wie er sein Pensionszimmer bezahlen soll, vermittelt den ebenso abgerissenen wie vergeistigten Charme, der Celan damals gekennzeichnet haben muss. Ein trotz allem möglichst eleganter junger Mann, der niemanden um Geld bitten darf, weil er, »um sich ein besseres Entrée zu verschaffen«, bei seiner Ankunft groß aufgetragen hat.

Auch sein »Zwischen den Welten stehen«, seine Heimatlosigkeit sind gut getroffen. Als Petre Margul auf eine Landkarte blickt, wundert er sich, wie groß Österreich ist. Bis er bemerkt, dass die darauf abgebildete Welt seit drei Jahrzehnten nicht mehr existiert, und dass andererseits die Distanz zwischen Bukarest und Wien, die ihm während seines Fußmarschs beträchtlich vorkam, in Wirklichkeit sehr klein ist. Als ein alter Freund aus Rumänien auftaucht, der sich jetzt als Kleinkrimineller im Wiener Milieu herumtreibt, und nach Marguls Mutter fragt, fällt die Antwort knapp aus: »Tot, sagte er, schon bei den Nazis.«

In der lebendigen Literaturszene, die sich, neben Schieber- und sonstigen Geschäften, beinahe sofort wieder entwickelt hat, lernt Celan eine 21-jährige Dichterin kennen. Auch sie wird bald bekannt werden. Fünf Jahre jünger, ist sie schon in einer Celan vergleichbaren Position: noch ohne Buch, aber von Erwartungen umgeben. Und ausgerechnet diese dichtende Studentin, Ingeborg Bachmann, wird schon 1949 über die »Kritische Aufnahme der Existenzialphilosophie Martin Heideggers« promovieren. Auch wenn Bücher in dieser Zeit schwer zu beschaffen sind und keiner genau weiß, welche Originaltexte Bachmann damals vorlagen: Als Celan ihr Zimmer in der Wiener Beatrixgasse im Frühling 1948 »zum Mohnfeld macht«, wie sie im Mai kokett an ihre Eltern schreibt, gehören Werke des Philosophen aus Meßkirch von Beginn an mit zum Bühnenbild der Liebe dieser beiden Königskinder der deutschsprachigen Nachkriegsliteratur.

Bachmanns Dissertation ist kein Meisterwerk und schon gar nicht Poesie, eher ein kühles Resümee aller möglichen Positionen der Heidegger-Kritik. Vom Logischen Positivismus über den Historischen Materialismus bis zur Lebensphilosophie und der Klassischen Phänomenologie gibt Bachmann allen ein Forum, die über Heidegger anders denken, als er es gerne hätte. Sie selbst bezieht kaum Stellung, aber indem sie die Kritiker Heideggers zusammenführt, verhilft sie seinen Gegnern zu erdrückender Wucht. Später einmal wird sie sagen, sie habe mit der Absicht promoviert, Heidegger zu »zerstören«.

Aber auch Bachmann wird sich nie ganz von Heidegger lösen. Wie Celan bleibt sie am Zusammenspiel von Literatur und Philosophie interessiert. Dies und ihre Herkunft aus einem gewöhnlichen Klagenfurter Mitläufer- bis Nazihaushalt, einem Milieu, von dem sie sich lösen will, macht aus der so gescheiten wie attraktiven jungen Frau mit großen Schwankungen im Selbstbewusstsein die beinahe ideale Brücke zwischen einem deutschen Philosophen, der Hitler unterstützte, und einem jüdischen Dichter deutscher Sprache, dessen Familie im Holocaust umgebracht wurde.

Für Bachmann ist Celan, deutlicher noch als ihr vormaliger Geliebter, der umtriebige Journalist, Autor und Zeitschriftenmacher Hans Weigel, in dessen Kreis auch Celan verkehrt, das exotische Andere ihrer Jugend, der an Vergleichbarem leidenschaftlich interessierte Gegenpol, den sie sucht.

Für den osteuropäischen Juden Celan verkörpert die junge Österreicherin Bachmann die überraschende Hoffnung auf eine neue Generation, die bereit ist, sich auf die Nazivergangenheit ihres Landes und ihrer Familie einzulassen. Insofern ist sie allerdings eine verwirrende Täuschung und will nicht so recht zur restaurativen Vergessenspolitik der 1950er-Jahre passen, wie Celan bald erkennen wird.

Dass er sich auch bei ihr der Problematik zwischen seiner und ihrer Herkunft bewusst bleibt, dass diese Unterschiede vielleicht auch dazu beitragen, dass Celan Anfang Juli 1948 alleine nach Paris aufbricht, zeigt sein Gedicht »In Ägypten«, das er Bachmann noch zu ihrem 22. Geburtstag am 25. Juni 1948 schenkt:

*Du sollst zum Aug der Fremden sagen: Sei das Wasser.*
*Du sollst, die du im Wasser weißt, im Aug der Fremden suchen.*
*Du sollst sie rufen aus dem Wasser: Ruth, Noëmi, Mirjam!*
*Du sollst sie schmücken, wenn du bei der Fremden liegst.*
*Du sollst sie schmücken mit dem Wolkenhaar der Fremden.*
*Du sollst zu Ruth und Mirjam und Noëmi sagen:*
*Seht, ich schlaf bei ihr!*
*Du sollst die Fremde neben dir am schönsten schmücken.*
*Du sollst sie schmücken mit dem Schmerz um Ruth, um Mirjam und Noëmi.*
*Du sollst zur Fremden sagen:*
*Sieh, ich schlief bei diesen!*

Die Fremde hat keinen Namen, denn ihre Fremdheit ist das, was das Ich des Gedichts reizt, aber auch wieder von ihr wegholt. Am Ende bleibt das Ich bei Ruth, Mirjam und Noëmi, den ophelienhaft ins Wasser stilisierten jüdischen Freundinnen, die mit Celan zusammen im Pruth und anderen Flüssen schwammen. So markiert der letzte Vers schon den ersten Abschied von der mehrfach wiederaufgenommenen Liebesbeziehung zu Bachmann.

Wie offen und interessiert an Celans Herkunft Bachmann war, wie sehr aber auch er selbst für sie die Rolle des »Fremden« eingenommen haben dürfte, wird in Hans Weigels 1951 erschienenem autobiografischem Erinnerungsroman *Unvollendete Symphonie* deutlich, in dem Weigel eine Bachmann verwandte Figur zur Ich-Erzählerin macht. Er lässt sie die erste Begegnung mit Weigels Alter Ego schildern:

*Ich weiß genau, daß mir sofort aufgefallen ist, wie er nicht gesagt hat: »Er ist zurückgekommen«, sondern »er ist wieder da.«*
*Dann habe ich gedacht: Das ist der Augenblick, auf den ich zu warten angefangen habe, als ich ein junges Mädchen war, und der erst, für mich, die neue Zeit einleitet. Ich sehe zum ersten Mal einen Juden.*

Doch was bringt diese beiden, die so verschieden sind und sich doch gegenseitig anziehen, dann auch »gemeinsam« zu Heidegger?

Die vergleichsweise harmlos-nüchterne Sprache des kritischen Realismus, wie sie von den Größen der Gruppe 47 favorisiert wird, die den Literaturbetrieb der jungen Bundesrepublik bald prägen werden – überwiegend Kriegsheimkehrer, die sich als Gegenspieler des überwunden geglaubten rhetorisch-bombastischen Schwulsts der Nazis verstehen –, genügt Celan und Bachmann nicht mehr, schon bevor sie die Literaten aus dem Nachbarland richtig kennenlernen. Es ist Heideggers oft eher literarisch dichte als philosophisch-nüchterne Sprache, die sie anzieht. Wenn Heidegger in *Wozu Dichter*, einem Aufsatz zum 20. Todestag von Rilke am 29. Dezember 1946, mit Verweis auf Hölderlin den schönen pathetischen Satz findet: »Dichter sein in dürftiger Zeit heißt: singend auf die Spur der entflohenen Götter achten«, trifft er damit genau die Spannung zwischen hohem poetischem Anspruch und schäbiger Nachkriegsexistenz, die Celan wie Bachmann fasziniert. Heidegger stellt Dichtern, die ihm folgen wollen, eine große Aufgabe. Weil die Götter entflohen sind, weil die Welt, für die sie standen, nicht mehr existiert, hat jeder, der dennoch dichtet, die Pflicht, seine eigene Dichtung neu zu erfinden: »Darum müssen ›Dichter in dürftiger Zeit‹ das Wesen der Dichtung eigens dichten.«

Es wird noch etwas dauern, bis Celan erwiesenermaßen das erste Buch von Heidegger liest, und zum Auftakt ist es nur ein berühmtes schmales Heft: *Der Feldweg*, 1949 erschienen, ein Prosastück von wenigen Seiten, in dem auch Heidegger auf den ersten Blick recht realistisch bei einem Staubsträßchen seiner Jugend bleibt. Aber der kurze Text – den Celan in seinem persönlichen Exemplar der Erstausgabe mit dem Lesedatum vom 17. Oktober 1951 versehen hat – verleiht dem »Feldweg«, den es in dieser Form in Meßkirch schon nach dem Zweiten Weltkrieg nicht mehr gibt, auch eine sanft metaphysische Aura. Er ist eine subtile und gleichzeitig persönliche Alltagserzählung an der Kreuzung zwischen Literatur und Philosophie, deren Besonderheit aus der animistischen Sicht der »einfachen Dinge« resultiert, ihrer vermittelten oder auch nur behaupteten Kraft, die Heidegger gegen die Ärmlichkeit und Technikeuphorie Nachkriegsdeutschlands stellt.

*Er läuft aus dem Hofgartentor zum Ehnried. Die alten Linden des Schloßgartens schauen ihm über die Mauer nach, mag er um die Osterzeit hell zwischen den aufgehenden Saaten und erwachenden Wiesen leuchten oder um Weihnachten unter den Schneewehen hinter dem nächsten Hügel verschwinden.*

Der Feldweg selbst »läuft«, wird gleich zum Auftakt der Erzählung zum Handelnden in der Natur. Raffiniert einfach baut Heidegger seine eigene Jugend in die Schilderung mit ein. Unter einer hohen Eiche steht am »Saum« des Waldes eine roh gezimmerte Bank.

*Darauf lag bisweilen die eine oder andere Schrift der großen Denker, die eine junge Unbeholfenheit zu entziffern versuchte. Wenn die Rätsel einander drängten und kein Ausweg sich bot, half der Feldweg.*

Heidegger stilisiert das bescheidene Landsträßchen zum sinnlich erfahrenen Medium zwischen dem »Denkenden« und der unauffällig idealisierten Landbevölkerung. Sie sind sich nahe, weil sie den Feldweg als Verbindung spüren. Er »bleibt dem Schritt des Denkenden so nahe wie dem Schritt des Landmannes, der in der Morgenfrühe zum Mähen geht. (…) Was um den Weg sein Wesen hat, sammelt er ein und trägt jedem, der auf ihm geht, das Seine zu.« Der Feldweg sorgt für alle, die sich ihm anvertrauen, bringt ihnen ihre Welt nahe. Seine Beinahe-Natur verleiht ihm beinahe naturmystischen Status. Sehr kurz und erst im zweiten Teil warnt Heidegger vor passivem Vertrauen auf das allzu Einfache:

> *Aber der Zuspruch des Feldweges spricht nur so lange, als Menschen sind, die, in seiner Luft geboren, ihn hören können … Der Mensch versucht vergeblich, durch sein Planen den Erdball in eine Ordnung zu bringen, wenn er nicht dem Zuspruch des Feldweges eingeordnet ist. Die Gefahr droht, daß die Heutigen schwerhörig für seine Sprache bleiben. Ihnen fällt nur noch der Lärm der Apparate, die sie fast für die Stimme Gottes halten, ins Ohr.*

Doch diese Warnung, die noch heute so plastisch wirkt, wie sie ähnlich gesinnten Zeitgenossen Heideggers Ende der 1940er-Jahre geklungen haben mag, ist nur ein Zwischenschritt in der ruhigen Argumentation. Im nächsten Abschnitt beschwört Heidegger die Überzeugung, dass der »zerstreute und weglose« moderne Mensch von den resistenteren, einfacheren Menschen überdauert werden wird:

> *Wohl verringert sich rasch die Zahl derer, die noch das Einfache als ihr erworbenes Eigentum kennen. Aber die Wenigen werden überall die Bleibenden sein. Sie vermögen einst aus der sanften Gewalt des Feldweges die Riesenkräfte der Atomenergie zu überdauern, die sich das menschliche Rechnen erkünstelt und zur Fessel des eigenen Tuns gemacht hat.*

Doch hat der am Ende utopische »Feldweg« Heideggers Celan wirklich so sehr angesprochen, dass er zum Fundament seiner Heidegger-Begeisterung werden konnte? Celan hat, entgegen seiner sonstigen Gewohnheit, keine einzige Stelle darin markiert. *Der Feldweg* ist freilich so knapp und dicht gehalten, dass er problemlos als Ganzes erinnert werden kann.

Bei genauerer Betrachtung des Textes bemerkt man allerdings eine auffällige Leerstelle: Es ist nicht die Technik, die die »Seinsweise« des Menschen gefährde, vor ihr wird gewarnt. Umso erstaunlicher ist, dass Heidegger, mitten in der unmittelbaren Nachkriegszeit, zwar Gefahren der »Atomenergie« benennt, aber ganz unauffällig so tut, als hätten der Zweite Weltkrieg und seine Zerstörungen diese Landschaft und ihre Menschen nie erreicht.

Wie inakzeptabel das für Celan ist, und dass beide Positionen am Ende unvereinbar sein werden, dass sich Celan Heidegger aber in vielem dennoch nahe fühlen konnte, deutet sich schon vor Erscheinen des *Feldwegs* in einem von Celans seltenen eigenen Prosastücken an, nämlich in *Edgar Jené und der Traum vom Traume*. Diese wenig bekannte Erzählung erscheint im August 1948 im Katalog einer Wiener Ausstellung des gleichnamigen deutsch-französischen surrealistischen Malers, in dessen Wiener Wohnung Celan Ingeborg Bachmann und Jenés Frau Erica Lillegg kennengelernt hat.

Der eigenwillige Text weist eine erstaunliche Nähe zu Fragestellungen auf, die auch Heidegger umtreiben. Es ist ein spielerisch-phantastischer Dialog des erzählenden Ichs mit einem Freund, den Celan anlässlich der Vernissage der Ausstellung von Jené verfasst hat. Es geht zuerst vor allem um Sprachkritik.

Genügt es, fragt das erzählende Ich,

> *die Dinge bei ihrem richtigen Namen zu nennen? Ich wusste, daß ein solches Unternehmen die Rückkehr zu einer unbedingten Naivität voraussetzte. Ich sah diese Naivität als eine von den Schlacken der Jahrhunderte alter Lügen von dieser Welt gereinigte ursprüngliche Schau an.*

Um dorthin zu gelangen, lässt Celan seinen »Freund« von einer an Heidegger erinnernden, rückwärtsgewandten Utopie träumen:

> *Die Mauer, die Heute von Morgen trennt, sei niederzureißen und Morgen würde wieder Gestern sein. Was also sei zu tun in dieser unserer Zeit, um das Zeitlose, das Ewige, das Morgen-Gestern zu erreichen?*

Der Freund glaubt, schon die Vernunft genüge.

> *Alles sei getan, wenn die Vernunft in die Tiefe stiege und das Wasser des dunklen Brunnens an die Oberfläche förderte.*

Eine romantische, eine Brunnen-Vernunft. Aber auch die romantische Vernunft bleibt an Sprache gebunden, und diese, so insistiert das erzählende Ich, Celans namenloses Alter Ego, ist nicht außerhalb der Geschichte vorstellbar. Sie muss noch grundlegender neu erfunden werden, als der »Freund« denkt, weil seine

> *Worte (Gebärden und Bewegungen) unter der tausendjährigen Last falscher und entstellter Aufrichtigkeit stöhnten – was war unaufrichtiger als die Behauptung, diese Worte seien irgendwo im Grunde noch dieselben!*

Was Celan mit seiner »tausendjährigen Last« der Sprachentstellung meint, ist, drei Jahre nach dem Ende des großmäulig ausgerufenen Tausendjährigen Reichs, offensichtlich. Spätestens, nachdem man auch den darauffolgenden Satz gelesen hat:

> *So musste ich auch erkennen, daß sich zu dem, was zutiefst in seinem Innern? seit unvordenklichen Zeiten nach Ausdruck rang, auch noch die Asche ausgebrannter Sinngebung gesellt hatte und nicht nur diese!*

Ein überraschend sarkastischer Scherz. Der frühe Celan zeigt hier, im Bewusstsein des eingeäscherten Haars von Millionen, eine beinahe surrealistische Leichtigkeit im Umgang mit dem wenige Jahre zuvor erfahrenen Schrecken.

Aber Celan bezieht die jüngste Vergangenheit eben dennoch ausdrücklich mit ein und macht *Edgar Jené und der Traum vom Traume* damit zum ersten Dialog zwischen zwei verwandten, aber unvereinbaren Positionen – hinter denen man schon den Ich-Erzähler Celan und seinen »Freund« Heidegger entdecken kann.

Anders als Heidegger, der sein Gestern-Morgen tendenziell zeit- und gesellschaftsfern zu erreichen hoffte – durch eine oft recht vage Rückkehr vor die Quellen des Abendlands, ein Zurück zu den Vorsokratikern und der »ursprünglichen« ländlichen Gemeinschaft, ein Zurück zu einem vorneuzeitlichen, mittelalterlichen Deutsch –, ist für Celan das Tausendjährige Reich aus Sprache und Wirklichkeit nicht mehr wegzuschreiben. Wie Victor Klemperer in seinem berühmten sprachkritischen Buch *LTI – Notizbuch eines Philologen* von 1947, das die »Lingua Tertii Imperii«, die Sprache des Dritten Reichs untersucht, bleibt sich Celan der Geschichtlichkeit der menschlichen Existenz immer bewusst, während diese bei Heidegger oft nicht über die Qualität eines Lippenbekenntnisses hinausreicht. Aber auch das hat Celan nicht von intensiver Heidegger-Lektüre abgehalten. Es ist, als habe er den Dialog zwischen dem erzählenden Ich des »Traums« und dessen »Freund« sein ganzes Leben über nicht aufgegeben.

Auch zwischen Bachmann und Celan bleibt Heidegger, noch nach dem ersten Abschied, Thema. Zunächst schenkt Bachmann Celan zu seinem 30. Geburtstag im November 1950 die *Holzwege*, die er erst zwei Jahre später lesen wird. Doch schon während dieser Zeit ist der Einstieg in eine intensive Beschäftigung mit dem Philosophen erfolgt. Als Celan Bachmann zu ihrem 26. Geburtstag 1952 Heideggers *Vom Wesen des Grundes* schenkt, hat er selbst *Sein und Zeit* schon eingehend studiert.

Und während sich Bachmann im Laufe der 1950er-Jahre eher von Heidegger abwendet, bleibt er für Celan Quelle der Inspiration und Auseinandersetzung. Bald wird Celan zum Kenner: Beinahe alles, was er von Heidegger liest, wird mit mal ausführlicheren, mal knappen Bleistiftanmerkungen versehen, wie man heute im Deutschen Literaturarchiv Marbach feststellen kann, wo knapp fünftausend der etwa sechstausend Bände aus Celans Privatbibliothek aufbewahrt werden.

Dabei vergisst Celan Heideggers Vergangenheit nie. Als er im September/Oktober 1954 Gisèle bei einem Stipendium begleitet, nimmt er *Einführung in die Metaphysik* mit und markiert er jene unmissverständliche Stelle mit drei Ausrufezeichen, die schon zu Lebzeiten Heideggers zeigt, wie sich die Verstrickung in den Nationalsozialismus auch in seine Philosophie gefressen hat:

> *Was heute vollends als Philosophie des Nationalsozialismus herumgeboten wird, aber mit der inneren Wahrheit und Größe dieser Bewegung (nämlich mit der Begegnung der planetarisch bestimmten Technik und des neuzeitlichen Menschen) nicht das Geringste zu tun hat (…).*

Das ist keine Kritik am Nationalsozialismus. Mit dem Hinweis auf die »innere Wahrheit und Größe dieser Bewegung« bewirbt sich Heidegger in dieser 1935 gehaltenen und 1953 erstmals veröffentlichten Vorlesung um die Interpretationshoheit *innerhalb* der Ideologie. Auf den ersten Blick skurril, auf den zweiten Blick schockierend mutet die im Vorlesungstext fehlende und erst für die Publikation eingefügte Klammer an: Die »innere Wahrheit und Größe« der Bewegung habe etwas mit der »Begegnung der planetarisch bestimmten Technik und des neuzeitlichen Menschen« zu tun. Die naheliegendste Assoziation für die Zeit des Nationalsozialismus ist die »Begegnung« der Technik und des neuzeitlichen Individuums in der industriellen Vernichtung des Individuums im Holocaust. Die Klammer stammt allerdings bekanntlich, wie der Freiburger Philosoph Rainer Marten erzählt, von gutmeinenden Hilfskräften wie ihm, die die »innere Wahrheit und Größe« der Bewegung damals nicht einfach so stehen lassen wollten.

Nachdem Celan die *Einführung in die Metaphysik* gründlich gelesen und ein eigenes Heft mit Notizen dazu angelegt hat, macht er sich am 19. Oktober 1954 an Karl Löwiths *Denker in dürftiger Zeit*, eine vergleichsweise sanfte, ironische Abrechnung durch einen ehemaligen Schüler Heideggers. Parallel dazu muss es bei Celan jedoch schon damals – ein Jahr bevor er von René Char hört, dass Heidegger sein Werk kenne – auch den Gedanken an eine persönliche Annäherung gegeben haben. Im Herbst 1954, vermutlich ebenfalls in La Ciotat, entwirft Celan einen Brief.

*An Martin Heidegger*

*Dieser schüchterne Gruß aus einer wunschdurchklungenen,*
*wunschbeseelten Nachbarschaft*

*vom Meer her*
*dieses Zeichen der Verehrung*
*aus einer kleinen fernen*
*wunschdurchklungenen*
*Nachbarschaft*

*Herrn Martin Heidegger*
*dem Denk-Herrn*

*auf dem Weg über die Engelsbucht*

Celan hat diesen Brief aus unbekannten Gründen nie abgeschickt. Vier Jahre später macht er, der sich inzwischen sicher sein kann, dass Heidegger zumindest Teile seines Werks kennt, den Philosophen auf Gedichte eines Wiener Freundes, des Kunsthistorikers und Dichters Klaus Demus' aufmerksam.

*78, rue de Longchamp Paris, den 24. November 1958*

*Hoch verehrter Herr Professor Martin Heidegger!*
*Erlauben Sie mir bitte, die Gedichte eines Freundes in Ihr Haus zu schicken!*
*Es sind die Gedichte eines Freundes: ich kann sie, da ich sie den entscheidenden Weg gehen lasse, nicht mit Neben- und Beiwort befrachten. Es sind die Gedichte eines Sie Verehrenden.*
*In aufrichtiger Dankbarkeit*
*Ihr*
*Paul Celan*

Eine unterwürfige Rhetorik der Höflichkeit, gewürzt mit einem Heidegger'schen Zentralwort, »Entscheidung«, und dem heideggertypischen Hang zur Wiederholung. Floskeln, mit denen Celan mehr Distanz als Nähe sichtbar werden lässt.

Aber tatsächlich ist Klaus Demus in dieser Zeit ein Verehrer Heideggers und in Celans Wiener Umfeld war er früh einer der wesentlichen Fürsprecher des Philosophen. Celan hatte ihn über Nani Maier kennengelernt, Demus' spätere Frau, eine Jugendfreundin Bachmanns, die den kurzen Versuch ihres Zusammenlebens mit Celan in Paris 1950/51 beobachten konnte. Celan, meint Nani Demus, suchte damals eine Frau, die seine von Armut geprägte Dichterexistenz teilen und unterstützen sollte, während Bachmann selbst als Dichterin bekannt und erfolgreich werden wollte.

Sie trennen sich, aber beide bleiben von Heidegger infiziert. Das führt Ende der 1950er-Jahre zu einer kurzen, aber tiefen und differenzierten Diskussion. Sie entspinnt sich anhand von Briefen des Verlegers Günther Neske, der die Festschrift zu Heideggers 70. Geburtstag herausgibt und Beiträger sucht.

Bachmann fragt Celan in einem Brief vom 5. August 1959, wie er es mit der Beteiligung an der Festschrift halte, sie sei von Neske angefragt worden, etwas beizutragen, und die Sache sei für sie ein Problem:

> *Ich weiss nicht, was ich tun soll. Ich habe doch vor Jahren eine kritische Heidegger-Arbeit geschrieben, und obwohl ich dieser obligatorischen Fleissübung keinen Wert beimesse, habe ich doch meine Einstellung Heidegger gegenüber nie geändert, seine politische Verfehlung bleibt für mich indiskutabel, ich sehe auch, nach wie vor, die Einbruchstelle dafür in seinem Denken, in seinem Werk, und zugleich weiss ich auch, weil ich sein Werk wirklich kenne, um die Bedeutung und den Rang dieses Werks, dem ich nie anders als kritisch gegenüberstehen werde.*

Ihr Interesse, schreibt Bachmann, sei derzeit mehr auf Wittgenstein ausgerichtet, zu dessen deutscher Werkausgabe sie die Einleitung schreiben wolle. Aber trotzdem:

*Ich weiss ja schon seit langer Zeit, dass ich einen Beitrag zu der Festschrift geben soll, ich wollte es auch, freute mich, als ich hörte, dass Heidegger meine Gedichte kennt, aber das uneingestandene Zögern seit Monaten ist nun ein eingestandenes. (Wenn ich Neske absage, so werde ich es ohne Erklärung tun, denn ich möchte kein überflüssiges Gerede, auch keine Kränkung, ich möchte mich nur vor mir selber richtig verhalten und Dich fragen. Und ich möchte vor allem Dich nicht irre machen, Deiner Zusage wegen, denn es gibt kein schematisch richtiges Verhalten; wir würden uns ja jeder Lebendigkeit berauben, (…).*

Auffällig ist, dass Bachmann zögert, obwohl sie Celans »Zusage« voraussetzt. Sie nimmt die Frage persönlich und gleichzeitig als Anlass für eine neue Standortbestimmung. Es scheint, als wolle sie nicht nur Heidegger oder Neske anlässlich einer möglichen Absage nicht vor den Kopf stoßen. Könnte, scheint sie sich gefragt zu haben, nicht auch Celan, der vermeintliche Beiträger, verletzt sein, wenn sie sich für eine Absage entschiede und daraus eine Geschichte machte?

Doch die Sachlage ist eine andere. Celan antwortet Bachmann am 10. August:

*Zur Heidegger-Festschrift: Neske hat mir vor ein paar Tagen geschrieben, dem Brief liegt eine Liste bei, ich stehe auf dieser Liste, ohne gefragt worden zu sein, d. h., ohne dass Neske, dem ich vor einem Jahr gesagt habe, ich würde, wenn er mir vorher die Namen der anderen an der Festschrift Beteiligten mitteilte, ebenfalls an einen Beitrag denken, sein Versprechen gehalten hätte.*

Neske hat Celan ohne Zusage auf die Liste gesetzt, und das, meint Celan, »hat zweifellos seine (recht billigen) Gründe«. Neske ahnte wohl, dass Celan die Antwort schwerfallen könnte, und versuchte, eine negative Reaktion zu umgehen. Aber wie sich herausstellt, hat er sie damit erst herausgefordert:

> *Dies ist also der Kontext (…). Ich werde also nichts schicken. Damit hat Neske es mir aber, sicherlich nicht von ungefähr, leicht gemacht. Ich sehe auch, dass Martin Buber, von dem Neske mir seinerzeit sagte, er habe ebenfalls einen Beitrag versprochen, nicht dabei ist. Soweit das Unmittelbare.*

Celan könnte die kleine Diskussion jetzt abbrechen. Die Frage zur Festschrift ist geklärt. Aber der Hinweis darauf, dass Neske es ihm durch seinen Versuch, als Herausgeber geschickt zu sein, »leicht gemacht« habe, täuscht nicht: Celan will es sich gar nicht leicht machen und nimmt nicht nur zur Festschrift, sondern, wie Bachmann, auch zu Heidegger selbst und seinem Verhältnis zu ihm Stellung:

> *Bleibt Heidegger. Ich bin, du weissts, sicherlich der letzte, der über die Freiburger Rektoratsrede und einiges andere hinwegsehen kann, aber ich sage mir auch, zumal jetzt, da ich meine höchst persönlichen Erfahrungen mit so patentierten Antinazis wie Böll oder Andersch gemacht habe, dass derjenige, der an seinen Verfehlungen würgt, der nicht so tut, als habe er nie gefehlt, der den Makel, der an ihm haftet, nicht kaschiert, besser ist als derjenige, der sich in seiner seinerzeitigen Unbescholtenheit (war es, so muss ich, und ich habe Grund dazu, fragen wirklich und in allen Teilen Unbescholtenheit?) auf das bequemste und einträglichste eingerichtet hat, so bequem, dass er sich jetzt und hier – freilich nur »privat« und nicht in der Öffentlichkeit, denn das schadet ja bekanntlich dem Prestige – die eklatantesten Gemeinheiten leisten kann. Mit anderen Worten: ich kann mir sagen, dass Heidegger einiges eingesehen hat; ich sehe, wieviel Niedertracht in einem Andersch oder Böll steckt (…).*

Was genau zwischen Böll und Celan und Andersch und Celan »Persönliches« vorgefallen ist, ist schwierig zu rekonstruieren. Aber der August 1959 ist eine Zeit, in der Celan schon vielerorts, und oft nicht zu Unrecht, Antisemitismus wittert. Von Freunden erwartet er Unterstützung gegen Claire Goll und ist schwer enttäuscht, wenn sie nicht in der von ihm erhofften Form erfolgt. Bei Böll weiß man, dass Celan ihn per Brief um Rat gefragt hatte, wie er mit einer antisemitischen Schmiererei während einer Lesung umgehen solle. Böll hatte auf die drängende Bitte Monate danach geantwortet, er werde in seinem neuen Roman – »Billard um halbzehn« – auf die Frage eingehen. Das war für Celan eine arrogante Botschaft aus einer anderen Welt.

Interessanter aber und für Celans Jahrzehnte währende Auseinandersetzung mit Heidegger entscheidend ist, dass er ausgerechnet ihn als positives Gegenbild aufbaut.

Woher Celan die Information von Heideggers »Würgen« an seinen »Verfehlungen« hat, scheint kaum mehr zu klären. Waren es Nachrichten von gemeinsamen Bekannten wie Otto Pöggeler, von dem Celan in Gesprächen immer wieder von Heidegger hörte? Oder ist der gemeinsame Bekannte auf der Seite Celans wieder einmal René Char?

Ganz unabhängig von den verschiedenen Möglichkeiten, woher der Befund stammen könnte, ist diese Passage *die* zentrale Stelle, die Celans nie ganz nachlassendes, aber nie unbedingtes Interesse an Heidegger und seinen Werken aufschlüsselt. Mit dem Heidegger unterstellten Bewusstsein – nicht seiner Schuld, sondern eben: seiner »Verfehlungen« – findet Celan einen idealistischen Grund, Heidegger »trotzdem« zu schätzen. Auch Heidegger macht es sich, so Celan, schwer.

Die Vorstellung, Heidegger »würge« an seiner Vergangenheit, wird noch im Zusammenhang mit Celans Gedicht »Todtnauberg« wichtig werden. Interessant ist aber auch, dass Heidegger sich sein fast vollständiges Schweigen zu den eigenen Reden und Taten im »Dritten Reich« auf ganz ähnliche Weise wie Celan zugutehält. In seiner 1945 verfassten, aber erst 1983 veröffentlichten Erklärungsschrift *Das Rektorat 1933/34. Tatsachen und Gedanken* setzt er es ab vom »widerlichen« und »opportunistischen« Gebaren der Wendehälse, die nach dem

Zweiten Weltkrieg ihren Irrtum »nicht schnell genug« beteuern konnten, um sofort wieder in ihre Karriere einsteigen zu können.

Wahrscheinlich ist es dann der Band *Nachlese zu Heidegger. Dokumente zu seinem Leben und Denken*, eine 1962 erschienene Sammlung von Materialien zum Verhalten des Denkers während der NS-Zeit, die Celans Zweifel wieder stärker werden lassen. Der Verfasser der *Nachlese*, Guido Federico Schneeberger, in Mailand geborener Sohn eines Berner Korkfabrikanten und dessen Frau Sima, geborene Rosenblatt, ein Privatgelehrter, der bei Jaspers in Basel studiert hat, wollte der durch ihre Lücken beschönigenden Heidegger-Bibliographie von Hermann Lübbe etwas entgegensetzen – und fand für sein beinahe kommentarlos, allein mit brisanten Fakten sprechendes Buch keinen deutschen Verlag.

Aber ihn totzuschweigen gelingt nicht. Am Ende publiziert Schneeberger, finanziell unabhängig, seine Forschungen eben selbst. Zum Schluss seines knappen Vorworts schreibt er: »Dieses Buch ist zum Preise von Sfr. 11.– / DM 10.– / US-Doll. 2.75 (Versandkosten inbegriffen), direkt bei mir zu beziehen. Dr. Guido Schneeberger, Hochfeldstr. 88, Bern (Schweiz).« Von dort gelangt es, über wen, ist unbekannt, auch zu Celan.

Der Skandal, den die Publikation damals hätte bedeuten können, blieb aus. Ob aufgrund der geringen Verbreitung des Buches oder wegen Heidegger schützender Türhüter in den Medien? Unter Eingeweihten wurde die Dokumentation, die in nicht vielen Bibliotheken vorhanden war (und dort von Heidegger-Jüngern gerne entwendet worden sein soll), dennoch bald wichtiges »Geheimwissen«.

Daran, dass Heideggers Bücher Celan immer wieder in ihren Bann ziehen, kann aber auch das nichts ändern. Als Celan 1966/67 hört, dass Heidegger daran interessiert sei, ihn kennenzulernen, sagt er schließlich zu.

## 4

# IM STRAHLENWIND DEINER SPRACHE. DIE LESUNG VOM 24. JULI 1967

Das Kollegiengebäude II der Freiburger Universität, Ende der 1950er-Jahre erbaut, ist keine wirkliche architektonische Schönheit. Aber es beherbergt einen großen Hörsaal, in dem Paul Celan vor vermutlich etwa 1200 Zuhörern liest, dem zahlreichsten Publikum, das er je hatte. Warum er am Ende doch eigene Gedichte und nicht, wie ursprünglich angekündigt, Übersetzungen vorträgt, ist ungeklärt. Aber die freundliche Anmutung, in allen Buchhandlungen des Zentrums seine eigenen Bücher im Schaufenster zu sehen, mag eine Rolle gespielt haben.

Auch Martin Heidegger, der Organisator der Schaufensteraktion, sitzt im Audimax, in der ersten Reihe. Neben dem Vortragenden hat er wohl die schwierigste Rolle. Immer wieder vermischen sich ihm beim Hören die Zeiten. Vor mehr als fünfzig Jahren ist er an diese Universität gekommen und hat sie, bis auf die paar Jahre in Marburg vor langer Zeit, kaum je verlassen. Auch wenn sie ihn nach dem Zweiten Weltkrieg für kurze Zeit aus der Universität vertrieben haben: Heidegger kann sich hier wieder zuhause fühlen. Nirgendwo sonst ist er so sehr Teil einer Stadt und ihres geistigen Lebens.

Aber er weiß auch, dass die nächsten zwei Tage mit zu den schwierigsten gehören, die er zu überstehen hat. Celan gilt als unerbittlich. Heidegger hat Briefe von ihm, er weiß, dass Celan seine Bücher liest, aber was sagt das schon? Heidegger weiß auch, dass er, aus Celans Perspektive, nicht aus seiner eigenen, einiges zu verbergen hat. Mit leicht gesenktem Kopf hört er dieser hohen, mal getragenen, dann wieder stockenden Stimme zu, einem Deutsch, das viel östlicher klingt, als Heidegger es sich vorgestellt hat, altes Habsburgerisch, knarzend trocken, litaneienhaft-monoton singend. Celan wirkt müde, aber entschlossen.

*Stehen, im Schatten*
*Des Wundenmals in der Luft.*

*Für-niemand-und-nichts-Stehn.*
*Unerkannt,*
*für dich*
*allein.*

*Mit allem, was darin Raum hat,*
*auch ohne*
*Sprache.*

Celan spricht nicht laut und nicht richtig deutlich, er hat sich von Anfang an erfolgreich gegen ein Mikrofon gewehrt. Aber auch die, die an den Seitenwänden stehen müssen, sind schnell ruhig geworden. Im riesigen Vorlesungssaal kein Ton.

Nur Heidegger hört noch diese anderen Geräusche. Sie sind leiser als Celans Stimme, der ein paar Meter schräg vor ihm steht, aber doch überraschend laut. Heidegger, der auch kein glatter Schöntöner ist, der einen schweren alemannischen Zungenschlag hat, liegt sich selbst in den Ohren. Vor 34 Jahren hat er keine zweihundert Meter von hier den Höhepunkt seiner Universitätslaufbahn gefeiert, den er heute so gerne vergessen würde. Damals hat er seine berüchtigte Rektoratsrede gehalten. Nur fünf Minuten zu Fuß von der Stelle, an der jetzt Paul Celan steht, der jüdische Dichter aus Paris und Czernowitz. In der viel kleineren Aula im alten Gebäude, die nach einem Brand und diversen Bombenschäden renoviert werden musste.

Heidegger will das jetzt nicht mehr wissen, aber an diesem 27. Mai 1933 hat er versucht, die Wissenschaft zur Dienerin des neuen nationalsozialistischen Regimes zu machen. Auch wenn er das Wort »nationalsozialistisch« noch vermeidet. Heidegger ist in dieser Rede ideologisch auf Kurs: »Die geistige Welt« eines »Volkes«, orakelt er, »ist die Macht der tiefsten Bewahrung seiner erd- und bluthaften Kräfte«. Heidegger gibt sich als kompromissloser neuer akademischer Machthaber: »Die vielbesungene akademische Freiheit wird aus der deutschen Universität verstoßen.« Nach so einem Satz darf er sich glücklich schätzen, dass er überhaupt wieder hier sitzen darf.

Celan, der schon eine Dreiviertelstunde liest, hat gerade mit einer der härteren Prüfungen begonnen, sanft, eher tonlos, wie in der Erfüllung einer Pflicht.

*(…) er pfeift seine Rüden herbei*
*er pfeift seine Juden hervor läßt schaufeln ein Grab in der Erde*
*er befiehlt uns spielt auf nun zum Tanz*

Aber trägt Celan die »Todesfuge« überhaupt vor? Oder hört nur Heidegger sie, der, Gerhart Baumann gegenüber, oft betont hat, dass er *Mohn und Gedächtnis,* den Band, aus dem sie stammt, so schätze? Üblicherweise liest Celan sie nicht mehr. Er weiß, sie ist sein bekanntestes Gedicht, aber auch sein umstrittenstes. Manche fühlen sich in ihr vermutlich zu wohl. Sie entlastet sie, wenn sie weinen. Andere halten sie für zu weich, zu melodisch, fragen: Was sind das für Täter?

*Ein Mann wohnt im Haus der spielt mit den Schlangen der schreibt*
*der schreibt wenn es dunkelt nach Deutschland*

Celan hat, als er die »Todesfuge« geschrieben hat, mit alten Formen gespielt, mit Märchen und Liedern, die er in Czernowitz gehört und gelesen hat. Die Fuge – noch dort, im Frühling 1945 verfasst, wie Celan sagt – zieht ihre Hörer in sich hinein. Sie umgarnt sie mit dem samtenen Ton alter Weisen. Zu schön für Auschwitz, haben sie behauptet, aber vielleicht sind das genau die Menschen, die dieses Gedicht kaum anhören können, weil es zu nahe kommt? Sie sind versucht, sich wohlig zu gruseln, aber sie merken, es geht nicht. Sie merken, da wird von etwas gehandelt, das geschehen ist.

Nicht in Auschwitz, nicht in Tabaresti und auch nicht in Michailowka, wo Celans Eltern getötet wurden, oder in der Kariera am Bug, jenem Steinbruch, in dem der Lagerleiter einen Juden zum Tanz aufspielen und jüdische Mädchen zum Tanzen kommen ließ. Nein, Celan hat alles, was er damals erlebt, gehört und gelesen hat, in diesem Gedicht zusammengeführt.

In einem Gespräch mit dem Süddeutschen Rundfunk hat er 1954 gemeint: »Bei dieser unserer Wirklichkeit handelt es sich ja um ein vielschichtiges Gebilde, wo verschiedene Schichten freigelegt sein wollen durch das Gedicht.« Durch Gedichte Wirklichkeitsschichten freilegen. So kann man einen der wichtigsten Aspekte von Celans Poetologie charakterisieren. Das Gedicht ist nicht wirklichkeitsfremd, es geht tiefer in die Realität hinein, tut sich in nicht auf den ersten Blick überschaubarem Gelände um.

Wenn er die »Todesfuge« vorträgt, wird sie auch für Celan selbst zur Prüfung. Er setzt sich ihr aus, seine Stimme stockt, bricht, dann, plötzlich, erbarmt er sich seiner Hörer, peitscht sie, erhöht das Tempo, gibt ihr wieder Kraft.

*(...) stecht tiefer ins Erdreich ihr einen ihr andern singet und spielt*
*er greift nach dem Eisen im Gurt er schwingts seine Augen sind blau*
*stecht tiefer die Spaten ihr einen ihr andern spielt weiter zum Tanz auf*

Gehört auch Heidegger zu denen, die glauben, sie hätten gesühnt, wenn sie die »Todesfuge« einmal durch sich hindurch haben gehen fühlen und das überstanden haben? Geht sie auch ihm zu nahe, ist er deswegen manchmal selbst versucht, sie kitschig zu nennen? Oder meint er etwa, in ihr etwas »Einfaches« genießen zu können?

*ein Mann wohnt im Haus dein goldenes Haar Margarete*
*er hetzt seine Rüden auf uns er schenkt uns ein Grab in der Luft*
*er spielt mit den Schlangen und träumet der Tod ist ein Meister aus Deutschland*

Jedes Mal, wenn Celan sein gedehntes »Schlan-gen« sagt, wenn er das »g« isoliert, merkt er, dass die Leute spüren, welche Gefahr er meint. Jedes Mal, wenn er sein »träumet«, sein Märchen-»e«, wie gesungen auskostet, sind sie für einen Augenblick beruhigt. Dann lässt er den »Meister aus Deutschland« auftreten.

*dein goldenes Haar Margarete*
*dein aschenes Haar Sulamith*

Die schöne Deutsche, die schöne, verbrannte Jüdin. Muss Heidegger, der sich in seinen frühen Briefen an Elfride »Möhrchen« nannte, der einmal tiefschwarzes Haar hatte, bei diesen Versen an Hannah Arendt denken, die sich vor der Verfolgung in die USA retten konnte? Weiß Celan, dass Heidegger ein geheimes Liebesverhältnis mit ihr hatte? Könnte Heidegger es ihm sagen? Aber würde das etwas ändern?

Es sind wirklich komplizierte Tage. Heidegger muss doppelt nervös sein. Erst 1982 wird seine Liebe zu Hannah Arendt durch Elisabeth Young-Bruehls Arendt-Biographie allgemein bekannt werden. Aber wenn er jetzt an Arendt denken muss, ist das kein Zufall. Ob Celan an den Aushängen in der Universität schon gesehen hat, dass sie übermorgen in der Stadt sein wird, dass sie am selben Ort lesen wird wie Celan gerade jetzt? Wird er sie treffen wollen?

Heidegger und Arendt haben sich vor 17 Jahren zum letzten Mal gesehen. Hier in Freiburg. Damals ist es ihm gelungen, sie wieder ein Stück weit auf seine Seite zu ziehen. Sie haben sich getroffen und eine ganze Nacht lang ausgesprochen. Er kann so etwas, könnte er sich sagen. Das geht auch mit Celan. Aber Hannah, die er als siebzehnjährige Studentin kennengelernt hat, war über Jahre in ihn verliebt. Das bleibt doch anders.

*Verbracht ins*
*Gelände*
*mit der untrüglichen Spur.*

Heidegger horcht auf. Ein ganz anderer Ton, stimmlos, nüchtern. Er merkt, das ist jetzt Wirklichkeit. Celan hat nach einem kurzen Innehalten gerade mit dem Gedicht begonnen, das er, Ende der 1950er-Jahre, als Folge- und Gegenbild zur »Todesfuge« geschrieben hat. Schon der Titel zeigt es an: »Engführung« – der letzte Teil einer Fuge, das »Stretto«. Bei Celan ist es karg und nüchtern, die Sprache »grauer«, wie er sagt. Schon der Auftakt ist eine Täuschung: Wer von Celan das Wort »Verbracht« hört, hat sofort Bilder von Lagern vor sich, von Transporten dorthin, brutalen Szenen an Zügen. Damit rechnet man auch hier. Aber bald wird klar, dass es in diesem Langgedicht zuerst um das geht, was *nach* Auschwitz geschehen ist, es geht um Hiroshima, den Ort einer anderen Politik des Todes, die auch verdrängt werden soll, es geht um die Frage, welche Spuren sie hinterlassen hat, was sie in den Menschen bewirkt, und wie diese mit der Atombombe weiterexistieren. In diesem Sinn ist die »Engführung« für Celan eine Ausweitung. Wobei die Querverbindung zwischen Hiroshima und Auschwitz durch einen makabren Scherz gelingt:

*Ich bins, ich,*
*ich lag zwischen euch, ich war*
*offen, war*
*hörbar, ich tickte euch zu, euer Atem*
*gehorchte, ich*
*bin es noch immer, ihr*
*schlaft ja.*

Celan lässt nicht den Feldweg sprechen, sondern die Bombe. Er gibt ihr etwas makaber Zutrauliches. Bevor es »tickt«, meint man ein Kind zu hören, das einmal zwischen den Eltern lag. Und plötzlich hat es sich verwandelt – aber die, zwischen denen die Bombe gelegen hat, bleiben so etwas wie Eltern. Die Bombe ist ja auch menschengemacht, ein Menschenkind. Aber Celan ist, wenn er »Engführung« liest, auch versucht, an sich selbst zu denken, an die eigenen Eltern, an die Geborgenheit, zwischen ihnen zu liegen. So hätte es gewesen sein können. Jetzt sind sie weg. Auch sie schlafen nicht nur. Sie sind tot. Und das Kind geht über ein Feld, auf dem Menschen zu sehen sind, die nicht bluten, aber bewegungslos bleiben. Sie schlafen, denkt es.

Auch »Engführung« hat etwas Melodisches, aber im Vergleich zur »Todesfuge« ist die Klangfülle deutlich zurückgenommen. Und die rhythmischen Wiederholungen, die es ebenfalls gibt, die zu den Eigenschaften der Fuge und ihrer Engführung gehören, sind nicht eingängig, sondern fremd. Da gibt es Kinder-Wortspiele, und auf einmal wird es ernst.

*Kam, kam.*
*Kam ein Wort, kam,*
*kam durch die Nacht,*
*wollt leuchten, wollt leuchten.*

*Asche.*
*Asche, Asche.*
*Nacht.*
*Nacht-und-Nacht (…)*

Gegen Ende führt Celan seine Hörer wieder in den irreführenden Anfang zurück. Von Hiroshima geht es nach Auschwitz:

*Verbracht*
*ins Gelände*
*mit*
*der untrüglichen*
*Spur:*

*Gras.*
*Gras,*
*auseinandergeschrieben.)*

Jetzt sind Hiroshima und Auschwitz, die zwei zusammengeführten Motti des Stretto, wieder getrennt, »auseinandergeschrieben«.

Celan hält inne. Zwei, drei Huster im riesigen Saal. Erst jetzt setzt, schüchtern, dann lauter, Geklopfe ein. Einige stehen auf und klatschen. Celan, der seinen Kopf reckt, will aufhören. Aber sie applaudieren weiter. Er steht. Soll er gehen, wie ein Schauspieler oder Pianist, um nach einer zum Triumph ausgebauten Wartezeit wiederzukommen?

Heidegger, fällt ihm ein, hat sich dem Protest gegen Atomwaffen angeschlossen. Könnte »Engführung« sein Gedicht sein? Er kann sagen, es handelt vom Verschatteten der Technik.

Celan bleibt. Es müssen Minuten sein, die er dort vorne steht. Er genießt es, diese jungen Deutschen, deren Eltern in der Mehrzahl Mitläufer und Schlimmeres gewesen sein müssen, von seinen Gedichten gebannt zu sehen.

Wenn sie nicht aufhören mit dem Beifall, wird er noch aus dem Manuskript lesen müssen, das er mitgebracht hat. Das Buch gibt es noch nicht. *Atemwende* soll im November erscheinen, aber weil Celan anschließend auch noch nach Frankfurt zu Unseld reist, hat er die Gedichte schon dabei.

Ob der wichtigste Adressat dieses Abends applaudiert hat? Während der ganzen Lesung hat Celan kaum auf Heidegger Acht geben können. Wenn sein Blick die erste Reihe gestreift hat, war das Gesicht ungerührt.

~

Heidegger ist schwer berechenbar. Scheu und überheblich zugleich, wirkt der kleine Mann in einer Situation instinktsicher, in der nächsten fremd. Es gibt einige Fotos und Filmaufnahmen von ihm aus seinen letzten Lebensjahren. Vor allem in den Filmen steht, geht und sitzt der Denker noch in den 1960er-Jahren wie einer, der zum ersten Mal eine Kamera sieht und unsicher-ironisch lächelnd kaum glauben kann, dass sie in irgendeiner Form Verbindung mit ihm aufnimmt. Die Fotografien von Digne Meller-Marcovicz, die beim *Spiegel*-Gespräch mit Rudolf Augstein 1966 dabei war, ein Jahr vor der ersten Begegnung mit Celan, zeigen ein abenteuerlich vielschichtiges Bild. Mal gibt sich Heidegger im Kreis seiner Besucher wie ein irrer Kauz, ein andermal wie ein bedeutender, zurückhaltender Gelehrter. Ganz offensichtlich nutzt dieser Schauspieler die Bühne, die ihm geboten wird.

Dazwischen wirkt er manchmal auch nur müde. Wie viel die Rolle des ungeschickten Landmanns aus dem frühen 20. Jahrhundert, der wenig von modernen Dingen versteht, tatsächlich mit ihm zu tun hat, lässt sich schwer abschätzen. Deutlich ist es ihm darum zu tun, ein Bild friedfertiger Gelassenheit zu erzeugen.

Das war nicht immer so. Eine der eindringlichsten Schilderungen seiner Existenz während der NS-Zeit stammt von Karl Löwith, der nicht nur das sanft spöttische Buch *Heidegger – Denker in dürftiger Zeit* geschrieben hat. Der 1897 geborene Münchner Malersohn und Philosoph, ein früher Heidegger-Schüler, der dank eines Stipendiums für die ersten Jahre nach der »Machtergreifung« nach Italien gehen konnte, wo Juden unter dem Faschisten Mussolini lange nicht verfolgt wurden, hat in der Zeit seiner späteren japanischen Emigration an einem Preisausschreiben der Harvard University teilgenommen, für das Erfahrungen in Deutschland vor und nach 1933 gesucht wurden. Löwith, der sich 1940, als er seinen 150-seitigen Lebensbericht schreibt, nach dem deutsch-japanischen Bündnis in seinem asiatischen Exil zunehmend isoliert fühlt, plant da schon, in die USA weiterzuziehen.

In seinem erst aus dem Nachlass veröffentlichten Text, den Heidegger nie gesehen hat, schildert Löwith, wie er ihn 1933 in Freiburg besucht und 1935 in Rom wiedergetroffen hat, wie er selbst auch dazwischen ab und zu in Deutschland gewesen ist. Es ist ein giftiges, aber auch entschieden-genaues Porträt seines Lehrers, den Löwith, wie viele seiner Kommilitonen, als Denker immer bewundert hat. Noch der Emigrant spürt: »Die Faszination, die Heidegger durch seine unbestimmte Entschiedenheit und seine erbarmungslose Kritik auf uns ausgeübt hat, ist nicht von seiner Person gewichen.« Aber mit Heidegger »als Mensch« hatte Löwith Probleme:

> *Heideggers Gesicht läßt sich nur schwer beschreiben, denn er konnte einen nie anblicken, mit offenem Blick und auf längere Zeit. Der natürliche Ausdruck seines Gesichts war: arbeitende Stirn, verhängtes Gesicht und niedergeschlagene Augen, die sich nur ab und zu mit einem sekundenlangen Aufblick der Situation vergewisserten. Zwang man ihn im Gespräch zu einem direkten Anblicken, so wurde sein Ausdruck verschlossen und unsicher, denn die Aufrichtigkeit im Verkehr mit anderen war ihm versagt. Natürlich war ihm dagegen der Ausdruck eines vorsichtigen, bauernschlauen Mißtrauens.*

Löwith ist, ganz im Gegensatz zu Heidegger, ein Liebhaber des offenen, genauen Blicks. Schon als Heideggers Student gab er sich mehr als gleichwertiger Diskussionspartner denn als Schüler. Er schrieb Heidegger selbstbewusste Briefe und kritisierte ihn auch in seiner bei Heidegger verfassten Habilitationsschrift. Worauf Heidegger in seinem Gutachten humorvoll lobend reagierte: »Selbst das Verhältnis zur phänomenologischen Forschung ist nirgends schülerhaft und äußerlich; zuweilen sogar eher übertrieben selbständig, sodass die Kritik an Schelers und meinen eigenen Untersuchungen nicht überall zum Positiven vordringt.«

Noch als Heidegger 1933 Rektor in Freiburg geworden ist, trifft ihn Löwiths Blick. Wieder ist der Ort nur ein paar Minuten, Gänge und Treppen von dem Platz entfernt, den Heidegger heute im Audimax besetzt. Auch damals sitzt er.

> *Als ich ihn 1933 in seinem Rektoratszimmer aufsuchte, saß er verloren, mürrisch und unbequem in der Weite des vornehmen Raums, und man fühlte seinen Anordnungen und Bewegungen das Unbehagliche an. Er forderte auch noch selbst diesen Abstand heraus durch das Ungewöhnliche seiner Kleidung: eine Art Schwarzwälder Bauernrock mit breiten Aufschlägen und einem halb militärischen Kragen und dazu Kniehosen, beides aus*

> *dunkelbraunem Tuch, eine »je eigene« Kleidung, die das »man« vor den Kopf stoßen sollte und die wir damals belächelten, aber noch nicht als eigenartige Zwischenlösung zwischen dem bürgerlichen Anzug und der Uniform der S.A. erkannten. Das Braun des Tuches stand gut zu seinem tiefschwarzen Haar und seiner dunklen Gesichtsfarbe. Er war ein kleiner, dunkler Mann, der zu zaubern verstand, indem er vor den Hörern verschwinden ließ, was er eben noch vorgezeigt hatte. Die Technik des Vortrags bestand im Aufbau eines Gedankengebäudes, das er dann selbst wieder abtrug, um den gespannten Zuhörer vor ein Rätsel zu stellen und im Leeren zu lassen.*

Ein Zauberer, der an diesem 24. Juli 1967 zu einem anderen, jüngeren Zauberer aufsehen muss. Auch Celan ist ein Wortkünstler, verwandelt Auschwitz in Hiroshima und Kinder in Bomben, führt Margarete und Sulamith zusammen und macht ihnen doch klar, dass sie nie zusammenkommen können.

Brigitte Ehrenreich, eine in Paris lebende, langjährige österreichische Geliebte Celans, die ihn Anfang der 1950er-Jahre kennenlernte, überträgt die Künste Celans in ihrem späten Erinnerungsbuch *Celans Kreidestern* auf einen anderen Bereich:

> *Er war ein Dichter, aber auch, das steht außer Zweifel, zu jeder Zeit auch ein Verführer, mit einem feststehenden Repertorium an Zauberkünsten (…) nicht besonders groß, den Kopf leicht nach vorne geneigt, den Blick seiner dunklen Augen zugleich werbend und aufmerksam, so zog er durch die Straßen und Gassen, neben der Zeit, ihr immer um einen Schritt voraus und mit tausend Schritten im Früher festgenagelt.*

~

Celan bleibt am Pult. Er scheint noch etwas vortragen zu wollen. Das kann Heidegger nur recht sein. Er wird auch das noch aushalten. Je länger Celan lesen darf, je begeisterter die Leute sind, desto zufriedener wird er sein. Desto weniger Schwierigkeiten wird es zwischen ihnen beiden geben.

Die Gefahr, dass es Probleme geben wird, ist groß. Unter anderem muss Heidegger annehmen, dass Celan weiß, dass hier – direkt auf dem Europa-Platz vor dem Kollegiengebäude II, in dem Celan gerade überlegt, was er noch hinzufügen soll – die alte Freiburger Synagoge stand. Mitten in der Stadt. Bis in der Nacht vom 9. auf den 10. November 1938 von SS und SA Feuer an sie gelegt wurde.

Die Zerstörung der Synagogen markierte den Übergang von Entrechtung, Diskriminierung und Verfolgung jüdischer Menschen hin zu Deportation und Shoah. Am 22. Oktober 1940 wurden mehr als 450 jüdische Bürgerinnen und Bürger aus Freiburg und Umgebung auf Befehl der nationalsozialistischen Gauleitung von der Güterhalle des Freiburger Bahnhofes aus in das südfranzösische Lager Gurs deportiert. Die Deportationen aus Baden und der Pfalz waren die ersten von westdeutschem Gebiet. Gauleiter Robert Wagner soll ein brutaler Fanatiker gewesen sein.

Heideggers Weg zur Rektoratsrede muss an der Synagoge vorbeigeführt haben. Heidegger muss sie mehrmals wöchentlich passiert haben, erst intakt, dann in Ruinen. Die Rede selbst hat sie noch mitanhören müssen. Es dauerte bis 1951, bis die letzten Reste beseitigt wurden. War Heidegger in all diesen Jahren nicht in der Stadt? Er hat sich auch nach dem Krieg nie öffentlich zu solchen Ausschreitungen geäußert.

An der Universität hat er 1938 über Nietzsche doziert, sich auf die *Unzeitgemäßen Betrachtungen* bezogen, über das Verhältnis des Menschen zur Vergangenheit im Vergleich zu der Gegenwartsbezogenheit des Tieres gelesen. Der Mensch, heißt es da einmal, ist nicht nur *animal rationale*, nicht nur »auf Macht und Herrschaft« aus. Wenn er jetzt in diesem Universitätshörsaal sitzt und über die Runden kommen will, muss Heidegger sich wie ein Tier verhalten, instinktsicher in der Gegenwart bleiben, in die Zukunft schauen. Sonst müsste er sich, wie viele andere Professoren aus dieser Zeit, schämen. Nicht nur auf Macht und Herrschaft aus – bei einem Rhetoriker der »Entscheidung«, des »unbedingten« Einsatzes, bei einem Freund des strammen Marschierens, markiert das eine seiner Kehren, die Heidegger nie richtig durchhalten wird.

Auch die Begegnung mit Celan hat nicht gut angefangen.

~

Nachdem Celan von seinem Zimmer heruntergekommen ist, herunter aus seinen Czernowitz-Träumen, hat er die Gesellschaft unten im Hotelfoyer sitzen gesehen: Baumann und seine Frau, Neumann, irgendwann ist Heidegger dazugekommen.

Zuerst weiß Celan gar nicht, was er mit diesem noch kleineren Mann anfangen soll. Seine Schriften hat er gründlicher studiert als die aller anderen Philosophen. Er fühlt sich ihm nahe. Aber er fürchtet, das Zeichen eines unverbesserlichen Nazis zu bemerken. Auch seine schwankende psychische Verfassung trägt nicht dazu bei, Celan sicherer zu machen.

Heidegger hat es in dieser Hinsicht einfacher. Auf allen Fotografien, die es aus dieser Zeit gibt, vermittelt der 76-Jährige schon etwas, was man Altersgleichgültigkeit nennen könnte. Heidegger hat einen Gemütlichkeitspanzer entwickelt, in dem er sich gut verstecken kann. Sein Hemd ist gestärkt mit all den rhetorischen Formeln und Verhaltensförmlichkeiten, die der kleinbürgerliche katholische Mesnersohn in der gebildeten Gesellschaft hat lernen müssen. Früher war ihm das zuwider. Im Alter kommt es ihm zupass.

Aber spätestens, als Heidegger Celan gesehen hat, muss ihm aufgegangen sein, dass es nicht so einfach sein wird wie vor zehn Jahren mit dem älteren Martin Buber, der keine Lust mehr hatte zu streiten. Der sich Versöhnung und Liebe auf die Fahnen geschrieben hatte, auch wenn sie in dem einen oder anderen Fall den Falschen treffen konnten.

Bei Celan ist das anders. Heidegger hätte es sich denken können, doch das Heikle der Situation ist ihm erst klar geworden, als er, nach der ersten freundlichen Begrüßung, Celans noch immer leicht unausgeschlafenen, aber bald interessiert-ironischen Blick bemerkt hat, den Schafspelz dieser Augen. Er kennt ihn auch von den Fotos. »Du weißt, dass ich weiß«, sagen die Augen.

Celan kann nicht vergessen. Das kann unangenehm werden. Wenn Celan will, zieht er auf einmal die eine oder andere von Heideggers Reden heraus. Celan, das merkt Heidegger jetzt, ist ein hochempfindlicher, unsteter, explosiver Charakter. Und dazu ist er sehr genau. Heidegger hat gehört, dass er gelegentlich in der Pariser Bibliothèque Nationale sitzt, um alte deutsche Zeitungen zu lesen, wie *Das Reich*, Goebbels' gehobene kulturelle Wochenschrift. Nicht selten entdeckt er Namen darin, die noch heute unter feuilletonistischen Artikeln stehen.

Noch im Hotel ist es zum Eklat gekommen. Er verdankt sich einer Figur am Rande der Szene: Professor Baumanns Frau, eine Erbin und Literaturbegeisterte, die Baumanns gediegenen Lebensstandard, seinen Hang zu sehr gutem Essen, mitfinanziert, will Dichter und Denker beim Auftakt des historischen Treffens im Entrée des Hotels in Szene setzen. Als sie sich in Stellung bringt, springt der bis dahin abwartend-zurückhaltende Celan auf, ruft erregt: »Keine Fotos! Keine Fotos!«, und verschwindet auf sein Zimmer.

Ob Heidegger von Baumann gefragt worden ist, ob er etwas gegen ein Foto habe? In seinen Erinnerungen erzählt Baumann davon nichts. Nur davon, wie Heidegger, nach Celans Abfuhr, den gutmütigen Großherzog gab. Ruhig soll er zu Baumann etwas gesagt haben, was auf ein Vorwissen deuten könnte, auf einen gemeinsamen Plan: »Er will nicht, na gut, dann lassen wir es.« Die Situation bleibt angespannt.

Nach einer Weile kommt Celan zurück. Er wirkt noch nervöser als zuvor. Aber er wäre zu einer Aufnahme bereit. Doch jetzt wirkt seine Ablehnung nach. Frau Baumann mag nicht mehr. Scheu macht sich breit.

Irgendwann ist es dann glücklicherweise Zeit, zur Universität zu gehen. Heidegger duckt sich noch in der Erinnerung. Die Idee einer Fotografie war ihm entgegengekommen. Eine Dokumentation des Treffens wäre wünschenswert. Aber wichtiger ist, dass Celans Missstimmung nicht weiter steigt.

Er hat noch immer nicht aufgehört mit seinem Blätterrascheln dort vorne.

Heidegger wollte doch sanft sein und will es noch immer. Auf eine vertrackte Weise ist er gerührt über sich und diesen jüdischen Dichter, der so empfindsam ist, der, noch mehr als er selbst, die Wörter auf die Goldwaage legt, immer. Heidegger weiß da noch nicht, dass Celan die von ihm eingefädelte Präsentation in den Schaufenstern bemerkt und sich positiv dazu geäußert hat. Dass der erste Schritt seiner Bemühungen erfolgreich war. Heidegger möchte mit Celan ins Gespräch kommen, und Celan will es mit Heidegger. Aber unter welchen Bedingungen und mit welchem Ziel?

»Er steht am weitesten vorne und hält sich am meisten zurück«, hat Heidegger an Baumann über Celan geschrieben. So sähe sich Heidegger gerne selbst, größter geistiger Wagemut im bescheidenen Eremitendasein. Nachdenklichkeit und Überschwang untrennbar verbunden. Dabei hat er sich damals ein, zwei Jahre lang viel zu weit aus dem Fenster gelehnt.

*Die deutsche Studentenschaft ist auf dem Marsch.*

Er hat nichts mehr gedacht. Seine Rede war ein Marschbefehl, nichts sonst.

*Aus der Entschlossenheit der deutschen Studentenschaft, dem deutschen Schicksal in seiner äußersten Not standzuhalten (…).*

Welches Schicksal? Warum immer »deutsch«?

*(…) die hohe Schule, die aus Wissenschaft und durch Wissenschaft die Führer und Hüter des deutschen Schicksals des deutschen Volkes (…).*

Währenddessen holt Celan Atem für den letzten Teil seiner Lesung. Kommt auch in ihm die Erinnerung an die Rektoratsrede hoch? Warum hatte er Angst vor einem gemeinsamen Foto mit diesem in sich verkapselten kleinen Mann, der da vor ihm sitzt und sich dagegen wehren muss, dass er all das, was Celan vorträgt, auf sich bezieht? Warum musste Celan vorhin aufspringen?

Es wäre die Kapitulation gewesen, von vornherein, vor der Zeit. Das hübsche Foto: der Nazirektor unweit seiner alten Wirkungsstätte, neben dem Ort der verbrannten Synagoge, vereint mit dem verfolgten Juden, der beide Elternteile im KZ verloren hat, jetzt vorsichtig lächelnd.

Alles geben, wo noch nicht im Mindesten klar ist, wie man sich allenfalls verständigen könnte. Das kann es nicht sein.

Nun ja, Celans Blick hätte Distanz oder Unwohlsein ausdrücken können. Wahrscheinlich hätte er Baumann, der sehr darauf zu achten scheint, dass es ihm gut ergeht, sogar darum bitten können, eine misslungene Aufnahme zu vernichten. Mit solchen Gedanken im Kopf war Celan am Ende zurückgekehrt und doch bereit gewesen. Aber es war wohl gut, dass er instinktiv brüsk abgelehnt hat. Die Sache wäre an ihm hängen geblieben. Auch jetzt muss er ein Zeichen setzen. Er richtet sich noch einmal auf und liest ein Gedicht, das sich wie ein Triumph anhört.

*Weggebeizt vom*
*Strahlenwind deiner Sprache*
*das bunte Gerede des An-*
*erlebten – das hundert-*
*züngige Mein-*
*gedicht, das Genicht.*

*Aus-*
*gewirbelt,*
*frei*

– wenn Heidegger will, kann er den zweiten Teil des Gedichts schon als Anspielung auf den Weg zu seiner Hütte sehen –

*der Weg durch den menschen-*
*gestaltigen Schnee,*
*den Büßerschnee, zu*
*den gastlichen*
*Gletscherstuben und -tischen.*

Celan kann sich sein Standhalten dort oben vorstellen. Sein Atemkristall wird bleiben.

*Tief*
*in der Zeitenschrunde,*
*beim*
*Wabeneis*
*wartet, ein Atemkristall,*
*dein unumstößliches*
*Zeugnis.*

~

Celans Angst, von Heidegger instrumentalisiert zu werden, ist durchaus berechtigt. Persilscheine von Juden waren für in den Nationalsozialismus verstrickte Zeitgenossen noch lange nach Ende des Krieges heiß begehrt.

Anzunehmen, dass Heidegger solche Strategien fernlagen, wäre naiv. Schon am 1. September 1945 verspricht er sich, in einem Brief an den Tübinger Historiker Rudolf Stadelmann, ehemals Reiter-Standarte der SA, einiges davon, dass er im Zusammenhang mit Sartres Existenzialismus in Frankreich jetzt als »Mode-Philosoph« gelte. Und im berühmten *Spiegel*-Interview mit Augstein, das erst nach Heideggers Tod veröffentlicht werden durfte, aber ein knappes Jahr vor dem ersten Treffen mit Celan geführt wurde, versucht er den Kontakt zu René Char zu instrumentalisieren. Er bettet ihn ein in seine seit Jahrzehnten geäußerte, aktualisierte Kritik an modernen Lebensverhältnissen:

> *Es funktioniert alles. Das ist gerade das Unheimliche, daß es funktioniert, und daß das Funktionieren immer weiter treibt zu einem weiteren Funktionieren und daß die Technik den Menschen immer mehr von der Erde losreißt und entwurzelt. Ich weiß nicht, ob Sie erschrocken sind, ich bin jedenfalls erschrocken, als ich jetzt die Aufnahmen vom Mond zur Erde sah. Wir brauchen gar keine Atombombe. Die Entwurzelung des Menschen ist schon da. Wir haben nur noch rein technische Verhältnisse. Das ist keine Erde mehr, auf der der Mensch heute lebt. Ich hatte kürzlich ein langes Gespräch mit René Char, wie Sie wissen, dem Dichter und Widerstandskämpfer. In der Provence werden jetzt Raketenbasen errichtet, und das Land wird in einer unkontrollierbaren Weise verwüstet.*

Sogar seine Gesprächspartner, die ihm ansonsten viele Ausflüchte durchgehen lassen – der zweite anwesende Journalist, Georg Wolff, war vor seiner Karriere beim *Spiegel* unter anderem bei der SS –, bemerken die an diesem Ort überflüssige Erwähnung des »Widerstandskämpfers«. Neben dem »Willen zur Wahrheit« sei, so Augstein und Wolff, auch der Versuch zu bemerken,

> *zu schönen. Dass dieser oder jener seiner französischen Bewunderer und Freunde einst ein Widerstandskämpfer war – so belanglos das ist, er vergisst nicht, es zu erwähnen. So lehnt er, der des Fraternisierens mit den Nazis Beschuldigte, sich schutzsuchend an die Schulter der Résistance: eine eher rührende als berechnende Geste. (…)*

Man möchte sagen: berechnend. Aber, angesichts der Offensichtlichkeit des Verfahrens, auch rührend. Doch selbst wenn Celan solche Strategien erkennt, immer vor ihnen auf der Hut ist: ein Treffen mit dem schon damals berühmtesten jüdischen Gegenwartsdichter deutscher Sprache ist für einen deutschen Denker, der weltberühmt ist, aber nach dem Zweiten Weltkrieg bis 1951 unter offiziellem Lehrverbot stand, eine erfreuliche Sache.

Gerade weil es in den letzten Jahren wieder zu üblen Vorkommnissen gekommen ist. Unter anderem solchen, die am Ende zu dem Gespräch mit dem *Spiegel* geführt haben. Eine positive Besprechung von Alexander Schwans' kritischem Buch *Politische Philosophie im Denken Martin Heideggers* durch Wolff hat Heidegger, einen regelmäßigen *Spiegel*-Leser, zu einem Leserbrief animiert, der sich, untypisch knapp, auf ein paar Fakten konzentriert: »Es ist unwahr, dass ich während meines Rektorats (Ende April 1933 bis Februar 1934) meinem Lehrer Husserl in irgendeiner Weise das Betreten der Universität verboten habe.« Und: »Es ist unwahr, dass 1933 von meiner Seite die Beziehungen zu Husserl und Jaspers abgebrochen wurden.«

Das war Erhart Kästner, einem Vertrauten Heideggers in dieser Zeit, nicht genug. Selbst während der NS-Zeit als Pressebeauftragter der Truppe in Griechenland stationiert, hatte Kästner deutsche Besatzungssoldaten in klassizistisch-feinsinniger Reiseprosa zu quasigriechischen Göttern gemacht. Nach dem Krieg war er durch bereinigte Versionen seiner Bücher und dank Folgebänden wie *Göttlich aber war Kreta* zu einer der edleren Federn der deutschen Publizistik geworden. Schon lange ist er Direktor der Herzog-August-Bibliothek in Wolfenbüttel. Er redet dem verehrten Martin Heidegger eindringlich zu, die Gelegenheit des *Spiegel*-Interviews, das er vermitteln könne, zu ergreifen:

> *Ich wünschte mir nichts dringlicher, lieber und verehrter Herr Professor, als daß Sie es aufgäben, sich nicht zu verteidigen. Sie wissen gar nicht, wieviel Kummer Sie Ihren Freunden machen dadurch, dass Sie es bisher trotzig verschmähten.*

Kästner ist auch eine wichtige Mittlerfigur zu Celan. Hat er doch die Lobrede zum Büchner-Preis in Darmstadt gehalten. Für Celan ist er einer der wenigen, denen er zugesteht, zu wissen, was »Umkehr« bedeutet.

Heidegger lässt sich am Ende überzeugen. Seit Schneebergers Dokumentation von 1962 sieht er sich wieder vermehrt Vorwürfen im Zusammenhang mit seinen Verstrickungen in der NS-Zeit ausgesetzt. Das milde Zwischenhoch der 1950er-Jahre, das ihm wieder öffentliche Vorträge ermöglicht hat, ist vorbei. Es gilt, sich zu behaupten.

# 5
# »DU HAST MEINE AUFMERKSAMKEIT GESCHÄRFT.« CELANS FRÜHE POLITISCHE ENTWICKLUNG UND IHRE AUSWIRKUNGEN AUF DIE GEGENWART

Zu der Zeit, als sich Paul Celan und Martin Heidegger zum ersten Mal treffen, ist der Vietnamkrieg in vollem Gange. Anfang Juni hat General Thieu die USA »zu Hilfe gerufen«, um den Aufstand der Buddhisten und Katholiken in Hué niederzuschlagen. Die Situation ist noch einmal eskaliert. Aber je länger der Krieg dauert, desto mehr Widerstand macht sich breit. Auch in Deutschland, wo von Regierungsseite gerne behauptet wird, in Vietnam werde »die Freiheit Berlins« verteidigt, gibt es zunehmend Proteste. Zuerst vor allem bei Studenten und in einer kleinen, alternativen Presselandschaft. Ulrike Meinhof, ein 1934 geborenes Kriegskind, schon in den 1950er-Jahren bei »Gegen den Atomtod« aktiv, einer der ersten deutschen Bürgerrechtsbewegungen, ist seit 1959 Redakteurin der Zeitschrift *Konkret* und schreibt auch über französische Folter im algerischen Befreiungskampf.

Für die Studenten sind, neben der Antiatombewegung, die autoritären Regime im Ausland und die gegen sie erfolgreichen oder noch kämpfenden Befreiungsidole Fidel Castro, Che Guevara, Mao und Ho Chi Minh wichtig. Doch seit Mitte der 1960er-Jahre gibt es zunehmend auch innerdeutschen Anlass zum Protest. Die nationalsozialistische Vergangenheit wird intensiver als bisher analysiert. Schon 1960 hat Gerhard Schoenberner sein gut bebildertes, materialreiches dokumentarisches Buch *Der gelbe Stern. Die Judenverfolgung in Europa 1933–1945* einer breiteren Öffentlichkeit zum ersten Mal das Ausmaß des Holocaust vor Augen geführt. Da passt es, dass der am 1. Dezember 1966 gewählte CDU-Kanzler Kurt Georg Kiesinger schon 1933 NSDAP-Mitglied geworden und es bis 1945 geblieben ist. Während des Zweiten Weltkriegs war Kiesinger zum stellvertretenden Leiter der Rundfunkpolitischen Abteilung aufgestiegen, die für die Überwachung und Beeinflussung der ausländischen Radiosender zuständig war. Auch wenn 1966 noch nicht alles über Kiesinger in der NS-Zeit bekannt ist: Schon das, was man bisher weiß, heizt die Proteste an. Gegen die große Koalition aus SPD und CDU bildet sich die stark studentisch bestimmte »Außerparlamentarische Opposition« (APO) als Sammelbecken des Widerstands.

Am 2. Juni 1967, kurz bevor Paul Celan in St. Anne seinen Deutschland-Urlaub erhält, kommt es in Berlin zum Skandal: Während der Demonstration gegen den Besuch des Schahs von Persien wird der Student Benno Ohnesorg von mehreren Polizisten verprügelt und von einem von ihnen, Karl-Heinz Kurras, erschossen. Während der Demonstration kesseln Polizisten auch andere Demonstranten ein, greifen Einzelne wahllos heraus, misshandeln sie und behaupten anschließend einen Polizistenmord. Auch sogenannte »Jubelperser«, prügelnde Agenten des iranischen Geheimdiensts, sind am Geschehen beteiligt. Sie ergänzen die Springer-Presse, die das autokratische Regime des Schahs im Vorfeld des Besuchs seit Wochen begeistert feiert. Die gewalttätige Niederschlagung des Protests, der Tod von Benno Ohnesorg sind in Deutschland *der* Auftakt für die studentische Radikalisierung.

Auch Paul Celan gerät, durch Zufall, Liebe und seine eigene Geschichte, in die Nähe der Studentenbewegung. Schon im März 1964 lernt er Gisela Dischner kennen, eine 24-jährige Friesin, die in München Germanistik studiert. Die in der Studentenvertretung AStA (dem »Allgemeinen Studierendenausschuss«) engagierte, umtriebige junge Frau nutzt einen Frankreich-Urlaub, um in Paris Paul Celan aufzusuchen. Sie will ihn zu einer Lesung im Münchner »Theater an der Leopoldstraße« überreden. Schon beim ersten Treffen diskutieren die beiden eingehend über Gottfried Benn. Celan ist beeindruckt, dass Dischner ihm Parallelen zwischen Benns Lyrik und dem eigenen Werk aufzeigen kann, und lädt die Studentin zu seiner Familie nach Hause ein. Nach dem Essen zeigt er ihr seine Bibliothek, das Treffen dauert bis spät in die Nacht. Immer wieder verblüfft Dischner Celan mit ihrem Wissen, und er macht sie mit seiner geistigen Welt bekannt. Celan schenkt Dischner seine Übersetzungsauswahl *Drei russische Dichter,* erzählt ihr von dem von ihm verehrten Ossip Mandelstam, einem jüdischen Opfer des stalinistischen Terrors, hört ihr aufmerksam zu, nimmt sie, wie sie sagt, »ernst«.

Im darauffolgenden Herbst beginnt eine Liebesbeziehung, die schon nach wenigen Monaten endet. Celan, nach Kritiken an der Ästhetik der »Todesfuge« in einer tiefen psychischen Krise, erscheint unentschuldigt nicht zu einem Besuch in München. Dischner verliebt sich kurz darauf in den deutschen Lyriker Chris Bezzel. Er wird nie richtig bekannt, arbeitet aber einige Monate danach für kurze Zeit als Lektor beim Suhrkamp-Verlag. Dischner fährt im März 1965 nach Paris, der Abschied von Celan dauert einen Monat.

In der Folge sehen sich die beiden selten, schreiben sich aber Briefe, die Hinweise darauf geben, wie sich die deutsche Gesellschaft zunehmend politisiert, und wie Celan, mit eigenen existenziellen Schwierigkeiten konfrontiert und deshalb anfangs kaum beteiligt, erst allmählich seine Position zu den Geschehnissen findet.

Im Oktober 1965 teilt Dischner Celan mit, dass sie im Büro von Lorenz Knorr arbeite, einem ursprünglich sudetendeutschen Sozialdemokraten, der 1960 den NATO-Beitritt Deutschlands kritisiert hat. Jetzt bezeichnet Knorr hochrangige Bundeswehrgeneräle wie Hans Speidel und Adolf Heusinger, die im Zweiten Weltkrieg an verantwortlicher Stelle mit dabei waren, als »Kriegsverbrecher«.

So kommt Dischner dem neuen deutschen Kommunismus näher. An Celan schreibt sie am 14. Oktober 1965: »Ich werde weiterhin die beunruhigenden Tendenzen in Deutschland beobachten und Dir davon berichten, natürlich Dir, denn Du hast meine Aufmerksamkeit geschärft.«

Fortan berichtet Dischner recht regelmäßig und eifrig. Elf Tage später, am 25. Oktober, schreibt sie Celan von der Frankfurter Buchmesse:

> *Mit Augstein hatte ich auf dem Kritikerempfang ein ziemlich scharfes Gespräch (ich fragte ihn, weshalb er nichts von Vietnam bringe und im Springer-Jargon von Vietcong spreche). Und stellte fest, dass Augstein so gut wie resigniert. »Was denken Sie«, sagte er, »ich kämpfe ständig gegen meine eigenen Spiegelleute! Die haben vor vier Jahren noch CDU gewählt!«*

Celan antwortet nicht. Was auch damit zu tun hat, dass er Ende November 1965, nach dem Mordversuch an Gisèle, in Garches (im Département Haute-Seine) interniert wird und sich – abgesehen von zwei Wochen Skiurlaub im Walliser Ferienort Crans-Montana mit Eric – in psychiatrischer Behandlung befindet. Zuerst in Garches, dann in Suresnes und vom 7. Februar bis zum 11. Juni 1966 zum ersten Mal in St. Anne.

Noch in Unkenntnis der laufenden Behandlung auf einer geschlossenen Station dort schreibt Dischner am 24. Mai 1966 an Celan:

> *Ich habe Herbert Marcuse kennen gelernt – er war hier zum Vietnam-Kongress und hielt ein großartiges Einführungsreferat. (...) Du solltest Marcuse kennenlernen, er ist ein wunderbarer Mensch, eine Art humaner Stärke geht von ihm aus, er ist ganz so, wie er schreibt (und wie selten ist das).*

Celan wird nach den ersten Gesprächen mit Heidegger auf Marcuse zurückkommen. Dischner beschließt den Brief mit einer kurzen, von Parolendeutsch durchzogenen Notiz:

> *(...) es gibt auch noch das andere Deutschland, das gegen Faschismus, Notstandsgesetze, Vietnam einen verzweifelten und vielleicht aussichtslosen Kampf führt – die Solidarität angesichts der Bedrohung – vielleicht wird sie stärker.*

Kurz darauf, im Juni 1966, erfährt Dischner über den Suhrkamp-Lektor Walter Boehlich von Celans Behandlung in der Psychiatrie, von seiner, wie sie sagt, »chemischen Zwangsjacke«. Entsetzt schreibt sie an ihre in Paris studierende, mit Celan bekannte Freundin Inga Buhmann: »man muss ihn da rausholen. Dass unsere Gesellschaft die Lyriker ins Irrenhaus bringt, wissen wir. Aber auch dabei zusehen?«

Nach wie vor antwortet Celan, der inzwischen entlassen worden ist, nicht auf die Briefe. Am 19. Juli 1966 erzählt Dischner von Gershom Scholem, den sie im Suhrkamp-Umfeld kennengelernt hat, und zeigt sich entsetzt über Ausführungen Scholems zu »abgefallenen Juden«, die »keine Juden mehr« seien. »Ihr Schicksal interessiert ihn nicht. Das hat er ›im kleinen Kreise‹ wörtlich gesagt.«

Und wieder bringt Dischner Marcuse ins Spiel, der für sie bald Idolstatus gewinnt: Sie »muss« an ihn denken, »an sein ungeheuer kritisches Bewusstsein der Gesellschaft, das ihn nie blind macht, weil er sieht, dass auch ›die Ausbeuter‹ Opfer sind«.

Celan gibt mit der Zusendung seines neuen Gedichtbands *Die Niemandsrose* ein Lebenszeichen. Wobei nicht zu eruieren ist, wann er welchen Brief erhalten hat. Am 1. Dezember 1966 meldet sich Dischner anlässlich des Amtsantritts der Großen Koalition, berichtet lapidar, ironisch und zugleich beruhigend: »Während die Fragmente der Demokratie, die sich noch gehalten hatten, soeben in die Große Koalition eingestampft werden, (›Bild‹: ›ein Weihnachtsgeschenk für Deutschland‹ – ein Straußenei würde ich sagen) schneit es draußen so friedlich und sanft, als sei alles in Ordnung.«

Lange geschieht nichts. Bis Celan unverhofft seinen Einstieg in die politische Diskussion gibt. Allerdings meldet er sich am 8. Juni 1967 – die Deutschland-Reise ist da schon beschlossene Sache – nicht zu den Anti-Schah-Unruhen und Benno Ohnesorgs Tod. Ein anderer Krisenherd geht ihn näher an, der Sechstagekrieg. Vorstufen dazu, die allmähliche Verschärfung des Konflikts, hat Celan schon in Briefen an Ehefrau Gisèle besorgt wahrgenommen. Jetzt nimmt er am 6. Juni an einer pro-israelischen Demonstration auf der Place de la Concorde teil. Schon sein kurzes pathetisches Résumé der Lage in dem Brief an Gisela Dischner zeigt, dass es ihm nicht um Stimmungsmache und einseitige Positionierung zu tun ist: »Israel: ich bin voller Unruhe und Sorge, Israel muss leben, alles muss aufgeboten werden, damit es lebt, aber es muss ein Weg gefunden werden zum Frieden – welcher? welche?«

Dischner antwortet enthusiastisch auf Celans Wiederaufnahme der Kommunikation nach längerer Zeit, erzählt von deutschen Befindlichkeiten nach dem Tod Ohnesorgs und dem Versuch der Polizei, die Gewaltsamkeit des Todes zu vertuschen. Worauf ihr Celan mit »Denk Dir« die Veröffentlichung eines seiner politischsten Gedichte in der *Neuen Zürcher Zeitung* schickt.

*Denk dir:*
*der Moorsoldat von Massada*
*bringt sich Heimat bei, aufs*
*unauslöschlichste,*
*wider*
*allen Dorn im Draht.*

*Denk dir:*
*die Augenlosen ohne Gestalt*
*führen dich frei durchs Gewühl, du*
*erstarkst und*
*erstarkst.*

*Denk dir: deine*
*eigene Hand*
*hat dies wieder*
*ins Leben empor-*
*gelittene*
*Stück*
*bewohnbarer Erde*
*gehalten.*

*Denk dir:*
*das kam auf mich zu,*
*namenwach, handwach*
*für immer,*
*vom Unbestattbaren her.*

Das Gedicht ist eine der wenigen direkten politischen Stellungnahmen Celans. Er überträgt das Zusammengewürfelte und Zerstrittene von Brechts »Moorsoldaten« auf die von der Geschichte ähnlich zusammengewürfelten, oft untereinander uneinigen Bewohner Israels.

»Denk Dir« ist hier verwendet wie »Stell Dir vor«, als Appell an die Hoffnung des Menschen – die eigene wie die der anderen –, dass das Unverhoffte geschehen kann: Der Moorsoldat von Massada – jener Festung, in der sich 960 israelische Männer und Frauen samt ihren Kindern umbrachten, weil sie die Hoffnung verloren hatten, den römischen Belagerern widerstehen zu können, und lieber in Freiheit sterben wollten – widersteht; er bringt sich »Heimat« bei.

Ebenso unverhofft führen die »Augenlosen ohne Gestalt« – ein Bild für die Opfer der Shoah – »dich frei durchs Gewühl«, und »Du erstarkst und erstarkst«. Unerfüllt ist bis 1967 auch der Wunsch Celans nach einem Besuch in Israel und damit die Hoffnung, ein Stück von der Erde dort in der »eigenen Hand« zu halten, doch das Gedicht simuliert die Reise als erfüllt. Die letzte Strophe erzählt, woher die Hoffnung, dieses Gedicht kamen: »vom Unbestattbaren her«, d. h. auch von den eigenen Eltern und allen, deren Leichen ebenso vernichtet wurden wie zuvor ihr Leben.

Gisela Dischner reagiert zurückhaltend. In ihrem Antwortbrief vom 5. Juli meint sie, das Gedicht »gefalle« ihr, aber sie äußert sich nicht zu den politischen Implikationen. Auch wenn sie schon am 29. Mai, vor Ausbruch des eigentlichen Krieges, geschrieben hat: »Ich glaube, Israel wäre das einzige Land, in dem ich nicht den Kriegsdienst verweigern würde«, ist sie tendenziell israelkritisch, und das Schicksal der Palästinenser ist auch in Celans Gedicht nicht bedacht. Davon, dass er in einem Brief an Franz Wurm, dem er »Denk Dir« schon vor der Publikation geschickt hat, ergänzend zum Gedicht schreibt: »Mögen die Waffen ruhen!« weiß sie nichts. Bis zu neuen persönlichen Gesprächen der beiden in Frankfurt, nach denen sich die politischen Diskussionen mehren, wird geschwiegen.

~

Doch wie kommt es, dass ausgerechnet Paul Celan Dischners politische »Aufmerksamkeit« geschärft habe – er, der jedes Thema viel indirekter angeht, als es Ende der 1960er-Jahre Mode ist? Hans Magnus Enzensbergers Diktum »Lies keine Oden, mein Sohn, lies die Fahrpläne, sie sind genauer« ist Ausdruck des dominierenden literarischen Zeitgefühls.

Entwickelt hat sich diese bis heute zu wenig bekannte Seite Celans aus dem zweiten Teil seines Czernowitzer Erbes. Seiner dortigen Jugend und Sozialisation verdankt er nämlich nicht nur das Aufwachsen in einer Atmosphäre, die mit der Lyrik von Rilke, Georg Trakl und Friedrich Hölderlin getränkt war. Zur jüdisch geprägten deutschsprachigen Kultur des Czernowitz der 1920er- und 1930er-Jahre gehört auch politisches Engagement, die Zugehörigkeit zu einer »Gauche du cœur«, wie Eric Celan, sein Sohn, heute sagt, zu einer »Linken des Herzens«, die sich vor allem auf Theoretiker des Anarchismus beruft, die Celan in seiner Büchner-Preis-Rede von 1960 erwähnt:

> *Aber hier wird – erlauben Sie einem auch mit den Schriften Peter Kropotkins und Gustav Landauers Aufgewachsenen, dies ausdrücklich hervorzuheben –, hier wird keiner Monarchie und keinem zu konservierenden Gestern gehuldigt.*

Seine lyrischen Bezugspunkte findet Celan wohl meist in der Bibliothek von Kurt Horowitz, einem Germanisten und Vater seiner Jugendfreundin Edith. Aber noch bevor Celan 1938 im Alter von 17 Jahren sein erstes überliefertes Gedicht schreibt – harmlos-liebevolle, traditionelle Verse zum Geburtstag seiner Mutter –, partizipiert er schon am umstürzlerischen Gedankengut, das in der intellektuell interessierten Jugend Czernowitzs, die spätestens seit Hitlers Machtübernahme von 1933 erwacht ist, kursiert. Der Schüler Paul Antschel, der schon am 30. Januar 1934 seiner in Israel lebenden Tante Minna Brettschneider mitteilt, »was den Antisemitismus in unserer Schule betrifft, da könnte ich ein 300 Seiten starkes Buch darüber schreiben«, wird Mitglied eines ebenso idealistischen wie anarchistisch-kommunistischen Zirkels, der sich, von den Eltern der jugendlichen Teilnehmer meist unbemerkt, konspirativ trifft.

Ilana Shmueli beschreibt ihren Weg zur politischen (Jugend-)Kultur im damaligen Czernowitz aus dem Rückblick folgendermaßen. Im »sogenannten höheren Mittelstand«, zu dem ihre Familie gehörte, sei es üblich gewesen, sogenannte »Fräuleins«, arme Studentinnen aus der Umgebung, aufzunehmen, die den Töchtern bei den Hausaufgaben helfen sollten:

*Eine besonders schöne und von mir sehr geliebte Studentin war Kommunistin. Sie erzählte mir vom Kommunismus und ich hörte ihr andächtig begeistert zu – schließlich wurde sie entlassen. (…) Meine Schwester und ich konnten soziale Diskrepanzen schon von klein auf nicht akzeptieren und entwickelten ein starkes, wenn auch wenig durchdachtes Gefühl für soziale Gerechtigkeit. (…) Je tiefer der Stand der Bediensteten, desto stärker identifizierten wir uns mit ihnen.*

Edith Horowitz, die später Silbermann heißen wird, beschreibt die Szene etwas genauer:

*Wir (…) schlossen uns mit dreizehn, vierzehn Jahren, natürlich ohne Wissen und Einverständnis unserer Eltern, der illegalen kommunistischen Jugendorganisation an. Zu unserer Gruppe gehörte auch Paul, und wir schickten uns an, eine illegale Schülerzeitschrift in rumänischer Sprache herauszugeben, den »Roten Schüler« (Elevul Roşu). Das Blatt, das in*

*Format und Farbe der »Fackel« von Karl Kraus und Ossietzkys »Weltbühne« glich, von diesen vielfach auch inspiriert war, wurde auf einem Schapirographen, einem Vervielfältigungsapparat, hergestellt, den Paul zeitweilig unter seinem Bett versteckt hielt, bis sein Vater das Gerät entdeckte, Krach schlug und darauf bestand, es aus dem Haus zu schaffen. Außer selbst geschriebenen Artikeln, die jeder von uns beitragen mußte, brachten wir in dieser Zeitschrift Übersetzungen marxistischer Texte aus dem Deutschen ins Rumänische, die wir am Samstagnachmittag studierten und kommentierten. So begann also unsere literarische Tätigkeit. Sie nahm mit der Verhaftung unseres Zellenführers, eines um etwa fünf, sechs Jahre älteren Jungen aus Bessarabien ein jähes Ende.«*

Die anderen Zellenmitglieder bekamen es mit der Angst zu tun, denn Misshandlungen durch die rumänische Polizei waren durchaus üblich. Doch als die faschistische Regierung Cuza 1937/38 an die Macht kam und mit Ilse Goldmann eine neue, um ein Jahr ältere Zellenführerin in der Bekanntschaft auftauchte, wurde die Tätigkeit wieder aufgenommen.

*Jeden Samstag nachmittag trafen wir uns in ihrem Elternhaus in der Schulgasse, ackerten ein Kapitel aus Marx' »Kapital« oder aus dem »Kommunistischen Manifest« durch, lasen die Schriften der Rosa Luxemburg, Bücher über Nationalökonomie von Karl Kautsky oder Werner Sombart. Paul plädierte für Bucharins »ABC«, ereiferte sich für Gustav Landauer und Kropotkin, und die Rededuelle nahmen kein Ende.*

Nicht alle politisch interessierten Czernowitzer Jugendlichen waren ähnlich motiviert und organisiert. Es gab den »Schomer«, die linken Jungzionisten, und in einem der Nachbarhäuser tagten die jungen zionistischen Sozialdemokraten: »Poale-Zion«.

*Bei schönem Wetter, wenn die Fenster offenstanden, drangen ihre Streitgespräche an unser Ohr. Man kannte einander natürlich vom Sehen, ging einander aber gleichgültig, ja sogar mit Verachtung aus dem Weg.*

Bucharin wurde 1938 hingerichtet, war aber schon 1928 in Ungnade gefallen, weil er gegen die Kollektivierung der Landwirtschaft Stellung bezog. Das *ABC des Kommunismus* von 1919 war jedoch noch die offizielle populäre Erläuterung des damaligen Programms der KPdSU. Bucharin blieb bis 1929 Herausgeber der *Prawda* und als solcher Stalins Vordenker des »Sozialismus in einem Land«. Der junge Celan verstand sich damals unmissverständlich als Kommunist. Noch 1968 wird er Franz Wurm, seinem aus Prag stammenden, in Zürich wohnhaften jüdischen Freund, über die Czernowitzer Freundin Hella Ippen schreiben: »eine alte Kommunistin auch sie – Sie wissen, davon gab es nicht so viel im faschistoiden Rumänien«.

Celans eigene politische Position allerdings hat sich verändert. Schon seit dem sowjetischen Einmarsch in Czernowitz 1940 und dem damit verbundenen Einblick in realsowjetische Herrschaftsmethoden hat er sich vom linientreuen Kommunismus verabschiedet. Treu blieb er jedoch einem seiner anderen alten geistigen »Jugendfreunde«: Gustav Landauer und dessen eigenwilligem Anarchismus.

Dass Landauer für Celan mehr als eine historische Figur ist, zeigt sich auch im Briefwechsel mit Dischner. Als die schriftlichen Gespräche der beiden sich immer politischer gestalten, wird Celan Gisela Dischner Landauers *Aufruf zum Sozialismus* schicken. Und sie wird am 5. Dezember 1967 antworten:

> *Lieber, ich lese und lese und wie freue ich mich über das Buch von Gustav Landauer! Hab herzlichen Dank! Ich spüre sehr, dass Du Dich ihm verwandt fühlst – da ist vieles, was Du auch sagen könntest!*

Was genau Dischner meint, bleibt offen. Sie erwähnt allerdings anfangs nur Einwände gegen Landauer. Mag sein, dass es genau die Punkte sind, von denen sie glaubt, dass der Celan von 1967 sie mit Landauer teilt. Etwa »die Ablehnung des Marxismus«. Anders als Landauer sehe sie auch »keine Möglichkeit, Religion und Sozialismus zu verbinden, weil die Idee der Religion sich nicht von der Idee des Hierarchischen lösen kann (das würde sie sprengen), und Sozialismus gerade wie Landauer ihn versteht, alles Hierarchische ablehnen muss.« Das klingt überzeugend, wenn man nicht weiß, dass Landauers Denken nicht unbedingt die offiziellen Großreligionen favorisiert. Landauers besondere Perspektive wird schon im Titel seines wohl bekanntesten Buchs sichtbar: *Skepsis und Mystik*. Es geht in seinem Denken um die Zusammenführung dieser zwei parallelen Formen von Wahrnehmung.

Ohnehin steckt Dischner sofort zurück: »Aber ich will das Buch erst weiterlesen, vielleicht bin ich zu voreilig.« Und im letzten Abschnitt ihres Briefs scheint sie die Unvereinbarkeit zwischen Religion und Sozialismus schon vergessen zu haben:

> *Ich muß zugeben, daß mich die Idee des Bundes (in der Judentum und Sozialismus bei Landauer zusammenfallen) tief beeindruckt, bald mehr darüber!*

Der deutsch-jüdische Sozialrevolutionär Landauer und sein stärker wissenschaftlich orientierter russischer Lehrmeister Pjotr Kropotkin, waren schon zur Zeit von Celans Jugend beide tot. Landauer war, nach seiner Beteiligung an der Münchner Dichterrevolution von 1919, die dazu geführt hatte, dass Schriftsteller wie Ernst Toller, Erich Mühsam und eben auch Landauer für kurze Zeit politisch eine wichtige Rolle spielten, am 2. Mai 1919, während der Haft in Stadelheim, von rechten Freikorps-Soldaten misshandelt und umgebracht worden.

Landauer bekämpfte die menschenfeindlich-starre wilhelminische Ordnung und wurde für Sozialrevolutionäre schon zu Lebzeiten zur bewunderten Identifikationsfigur. Als universal interessierter, literarisch gebildeter Jude, dessen Gesellschaftsdenken von Goethes Vorstellung eines Weltbürgertums geprägt war, schrieb er Aufsätze zu »Goethe und Spinoza« und über die Gedichte Friedrich Hölderlins. Doch im Laufe der Zeit verfasste er auch politisch-philosophische Traktate wie *Revolution* und *Aufruf zum Sozialismus*.

Landauers Ablehnung des Wilhelminismus, seine naturmystischen Vorstellungen, seine Hochschätzung von Gefühl und Gemeinschaft führten dazu, dass er, obwohl im Grunde »zu alt«, noch zur historisch äußerst einflussreichen, politisch noch immer unterschätzten »Jugendbewegung« stoßen konnte, für die sich damals beinahe alle politisch wachen jungen Leute eine Weile lang begeisterten. Landauer gehörte zu ihrem linken, der Aufklärung wie der Romantik gleichermaßen verpflichteten Flügel.

Das galt auch für den bekannten jüdischen Religionsphilosophen Martin Buber. Wie Landauer war Buber für Celan sehr wichtig. Darauf weist er in einer der berühmtesten Passagen seiner Bremer Rede von 1958 hin:

> *(...) die Landschaft, aus der ich zu Ihnen komme, dürfte den meisten von Ihnen unbekannt sein. Es ist die Landschaft, in der ein nicht unbeträchtlicher Teil jener chassidischen Geschichten zu Hause war, die Martin Buber uns allen auf deutsch wiedererzählt hat. (...) es war eine Gegend, in der Menschen und Bücher lebten.*

Nicht zufällig erscheinen Buber wie Landauer in Celans Werk beinahe parallel. Sie gehören zur selben Welt, sogar im engeren Sinn: Landauer arbeitet mit an der Gewinnung der chassidischen Geschichten und ist mit Buber befreundet, Buber verfasst für das Opfer politischer Willkür die schöne Würdigung einer zweibändigen Biographie in Briefen.

Wichtig für Celan ist vor allem Bubers Buch *Ich und Du*, dessen emphatisches Konzept von Begegnung von einem eindringlichen idealistischen Pathos durchdrungen ist. Schon die »Grundworte« sind »zwiefältig«:

> *Das Grundwort Ich-Du kann nur mit dem ganzen Wesen gesprochen werden. Die Einsammlung und Verschmelzung zum ganzen Wesen kann hier durch mich, kann nie ohne mich geschehen. Ich werde am Du; Ich werdend spreche ich Du.*
> *Alles wirkliche Leben ist Begegnung.*

»Begegnung« nimmt in Celans gesamtem Denken und Dichten eine zentrale Rolle ein. Unzählige seiner Gedichte leben auf unterschiedlichste Weise von der Anrede eines »Du«, das sich meist doppelt beziehen lässt. Es ist Selbstanrede wie Ansprache an den Anderen, im eben zitierten »Denk Dir« so gut wie in »Weggebeizt vom / Strahlenwind deiner Sprache«.

Auch im »Meridian«, Celans Darmstädter Rede zum Büchner-Preis, ist Buber präsent:

> *Das Gedicht ist einsam. Es ist einsam und unterwegs. Wer es schreibt, bleibt ihm mitgegeben.*
> *Aber steht das Gedicht nicht gerade dadurch, also schon hier, in der Begegnung – im Geheimnis der Begegnung?*
> *Das Gedicht will zu einem Andern, es braucht dieses Andere, es braucht ein Gegenüber, Es sucht es auf, es spricht sich ihm zu.*

Dass Buber im »Meridian« nicht namentlich genannt ist, hat wohl mit einem der unglücklicheren Vorfälle in Celans Biographie zu tun. Noch vor der Rede, die Celan am 22. Oktober 1960 hielt, besuchte er am 13. September 1960 – gerade von Stockholm und einer Nelly Sachs kommend, die ihn nicht mehr erkannte – Martin Buber, der sich in Paris aufhielt, in dessen Hotel. Celan nahm all seine Buber-Bücher mit, kniete nieder, um den Segen des damals 82-jährigen Patriarchen zu erfahren, wollte sich von ihm darin bestätigt wissen, wie schwer es sei, weiter Deutsch zu schreiben und deutsch zu publizieren, aber Buber reagierte aus unbekannten Gründen mit Unverständnis auf die Probleme des Jüngeren. Celan soll entsetzt gewesen sein.

Paradoxerweise war es schon 1957 zu einem Treffen zwischen Buber und Heidegger gekommen. Das Foto der beiden, die zu den Hauptfiguren einer Tagung der Bayerischen Akademie der Schönen Künste werden sollten, auf dem Gut von Albrecht von Schaumburg-Lippe beim Vorgespräch, erzählt von zwei leutseligen älteren Herren, die sich an einem langen Tisch im Grünen nicht wehtun wollen.

»Für Martin Buber in aufrichtiger Verehrung, Martin Heidegger, Altreuthe 29. Mai 1957« hat Heidegger in eines seiner Bücher über Johann Peter Hebel zur Erinnerung an die Begegnung geschrieben, die Buber von Seiten Celans, der hier von einem »Persilschein« für Heidegger sprach, viel Kritik einbringen sollte.

Berührungspunkt war auch zwischen Heidegger und Buber das gemeinsame Verlangen nach einer neuen, persönlicheren Sprache. Und auch Heidegger hatte es als Teil der »Jugendbewegung« mitbekommen. Allerdings vor einem völlig anderen Hintergrund.

# 6

# HEIDEGGERS WELT. WIE AUS EINEM ABTRÜNNIGEN KATHOLIKEN EIN BEWUNDERER DES »FÜHRERS« WURDE

Ende der 1960er-Jahre steht jede ältere »Respektsperson« unter dem studentischen Verdacht, ein »Faschist« (gewesen) zu sein. So sieht sich auch Heidegger in der Kritik der intellektuellen Öffentlichkeit, ist aber nicht derart unbeliebt, wie man vielleicht glauben könnte. Seine Situation als weltberühmter Paria der universitären Philosophie macht ihn angreifbar, aber auch interessant. Ähnlich wie Ernst Jünger. Heidegger hat den Nimbus des vom System Geächteten. Als Heidegger gemeinsam mit dem Physiker Carl Friedrich von Weizsäcker Seminare hält, stellt er fest, dass »die jungen Leute« mehr Aufgeschlossenheit für sein Denken zeigen als ihr Professor.

Doch es ist nicht nur der Ruf des Verfemten, der das Interesse an Heidegger wachhält. Auch seine Überzeugungen und politischen Meinungen sind andere, als ein oberflächlicher Begriff von »konservativ« es in dieser Zeit erwarten lassen würde. Wie schon der *Feldweg* angedeutet hat, ist Heidegger, wenn sich die Gelegenheit ergibt, bei Bürgerrechtsaktivitäten wie der stetig wachsenden Anti-Atombewegung vorne mit dabei. In Deutschland wie in Frankreich, wo Heidegger René Chars Einsatz gegen die Atomraketen-Abschussbasis auf dem Plateau d'Albion in der Vaucluse unterstützt.

Lange bevor die Grünen sich gründen und über die Jahre in eine vom Reformbürgertum getragene Bewegung verwandeln, tritt Heidegger für Naturschutz ein. Seine Skepsis gegenüber der Technik, deren Hochschätzung er als Ausdruck von »Seinsvergessenheit« interpretiert, als zunehmende Entfernung des Menschen von sich selbst und seinen existenziellen Bedürfnissen, passt schon damals in die Zeit. Ähnlich wie seine Gegnerschaft zum »planetarischen Kapitalismus«, die von heute her auf den ersten Blick wie ein unorthodoxer Vorläufer der Anti-Globalisierungsbewegung wirken mag. Die CDU, die sich damals deutlich stärker als heute als »Heimat der Konservativen« versteht, ist eindeutig nicht Heideggers Partei. Am 11. November 1966 schreibt er von der Schweiz aus an seine Frau:

> *Gestern Abend sahen wir im deutsch. Fernsehen das ganze Bonner Wahltheater; der Kiesinger höchst unangenehm; Brandt u. Mende sehr verschlossen u. verärgert; Schröder nicht minder. Hoffentlich halten SPD u. FDP zusammen, dann kommen die Schwarzen nicht von der Stelle. Das Wahlverfahren hat Strauß eingefädelt. Der trat auch auf; übel.*

Damals steht Kiesingers Wahl zum Bundeskanzler bevor, die einen knappen Monat später Tatsache werden wird.

Nun wirken Heideggers politische Stellungnahmen zwar schillernd, sind in einer Hinsicht allerdings eindeutig: Er ist kein Linker. Er kommt von weit rechts auf die im Entstehen begriffene 68er-Bewegung zu. Und zwar als Ausdruck einer Haltung, die bei genauerer Betrachtung nicht überrascht, sondern sich über sein gesamtes Leben hinweg vorbereitet hat. Erst die Herleitung der Ambivalenzen dieser Position öffnet den Blick auf Gemeinsamkeiten und Abgründe zwischen Celan und Heidegger – auf beiderseitige Reserven gegenüber der aktuellen deutschen Gesellschaft Ende der 1960er-Jahre, aber auch auf Heideggers einstige Verführbarkeit durch nationalsozialistische Phrasen und seinen beinahe durchgängigen, immer wieder aufflackernden Antisemitismus.

~

In einem poetischen Brief an die protestantische Offiziers- und Segeltuchfabrikantentochter Elfride Petri, die Heidegger bald ehelichen möchte, muss er ihr seine kleinbürgerlich-ländliche Herkunft schmackhaft machen und entwirft zu diesem Zweck am 13. Dezember 1915 eine idyllische Kindheit:

> *Aber vielleicht hast Du es schon mit Deiner ahnenden Seele geschaut mich als einfachen Buben, bei schlicht frommen Leuten auf dem Lande, der noch die Glasglocke gesehen bei deren Lichtschein der Großvater auf dem Dreifuß saß u. Nägel in die Schuhe hämmerte, der seinem Vater bei der Küferarbeit half u. die Reifen um die Fässer trieb, daß die Hammerschläge durch die kleinen krummen Gassen drangen; der die ganze wundervolle Poesie eines Küstersohnes auskostete, stundenlang auf dem Kirchturm lag u. den Mauerschwalben nachschaute, u. über die dunklen Tannenwälder wegträumte, der auf dem Dachboden in der Kirche in den alten verstaubten Büchern gramte u. sich als König fühlte bei den vielen Büchern, die er nicht verstand, deren jedes er aber kannte u. ehrfürchtig liebte.*

Eine romantisierende Evokation milder Sinnlichkeit, die jugendlichen Größenwahn nicht ausschließt, wie sich schon im darauffolgenden Abschnitt zeigt, in dem sich Heidegger in eine kraftmeierische Pose wirft:

> *Und wenn der Bub, der von seinem Vater den Schlüssel zum Turm bekam u. verfügen konnte, wer von den anderen Jungen mit hinauf darf u. der so ein Ansehn hatte u. Macht u. so überall bei allen Raubzügen u. Soldatenspielen der Führer war, der allein den eisernen Säbel tragen durfte.*

Im ländlichen Oberschwaben als Mesnersohn kirchennah und »hyperkatholisch« erzogen worden zu sein, wie Heidegger drei Jahre später, am 4. September 1918, in einem weiteren Brief an Elfride, nunmehr Heidegger, schreibt, bedeutet auch, in einer Region aufzuwachsen, in der Antisemitismus zur katholischen Tradition gehört. Besonders der bekannteste Theologe der Region, der vielgeschätzte Barockschriftsteller Abraham a Sancta Clara, der bürgerlich Johann Ulrich Megerle hieß und 1709 in Krenheinstetten bei Meßkirch geboren wurde, tat sich darin hervor. Wacker polemisierte er gegen die »Raffgier« der Zinsjuden. Und der Held seines Romans *Judas Der Ertzschelm* wird gleich zum Auftakt als Sohn des Jerusalemer Ehepaars Ruben und Ciboria bekannt gemacht: »beide aus dem unglückseligen Geschlecht Dan, aus welcher danitischen Schlangen-Bruet und Zunfft auch der Ante-Christ herstammen wird«.

Dass der grimmig-lustige Christenmörder-Kenner Sancta Clara für aufstrebende Antimodernisten eine Identifikationsfigur war, zeigt eine der ersten Veröffentlichungen des zwanzig Jahre alten theologischen Journalisten Martin Heidegger, der kurz zuvor Mitglied im antimodernistischen »Gralbund« geworden ist. Ein Jahr nach dem 200. Geburtstag von Abraham a Sancta Clara, anlässlich der Enthüllung eines Denkmals in Krenheinstetten, schreibt Heidegger am 27. August 1910 für das katholisch-konservative Münchner Wochenblatt *Allgemeine Rundschau*:

> *Der naturhafte, frischgesunde, zuweilen grobkörnige Akzent gibt diesem Ereignis sein spezifisches Gepräge. Das anspruchslose Dorf Krenheinstetten mit seinen zähen, selbstbewussten, eigenbrödlerischen Bewohnern liegt verschlafen in einer niederen Talmulde. Selbst der Kirchturm ist ein Sonderling. Nicht wie sein Bruder schaut er frei ins Land, er muß sich bei seiner Schwerfälligkeit zwischen den schwarzroten Dächern vergraben (…) So schlicht, klar und wahr gestaltet sich die Enthüllungsfeier.*

Heidegger heißt den bekannten Antisemitismus Megerles nicht gut, erwähnt jedoch in der Schilderung des Lebenswegs von Sancta Clara, der in die einflussreiche Stellung eines Wiener Hofpredigers münden sollte, einen seiner einschlägig bekannten unmittelbaren Zeitgenossen. Abraham a Sancta Clara in Wien, das war, so Martin Heidegger, »für die schwerbedrängte Stadt ein Mann der Vorsehung, wie in der folgenden Zeit ein Clemens Maria Hofbauer und der unvergessliche Lueger«.

Karl Lueger, Wiener Bürgermeister und einer der stilbildenden Antisemiten des 20. Jahrhunderts, war am 10. März 1910 gestorben.

Doch Heideggers früher Antisemitismus lässt sich nicht nur über die Bande herleiten. Sechs Jahre nach dem Artikel über Sancta Clara, am 18. Oktober 1916, schreibt er an Elfride Petri äußerst deutlich:

> *Die Verjudung unserer Kultur u. Universitäten ist allerdings schreckerregend u. ich meine die deutsche Rasse sollte noch so viel innere Kraft aufbringen um in die Höhe zu kommen. Allerdings das Kapital!*

Auffällig ist: in diesem Zitat fehlt jeder Bezug zu spezifisch kirchlichem Antisemitismus (»Christusmörder«). Was sicher auch damit zu tun hat, dass Heidegger zum Katholizismus bald eine mindestens ebenso gespaltene Haltung entwickelt.

Der Erzkatholik will keiner mehr sein. Ein Brief vom 4. September 1918 – kurz nach der Geburt von Jörg, Heideggers einzigem leiblichen Sohn – in dem Heidegger seine katholische Erziehung erwähnt, markiert zwei Jahre später schon den Abschied vom Katholizismus:

> *Meine ganze frühere Unsicherheit, Unwahrhaftigkeit und Kasuistik ist die einfache Folge einer hyperkatholischen Erziehung, die ich anderseits immer mit unzulänglichen Mitteln durchbrechen wollte. Und dieselben Momente finden sich noch im Elternhause (ich mache damit meinen Eltern keinen Vorwurf) zumal wo es so eng zum Pfarrhaus gehörig ist – letztlich liegt aber alles am katholischen System seiner inneren Unfreiheit – u. dem sich fromm gebärdenden Gewissensdespotismus. All das sehe ich heute völlig klar.*
>
> *Eine Auseinandersetzung ist also völlig zwecklos, sie wäre es auch, wenn meine Eltern eine höhere Bildungsstufe hätten – sie sind eben in eine Lebensverkrüppelung hineingewachsen, aus der sie niemand herausreißt.*

Eine klare, hochbewusste und ebenso überzeugend wirkende, beinahe soziologisch anmutende Analyse. Von nun an wird Heidegger sein Leben lang Vorwürfe gegen den Katholizismus formulieren, die seiner Kritik am Judentum mehr als die Waage halten. Heideggers langjährige Abhängigkeit vom Fördersystem der katholischen Kirche und die daraus resultierende Notwendigkeit, sich Provinzgrößen zu unterwerfen, sind einer der Hauptgründe. Zusammen mit der geforderten Konformität der finanziell unterstützten Forschungen sind sie es, die Heidegger zu einem rabiaten Antikatholiken machen werden.

Die Abhängigkeit von der katholischen Kirche ist ihm so peinlich, dass er sie in einem weiteren Brief an seine Frau unterschlägt und sein Schicksal auf diese Weise geschickt zum gleichermaßen besonders schwierigen wie glücklichen stilisiert.

> *Wie es kam, daß er sie [die Dissertation] schreiben durfte u. weiter aufstieg u. Eingang fand zur Universität, ohne all den Reichtum u. die Fülle einer feinen geistigen Erziehung, ohne das so mächtige u. vielverwandte Mittel einer Protektion, wie es kam – es ist ihm selbst ein Wunder u. ein Grund tiefer Dankbarkeit u. kindlicher Demut.*

Noch Heideggers Habilitation wird vom Domkapitel in Freiburg für die Dauer von drei Jahren großzügig unterstützt. Die 1000 Reichsmark jährlich sind damals ein gutes Auskommen.

Doch wohin führt der geistige Weg Heideggers nach seinem persönlichen Ausstieg aus der »Lebensverkrüppelung«?

Seine philosophischen Absichten beschreibt er in einem der nächsten Briefe an Elfride. Er dokumentiert darin seinen verspäteten, aber nicht weniger leidenschaftlichen Anschluss an die damals schon hoch im Kurs stehende Lebensphilosophie, wie sie Henri Bergson in Frankreich und Max Scheler oder auch Georg Simmel in Deutschland in ganz unterschiedlichen Ausprägungen propagieren:

> *Ich weiß heute, daß es eine Philosophie des lebendigen Lebens geben darf – dass ich dem Rationalismus den Kampf bis aufs Messer erklären darf – ohne dem Bannstrahl der Unwissenschaftlichkeit zu verfallen – ich darf es – ich muß es – u. so steht heute vor mir die Notwendigkeit des Problems: wie ist Philosophie als lebendige Wahrheit zu schaffen u. als Schöpfung der Persönlichkeit wert u. machtvoll.*

Vor kurzem noch hatte Heidegger gegen jede Anpassung der (katholischen) Philosophie an die Lebenswelt gewettert. In seinem Aufsatz zu Abraham a Sancta Clara mahnt er noch, an Celans späteren »Edgar Jené«-Text erinnernd, in »dieser Zeit der Außenkultur und Schnelllebigkeit« doch »mehr rückwärtsblickend vorwärts zu schauen«. Statt »Neuerungswut« und »Dekadenz« sollten »Gesundheit« und der »Jenseitswert des Lebens« obenan stehen.

Jetzt knüpft Heidegger an die am Diesseits orientierte Lebensphilosophie an und übernimmt auch Ziele der von ihr gespeisten »Jugendbewegung«, kommt damit auf seine Weise zu einer wichtigen frühen Schnittstelle mit Buber und Celan.

»Jugendbewegung« klingt harmlos. Aber sie ist nicht nur eine Angelegenheit von fröhlichen Wandervögeln, die private Lebensreformen innerhalb einer Gemeinschaft von Gleichgesinnten ermöglichen will – sei es in einer größeren Naturverbundenheit des Lebens, sei es in einer größeren Offenheit für Gefühle oder einer offeneren Vorstellung von Sexualität (die schon damals gleichgeschlechtliche Verbindungen mit einbezog). Sie umfasst auch rigide Konzepte von Volk und Nation.

Die »Jugendbewegung« war, wie der Soziologe Christian Graf von Krockow in seiner Studie *Die Entscheidung* klug analysiert, ein ebenso merkwürdiges wie umfassend wirksames geistiges Bezugsfeld. Gesellschaftlich gesehen markiert sie nichts weniger als den Versuch einer Selbstabschaffung des Bürgertums, das, kaum hat es sich im 19. Jahrhundert als Führungsmacht durchgesetzt, die »Leere« des Lebens der eigenen, hauptsächlich auf Erwerb und Besitz ausgerichteten Klasse empfindet. Der kraftvolle Maschinenkapitalismus des 19. Jahrhunderts ist dabei, ursprünglich zentrale Werte wie Volk und Nation aufzulösen. Statt der unpersönlichen »Gesellschaft«, die entstanden ist, bauen die Erneuerer auf die ursprünglicheren Verbindungen innerhalb der eigenen (Volks-) »Gemeinschaft«. Als habe man sich zu weit hinausgewagt, wird auf Althergebrachtes zurückgegriffen.

Doch Buber und Celan auf der einen wie Heidegger auf der anderen Seite stehen politisch unterschiedlichen Flügeln nahe. Der in Heideggers Jugend bedeutsame Einfluss ist mit dem Namen des Chefideologen und ersten Chronisten der Wandervogelbewegung verknüpft: Hans Blüher. Er gehört, nur ein Jahr älter als Heidegger, zur selben Generation, verfügt allerdings über eine deutlich schillerndere geistige Biographie.

Noch gemeinsam mit Karl Landauer hatte Blüher zum Umkreis der linksorientierten Zeitschrift *Der Aufbruch* gehört, die nach wenigen Nummern von der Militärzensur verboten wurde. Dann aber driftete er schnell nach rechts ab. Ein Landauer-Porträt aus Blühers späten Lebenserinnerungen *Werke und Tage* (1953), zeigt, dass er dem Porträtierten nach wie vor verbunden blieb, betont aber auch die entstandenen Unterschiede:

> *Dabei konnte es in der politischen Ebene, die ich immer streng eingehalten habe, keine größeren Gegensätze geben als Landauer und mich. Er nannte mich öffentlich in Reden den »famosen Norddeutschen« – ich aber nannte mich einen Preußen, woran man allein die große Kluft, die zwischen uns war, erkennen kann. Wenn Landauer Karl Liebknecht den einzigen nannte, der »in den Kriegsjahren dem deutschen Namen Achtung verschaffte« – was für eine politische Groteske! – so war derselbe Mann für mich nichts weiter als ein Hochverräter, der an den Galgen gehörte. Das lag daran, daß für mich »Staat« (immer als Preußen gedacht) konstitutives Element meines Charakters ist, und für ihn nicht. Er leugnete den Staat überhaupt und nannte sich einen Anarchisten.*

Das konnte Blüher nicht gefallen. Schon 1917 veröffentlichte er ein schmales, aber aufschlussreiches Buch: *Führer und Volk in der Jugendbewegung.* Es wird zum Ausdruck einer Strömung des Zeitgeists, die ein weiterer Brief Heideggers an seine Frau vom 17. Oktober 1918 bündig zusammenfasst:

> *Die ganze Ziellosigkeit u. Hohlheit und Wertefremdheit beherrschten das staatliche Leben u. die Staatsauffasg. überhpt. Da helfen nur neue Menschen, die eine ursprüngliche Verwandtschaft mit dem Geist u. seinen Forderungen in sich tragen u ich erkenne selbst immer dringender die Notwendigkeit der Führer – nur der Einzelne ist schöpferisch (auch in der Führerschaft) die Masse nie. (…)*

Auch die Naturverbundenheit der Jugendbewegung ist für Heidegger wichtig. Sie erreicht ihn über Elfride Petri und weist auch den Weg in den Schwarzwald. 1913 hatte Elfride von ihren Eltern nordische Skier geschenkt bekommen, und als sie ein Jahr später zum Studium nach Freiburg kam, schloss sie sich rasch der »Hüttenzunft« an, einer damals Frauen vorbehaltenen Studentinnenvereinigung, die am Silberberg eine Zunfthütte hatte, die von Hinterzarten aus in einem Fußmarsch von einer Stunde erreichbar war.

Nicht umsonst ist es Elfride Heidegger, die später die Planung der Hütte in Todtnauberg unternimmt. Erst über sie soll Heidegger zur Freude an längeren Wanderungen gefunden haben. Der sexuell liberalen Haltung in der zuerst Elfride, dann auch Martin prägenden Jugendbewegung ist es wohl auch zu verdanken, dass die offene Homosexualität des für Heideggers Ansehen in Frankreich wichtigen Mittelsmanns Jean Beaufret in Freiburg und Todtnauberg nie ein Thema war, wie Heideggers Enkelin Gertrud erzählt: »Beaufret durfte alles. Sogar rauchen.«

Noch aufschlussreicher ist, dass Heidegger selbst es, wie in seinen Briefen an Elfride deutlich wird, ohne Schwierigkeiten hinnimmt, dass sein zweiter Sohn Hermann nicht von ihm ist, sondern von Friedel Cäsar, einem noch weiter rechts stehenden Jugendfreund Elfride Petris. Die sogenannte »offene Beziehung« der beiden Heideggers, die daraus abgeleitet wird, dürfte allerdings übertrieben sein. Der Denker begriff seine Toleranz gern auch als Alibi für die häufig genutzte Freiheit zu kreativitätsfördernden erotischen Abenteuern.

Was Heideggers persönliche Entwicklung angeht, so hält die sogenannte »Jugendbewegung« insgesamt erstaunliche Schnittmengen zu seiner katholisch-konservativen Herkunft bereit, bietet ihm aber zugleich die Gelegenheit, sich in der Abkehr von ihr zum ersten Mal als Teil einer Revolution zu sehen. Blühers Klage über den Verlust der Werte und der gleichzeitige Lobpreis autoritärer Strukturen sind der katholischen Kirche verwandt. Der Anschluss an die mit der Jugendbewegung verbundene Lebensphilosophie verspricht Heidegger aber auch den reformerischen Ausbruch aus seiner engen Kleinbürgerwelt und ermöglicht es ihm gleichzeitig, die geschätzte Natur, die er von der rigide katholischen ländlichen Gesellschaft abkoppelt, mit Pathos zu preisen.

Auch dem aktuellen universitären Gegner kann Heidegger mit Lebensphilosophie und Jugendbewegung besser beikommen: Der Neukantianismus, der eine maßvolle Wertphilosophie anstrebt, vertritt genau jene alte, bürgerliche Vernunft, die sich um das emphatisch erfahrene »Leben« nicht kümmern darf. Und Heidegger, der noch seine Habilitation einem mittelalterlich-scholastischen Text widmet, der damals Duns Scotus zugeschrieben wird, nimmt Kurs auf eine weitere Revolution des Denkens: Auf dem Umweg über die Phänomenologie seines Lehrers, des assimilierten Juden Edmund Husserl, dessen Wirklichkeits- und Lebenszugewandtheit in Heideggers Augen auf halbem Weg stecken bleibt, unternimmt er den Sprung in die Existenzphilosophie.

Engelbert Krebs, dem Freund und einstigen Konkurrenten in Freiburg, inzwischen dort Professor für katholische Dogmatik, schreibt er schon im Januar 1919 eine Art kleines Manifest zur Übereinstimmung von Lehre und Leben:

> *Es ist schwer zu leben als Philosoph – die innere Wahrhaftigkeit sich selber gegenüber und mit Bezug auf die, für die man Lehrer sein soll, verlangt Opfer und Verzichte und Kämpfe, die dem wissenschaftlichen Handwerker immer fremd bleiben. Ich glaube, den inneren Beruf zur Philosophie zu haben und durch seine Erfüllung in Forschung und Lehre für die ewige*

> *Bestimmung des inneren Menschen – und nur dafür das in meinen Kräften Stehende zu leisten und so mein Dasein und Wirken selbst vor Gott zu rechtfertigen.*

Gott ist, im Brief an den theologischen Freund, noch da, aber er wird immer kleiner. Wichtiger ist der existenzielle Ernst. Auch wenn Heidegger, aus finanziellen Gründen, viel Wert auf eine Anstellung an der Universität legt, weiß er, dass seine Stärke das universitäre Außenseitertum ist. Und er ahnt – früh auf sein Image, das Bild in der Öffentlichkeit bedacht –, dass er die Deckung zwischen Leben und Werk, die die Existenzphilosophie fordert, nach außen hin signalisieren muss. Nachdem er schließlich einen Ruf nach Marburg erhalten hat, lässt er sich dort vom Modeschneider Udo Ubbelohde einen speziellen, den »existenziellen Anzug« schneidern, gibt sich als junger Wilder. Dem entspricht philosophisch der Ruf »Zurück zu den Texten«. Hannah Arendt wird noch zu Heideggers 80. Geburtstag erzählen, dass er damals als der einzige Philosoph weit und breit galt, der in der direkten Auseinandersetzung mit den Alten philosophierte, statt Philosophiegeschichte zu betreiben. *Sein und Zeit*, heute selbst ein philosophiegeschichtliches Denkmal, wirkte mittels seiner teilweise ungewohnten Sprache und existenziellen Themen (das »Man«, die »Langeweile«, der »Tod«, die »Angst«) wie eine revolutionäre Auseinandersetzung mit dem Leben selbst. Noch Celan, seit seinem Abfall vom linientreuen Marxismus ebenfalls »Selbstdenker«, weiß sich davon angezogen.

## 7

## EIN GEBIRGLER IM KREML, ZWEI TRÄNEN UND ZWEI STRATEGIEN

Celan zittert, ganz leicht nur, wie meist nach Veranstaltungen. Er spürt, dass sich sein ganzer Körper noch immer bewegt. Sieht man das? Niemand hat ihn je darauf angesprochen. Ihm ist in solchen Momenten, als habe er sich weit vorne auf eine Klippe gestellt, in einen Sturm gerufen, ohne etwas davon zu verstehen, gewartet, dass ein Windstoß ihn fortreißt. Noch jetzt geht es ihm so, auch nachdem sie ihn mit ihren Mittelchen beruhigt haben. Manchmal kommt er sich vor wie eine windschiefe Burg aus Papier, aus deren kleinen Fenstern Geräusche kommen. Er möchte nur stehen, standhalten.

Die Leute ziehen langsam ab, bleiben an den Türen, blicken schüchtern zu Celan zurück. Bei denen, die noch vorne sind und sich an den Rändern der Reihen herumdrücken, sieht er, dass sie gerne die Münder aufreißen würden. Das können sie. Sie können ruhig fragen. Er wird warten, bis die Münder sich wieder schließen.

Sie sollen zuhören. Gedichte sind nur ein paar Wörter. Und im Herbst werden sie viele der Wörter, die er gerade vorgetragen hat, sogar lesen können, immer wieder. Oder sie gehen einen Tag lang mit einem dieser Gedichte herum, sprechen es vor sich hin. Da wird doch ein Splitter Erleuchtung oder gar Aufklärung dabei herausschauen. »Lesen«, sagt Celan in solchen Fällen, »nochmal lesen.«

Wenn sie wüssten, woher ich gerade komme, würden sie gar nichts wissen wollen. Sie hätten Angst. Wie stellen sie sich einen irren Dichter vor? In einem Turm, gedankenvoll auf einen Fluss schauend? In der Zwangsjacke? Mit Messer? Ohne? Schon entwaffnet? Sie lieben die Verrückten, wenn sie weit weg sind. Am schönsten sind ihnen die Toten.

Tophoven, der Celan in diesen Jahren an der École Normale ersetzt, wenn er sich in Behandlung befindet, wird sagen, er hätte es nie gewagt, mit Celan unter einem Dach zu schlafen. Baumann, der das öfter getan hat, wird im Nachhinein schaudern. Aber das gelte, wird Tophoven dann sagen, nur für Paris. Dort sei Celan zu allein gewesen.

Es ist schon erstaunlich, wie viele Leute sich vor Celan fürchten. Aber manchmal hat auch er Angst. Wie vor zehn Jahren in Bonn, als ein Student eine antisemitische Schmiererei im Hörsaal herumgezeigt hat und vom ersten Doktoranden, der über Celan schrieb, auch noch verteidigt wurde – die Geschichte, die zum zeitweiligen Zerwürfnis mit Böll führte.

Manchmal ist Celan auch nur müde, wie damals, als Max Bense, Philosoph und Vertreter der »Konkreten Poesie«, mit seinem schwatzenden studentischen »Stoßtrupp« in einer Stuttgarter Lesung sitzt, um sie zu stören. Einer von ihnen lässt draußen sein Motorrad knattern, ohne wegzufahren. Später hat Celan dann im *Reich* einen Artikel von Max Bense persönlich gefunden – über den »kriegerischen Charakter der Phantasie«.

Wieder kommt es Celan wie ein Wunder vor, dass er noch immer zu Veranstaltungen eingeladen wird. Es müssen deutlich mehr als tausend Menschen gewesen sein. Tausendzweihundert. Alle Sitze belegt, mindestens hundert müssen gestanden haben. Er würde gerne zuhören, wenn sie irgendwo erzählen, was sie erlebt haben.

Schweigend geht er an den Verbliebenen vorbei. Er ist gar nicht schlecht darin, so zu tun, als spüre er sie nicht. Freude und Wut haben für ihn in dieser Zeit viel Verwandtschaft mit elektrischen Impulsen, die aus einer gleichförmigen Masse Zeit emporragen. Als ob er für einen Moment zu nahe an Steckdosen geraten sei. Celan spürt immer weniger. Seine Haut ist dicker geworden.

Nicht nur die Haut, auch er selbst. Nach all den Spritzen, mit denen sie ihn kaputt gemacht haben. Nein, jene Therapie, die mit Elektroschocks arbeitet, ist es nicht, das haben sie immer betont. Nur ab und zu eine Spritze. Und noch eine, es ist ja nur Insulin.

Nach Wut und Freude ist ihm oft elend. Ein Abfall an Energie, der viel tiefer geht als früher. Früher war er ein Fuchs. Aufmerksam, lebendig, auf eine fröhliche Weise nervös, schnell.

Celan erinnert sich an ein Mädchen, das sich über die Lässigkeit entrüstete, mit der er sich nach dem Krieg in Bukarest in Frauen verlor, um sie im nächsten Moment abzuschütteln. Nach kurzer Überlegung gab er ihr zur Antwort, er brauche Frauen wie Zigaretten. Er hat es früh genossen, als junger Dichter romantisch umschwärmt zu werden. Erst als seine Mutter gestorben war, hat er Frauen näher kennengelernt. Es waren viele, aber es war, wie einige von ihnen erzählen, immer intensiv.

Heute kommt sich Celan manchmal wie ein alter, unbeweglicher und kranker Waschbär vor. Es gibt Phasen, in denen er schon nicht mehr richtig gehen kann. Er hat gesehen, wie die junge, hübsche Frau von Neumann ihm verständnislos, ja beinahe angewidert zugesehen hat.

Noch immer hat er Lust auf Tennis, Skifahren, Schwimmen. Aber von einer Sekunde auf die andere lahmt er manchmal. Sie haben ihn vollgepumpt mit allem, was sie ausprobieren wollen. Dominal, Protypenthyl, Moditen.

Er sollte ein Gedicht daraus machen.

*Protypenthyl, Moditen, Dominal.*
*Dominal, Dominal, Dominal.*

Fast sind Baumann und er schon am Saalausgang. Plötzlich steht ein junger Mann mit einem Packen Papier in den Händen vor ihm, nur wenige Zentimeter entfernt. Er schaut ihn mit geweiteten Augen an, kommt noch näher. »Weg!« Celan fuchtelt. Der Junge presst das Papier gegen Celans Arme, als würde Berührung helfen. Celan drückt ihn zur Seite. »Weg!« Er wäre wohl handgreiflich geworden, hätte Baumann nicht so entsetzt geschaut.

Dann ist Celan durch, steht draußen im weiten Foyer des hohen, hässlichen Gebäudes, das, erst vor kurzem entstanden, schon aussieht wie eine etwas heruntergekommene luftige Fabrikhalle. Er hat sich unter Kontrolle, ist still. Gut, dass er kein Messer dabeihatte. Das ist kein Scherz. Es muss nicht jedes Mal Gisèle sein. »Vous aussi, vous êtes dans le jeu!« Danach hat er einer unbekannten Frau im Zug nach Paris ein gelbes Tuch vom Hals gerissen. »Comme les étoiles jaunes!« Gisèle hat Angst bekommen. Das war vor fünf Jahren. Danach hat er sich überreden lassen, aus freien Stücken eine Geschlossene aufzusuchen. Épinay, ein paar Kilometer nördlich von Paris. Dominal, Protypenthyl, Moditen.

*Die Schwermutsschnellen hindurch. (...)*
*Weißgrau, aus-*
*geschachteten steilen*
*Gefühls*

Baumann geht noch immer neben ihm her. Er hat sich schon wieder beruhigt. Celan fühlt sich bei ihm auf eine seltsame Weise wohl. Baumann gleicht alles aus. Er sieht sich die Welt an, legt sie großzügig zu seinen Gunsten aus. Und wenn sie ihm zu viel wird, schiebt er sie weg. Er hat eine Leidenschaft für die Literatur des Habsburgerreichs, für Schnitzler, Musil, Canetti, für Musik und Malerei. Er hat eine reiche Frau mit vielen Launen geheiratet, die ausgezeichnet kochen kann.

Hat Heidegger die Szene mit dem jungen Dichter gesehen? Was wird er von ihm denken? »Heidegger ist mit Frau von Schowingen schon vor ins Victoria.« Von Schowingen! Celan hat sich schon gefragt, wer die Frau an der Seite von Heidegger ist. Seine Frau, von der alle sagen, dass sie eine schlimme Nazisse sei, kann es nicht sein. Warum sieht das alte Mädchen neben dem viel älteren Philosophen noch älter aus? Warum trägt sie schwarz?

Sie gehen auf dem Bürgersteig. Es sind nur ein paar hundert Meter.

Birgit von Schowingen ist die treuherzig-majestätische Tochter eines Mannes, den Celan verehrt: Ludwig von Ficker, der in seiner expressionistischen Zeitschrift *Der Brenner*, die Karl Kraus einmal die einzige »ehrliche deutsche Revue« nannte, als einer der Ersten Gedichte von Celan veröffentlicht hat.

Als Celan nach dem Krieg von Wien aus nach Westen fuhr, ist er im Juli 1948 zuerst nach Innsbruck, hat von Ficker besucht und mit ihm zusammen Blumen auf Georg Trakls Grab gelegt. Birgit, die nur ein paar Jahre älter sein kann als er, war damals schon verheiratet, aber »reizend«, wie Celan in einem Brief an Ruth Kraft geschrieben hat.

Von Ficker war einer von Trakls letzten Vertrauten. Vielleicht am Ende der einzige. Dass Heidegger von Ficker ebenfalls kennt, wusste Celan nicht. Es ist eine der ersten Sachen, die Baumann klärt, als sie im Restaurant des Victoria sitzen.

Heidegger freut sich. Er war unsicher geworden, während er mit seiner 22 Jahre jüngeren, aber tatsächlich schon etwas ältlichen Begleiterin im holzgetäfelten Hotelfoyer gewartet hat. Nach dem Zwischenfall um das Foto gab es keine Gelegenheit zu erneuter Annäherung. Celan und er haben kein Wort mehr miteinander gewechselt. Dabei gibt es doch einen Plan für einen gemeinsamen Ausflug, in dem noch vieles unklar ist.

Nach der Lesung, so Baumann, war »eine gewisse Scheu« zu beobachten. Es war, als müssten alle, die dabei gewesen sind, Atem holen. Ein paar Wortfetzen, angefangene Sätze, die nirgendwohin führen. Weil alle sofort aufsehen, wenn einer der beiden Bedeutenden etwas sagt. Herumgedruckse. Jetzt hat Heidegger einen Anknüpfungspunkt. Vor Jahren habe er im Schlosshotel auf der Bühlerhöhe einen Vortrag über Trakl gehalten. Er habe natürlich gewusst, dass der Herr Papa der Gnädigen Frau im Publikum saß und habe ihm die Ehre erwiesen. Seither seien sie befreundet. Frau von Schowingen senkt vor lauter Bescheidenheit ihren Kopf.

*Das Gespräch des Denkens mit dem Dichten geht darauf, das Wesen der Sprache hervorzurufen, damit die Sterblichen wieder lernen, in der Sprache zu wohnen*

Es ist eine der Stellen, bei denen Celan Heidegger umarmen möchte. Wie alle guten Sachen Heideggers muss man sie öfter lesen. Und von da aus weiter.

Heidegger strahlt. Er hat den Vortrag zu Georg Trakls »Gedicht«, der, wie alle großen Dichter, nur eines geschrieben habe, noch genau im Kopf. Baumann bittet ihn. Alles dreht sich um das Fremde:

*Doch was heißt »fremd«? Man versteht unter dem Fremdartigen gewöhnlich das Nichtvertraute, was nicht anspricht, solches, das eher lastet und beunruhigt. Allein »fremd«, althochdeutsch »fram«, bedeutet eigentlich: anderswohin vorwärts, unterwegs nach … dem Voraufbehaltenen entgegen. Das Fremde wandert voraus. Doch es irrt nicht, bar jeder Bestimmung, ratlos umher. Das Fremde geht suchend auf den Ort zu, wo es als ein Wanderndes bleiben kann.*

Die dunklen Augen leuchten. Wie sanft Heidegger schreiben kann. Celan ist immer wieder überrascht. Allerdings: Das Fremde bleibt fremd.

»Ich habe den Vortrag dem Herrn Vater gewidmet, und ich glaube, er hat ihn gefreut.«

»Mit Sicherheit, Herr Professor! Wenn der Schabinger das hören könnte! Mein Verstorbener! Er war ja Orientalist! Aber es hätte ihn auch bewegt!«

Sie weint eine Träne. Und noch eine. Celan nickt ihr zu. Er hat es eben erst auf dem Weg ins Hotel von Baumann erfahren: Im März ist Ludwig von Ficker im Alter von 87 Jahren in Innsbruck gestorben. Vierzehn Tage später in Baden-Baden Birgit von Schowingens noch einmal drei Jahre älterer Mann: Karl Emil Schabinger von Schowingen. Ein deutscher Diplomat, der als Konsul im Ersten Weltkrieg in

Jaffa, das damals zum Osmanischen Reich gehörte, für die Rettung der Juden eintrat, als Kemal Pascha den Anmarsch der Briten dazu benutzen wollte, Jaffa von ihnen zu »befreien«. Schabinger drohte, er werde sich selbst in den Zug der vertriebenen Juden einreihen. Am Ende konnte die Austreibung nur aufgeschoben, nicht verhindert werden. Aber jene in Jerusalem fand nicht mehr statt. 1930 trat Schabinger der NSDAP bei. Er hat mit dem *Siyasatnama* einen großen Text über persische Staatskunst übersetzt und ediert. Celan ist so taktvoll, nicht an den Schah zu erinnern. An seine Staatskunst, die sich in der Unterdrückung bewährt.

Celan sieht, dass sich Heidegger und Birgit von Schowingen stützen. Sie hat nun wieder einen älteren Mann an ihrer Seite. Und der anti-bürgerliche Kleinbürger hält es gerne mit Adligen. Auch seine Geliebten Margot von Sachsen-Meiningen und Sophie Dorothee von Podewils gehören dazu.

Doch gerade verfolgt er ein anderes Ziel. Es ist die Ergänzung der Schaufenster. Die Verbindung zu Celan soll gestärkt werden. Über Frau von Schowingen, über Trakl, ist Nähe nicht abzustreiten.

Auch von Ficker selbst, dem die Nazis die Zeitschrift verboten haben, passt in Heideggers Strategie der durch Respektabilität dem eigenen Ansehen förderlichen Verbündeten. Am Anfang war er liberaler Sozialist, am Ende Christ. Sicher weiß Celan gar nicht, dass von Ficker angefeindet wurde, weil er sich auf der Bühlerhöhe mit Heidegger befreundet hat. Vielleicht ergibt sich eine Gelegenheit, das anzumerken. Aber vielleicht wäre es auch ungeschickt.

Man sieht Heidegger die Unruhe kaum an. Bis Trakl zur Sprache kam, schien der kleine, alte Mann vorsichtig in sich zu verharren. Er versteht es auch, zu tun, als philosophiere er nur für sich. Wer mir nicht folgt, wird vergessen.

Jetzt sprüht es aus seinen Augen. Er ist interessiert. Heidegger hat schon Celans Rede zum Büchner-Preis genau studiert und mit vielen Anmerkungen versehen. Oft zielen sie allerdings auf den Hinweis, welchen Paragraphen von *Sein und Zeit* Celans Ausführungen entsprechen. Heidegger bleibt das Zentrum von Heidegger. Aber wenn Heidegger einen Lebenden kennt, der ein Hölderlin in dürftiger Zeit sein könnte, ist es Celan.

Heidegger weiß, dass er sich um ihn bemühen muss. Otto Pöggeler, der beflissene Hegel-Experte aus Bochum, hat ihn gewarnt. Pöggeler hat schon tagelang mit Celan zusammengesessen. Wie das gehen soll, ist Heidegger im Augenblick unbegreiflich. Aber Pöggeler ist einer von denen, die das Gespür haben, zu sagen, was von ihnen erwartet wird. Wenn Heidegger Erwartungen spürt, bemerkt er sofort das Bedürfnis, das Gegenteil zu äußern. Aber er hat sich und seine Sätze gerade gut unter Kontrolle. Das ist wichtig. Heidegger hat das Gefühl, er müsse hier bei jedem Wort vorsichtig sein. Celan hat Augen und Ohren, die überall sind.

Aber heute hat Heidegger vor, Celan zu sich zu holen. Er ist zu ihm gekommen, jetzt soll es weitergehen. Er weiß, dass Celan viele Russen übersetzt hat, und erzählt, dass er im vergangenen Jahr die Freiburger Lesung von Wosnessenski miterlebt hat, dem umstrittenen russischen Dichter, der seine *Antiwelten* in der Sowjetunion in Sportstadien vor Tausenden vorträgt.

Andrei Wosnessenski ist in Moskau etwas zwischen Beatnik und Rockstar. Er kann sich alles erlauben. Die greisen Herren um Leonid Breschnew sehen ihn sich nicht so genau an. Vielleicht lachen sie ihn auch aus. Vielleicht gilt er als nützlicher Idiot. Im Westen weiß man das nicht. Er ist ein Rotzlümmel, denkt Heidegger insgeheim. Heidegger liebt Dostojewski, dessen Bildnis jahrelang auf seinem Schreibtisch gestanden hat. Aber er hatte bis dahin noch keinen russischen Schriftsteller gesehen. Er war neugierig gewesen. »Und er wollte mich sehen.« Heidegger lächelt.

Wosnessenski war in München, als er hörte, dass Heidegger in Freiburg sei. Man telefonierte. Am Nachmittag haben sie ihn hingefahren, am Abend gab es eine schnell organisierte Lesung an der Universität,

Heidegger saß in der ersten Reihe. Wosnessenski ist, denkt sich Heidegger, mehr Sänger als Dichter:

*(…) Marché aux puces, verkauf auch mich,*
*berauschen will ich mich*
*an diesem traurigen Gerümpel*
*Gemisch von Blusen, Kerzen, Wimpeln*
*Von Barkarolen, Samowaren.*

Wosnessenski lese hervorragend. Jedes Gedicht höre sich an wie eine Reise. In Freiburg, so Heidegger verschmitzt, habe er einen Vers über Sartre vorgelesen:

*(…) und Sartre, unser liebwerter Sartre,*
*gedankenschwer wie ein mildsanfter Heuschreck,*
*kaute an einem Cocktail-Halm (…)*

Heidegger grinst vor Vergnügen. Dann habe sich, Heidegger fängt sich allmählich, Wosnessenski auf dem Schwabentor St. Georg angesehen, den Beschützer Russlands. Worauf er in einem Laden eine Pistole gekauft habe, wie der Heidegger-Vertraute Heinrich Wigand Petzet erzählt.

Celan reagiert nicht. Er kennt Wosnessenskis Gedichte. Sein aufrührerischer Geist, von dem niemand weiß, wie weit er damit kommen wird und warum er noch toleriert wird, erinnert ihn an die eigene nutzlose Jugend.

*Paris ist brennendes Wasser,*
*Paris,*
*wie bist du jäh verdreht,*
*wie weiß ist dein Bois de Boulogne,*
*wie Nixen jugendlich,*
*und rosa Hunde laufen da,*

Surrealismus und Freiheit. Als Celan »rosa Hunde« vor sich hinmurmelt, muss er auf- und um sich schauen. Wieder fällt ihm ein, dass er noch vor wenigen Tagen ein Irrer war. Dass er noch gar nicht entlassen ist. Wenn sie das wüssten. Immer wieder dieses »Wenn sie das wüssten.« Für sie wäre ich einer vom anderen Stern.

*da gingen Menschen,*
*statt der abmontierten Schädeldecken pfiffen*
*wie muntre Vögel*
*in Drahtgehäusen*
*ihre Gedanken.*

Wosnessenski ist einer, der wunderbar verrückt spielen kann. Gerade ist ihm die Ausreise in die USA untersagt worden. Wahrscheinlich, weil er sich vor ein paar Jahren noch so schön über die Bespitzelung dort ausgelassen hat.

*Im finstren Land Amerika*
*Voll Ammoniak, Kamelia*
*Wo Mond-Hotels wie Hirsche stehn,*
*durch aluminische Alleen*
*verfolgen Spitzel mich, rumorend.*
*Als wärn sie schnaufende Traktoren.*
*(sind 17 Kerls vom FBR,*
*brr …)*

»Wosnessenski«, sagt Celan plötzlich, »hat etwas von Mandelstam«. Alle, die Mandelstam nicht kennen, nicken begeistert. »Aber Mandelstam hat Stalin provoziert«, fährt Celan fort. Leise spricht er die Verse, die Mandelstam hinter Gitter gebracht und am Ende den Kopf gekostet haben:

*Wir Lebenden spüren den Boden nicht mehr,*
*Wir reden, daß uns auf zehn Schritt keiner hört,*

*Doch wo wir noch Sprechen vernehmen, –*
*Betrifft's den Gebirgler im Kreml.*

*Seine Finger sind dick und, wie Würmer, so fett,*
*Und Zentnergewichte wiegt's Wort, das er fällt,*

*Sein Schnauzbart lacht Fühler von Schaben,*
*Der Stiefelschaft glänzt so erhaben.*

*Schmalnackige Führerbrut geht bei ihm um,*
*Mit dienstbaren Halbmenschen spielt er herum,*

*Die pfeifen, miaun oder jammern.*
*Er allein schlägt den Takt mit dem Hammer.*

*Befehle zertrampeln mit Hufeisenschlag:*
*In den Leib, in die Stirn, in die Augen, – ins Grab.*

*Wie Himbeeren schmeckt ihm das Töten*
*Und breit schwillt die Brust des Osseten.*

Baumann wird ehrfürchtig: »Er muss den Diktator gehasst haben.« Heidegger nickt vorsichtig. Es ist spät geworden im Victoria, und er ist froh, dass sich ein Ton ergeben hat, in dem Celan und er zusammenfinden könnten. Endlich kann er zur Tat schreiten. Von sich aus kommt er auf Celans überraschende Bitte zu sprechen.

Baumann hat es ihm erzählt. Als Celan gehört habe, dass Heidegger ihm »den Schwarzwald zeigen« wolle, habe er gebeten, sich zusammen ein Hochmoor anzusehen. Kommt einer aus Paris in den Wald und denkt als Erstes an ein »Hochmoor«! Heidegger kennt das Gedicht »Denk Dir« noch nicht. Es ist noch gar nicht veröffentlicht. Vielleicht, muss Heidegger glauben, hat dieser Wunsch nichts zu bedeuten. Moorblumen, Moorgewächse sind geheimnisvoll, und Celan ist, das weiß Heidegger, ein Liebhaber der Natur, wie Heidegger. Aber er, Heidegger, ist mehr für die Höhe. Für den freien Blick.

»Wir könnten auf dem Weg in Todtnauberg Halt machen. Auf der Hütte. Es müsste nur früh sein. Am Nachmittag habe ich unten zu tun!«

Heidegger will sich auf Hannah vorbereiten. Aber er zögert, ihren Vortrag über Walter Benjamin zu erwähnen. Am Ende bleibt Celan noch einen Tag länger. Vielleicht will er sie kennenlernen. Und niemand weiß, dass sie einmal Heideggers große Liebe war.

»Früh!?« Baumann macht ein bestürztes Gesicht. »Da kann ich leider nicht mitkommen, auch wenn ich Sie beide ungern allein lasse. Aber ich habe noch mündliche Prüfungen abzuhalten, zwei. Die kann ich jetzt nicht mehr verschieben, unbedingt nicht. «

Früh. Baumann hat es geahnt. Vom Heidegger-Schüler Hans-Georg Gadamer hat er gehört, dass Heidegger schon seine Marburger Vorlesungen in den 1920er-Jahren um sieben Uhr morgens begonnen hat. Um allen klarzumachen, dass Studenten, die bis drei Uhr nachts mit dem altmodischen Neukantianer Nicolai Hartmann durch die Kneipen zogen, bei ihm Schwierigkeiten haben würden.

Hartmann, nur sieben Jahre älter als Heidegger, aber in Riga geboren und im vorrevolutionären Sankt Petersburg aufgewachsen, verstand es, sich die Anmutung eines baltischen Barons zu geben. Schon damit musste er Heidegger, den kleinen, bäuerlichen Zauberer, der, damals, 34 Jahre alt, die gesamte bisherige Philosophie stürzen wollte, provozieren. Er oder Ich. Es gibt kein Dazwischen. Nur wer den Menschen in Entscheidungen stellt, weckt ihn. Gadamer, der gerne bei beiden mitgetan hätte, hat erzählt, wie er sich am Ende für Heidegger entscheiden musste. Jetzt ist Heidegger mehr als vierzig Jahre älter als damals in Marburg, als er schon freitags in Skikluft durch die Stadt zog, und Nicolai Hartmann ist seit 17 Jahren tot. Aber es gibt noch immer andere Philosophen. Und Heidegger erkennt sie noch immer alle nicht an.

»Es ist wichtig, dass wir früh fahren! Das Wetter wird nicht halten! Es wird Gewitter geben!« Baumann zieht den Kopf ein. Was erlaubt sich Heidegger! Sein wichtigtuerischer Kommandoton, das passt nicht. Er, Baumann, ist über Herkunft, seine Heirat mit einer vermögenden Frau und erlesene Bildung ein feiner Mann! Aber gegen Unflat weiß Baumann kein Mittel. Was soll er machen? Celan und Heidegger sind hier die Hauptpersonen. Und vielleicht lässt sich eine unerwartete Allianz schmieden, die am Ende ihm zugeschrieben werden könnte. Das darf er nicht verhindern. Und Celan will schon übermorgen weiter nach Frankfurt.

»Dann muss Herr Neumann Sie fahren. Ich werde mit meinem Wagen nachkommen.«

Celan hat nur halb zugehört. Er bleibt in dieser Zeit ohnehin bis tief in die Nacht hinein hellwach, hat mit »früh« keine Probleme. Er ist jedes Mal dankbar, wenn seine einsame nächtliche Polka endet. Heute hat er sich schon vorgestellt, auf den Nachtportier einzureden, ohne zu wissen, warum und worüber. Es wäre schön gewesen, in der Nacht in den Park hinaus zu verschwinden und dort, um das Schlösschen herum, die versonnene Dame mit den schönen, kleinen, steinernen Brüsten und dem Teller in der Hand zu begrüßen, ein paar Meter weiter den nachdenklichen Knaben, auf seiner Schnecke reitend, die aus ihren Fühlern Wasser spendet. Allegorien ohne Ziel.

»Wie wäre es mit acht?«

Neumann, der die ganze Zeit still und interessiert dabeigesessen und Charakterstudien angestellt hat, atmet auf. Er wird also wieder den Chauffeur spielen müssen. Obwohl er im zwanzig Kilometer entfernten Bad Krozingen wohnt. Aber das ist er seinem Professor schuldig, der ihn weiterhin protegieren muss, sonst wird es mit Neumanns Karriere nichts, und mit acht Uhr kann er leben. Celan, ahnt er, wäre sieben lieber gewesen.

Neumann schätzt es, dass er im Vergleich zu Paris in die zweite und dritte Reihe zurück gerückt ist. Aber er weiß auch, es wird gut für ihn sein, weiter gebraucht zu werden.

Baumann ärgert sich noch immer. Sonst überlässt er Neumann die

Chauffeurrolle gerne, aber hier hat er darauf gezählt, selbst zu fahren: Celan, Heidegger, Baumann! In seinem schönen Wagen. Eine Staatsfahrt! Da wäre er gerne Chauffeur gewesen. Oder Neumann hätte sie alle drei gefahren. Und Baumann hätte sich auf die Gespräche konzentriert. Baumann muss sich einreden, dass es ja nur der erste Teil des Tages ist, den er verpasst. Mit dem Mercedes wird er die drei schnell wiederfinden. Um zehn wird er die Prüfungen beendet haben, um elf wird er schon bei ihnen in St. Blasien sein. Er wird nachkommen und aus sicherem Abstand hören, was sich zwischen seinen schwierigen Gästen ergeben hat. Vielleicht ist das gar nicht so schlecht. Vielleicht sind sie dann gerade erst miteinander warm geworden, und wenn nicht, muss er rettend eingreifen. Das Moor werden sie dann gemeinsam erleben.

»Wenn sich etwas ändert, telefonieren Sie«, meint Heidegger, knapp und stolz. Erst seit diesem Jahr hat er Telefon. Warum Elfride es angeschafft hat, weiß er nicht mehr. Er selbst mag das Getuschel nicht, das die Menschen voneinander entfernt, weil es Anwesenheit vorgaukelt, wie Kafka das einmal gesagt hat. Es befreit die Menschen davon, sich näher zu sein. Heidegger genügt das Schild neben seiner Haustür: »Besuche ab 17 Uhr«. Doch ob es zu dem Treffen kommen wird, auf das alle Eingeweihten warten, von dem aber noch kaum jemand außerhalb Freiburgs weiß? Das ist noch in der Nacht davor höchst unsicher.

Als Heidegger, Frau von Schowingen und Neumann weg sind, zweifelt Celan daran, ob er die »Einladung« auf die Hütte annehmen kann. Und soll er wirklich mit Heidegger im Moor spazieren gehen? Vielleicht ist das schon der Nähe zu viel. Heidegger hatte den ganzen Abend eine Maske auf. Er hat gelächelt und sich an Frau von Schowingen festgehalten, die gern ein »aber ja« und ein »wie Sie meinen, Herr Professor« eingeworfen hat.

Baumann schreibt in seinen Erinnerungen sehr gewunden, aber auch fein nuanciert, über Celans Bedenken:

*Es falle ihm schwer, mit einem Mann zusammen zu kommen, dessen Vergangenheit er nicht vergessen könne; das Missbehagen steigerte sich rasch zur Ablehnung. Die Vorbehalte, die Celan Heidegger gegenüber erhob, blieben unüberwindlich. Die Eindrücke wiederum, die er von seinen Werken empfangen, entschiedener wohl noch diejenigen, welche die Persönlichkeit, der Mensch hinterließen, waren unwiderstehlich genug, eine widerwillige Anerkennung, eine kritische Annäherung und unwillige Entfernung im Wechsel zu begünstigen.*

Als Heidegger sich verabschiedet hat, hatte Celan auf einmal das Gefühl, als ob der Denker nicht dagewesen sei. Nur diese Maske geduldig-knorriger Freundlichkeit, deren Gesicht so nahe an der alltäglichen Erscheinung des 78-Jährigen liegt, dass man sie nicht unterscheiden kann.

*Ich erwiderte mit dem Hinweis, selbstverständlich sei es ihm unbenommen, seine Entscheidungen völlig frei zu treffen; in jedem Falle seien ihm Verständnis und Achtung sicher.*

Erst während er das sagt, wird Baumann klar, dass für Celan das Zögern, nach Freiburg zu kommen, aber auch die Lust darauf viel deutlicher als gedacht mit Heidegger verbunden sind. Soll Baumann versuchen, Heidegger zu erreichen, alles absagen? Jetzt, nach Mitternacht? Celan schüttelt unsicher den Kopf.

## 8

## DIE FAHRT. ZWEI KÄFER, KEIN UNBESCHRIEBENES BLATT UND DIE GEWÖHNLICHKEIT

Früh ruft Heidegger vom Zähringer Rötebuckweg aus bei Baumann in der Wiehre an und der Termin wird bestätigt. Doch nicht nur für Baumann hat sich vieles verändert. Die Ausgangslage ist für alle neu. Weil Baumann nicht mit dabei ist, wird es auch für Heidegger schwieriger werden. Sein Brummen wird sich nicht hinter Baumanns gediegenen Monologen verstecken können. Es wird Raum geben für Schweigen, für Warten, für Peinlichkeiten.

Gestern Abend konnte Heidegger die Lesung von Celans Gedichten, die über tausend Leute in Atem gehalten hat, in einem guten Glas Markgräfler vergehen lassen. Heute werden sie allein sein. Er wird Celan begegnen müssen. Als Gastgeber.

Aber das hat auch etwas Beruhigendes. Der Zwischenhalt auf der Hütte ist wichtig. Heidegger hat dort schon viele Leute empfangen. Bereits in den 1920er-Jahren hat er Schüler mit hinaufgenommen. Nach dem Krieg kamen die Franzosen. Er will sich gerade nicht an alle Besucher erinnern. Aber die Hütte und die Luft um sie herum haben alle geschätzt.

Heidegger wird es auch Celan recht zu machen verstehen. Mehr kann er nicht tun, aber so schief kann die Sache dort oben nicht laufen. Und wenn Celan die Hütte nicht begreift, kann er ihm nicht helfen, dann hat Celan ihn selbst nicht begriffen. Schade, dass dort nicht mehr Zeit bleibt, aber Celan will ja ins Moor.

Immerhin haben sie diesen Fahrer. Der junge Mann, dessen Namen

Heidegger immer wieder vergisst, wird mit dabei sein. Baumann wäre besser gewesen. Man kann ihn gut einschätzen. Er mag keine Schwierigkeiten, also überbrückt er sie. In Deckung bleiben. Maßvolles Poltern. Die wohlwollend-ironische, vorsichtig-abwartende Haltung, die Heidegger in der Öffentlichkeit seit Jahren verfolgt, wird auch hier die richtige sein.

Gut ist, dass Silvio Vietta mit dabei sein wird. Elfride hat ihn gestern Abend im letzten Moment angerufen. Er wird nicht mit im Auto sitzen. Er wird mit seinem eigenen Wagen kommen, aber wenn etwas passieren sollte, ist er auf Heideggers Seite.

Dory, Silvios Mutter, konnte Heideggers Handschrift lesen, hat seine Manuskripte abgetippt und ist darüber zu seiner Geliebten geworden. Sie war eine schöne, hochgewachsene, blonde Frau, die in Italien Jura studiert und sich mit Heidegger zusammen in Hölderlin versenkt hat. Leider ist sie schon gestorben, noch keine fünfzig Jahre alt. Gehirntumor. Heidegger ist mit Silvio zusammen an ihrem Grab gestanden. Im Grab sind auch alle Briefe verschwunden. Sie waren ja nur für sie gedacht. Egon, ihr Mann, der schon in der Weimarer Republik über Heidegger geschrieben und ihm bei den ersten Kontakten mit den Franzosen nach dem Krieg sehr geholfen hat, ist ebenfalls krank geworden und nur Monate nach ihr gestorben. Er hat Heidegger leidgetan. Aber es war eine Begegnung der Herzen, und auch Egon hat seine Frau zu lange alleingelassen. Das war nicht gut für die Ehe. Zuletzt war er über Monate in Asien. Silvio Vietta, der, als die Eltern starben, 17 war, kommt Heidegger manchmal vor wie ein später Sohn. Er studiert Germanistik. Er ist begabt, er ist 25 und steht vor der Doktorarbeit. Das Treffen wird interessant für ihn sein. Und sollte irgendetwas passieren, ist er da.

Wobei Heidegger sicher ist, dass Celan das, was er nicht erfahren darf, gar nicht wissen kann. Heidegger erinnert sich selbst nicht mehr genau. Er hat die alten »Notizbücher«, wie er sie nennt, seit Jahren nicht mehr angeschaut. Er notiert noch, aber er weiß noch nicht, ob er alles veröffentlichen wird. Eine Gesamtausgabe, wie viele sie ihm vorschlagen, kann er sich überhaupt nicht vorstellen. Er will keine Verewigung als Klassiker. Sein Denken soll in Bewegung bleiben. Aber Heidegger ahnt schon: Er wird sich um seine Hinterlassenschaft kümmern müssen. Sein 80. Geburtstag ist in zwei Jahren.

Und die schwarzen Notizbücher sind in der Welt. Zwar soll Heidegger sie 1970, nach dem Augsburger Schlaganfall, nicht weitergeführt haben. Aber der Film *Unterwegs zur Sprache* von 1975 zeigt, wie Heidegger eines der Notizbücher, an seinem Freiburger Schreibtisch sitzend, mit einem einfachen Handgriff aus dem Regal holt. Er spricht von der Nachwelt und liest, ein Lächeln auf den Lippen, ein nicht unbescheidenes Kleist-Zitat:

> *Ich trete vor einem zurück, der noch nicht da ist und beuge mich,*
> *ein Jahrtausend ihm voraus, vor seinem Geiste.*
> *Heinrich v. Kleist, Genf, 5. Oktober 1803, an Ulrike v. Kleist*

Auf den Einzelnen, der Heidegger verstehen wird, wird noch tausend Jahre zu warten sein.

~

Auch Baumann hat, als frühmorgens Heideggers Anruf kam, so getan, als stehe der Ausflug nicht in Frage. Und er ist nicht überrascht, als Heidegger einen zusätzlichen »jungen Mann« ankündigt. Baumann bietet ihm, wie Silvio Vietta fünfzig Jahre später erzählt, kurz danach eine Assistentenstelle an, die er ablehnen wird. Aber ein Auto mehr kann nicht schaden. Dann sind alle freier.

Baumann wünscht Heidegger schöne Stunden: »Herr Professor, wir sehen uns um elf in St. Blasien.« Er selbst wird bis halb neun Uhr zu Hause warten. Falls irgendetwas mit dem Aufbruch nicht klappt, wird er davon erfahren. Aber Baumann hat gemerkt: Er kann beruhigt sein. Heidegger wird gute Miene machen, auch wenn er von Celan versetzt werden sollte. Wie in den letzten Jahren Besucher von Lesungen in Winterthur, Wien und Paris. Ja, Celan darf auch Heidegger gegenüber beinahe alles. Das hat sich gestern bei der verhinderten Fotografie gezeigt. Das Treffen ist zu wichtig für Heidegger.

Als Chauffeur Neumann mit seinem kleinen Auto eintrifft, steht der in dieser Zeit immer leicht gebeugte Dichter, den Neumann sehr bewundert, schon auf den Steinstufen vor dem Hotel.

Celan freut sich, dass einer kommt. Er schaut Neumann erwartungsvoll an. Dann weiß er wieder nicht, was er sagen soll. Er ist langsam geworden, und wenn er etwas kommentieren muss, sagt er oft nur: »Es ist nicht so einfach.« Jánòzs Szács hat in seinem *Amerikanischen Tagebuch* geschildert, wie der Spruch für Celan in den letzten Lebensjahren zu einem Allheilmittel wurde. Einem, das nichts mehr heilen kann, aber die Wahrheit sagt. Es ist nicht so einfach. Das umschreibt alles.

Celan besteht die Nacht schon lange nicht mehr ohne Schlafmittel. Hat er es mitgebracht oder gekauft oder ist er auch diese Nacht am Fenster gestanden und am Ende doch vor das Colombi-Schlösschen hinaus, hat im warmen Wind der Hochsommernacht Melodien gesummt, die ihn seit Jahrzehnten begleiten?

*Der Tod reitet auf einem lichten Schimmel,*
*so schön wie ein Cherubin im Himmel.*
*Wenn Mädchen ihren Reigen schreiten,*
*will er mit ihnen im Tanze gleiten.*

Das hat Celan schon gesungen, als er die Mädchen in den Bukarester Literatenkreisen erschaudern lassen wollte, Lia, Ciucia und viele andere, vor zwanzig Jahren.

*Der Tod kann Rappen und Schimmel reiten.*
*Der Tod kann lächelnd im Tanze schreiten.*
*Er trommelt lang, er trommelt fein,*
*gestorben, gestorben, gestorben muss sein!*

Ein Jude singt das Flandern-Lied, schlägt den Takt dazu. Neujahr in der Nachkriegszeit in einem Bukarester Souterrain. Auf dem Boden sitzend, klopft Celan zum Refrain mit der Faust vor sich hin.

*ge-stor-ben, ge-stor-ben, ge-storb-en*

Dann ein kleiner Tanz »mit der Grazie eines Ballerinos« und samtenen Augen. So erzählen es alte Bekannte aus Bukarest, wie Ovid Crochmălniceanu, der als Redakteur der Wochenzeitung *Contemporanul* dafür gesorgt hat, dass die »Todesfuge«, noch unter dem Titel »Todestango«, ihre erste Veröffentlichung in rumänischer Übersetzung erlebt hat.

Nein, Celan war nicht nur der gediegen-melancholische Dichter, als der er heute in der Erinnerung lebt. Er muss lächeln, wenn wieder einmal Ernstes erwartet wird, wie er Gisela Dischner erzählt: »Die Leute erschrecken immer, wenn ich lache. Ich bin doch schließlich der tragische Dichter.« Vor ein paar Jahren leuchtete sein früheres Leben noch viel häufiger und deutlicher auf. Etwa, als er das erste Mal bei Friedrich Dürrenmatt in Neuchâtel zu Gast war, der davon in seinen *Stoffen* erzählt:

> *Am letzten Tag hatte sich seine Schwermut auf einmal verzogen, wie ein dunkles Gewölk sich auf einmal verzieht. Der Tag war heiß, schwül, kein Wind, lastendes Blei. Wir spielten stundenlang Tischtennis, er war von einer ungeheuren, bärenstarken Vitalität, er spielte meine Frau, meinen Sohn und mich in Grund und Boden. Dann trank er zu einer Hammelkeule eine Flasche Mirabelle, einen starken Schnaps, seine Frau und wir tranken Bordeaux, er trank eine zweite Flasche Mirabelle. Bordeaux dazwischen, in der Pergola vor der Küche, am Himmel die Sommersterne. Er dichtete in das bauchige Glas hinein, dunkle, improvisierte Strophen, er begann zu tanzen, sang rumänische Volkslieder, kommunistische Gesänge, ein wilder, gesunder, übermütiger Bursche. Noch als ich ihn und seine Frau zum Chaumont hinauffuhr, durch den nächtlichen Jurawald, als schon der Orion heraufstieg, dann immer mächtiger der Morgen, und wie die Venus aufflammte, sang, grölte er, wie ein ausgelassener Faun.*

Geige wollte der Faun von Czernowitz nicht lernen, obwohl die Mutter ihn dazu gedrängt hat, aber Musik geht ihm noch immer im Kopf herum.

Als Celan Barbara, die Schwester von Herbert Ehrenreich, einem befreundeten österreichischen Dichter, im Herbst 1953 zum ersten Mal in ihrem Turmzimmer an der Avenue Kléber besucht, lockt er sie zuerst mit der 8. Sinfonie von Schubert, der »Unvollendeten«, zu sich herunter. Kurz nach dem Tod von François, seinem ersten Sohn, der nur einen Tag lang leben durfte. Celan hatte sich die Familie, die er gerade verloren hatte, sehr gewünscht. Er muss sich verzweifelt frei gefühlt haben.

*Ge-stor-ben, ge-stor-ben, ge-stor-ben muss sein!*

Wo Heidegger wohl bleibt? Celan und Neumann stehen noch immer auf der Treppe vor dem Victoria und schweigen.

Mit Gisela Dischner, die Celan Ulla nennt, weil ihr Name ihn an Gisèle erinnert, war es das d-Moll-Klavierkonzert von Mozart, gespielt von Clara Haskil, der gebürtigen rumänischen Jüdin, die die Nazis in Marseille und in der Schweiz überlebte.

*Der Tod kann auch die Trommel rühren,*
*du kannst den Wirbel im Herzen spüren.*

Frauen wie Zigaretten. Das war einmal.

*Er trommelt lang, er trommelt laut,*
*er trommelt auf einer Totenhaut.*

Mit Frauen hatte Celan lange Glück. Nur mit Claire Goll hat er nicht gerechnet. Sie hat ihn abbrennen lassen. Gisèle hat sich vergangenes Jahr von ihm getrennt. Und Ulla hat sich auch für einen anderen entschieden. Es wird nichts mehr werden mit all den Frauen, auch mit denen nicht, die gut zu ihm gewesen sind. Er ist eine Spur zu empfindsam, der schöne Dichter, der Antschel Paul, der Mädchenschwarm von Czernowitz, Bukarest und Wien. Heute spricht er besser mit den Statuen im Park.

Es ist absurd: Antschel, das vom hebräischen »Asher« kommt, bedeutet »Glück«. Wahrscheinlich hätte er seinen Namen nicht ändern dürfen.

~

Irgendwann ist Celan zum Frühstück und hat sich in den Tag gelesen. »Zeitungssüchtig«, so hat er es selbst genannt, ist er noch in seinen schlimmsten Zeiten geblieben:

> *Die Gefahr einer weiteren Ausbreitung oder gar explosiven Steigerung des Rechtsradikalismus, die sich mit den überraschenden Wahlerfolgen der Nationaldemokratischen Partei in den Landtagswahlen vom letzten November (in Hessen und Bayern) ankündigte …*

Manchmal muss Celan das Unheil nicht suchen. Manchmal findet es ihn. Aber er ist auf solche Überraschungen schon lange gefasst. Eigentlich erwartet er sie. Die sofortigen Beruhigungsversuche, noch im selben Artikel, passen auch.

> *… scheint gebannt zu sein. Die Ergebnisse der späteren Landtagswahlen (in Rheinland-Pfalz, Schleswig-Holstein und zuletzt in Niedersachsen) lassen jedenfalls vermuten, dass die politische Anziehungskraft der Partei in mancher Hinsicht überschätzt wird …*

Es ist gut, dass Celan heute mit Heidegger zusammentreffen wird. Es gibt etwas zu bereden. Wo er nur bleibt? Es ist schon lange hell. Noch ist der Himmel klar. Nur über den ersten Schwarzwaldhügeln hängen ein paar dünne Wolken. Am Samstag war Hagelwetter, hat Celan gelesen, gestern war es ruhig und schön, für heute sind Unwetter und Sturm angesagt. Die Luft ist schon feuchter geworden.

Celan sieht Neumann von der Seite her an. Der Chauffeur. Plötzlich ist dieser junge Mann wieder wichtig. Celan weiß aus Paris, dass

Neumann zurückhaltend und intelligent ist. Oft saß er, wenn sie mit Tophoven im Café Tournon waren, einfach so dabei und hat irgendwann etwas auffällig Gescheites oder Nettes gesagt. Oder auch nichts.

In einem Brief an Franz Wurm hat Celan Neumann, kurz nach seinem ersten Freiburger Aufenthalt, etwas vage »reizend« genannt. Aber genau genommen kommt ihm der junge Mann, der nur 14 Jahre jünger ist, doch aus einer ganz anderen Welt stammt als er, noch immer vor allem vor wie etwas im Werden. Neumann ist über dreißig, aber wenn Tophoven nicht dabei ist, ist er Celan gegenüber nur noch unsicher und förmlich. Wenn Celan ihn in Paris mit Bemerkungen zu Deutschland herauszufordern versucht hat, hat sich Neumann sofort zurückgezogen.

1934 geboren. Als der Krieg zu Ende war, war er noch nicht elf Jahre alt. Die ersten Unschuldigen. Celan hat Neumann nie gefragt, was seine Eltern und Großeltern gemacht haben. Manchmal denkt er sich, bei den Jungen kommt es darauf an, was sie werden wollen.

Ob es Elmar Tophoven war oder er selbst, der schon vor einiger Zeit angeregt hat, dass Neumann einen wissenschaftlichen Aufsatz über ihn schreiben soll, weiß er nicht mehr. Celan wird jedenfalls kein einziges Wort mit Neumann darüber sprechen. Es gibt auch kein abgesprochenes Thema. Es ist so, dass Celan alles offenhalten will und Neumann vertraut.

Was aus dem Aufsatz am Ende werden soll, weiß Neumann damals selbst noch nicht. Er hat erst angefangen. Schon deswegen ist der Chauffeur heute mindestens so nervös wie Celan. Er könnte ihn vieles fragen, aber das wäre peinlich und keine wirkliche Wissenschaft. Und er würde sich in den Vordergrund drängen.

Celan hält es manchmal nicht aus, dass Neumann ihm alles recht machen will, er wird ungeduldig, unfreundlich, schweigsam. Schon am Sonntag, kurz nach seiner Ankunft, als Neumann und seine Frau Celan in einen Biergarten nach Günterstal gefahren haben, konnte er mit den netten, gescheiten Gesprächen, die beide mit ihm versucht haben, nichts anfangen. Brigitte Neumann erinnert sich in einem Brief an ihren ehemaligen Mann:

*Plötzlich sagt er, dass wir nun mal ein bisschen schweigen wollen. So hocken wir zwei oder drei oder vier Stunden wortlos am Tisch, wir beide mit zum Bersten angespannten Nerven. Irgendwann gegen Abend erhebt er sich und bedankt sich für das Schweigen.*

Celan erträgt Idyllen nur noch schwer, schon gar nicht in Deutschland. Früher hätte er flapsig mitgeschwatzt. Mit Karl Schwedhelm hat er noch 1954 für den Süddeutschen Rundfunk ein munteres Geplauder hinbekommen. Das war vor bald 15 Jahren. Da war Celan Anfang dreißig. Schwedhelm hat ihn später an Claire verraten. Damals hat er ehrfürchtig und gewählt mit Celan gesprochen, aber einen betulich verlogenen Eröffnungssatz formuliert.

*Er hat nach dem Kriege in Wien gelebt, nach einem schweren Schicksal, das ihm die Eltern genommen hatte.*

Heute hätte Celan zu diesem Satz lange geschwiegen. Damals hat er den Ton gehalten und kleine Einwände gemacht, musste dabei immer wieder lachen, schmunzeln, ja glucksen. Unwirklich glücklich, offiziell im Rundfunk gefragt zu werden. Als Schwedhelm betont, dass Celan seine Gedichte wichtiger seien als seine Übersetzungen, kann Celan die Plattitüde mit einem jungenhaft-ironischen Lachen nur bestätigen: »Ich halte das allerdings für das Wesentlichere.« Man muss sich den Celan dieser Zeit wohl in etwa so vorstellen, wie er selbst noch 1960 ein Porträt von Ossip Mandelstam, den er oft als »Bruder« bezeichnet hat, skizziert: »Plötzlich hört man ihn auflachen – bei Anlässen, die eine ganz andere Reaktion erwarten lassen; er lacht viel zu oft und viel zu laut. Mandelstam ist überempfindlich, impulsiv, unberechenbar.«

Auch Neumann ist ihm gegenüber ehrfürchtig und ungeschickt, hilflos, weil er selbst noch unfertig ist. Ein unbeschriebenes Blatt. Aber wahrscheinlich ist das für die Rolle, die Neumann heute übernehmen soll, genau richtig.

Auch dass er begabt ist, stimmt. Nach dem Ende von Celans Freiburger Aufenthalt wird Neumann an Tophoven schreiben und Celans Wirkung auf ihn eindrücklich charakterisieren:

> *Er ist jemand, von dem man sich tagelang nicht erholt. Das ist im guten Sinne gemeint. Man fühlt sich gefordert und versagt vor dieser Forderung. Das ist unbequem und deprimierend, und man braucht Zeit, um sich zu restituieren. Dass man es kann, ist wahrscheinlich noch das Schlimmste daran, und Celan würde es einem, wenn er es wüsste, wahrscheinlich nicht verzeihen. Mir ist meine Gewöhnlichkeit selten so bewusst geworden. Wie soll man sich gegen so etwas wehren? Goethe hätte gesagt, durch Liebe, aber das, was die damals darunter verstanden, muss etwas anderes gewesen sein, als unsere Vorstellung davon.*

So ehrlich und genau haben wenige über die Schwierigkeiten mit dem späten Celan gesprochen.

Aber auch Celan selbst ist unruhig. Er war darauf gefasst, dass Baumann heute der Zeuge sein würde. Für den ersten Teil des Tages ist es jetzt Neumann. Jean Bollack hat geschrieben, Celan habe die Sache mit Neumann, seine Zeugenschaft, lange geplant. Das kann nicht stimmen. Die Umstände haben sich ganz anders entwickelt. Aber was bedeutet die unverhoffte Änderung für Celan?

Soll Celan Heidegger bis St. Blasien hinhalten, bis dahin den harmlos-empfindsamen Dichter und Bewunderer spielen und erst vor Baumann zu sprechen beginnen?

Drei Stunden. Celan wird es kaum aushalten, so lange zu warten. Und es ist ja auch so: Wenn ein Zeuge zu viel weiß, legt er zu viel von sich ins Geschehen. Celan schätzt Baumann sehr, weil er nie einen Zweifel daran lässt, dass auch er einer ist, der in Büchern lebt. Es ist, als ob Baumann, der gern von der »vorderösterreichischen Zeit des deutschen Südwestens« spricht, Celan auf seine Weise in die Traumwelt seiner deutschen Jugend in Czernowitz zurückführt. Aber Baumann verbindet jeden Satz, den er hört, mit einem anderen, den er kennt, und am Ende seiner großräumigen Ausführungen weiß keiner mehr, was er gesagt hat, was man gehört hat und was gerade geschehen ist. Aber Baumann selbst hat ein ausgezeichnetes Gedächtnis, das merkt man auch in seinen Erinnerungen an die Tage mit Celan. Man muss nur die vielen Hüllwörter, mit denen er die Wirklichkeit einwickelt, geduldig entfernen.

Da kommt Heidegger endlich, mit dem Taxi. Gleich dahinter ein auffälliger kräuterkäsegrüner VW-Käfer. Der Fahrer, ein junger Mann, parkt etwas abseits. Heidegger begrüßt Celan würdevoll, wie er das immer macht mit mehr oder minder bedeutenden Leuten: wie ein etwas größerer Bauer am Sonntag, der sich darauf freut, nach der Messe mit den Honoratioren zusammen sein zu können. Er müsse Herrn Vietta vorstellen, dieser plane eine Promotion zur modernen Lyrik. Professor Baumann wäre einverstanden, wenn er begleitend dabei sein könnte. Vietta würde folgen. Und alle hätten dann mehr Fahrgelegenheiten, je nachdem, was geschehe. »Das ist gut.« Und schon ist Celan wieder ruhig. Plötzlich so viele Leute. Er weiß schon wieder nicht mehr, was sagen. Heidegger und Celan steigen ein. Beide Herren blicken nach vorne.

Mit Silvio Vietta hat sich die Ausgangslage dieses Treffens mit jahrzehntelanger Vorgeschichte in letzter Minute noch einmal verändert: Es gibt einen zweiten möglichen Zeugen. Wenn Celan Neumann, von dem er Solidarität erwarten darf, auf seine Seite zählen kann, so ist Vietta mit Sicherheit bei Heidegger anzusiedeln. Auch Heidegger hat jetzt also einen »Sekundanten«. Vielleicht war auch das ein Grund, der Elfride Heidegger dazu bewogen hat, Vietta noch spät am Vorabend anzurufen.

Nur während der Fahrt bis Todtnauberg und dann von dort nach St. Blasien werden Celan und Heidegger mit Neumann allein sein.

~

Als Neumann Viettas Auto sieht, zuckt über seine Lippen ein Lächeln. Auch sein Wagen ist ein Käfer. Baumanns Mercedes hat sich über Nacht in einen gewöhnlichen rasselnden panamabeigen Käfer verwandelt. Zwei Käfer, die hintereinander den Schwarzwald hochkriechen. Ob das den beiden Größen, die in seinem Wagen sitzen werden, gefällt?

Panamabeige gegen Kräuterkäsegrün. Sehen sie das überhaupt? Wahrscheinlich wissen sie beide nicht, worin sie fahren. »Weder Heidegger noch Celan haben sich je für Autos interessiert.« So Neumann in seinen Erinnerungen, die er 35 Jahre nach den Ereignissen in und um Freiburg veröffentlicht hat. Jahrzehntelang hat der Chauffeur über die Fahrt mit Dichter und Philosoph geschwiegen. Wohl auch, weil ihm seine Rolle in dem Geschehen lange nicht klar war. Erst gegen Ende seines Lebens hat er aufgeschrieben, was er noch von den Tagen mit Celan wusste.

Eines haben Dichter und Denker mit Sicherheit wahrgenommen: dass es kein geräumiger Mercedes ist, in dem sie diese Himmel- und Höllenfahrt unternehmen. Es ist eng im ersten VW, als die kleine Kolonne an diesem 25. Juli frühmorgens vor dem Hotel Victoria startet, und der Kunststoff hinten ist billig und kalt.

Neumann, der gerade losfährt, muss darauf achten, dass er Vietta im Rückspiegel nicht verliert. Aber der kennt den Weg ja besser als er. Ob Heidegger sich im Notfall um die Route kümmern kann? Aber er soll ja seiner Frau alles Praktische überlassen.

Mein Käfer. Neumann lächelt. Er kann nicht voraussetzen, dass den beiden im Fond die Geschichte der Marke bekannt ist. Wenn ja, hätte Celan beim Einstieg gezögert. Nein, ein Käfer muss 1967 nichts mehr bedeuten. Aber die Geschichte von Neumanns Käfer ist pikant. In seinen Erinnerungen, die *Selbstversuch* betitelt sind, weil seine Beziehung zu Celan ihn auf verschiedene Weise an seine Grenzen geführt hat, nutzt er die Gelegenheit zu szenischer Darstellung und bringt sich selbst mit ein:

> *Die Drei gleiten im hermetisch abgeschlossenen Sprechraum eines VW Käfers durch die Landschaft – ein Faraday'scher Käfig; dies geschieht im Zeichen einer Automarke, die, wenn man in der Geschichte zurückschaut, eines der kuriosesten Symbole der Kriegsfinanzierung des »Dritten Reichs« verkörpert.*
> *Hitler hatte jedem Deutschen ein Auto (eben einen Volks-Wagen) versprochen, sobald der Krieg siegreich beendet sein würde. Dieses Auto musste aber durch monatliche Teilzahlungen vorfinanziert werden. Die Vorauszahlung diente unter anderem der Abdeckung von Kriegskosten. Das schon bezahlte Automobil (das Auto, damals ein Schlüsselsymbol der »vollendeten europäischen Kultur«) sollte nach dem Endsieg, an die Kunden geliefert werden. (…) Auch mein Vater, Techniker und an allen »Maschinen« interessiert, hatte, wie viele andere, einen solchen Vertrag auf Erhalt eines VWs nach dem Krieg abgeschlossen und auch erfüllt; also voll bezahlt. Und ich selbst habe, bei erneuter Drehung der Schraube, als ein Vertreter der nächsten, der Nachkriegsgeneration, eine durch Inflation und Entwertung geschrumpfte Summe von wenigen hundert Mark, als mein mir als Erben zustehendes Anfangskapital überwiesen bekommen, als ich die im Krieg von meinem Vater angesparte Summe einforderte.*

Neumanns erster VW, der Käfer, in dem Celan und Heidegger ihre Fahrt unternehmen, wurde, zumindest symbolisch, mit dem Willen der Deutschen zum Krieg bezahlt. Weshalb die Farbe nicht frei wählbar war. Panamabeige ist ein seltsam sandfarbenes Weiß.

Neumann hat sich die Strecke auf der Karte angeschaut. Er war noch nie dort oben. Für solche Ausflüge hat er gerade wenig Zeit. Er muss sich erst in Freiburg unten neu erfinden. Nach seinem Studium und nach dem Paris-Aufenthalt für das Goethe-Institut und den WDR, für den er Hörspielautoren aus dem Bereich des *Nouveau Roman* akquirieren sollte, ist Neumann auf einmal in die Provinz zurückgekommen. Er hat eine Frau, um die ihn einige beneiden, eine Wohnung, die auf eine Familie wartet, und wache Studentinnen, die ihn mit großen Augen betrachten.

Paris war gut für ihn. Auch wenn sich Neumann Celan gegenüber noch unmöglich und ungeschickt vorkommt: er ist schon dabei, etwas Weltläufiges, Elegantes zu gewinnen. Das merkt er, seit er zurück ist. Aber was keiner der Protagonisten weiß, weil es keinen von ihnen interessiert: Auch der Chauffeur ist kein unbeschriebenes Blatt. Besonders nicht, was die deutsche Vergangenheit angeht.

Immer wieder muss Neumann an das Gefängnis denken, in dem er zusammen mit seiner Mutter als Elfjähriger vierzehn Tage lang gesessen hat, ohne zu wissen, warum und wie lange, ohne Ahnung davon, wo der Vater geblieben ist und ob er noch lebt. Ja, auch der Chauffeur trägt Geschichte mit sich herum.

Als der Krieg zu Ende ging, war der Vater im böhmischen Pilsen Leiter der Gewerbeschule. Als Frau und Sohn abgeholt wurden, soll er irgendwo Kriegsdienst geleistet haben und war nicht zu Hause. Mit vielen anderen zusammen wurden Mutter und Sohn zuerst in den Keller gebracht. Dann »folgte ein langer, schrecklicher Marsch durch die Stadt. Alten, gebrechlichen Leuten nahm man Krücken und Stöcke.« Warum die Tschechen brutal sind, dass sie sich zuallererst für deutsche Unterdrückung, deutschen Hochmut, deutsche Brutalität rächen, das kann der Elfjährige nicht verstehen.

*Endlich erreichten wir den sternförmigen Gefängnisbau. Einen Tag verbrachten wir in einem Keller mit Sandboden. Schließlich rief man uns zu je zehn heraus, und mich als den elften, das zugehörige Kind; wir glaubten nicht anders als zur Erschießung. Man führte uns jedoch durch endlose, kahle Gänge, durch klirrende Gittertüren, drängte uns in enge Zellen. Vierzehn Tage verbrachten wir hier in steter Angst. Der Blick durch das kleine, vergitterte Fenster wird mir unvergesslich bleiben.*
*Gerade gegenüber lag ein düsterer Gefängnistrakt, ganz rechts die hohe, stacheldrahtgekrönte Mauer. Über dieser Mauer sah man ein winziges Stück Himmel und die Wipfel einiger Bäume.*

So schreibt der 17-Jährige im Rückblick in einem Schulaufsatz, der ebenfalls im *Selbstversuch* des älteren Herrn abgedruckt ist, einem oft überbordenden, aber spannungsreichen Mix verschiedenster Genres.

Jetzt, am 25. Juli 1967, ist Neumann, der, leicht übers Steuer gebeugt und gedankenverloren, die ersten Ausläufer des Schwarzwalds an sich vorbeiziehen sieht, noch nicht der angesehene Münchner Professor, der zum feinen dunkelgrünen Mantel auch den passenden Regenschirm tragen und von Studenten umschwärmt werden wird. Aber er fühlt sich manchmal schon beinahe wie am Anfang seiner Erinnerungen. Wie dort, wo sein Leben begonnen hat, in einem der besseren Viertel der mährischen Hauptstadt Brünn, wo der Großvater, der als armer Schlossersohn ins Leben aufgebrochen war, sich in der zweiten Hälfte seines Lebens als Landschulrat ein schönes Haus mit Garten hat bauen lassen, in dem die ganze Familie, auf drei Stockwerke verteilt, wohnen konnte.

Ob sich Neumann je wieder so sicher und glücklich fühlen wird wie damals beim Spielen, im Garten, auf der Straße, mit den schönen Häusern in der grünen Straße mit den vielen Bäumen? Manchmal kommen ihm, wenn er Celans Gedichte liest, auch Menschen in den Sinn, die in derselben Straße wohnten und sich nach 1938 veränderten:

> *(…) dann war plötzlich doch nicht mehr alles so wie früher. Die Frau von gegenüber, aus der Gründerzeitvilla in einem verwilderten Garten, die sonst immer in luftigen Blusen unterwegs war, hatte plötzlich eine dunkle Jacke angezogen und schien mit einer großen, flachen Tasche, die rechte Brust abzudecken. Und auf einmal sah ich, was es war. Auf die Jacke war ein gelber Stern aufgenäht. Die Leute wichen der Frau mit dem Stern aus, gingen auf die gegenüberliegende Straßenseite.*

Viel später erst, nachdem die Geschichte mit Celan lange vorbei ist, wird Neumann entdecken, dass seine Straße in Brünn auch die Straße des Hauses Tugendhat war, der großen, gut geschnittenen Betonvilla mit der riesigen Terrasse, die Mies van der Rohe für die Familie Tugendhat gebaut hat und die heute als beispielhaft für die Architektur der Moderne gilt.

Die Straße lag etwas höher als die Stadt. Auf Fotos sind Bäume und Wiesen zu sehen. Es war eine schöne Gegend, das »Paradies«, aus dem Neumann vertrieben wurde, und es hat lange gedauert, bis er sich als Vertriebenenkind wieder so weit hochgearbeitet hat, dass er sich zufrieden fühlen kann. In seinem jetzigen Leben hat er noch immer das Gefühl, dass er aufpassen muss, aus seinem Zwischengeschoss nicht wieder herauszufallen.

~

Noch geht es langsam voran, aber Celans Blicke streifen die kleine Stadt nur, die an ihm vorbeizieht. Links geht die Straße ab, in deren Verlängerung Baumann wohnt. Bald wird der Mercedes den beiden Käfern folgen. Celan kann sich schon gut vorstellen, wie er ihnen immer näher kommt. Ist das hier eine Verfolgungsjagd? Hat Celan nur so lange Zeit, bis Baumann auch oben ist? Oder wird Baumann ihm zu Hilfe kommen, wenn Heidegger, was sich schon abzeichnet, zäh bleiben wird und nichts aus ihm herauszubekommen ist? Alle möglichen Varianten des heutigen Tages geistern durch Celans Kopf.

Wo und wann soll er Heidegger fragen? Und was genau? Der Platz hier im Auto ist gar nicht so schlecht. Es ist eng hier, Heidegger könnte nicht ausweichen.

Was hat Celan heute Morgen gelesen? Nach den Wahlen von 1966 sei es in der Bundesrepublik zum Wiedererstarken der Rechten gekommen. Die NPD habe

> *in ein politisches Vakuum eindringen können, das durch die offenkundige Schwäche und Handlungsunfähigkeit der Bundesregierung entstanden sei. Wenn es aber gelinge, das Vakuum durch eine überzeugend handlungsfähige Regierung wieder auszufüllen, werde auch die NPD sehr bald an ihre Grenzen stoßen.*

So referiert der Berichterstatter der *Badischen Zeitung* verschiedene Bücher und meint:

> *Die jetzige Entwicklung scheint diese Prognose zu bestätigen. Sie lässt sich aber sinnvoll nur weiterführen, wenn die demokratischen Parteien auf den untauglichen Versuch verzichten und der Versuchung widerstehen, einen eigenen Nationalismus zu mobilisieren und die NPD sozusagen rechts zu überholen.*

Davor warne »besonders eindringlich und überzeugend der Frankfurter Politologe Iring Fetscher: ›Demokratische Parteien, (…) welche glauben, als zusätzliches Produkt Nationalismus anbieten zu müssen, ziehen nicht ein neues Wählerpotential an, sondern führen eventuell eigene Wähler den ›Spezialisten‹ und ›Fachleuten‹ für Nationalismus gerade erst zu.‹«

Hat Heidegger aus der Vergangenheit gelernt? Das wäre die einfachste und entscheidende Frage. Aber wahrscheinlich hat er aus seiner Sicht keinen einzigen Fehler gemacht … Celan will nicht, dass Heidegger dumme Ausflüchte finden muss. Für ihn bleibt er, trotz allem, der wichtigste Philosoph. Mit Heidegger konnte er an seiner Sprache arbeiten. Auch gegen Heidegger. Ohne Heideggers Versuche mit der Sprache hätte er sich in Paris noch verlorener gefühlt.

Nein, Celan will keine »stichhaltige« Erklärung, dass die Naziphrasen in den Reden von damals nichts bedeuten. Eine solche Erklärung kann es nicht geben. Dazu waren die Phrasen zu deutlich. Er hofft, dass Heidegger das weiß. Und sich nicht irgendwie herauszureden versucht. Aber wie könnte er es denn? Heidegger hat, das ist in seinen Vorträgen vor breiterem Publikum, etwa in Meßkirch, zu sehen, durchaus ein Bewusstsein für eine den meisten Leuten verständliche Sprache.

Gerade sitzt er direkt neben Celan nur so da und schickt das vorsichtige Lächeln herüber, das Celan von Fotos kennt. Will er ein Gespräch beginnen? Oder um Verzeihung bitten, dass es noch nicht möglich ist, wegen der Müdigkeit? Allerdings ist Heidegger doch ein Frühaufsteher.

Celan entscheidet sich für die Müdigkeit. Wenn er, wie öfter in dieser Zeit, den Kopf leicht zur Seite neigt, muss das mit der Figur eines Dösenden auch bei ihm klappen. Es ist gerade die für beide einfachste Variante.

Je länger Celan in diesem kleinen Auto träumt, desto seltsamer kommt ihm die Fahrt vor. Sie sitzen nebeneinander. Und doch ist sofort klar, dass es ein freundschaftliches Zusammensein nicht werden kann. Es bleibt erklärungsbedürftig, dass diese beiden Männer mit so verschiedenen Lebensschicksalen plötzlich für ein paar Stunden auf die Rückbank eines VW-Käfers gezwängt sind. Auch wenn sich Celan die Situation schon vor der gestrigen Nacht vorgestellt hat, lähmt ihn ihre Gegenwart.

Er hat zu viele Fragen im Kopf. Aber wird sich Heidegger nicht in jedem Fall herausreden? Und wenn er es auf eine peinliche Weise tut, hat Celan wohl mehr verloren als Heidegger selbst.

Celan hängt an seinem Bild von diesem Philosophen als einem, trotz allem, ehrenhaften Mann. Auch deswegen verfolgt das heutige Beieinandersein, das jedem der beiden gerade kaum dreißig Zentimeter Raum um den eigenen Körper lässt, seit seinem Entschluss, die Einladung nach Freiburg anzunehmen, Celans Gedanken.

Immer, wenn er sich damit hatte entlasten wollen, dass das Treffen nichts bedeute – es sei denn eine Woche Freigang aus der geschlossenen Psychiatrie, eine Reise nach Deutschland und das Treffen mit Unseld, seinem neuen Verleger –, fiel ihm die Begegnung mit Heidegger in den Rücken.

Er hat es unterschätzt, mit Heidegger zusammen allein zu sein. Aber auch Heidegger scheint sich unwohl zu fühlen. Neumann, der einzige Zeuge der Fahrt in diesem seinem leicht bräunlichen Käfig, schreibt aus der Erinnerung einmal, es habe lange Zeit »drückendes Schweigen« geherrscht.

Celan hat schon 1961 in einem Buch über griechische Philosophie Platons schöne Formel »zwei Steine einander beschweigend« angestrichen. Heidegger könnte sich an *Sein und Zeit* erinnern. Nähe, so vermittelt sein Hauptwerk, bedeutet Ent-fernung, umsichtige Näherung. Wenn die Ent-fernung aber plötzlich und unwillentlich geschieht, fehlt die Ferne und die Nähe wird zur Last. Irgendwann muss Heidegger das Schweigen schon im ersten Teil der Fahrt gebrochen haben, aber Gespräch scheint keines entstanden zu sein:

> *Es wurde nicht viel geredet, im Klima der Erwartung von beiden Seiten, aus Heideggers Mund kamen stoßförmige Laute, Celan replizierte leise, er hatte, so fiel mir mein damaliger Ausdruck, den ich mir zurecht gelegt hatte, wieder ein, eine rumänische Stimme – was auch immer das heißen mochte.*

Neumann bleibt stumm, übernimmt, bescheiden und schüchtern, die Zeugenrolle, die ihm nicht von vorneherein zugedacht war, die er vom gesprächigen Baumann übernommen, aber notgedrungen anders interpretiert hat.

> *Vor Heidegger hatte ich, wenn das möglich ist, eine noch viel größere Scheu als vor Celan. Ich glaube, dass ich, trotz mehrerer Begegnungen, nie ein Wort mit Heidegger gewechselt habe.*

Irgendwann kommt Celan der Gedanke, dass er trotz Zeuge Neumann keine guten Karten hat. Besser: wegen ihm. Neumann hält Heidegger davon ab, »privat« zu sprechen, vielleicht sogar von so etwas wie »Schuld«.

Andererseits: Als Fahrer, den er nicht kennt, muss Neumann für Heidegger ein typischer Subalterner sein, von dem »die Herrschaft« nicht Kenntnis zu nehmen braucht. Manchmal gibt sich Heidegger gerne leutselig. Aber nichts deutet darauf hin, dass er Neumann wahrgenommen hat.

All das in einem Fahrzeug, das, es kann nicht anders, selbst Geschichte ist. Der Käfer hat sich in einen rollenden Käfig verwandelt, der sich den Berg hoch müht. Stark aufgeladen, konfrontiert er die beiden Herren im Fond mit ihrem Leben.

Geschichte ist das eine Gefängnis, aus dem keiner entkommt. Alle in diesem Auto mussten sich mitten im schrecklichen 20. Jahrhundert bewähren. Sie haben es auf sehr unterschiedliche Weise versucht und die Aufgabe in sehr unterschiedlicher Weise erledigt. Ja, auch der Fahrer. Der Käfer nimmt sie alle mit auf den Weg, lässt keinem die Wahl.

Während die beiden kleinen Automobile mit den in sich verfangenen Passagieren durch die vielen weit geschwungenen Schwarzwaldkurven nach oben unterwegs sind, nimmt die Gewitterneigung zu. Dicke Wolken bilden sich über den Köpfen dieser vier Menschen in zwei Käfern. Wird es den Menschen nützen, dass sie in ihren Vehikeln sitzen? Wird die gespannte Stimmung unter dem Blechschirm des ersten Käfers nach außen dringen und den Wald, in den sie hinauffahren, in Brand stecken?

In der Hütte oben, denkt Heidegger, wird nichts ein Problem sein. Er hat dort schon die schlimmsten Unwetter überstanden. Im Winter, tagelang. Auch wenn sie heute Nacht dort oben bleiben müssten. Auch wenn alle Straßen ins Tal unpassierbar würden. Er würde eine Lösung finden. Es hat Proviant dort oben, sicher, Elfride ist immer auf alles eingestellt, und zu den Brenders, in deren Zimmer Heidegger *Sein und Zeit* geschrieben hat, kommen sie in jedem Fall.

Neumanns Käfer klettert geduldig die Schwarzwaldberge hoch, nähert sich Heideggers Heimat, deren Kraft derselbe so oft beschworen hat, auf die er auch dieses Mal setzt.

Aber die bloße beunruhigende Präsenz Celans, dessen Gedichte Heidegger gestern gehört hat, dessen Familienschicksal ihm durch Pöggeler bekannt ist, stört mehr, als Heidegger erwartet hat. Immer wieder gleiten seine Gedanken in Unsicherheiten und Besorgnis ab. Von Pöggeler weiß er, dass Celan Schneebergers Dokumentation kennt. Er weiß, dass darin auch seine Rede zum 10. Todestag von Schlageter nachzulesen ist – einem rechten Heiligen, einem nationalsozialistischen Freikorps-Aktivisten, der wegen Spionage und Sprengstoffanschlägen während der Ruhrbesetzung von einem französischen Militärgericht hingerichtet wurde.

Heidegger hat die Rede am 26. Mai 1933 in Freiburg vor Studenten gehalten. Schlageter stammt aus Schönau, im Nachbartal. Sie haben schon zwei oder drei Wegweiser passiert, immer wieder gehen Seitensträßchen dorthin ab.

> *Freiburger Student! Deutscher Student! Erfahre und wisse es, wenn du auf den Fahrten und Märschen die Berge, Wälder und Täler des Schwarzwalds, die Heimat dieses Helden, betrittst: Urgestein, Granit sind die Berge, zwischen denen der junge Bauernsohn aufgewachsen ist. Sie schaffen seit langem an der Härte des Willens. (…)*
> *Wehrlos vor die Gewehre gestellt, schwang sich der innere Blick des Helden über die Gewehrmündungen hinweg zum Tag und zu den Bergen seiner Heimat, um im Blick auf das alemannische Land für das deutsche Volk und sein Reich zu sterben.*

Im Beisein Celans mag Heidegger auch an diese Rede nicht erinnert werden.

Es ist kaum zu glauben, dass Celan trotz ihr mit Heidegger hier drinnen sitzt und in den Schwarzwald hinauffährt. Heidegger würde ihn gerne fragen, warum. Er kann sich sonst bestens vor selbstkritischen Gedanken schützen, aber wieder merkt er: Bei Celan geht das nicht. Und er spürt schon: Weil Celan zu alledem nichts sagt, muss er selbst irgendwann als Erster zu sprechen beginnen. Es ist eine Taktik, die er nur durch Sprechen brechen könnte, aber Unverfängliches fällt ihm nicht ein. Er will nur, dass sie endlich die Hütte erreichen.

Celan verliert sich, je länger die beiden Käfer den Windungen der Straße in den Hochschwarzwald folgen, desto mehr in den Hügeln und Bergen, die ihn, noch mehr als Baumanns Sternwald, an die Bukowina erinnern. Wie dort führt jede Kurve zu einem anderen Ausblick. Mag ein Berg aus einer Perspektive wie ein Pass in die Freiheit aussehen, gibt die nächste Kehre einen höheren Berg hinter ihm frei. Die Verwandtschaft der beiden Landschaften, von der Baumann und Celan sich noch viel erzählen werden, bringt ihn manchmal sogar auf den Gedanken, als wäre diese Fahrt heute doch die gesuchte Möglichkeit zur Nähe. Als könne er hierbleiben, genau hier. Es ist Celan, als schwebe er durch seine Kindheit, zusammen mit seiner Mutter, wie auf ihren gemeinsamen Gängen durch eine Natur, die er seit zwanzig Jahren nicht mehr hat ansehen können.

Dennoch: Vorderhand geschieht von beiden Seiten gar nichts. Es ist so, als schütze die Enge des Käfigs, in dem sie gemeinsam sitzen, jeden vor den Ansprüchen des anderen. Vielleicht sind sie sich zu nahe, um sich ausmalen zu können, wie man sich näherkäme. Baumann fehlt jedem der drei. Er ist verbindlich, er ist nicht involviert, er hält seine Monologe und versteht dabei auch an die anderen zu denken.

Neumann wäre gerne verbindlich, aber es gibt wenige Brücken zwischen Celan und Heidegger, und der junge Neumann ist keiner, der eine bauen könnte. Er weiß, dass sich das zähe Schweigen der beiden, die drückende Stimmung, auf Heideggers NS-Vergangenheit bezieht. Auf die Rektoratsrede und Ähnliches. Er weiß aber auch, dass Celan ihn auf seine, die Pariser Seite rechnet, wo er den eigenen Ort doch gar nicht genau angeben kann.

Was würde Celan zum Schicksal von Neumanns Eltern sagen? Würde er verstehen, dass Neumann sie verteidigen muss? Auf Heideggers Seite sieht sich Neumann allerdings auch nicht. Wenn einer freundlich, zugewandt und zukunftsoffen ist, dann Neumann. Er hätte sich schon dreimal für alles entschuldigt. Wahrscheinlich genau deswegen, weil er dafür wirklich nichts kann. Und trotzdem sitzt er als Fahrer nicht eigentlich vorne, sondern hinten, irgendwo zwischen Celan und Heidegger. Er möchte all das, von dem bisher nicht gesprochen wurde, am liebsten schon jetzt präzisieren, auf beiden Seiten. Aber wahrscheinlich ist er einfach zu jung, er hat Angst, er würde sich verheddern. Und solange sie nichts sagen!

Auf einmal, sie sind schon ziemlich weit oben, kommt Nebel auf, zieht schnell und kraftvoll über die schmale Straße, legt sich über sie. Man sieht nur noch das Schild »Schauinsland« und die drei Meter bis dorthin. Nicht mehr. Ist es ein Hotel oder ein Parkplatz oder beides? Was ist da? Ja, ein P. Neumann steuert den Wagen ganz vorsichtig in die Richtung des Schilds. Bis hierher war er schon einmal. Das erkennt er jetzt. Es ist wahrscheinlich doch ein Hotel. Aber damals ist er von woandersher gekommen. Sie sind oben gestanden und haben über die Hügel geschaut. Jetzt sieht man nichts. Aber da ist auch Vietta. Er ist ihnen auf der Spur geblieben. Was er sich denken mag?

Neumann schaut fragend nach hinten. Heidegger schüttelt den Kopf. »Wir warten.«

Die Lichtung lichtet sich, denkt Neumann spöttisch, es wird dunkel. Hätte er das schöne Thomas-Mann-Wort vom »High-Brow-Sudler und kriminellen Sprachschänder« Heidegger, dem Schopenhauer die Leviten lesen würde, schon gekannt, er hätte gelacht. Aber was will er selbst sagen: Beinahe hätte er in der letzten Kurve, als der Nebel mitten auf die Frontscheibe zugewalzt kam, die Hände vom Steuer hochgerissen und »Um Gottes willen!« gerufen. Wahrscheinlich, weil er das von einem alten Pfarrer gehört hat, mit dem er einmal gefahren ist. Nein, Neumann weiß nicht wirklich, was er von der Kirche halten soll. Als seine Eltern in Brünn in die NSDAP ein- und aus der Kirche austraten, hat auch der kleine, vielseitig begabte Junge die Kirche verlassen.

Doch nach dem Krieg, nach Gefangenschaft und Vertreibung, in der Zeit, in der er sich mit Vater und Mutter in Kleinwelsbach bei Langensalza mit Land- und Heimarbeit gerade so über Wasser halten konnte, verspürte derselbe begabte junge Mann das Bedürfnis, »diese Glaubensentscheidung, die mir durch meine Eltern zugefallen war, rückgängig zu machen. Ich nahm auf eigene Faust bei einer Nonne Katechismus-Unterricht, um erste Kommunion und Firmung nachholen zu können.«

»In diesem kleinen Bauerndorf«, wird Neumann in seinen Erinnerungen schreiben, »war ich wirklich und zum ersten Mal in meinem Leben allein, mich meiner Familie schämend. Ich wollte zu diesen ›Anderen‹, Ausgestoßenen nicht gehören, ich wollte, leben, fühlen sprechen, wie die hier Geborenen, in einer so festen, verschlossenen, wirklichkeitsgesättigten Welt. (…) Alles Glück, alles Reiche und Schöne dieses Kindseins, wie ich es vor der Vertreibung erlebt hatte, auf einmal ausgetilgt aus mir. Es gab nur diesen Weg nach vorne, den ich mir zu schaffen meinte, weg von den ›Landsmannschaften‹, den Flüchtlingsausweisen und den sporadischen Unterstützungen.«

In Kleinwelsbach lernt der Chauffeur, aus Papierbindfäden Einkaufstaschen zu knüpfen, und Berge von Militärmänteln werden zu Hand- und Brieftaschen. Nach der »Flucht in den Westen« wird Neumann in Mülheim an der Ruhr, in dem Waisenhaus, in dem er untergebracht wurde, weil sein Vater früh starb, zum alleinigen Messdiener eines englischen Militärgeistlichen, der ihn mit einer Tafel Cadbury-Schokolade entlohnt. Später schafft es Neumann ins alteingesessene katholische Gymnasium Thomanum im niederrheinischen Kempen, wo er Lehrer hat, die …

Nein, Neumann weiß es: All das gehört nicht hierher, die Geschichte eines Chauffeurs ist der Nachwelt gleichgültig. Es geht um das Treffen zweier Kulturgiganten, die Neumann selbst als brillanter Literaturwissenschaftler nie erreichen wird. Bestenfalls wird er zum Diener der beiden Herren. Daran wird sich nichts ändern.

Plötzlich ist der Himmel wieder frei, der Nebel ins Nachbartal gesunken. Nichts ist geschehen. Nicht einmal die Nebellaune der Natur hat die beiden zum Reden gebracht.

Doch endlich haben Neumann und das Wetter ein Einsehen. Weil auch ihm dieses Schweigen beim Parken erst recht die Luft abgeschnürt hat, fährt er immer zügiger durch die dicht bewölkten Berge. Bald wird es regnen. Das muss nicht sein.

## 9
## DIE HÜTTE UND DER BRUNNENSTERN

*Am Steilhang eines weiten Hochtales des südlichen Schwarzwaldes steht in der Höhe von 1150 Meter eine kleine Skihütte. Im Grundriss mißt sie 6 zu 7 Meter. Das niedere Dach überdeckt drei Räume: die Wohnküche, den Schlafraum und eine Studierzelle.*

Heideggers Hütte am oberen Ende des Schwarzwalddorfes Todtnauberg ist ein Mythos und sein Markenzeichen. Heidegger selbst hat sie dazu gemacht. Es ist nicht so, dass er sich dorthin ab und an zurückgezogen und still meditiert hätte. Spätestens seit seinem Rundfunkvortrag vom 1. März 1934, in dem Heidegger den Ruf auf eine Professorenstelle nach Berlin, die den regelmäßigen Hüttenbesuch wohl verunmöglicht hätte, ablehnt, konnte jeder wissen, wie wichtig er die mit der Hütte verbundene Existenzform nahm. Das Radio war damals das modernste Medium der Zeit, und der Vortrag ist in Guido Schneebergers Dokumentation abgedruckt, ist also dem akribischen Leser Celan wohl bekannt. Heidegger gibt darin seine Entscheidung für den Verbleib »in der Provinz« auf dramatische Weise bekannt:

*Neulich bekam ich einen zweiten Ruf an die Universität Berlin. Bei einer solchen Gelegenheit ziehe ich mich aus der Stadt auf die Hütte zurück. Ich höre, was die Berge und die Wälder und die Bauernhöfe sagen. Ich komme dabei zu meinem alten Freund, einem 75jährigen Bauern. Er hat von dem Berliner Ruf in der Zeitung gelesen. Was wird er sagen? Er schiebt langsam den sicheren Blick seiner klaren Augen in den meinen, hält den Mund straff geschlossen, legt mir seine treu-bedächtige Hand auf die Schulter – und schüttelt kaum merklich den Kopf. Das will sagen: unerbittlich Nein!*

Der alte Bauer aus dem Ort wird zum Garanten einer wahrhaftigen Lebenshaltung, aus der heraus kein Irrtum entstehen kann. Auffällig ist die dieser Existenzform von Heidegger zugeschriebene gleichzeitige Friedlichkeit (treu-bedächtig) und Entschiedenheit (unerbittlich). Heidegger gibt vor, an der bewunderten Lebenshaltung teilzuhaben. Deutlich setzt er sich ab von den »betrachtenden Augen des Gastes und des Sommerfrischlers. Ich selbst betrachte eigentlich die Landschaft gar nie. Ich erfahre ihren stündlichen, täglich-nüchternen Wandel im großen Auf und Ab der Jahreszeiten«.

Denn erfahren lässt sich die Bergnatur nicht »in gewollten Augenblicken einer genießerischen Versenkung und künstlichen Einfühlung«, sondern nur, »wenn das eigene Dasein in seiner Arbeit steht. Die Arbeit öffnet erst den Raum für diese Bergwirklichkeit. Der Gang der Arbeit bleibt in das Geschehen der Landschaft eingesenkt.«

So zeigt Heidegger seine intensive Lektüre von Ernst Jüngers 1932 erschienenem, buchlangem Essay *Der Arbeiter*. Und er macht deutlich, dass die Philosophie »seine« Arbeit ist, die durch die Einwirkung der Natur auf neue Höhen geführt wird:

> *Wenn in tiefer Winternacht ein wilder Schneesturm mit seinen Stößen um die Hütte rast und alles verhängt und verhüllt, dann ist die hohe Zeit der Philosophie. Ihr Fragen muss dann einfach und wesentlich werden. Die Durcharbeitung jedes Gedankens kann nicht anders denn hart und scharf sein. Die Mühe der sprachlichen Prägung ist wie der Widerstand der ragenden Tannen gegen den Sturm.*

Ohne Hütte als Stützpunkt im Hochschwarzwald kein existenzielles Denken. Philosophie ist heroische Kraftanstrengung. Und trotzdem macht Heidegger unmissverständlich – man könnte sagen: »unerbittlich« – klar: Diese Philosophie ist nicht mehr, aber auch nicht weniger wert als die anderen Arbeiten hier:

> *Die philosophische Arbeit verläuft nicht als abseitige Beschäftigung eines Sonderlings. Sie gehört mitten hinein in die Arbeit der Bauern.*

Wovor Heidegger deutlich warnt, ist die Anbiederung des Städters an den Bauern.

> *Eine (...) sehr geschmäcklerische Aufdringlichkeit scheint sich oft um die Welt des Bauern und sein Dasein zu kümmern. Man verleugnet aber so gerade das, was jetzt allein nottut: Abstand halten von dem bäuerlichen Dasein, es mehr denn je seinem eigenen Geschick überlassen: Hände weg – um es nicht hinauszuzerren in ein verlogenes Gerede der Literaten über Volkstum und Bodenständigkeit. Der Bauer braucht und will diese städtische Betulichkeit gar nicht. Was er jedoch braucht und will, ist der scheue Takt gegenüber seinem eigenen Wesen und dessen Eigenständigkeit.*

Indem Heidegger klassische Fehler städtischer Aneignung ländlicher Welten benennt, scheint er anschaulich machen zu wollen, dass seine programmatische Eingemeindung der Philosophie ins Dorf etwas ganz anderes ist. Aber wer mit dem mittlerweile über achtzig Jahre alten Enkel des Brender-Bauern spricht, der Heidegger damals davon abgeraten hat, nach Berlin zu gehen, fragt sich, ob es Heidegger in Todtnauberg gelungen ist, je anders denn als Städter zu gelten, der, wenn er Zeit hat und Ruhe sucht, aufs Land kommt. Es habe schon »etwas komisch« ausgesehen, »wie der Heidegger mit seine Kniebundhosen im Dorfladen aufgekreuzt is«. Und dass er »mit der Krawatte durchs Dorf zogn is«.

Der Herr Professor blieb wohl für die meisten in Todtnauberg ein landehrfürchtiger Bürger, wie es so manche gibt. Aber seine Rede von der Distanz stimmt ja auch: Der Philosoph aus der Stadt kann gar nicht anders, als anders zu sein. Immerhin hat es Heidegger durch seine Stilisierung als Denker in der Hütte dazu gebracht, dass ein amerikanisches Filmprojekt *ihn* zum Original gemacht hat und den Brender-Enkel zum Double. Er habe, erzählt der heutige alte Brender, so belustigt wie stolz, vor kurzem »für die Amerikaner den Heidegger gespielt«. Ja, er sei »da raufgerannt zur Hütte«, habe »Wasser vom Brunnen geholt« und sei »dabei gefilmt worden«.

Auch der ortsansässige Zimmermann war wichtig für Heidegger. Er war es, der die Hütte 1922 nach den Plänen von Elfride Heidegger baute. 1947 schreibt Heidegger in seinem Nachruf auf Pius Schweizer, dieser habe die Hütte »aus dem erfahrenen Sinn für Boden und Wasser, für Baum und Wind gebaut: Schrank und Bank der Hütte, ihre Fenster und Läden erinnern an den Mann, der sein Handwerk liebte«.

Elfride war schon 1914, von Kiel aus, wo sie Nationalökonomie studierte, mit Freundinnen aus der Jugendbewegung zum ersten Mal zum Skifahren in die Gegend gekommen. Auf der Suche nach einem Rückzugsort für ihren Mann fand sie wieder her. Und mit einer Vorauszahlung auf ihr Erbe finanzierte sie die Hütte. Diese Investition – die Freiburger Universität sorgte später für die Elektrifizierung – war wohl ihr größter familiärer und ein lebenslanger partnerschaftlicher Erfolg. Der berühmte französische Psychoanalytiker Jacques Lacan und der bekannte Physiker Carl Friedrich von Weizsäcker, viele andere geschätzte Kollegen und Schüler durften kommen, aber Heidegger scheint die Hütte affärenfrei gehalten zu haben. Selbst die intensivste seiner Nebenlieben, Hannah Arendt, war offenbar nie hier.

~

Heute macht, wer mit dem Auto kommt, am Ratschert oben Halt und ist damit schon in etwa auf Höhe der Hütte. Aber wenn Neumann schreibt, sie seien damals den steilen Weg zur Hütte »hochgeklettert«, und wenn Vietta meint, der Fußweg habe »eine halbe Stunde« gedauert, muss das prominente Paar mit seinen Sekundanten die beiden Käfer am 25. Juli 1967 weiter unten geparkt haben.

Die bunten Autos stehen nebeneinander, die Menschen strecken ihre Glieder. Die Enge ist weg und damit die Nähe, die keine war. Sie hat Celan wie Heidegger in Apathiedarsteller verwandelt. Schon nach wenigen Atemzügen draußen sind alle erleichtert. Auch wenn die Luft dicker ist als sonst hier, wie Heidegger knurrt, auch wenn es bald regnet und starke, abwechselnd kalte und warme Winde die Vierergruppe aufstören: Autofahren ist nichts für diese Herren, sie gehen lieber. Neumann und Vietta folgen, Celan und Heidegger neugierig betrachtend. Das Warten auf das Treffen in der sagenumwobenen Hütte, in der doch etwas passieren sollte, intensiviert sich. Die beklemmende Fahrt hierher, sie ist plötzlich nur noch der Vorlauf.

Silvio Vietta, für den, allein im zweiten Käfer, bislang noch gar nichts geschehen ist, erinnert sich, dass er schon beim Gehen auf ein Gespräch gehofft habe, doch das sei »nicht möglich« gewesen. Celan sei immer wieder vom Weg abgeschweift, habe überall Blumen gesehen, ihren Namen gerufen: Arnika, Augentrost! Er sei in die Wiesen gesprungen, habe manche der Blumen gepflückt, zu Heidegger gebracht und etwas zu ihnen gesagt, dann sei er wieder verschwunden.

Wenn es bislang die blecherne Abgeschlossenheit des Käfers war, die das Gespräch verhindert hat, so ist es jetzt die lebendige Offenheit der Julilandschaft. Überall geschieht etwas: Schmetterlinge fliegen, Käfer kriechen über den Weg, der Wind fährt durch die Blätter. Mag sein, dass ein richtiger Sturm bevorsteht. Celan, registriert Neumann, ist so wach wie seit seiner Ankunft nicht. Er nennt die Namen der Blumen in zwei, drei Sprachen: lateinisch, deutsch und jiddisch. Heidegger habe, erzählt Vietta fünfzig Jahre später, aus den Augenwinkeln über Celan geschmunzelt, habe jeweils gewartet, bis er bei ihm erschienen sei, sei erst dann, mit Celan zusammen, weitergegangen, immer noch schweigend, beobachtend.

Waren die Wiesenabstecher eines plötzlich und unverhofft wieder beinahe jugendlich quecksilbrigen Celan Übersprungshandlungen oder nur Ausdruck des schlichten Glücks, endlich dort zu sein, wohin er sich von der geschlossenen Psychiatrie aus in den letzten Wochen oft gewünscht hatte: in der Natur? Es ist noch immer nur ein paar Tage her, dass Celan von St. Anne in den Urlaub entlassen wurde.

Heidegger ist durch Celans plötzliche Lebendigkeit irritiert, aber andererseits auch etwas entlastet, muss er doch befürchten, dass Celan sich nach der »Jugendherberge« erkundigen könnte. Oder hat Celan vom »Lager«, das bei Schneeberger nicht erwähnt ist, noch nichts gehört? Heidegger selbst hat schon 1945 darüber geschrieben, in seinem Bericht *»Das Rektorat 1933/34, Tatsachen und Gedanken«*, aber der Denker hat darin noch lange nicht alle interessanten Details aus dem ersten Todtnauberger »Wissenschaftslager« vom 4. bis 10. Oktober 1933 erwähnt. Heidegger selbst hat es, in der Jugendherberge hier oben, organisiert.

»Das Ziel wird durch Fußmarsch erreicht.« Fahrten von Freiburg nach Todtnauberg müssen für Heidegger stets auch motorisierte Wiederholungen des immerhin dreißig Kilometer langen Marschs hoch ins Lager gewesen sein: »SA- oder SS-Dienstanzug, eventuell Stahlhelm-Uniform mit Armbinde« war als Marschkleidung erwünscht. Ziel des Lagers war unter anderem »das lebendige Näherbringen der Ziele einer nationalsozialistischen Umwälzung des Hochschulwesens«.

Glücklicherweise hat Rektor Heidegger die Studenten- und Dozentenkollegen, die er in seiner größenwahnsinnigsten Zeit hier heraufgeholt hat, nicht bis zur Hütte geführt. Er hat es ja wirklich geglaubt: dass die deutsche Universität erneuert werden müsse. Leider gab es im Lager dann Differenzen zwischen einer Kieler, einer Heidelberger und der Freiburger Gruppe – von den Heidelbergern soll sogar eine Revolte gegen Heidegger, damals selbst ein notorischer Umstürzler, angezettelt worden sein. Nicht jeder Nationalsozialismus verstand sich damals gleich. Auch hier gab es Flügelkämpfe. Minister Wacker hatte schon nach der Rektoratsrede beim Mittagessen im Gasthof Kopf gemurrt, dass Heidegger ganz offensichtlich einen »Privatnationalsozialismus« verfolge. Er hatte in dieser Hinsicht nicht Unrecht. Aber Heidegger verstand *seine* nationalsozialistische Bildungsreform als die maßgebliche.

Als Heidegger und Celan das letzte Stück zur Hütte hochgestiegen sind – es gibt einige Wege durch die Wiesen hinauf, der am Bächlein entlang ist der steilste –, schauen sie, wie jeder hier, erst einmal nach

Süden, den Abhang hinunter, stehen, trotz ein paar Tropfen Regen und Wind, zwischen der Hütte und dem Ahorn mit seinen Sträuchern, die dem kleinen Anwesen zu einem geschützten Ausblick verhelfen. Bei sehr guter Sicht sieht man tatsächlich den Mont Blanc. Frankreich, das gelobte Land! Es ist für Heidegger in den vergangenen Jahrzehnten eine zweite, philosophische Heimat geworden. Ausgerechnet! Ausgerechnet das Land von Descartes, eine Gegend voller Lobredner der Rationalität! Aber es hatte sich schon verwandelt. Durch den Dienstboteneingang der Emigration kamen gebildete Russen aus Moskau, Taganrog und ein Litauer aus Kaunas, Koschewnikow, Kojra und Levinas, die auf einmal Kojève, Koyré und Lévinas hießen, sie haben den Boden für Heidegger bereitet. Sartre und seine Mode haben viel geholfen. Kierkegaard kannten sie alle. Es ist schön dort drüben. Ein Ort, an dem sich die Anfeindungen der problematischen Vergangenheit in Grenzen halten.

Am 25. Juli 1967 hängen in dieser Richtung allerdings überall Wolken. Man kann schon die Ausdehnung des sanften, langgezogenen, nur in der Mitte tief eingeschnittenen Hochtals, in dem Todtnauberg liegt, kaum erahnen. Celan erinnert sich an die Wanderungen in den Karpaten, die er im glücklichen Sommer 1947 mit Petre Salomon, seinem besten Bukarester Freund, dessen zukünftiger Frau und seiner damaligen Liebe gemacht hat, Lia Fingerhut, die im November 1961 beim Schwimmen im Meer ertrunken ist. Was Celan, als er davon erfährt, schockiert, aber er kann es schon damals kaum glauben. Wahrscheinlich hat sie sich umgebracht. Die schöne, traurige Lia Fingerhut, Tochter eines bekannten Bukarester Arztes, war eine ausgezeichnete Schwimmerin.

Noch heute spürt, wer vor der Hütte steht, wie Heidegger dazu gekommen ist, seine Existenz dort zu stilisieren. Obwohl eine Lage von etwas über tausend Metern nicht eigentlich hoch genannt werden kann, ergibt sich genau hier leicht das Gefühl, über allem zu stehen. Die Hütte liegt an einem der höchsten Orte des ganzen Tals. Die sichtbaren Höhen der Umgebung sind weit genug entfernt. Selbst der Mont-Blanc, der erhabene Fluchtpunkt, mehr als viermal so hoch, hat von hier aus etwas in weiter Ferne Sanftes. Heidegger habe, meint Reinhard Mehring, Nietzsches Engadiner Zarathustra in seinem Schwarzwald auf mittlere Höhe herabgeholt. Das stimmt – was die theatralische Geste angeht. Topographisch ist es allerdings nur die halbe Wahrheit. Sils Maria liegt mehr als 600 Meter höher, es ist kälter und viel früher gibt es dort mehr Schnee. Aber der Ort selbst liegt unten im Hochtal, zwischen den viel höheren Bergen wie geborgen – oder auch eingeschlossen. Heidegger hat mit Todtnauberg einen Ort gefunden, an dem er auf mittlerer Höhe ein Gefühl von Gipfel und Ausgesetztsein simulieren kann.

Heidegger klopft. Es gibt schon damals über die Familie verstreut einige Schlüssel, und tatsächlich öffnen, wie Silvio Vietta erzählt, an diesem Tag Leute, die Heidegger kaum kennt. Sie blicken den Philosophen und seine Begleiter erstaunt an. Es sind Verwandte der zweiten Frau von Heideggers Sohn Jörg, die von dem überraschenden Besuch nichts wissen können. Das weiße Grundig-Radiogerät, das der Technikskeptiker Heidegger 1962 angeschafft hat, um über die Kuba-Krise auf dem Laufenden zu bleiben, ist nach wie vor die einzige Verbindung zur Außenwelt.

So müssen der Hausherr und seine Gäste eine Zeit lang draußen bleiben, bis die Hütte für ihren Aufenthalt bereit ist. Derweil betrachtet Celan die Umgebung, entdeckt den Brunnen, geht neugierig näher, schaut ihn sich, wie Neumann in einem Brief an Tophoven erzählt, genau an. Er »bemerkte den würfelförmigen Kopf mit eingeschnitzten Kerben, vor dem Haus, aus dessen Rohr Wasser sprudelte (…) er schenkte der primitiven Einrichtung dieses Wasserspenders viel Aufmerksamkeit, das war deutlich zu sehen«.

Das Besondere an diesem Brunnen ist der Wasserspeier, auf dem ein Holzwürfel befestigt ist, in den auf vier Seiten grobe Sterne geschnitzt sind. Je nach Blickwinkel sehen sie aus wie aus Papier gefaltet oder wie Blüten. Und sie haben tatsächlich eine auffällige Verwandtschaft zum »Judenstern«.

Neumann meint in seinen Erinnerungen, er habe darauf gewartet, dass Celan vom Wasser des Brunnens trinke. Und gerade weil er darauf gewartet habe, erinnere er sich genau, dass es nicht passiert sei. Wie am Vortag bei der gescheiterten Fotografie zeigt sich Celan als Experte für die Wichtigkeit symbolischer Handlungen und Unterlassungen.

Interessant wird sein, dass er in seinem Gedicht »Todtnauberg«, das er ein paar Tage später in Frankfurt schreiben wird, den »Trank aus dem Brunnen« erwähnt, als habe er stattgefunden. Dann, so berichtet Vietta, »betraten wir den inneren Raum der Hütte mit dem großen Holztisch und den Sitzbänken unter den Sprossenfenstern, dem großen Herd und dem Kachelofen darin. Als Celan, Heidegger, Herr Neumann und ich um den Tisch Platz genommen hatten, blickte Celan vom Tisch aus durch das Sprossenfenster hinaus auf den hölzernen Brunnentrog vor der Hütte.« Der Zimmermann Pius Schweizer hat den Brunnen, wie Vietta erzählt, absichtlich »so platziert, dass man in der Hütte nicht nur das Rauschen der Quelle hören, sondern diese auch vom Esstisch aus sehen konnte«. Als Celan den Brunnenstern auf diese Weise zum zweiten Mal länger in den Blick nimmt, sagt er, so Vietta, unvermittelt: »Herr Heidegger, den Stern lasse ich Ihnen nicht.«

Heidegger erzählt die Brunnengeschichte – auch er wird sagen, er habe mit der Gestaltung nichts zu tun gehabt –, dann macht er seinen großen Holztisch zum Gabentisch. Celan schenkt er seine Aphorismensammlung *Aus der Erfahrung des Denkens*, eine kleine Schrift, in der, wie Celan entdecken wird, eine berühmte Formulierung steht: »Auf einen Stern zugehen, sonst nichts.«

Es wurde, so Neumann, »in der Hütte nichts gegessen und auch nichts getrunken«. Schon um elf sollte es in St. Blasien Kaffee geben, auf Zwischenstation zum Horbacher Moor. Und die ohnehin knapp bemessene Zeit war durch die Begegnung mit den Vorbesuchern weiter geschrumpft. Man habe sich »höchstens eine halbe Stunde« lang in der Hütte aufgehalten, meint Vietta. Zeit für ein wirkliches Gespräch habe es auch da nicht gegeben.

Nach einer kurzen Führung in »Heideggers unglaublich primitivem und, wie mir scheint, uraltem Häuschen«, zu dessen Klo man noch heute ums Haus herum wandert, resümiert Neumann in seinem Brief an Elmar Tophoven etwas vage:

> *Man versteht vielleicht manches besser, wenn man ihn einmal dort gesehen hat, im guten, und vielleicht auch im schlechten, es ist eine missverständliche Lebensform, seit es die Nazis gegeben hat, aber es gibt sie schon lange, bevor die Nazis da waren, und ich fürchte, sie ist erst durch die Nazis verdächtig geworden.*

Heideggers *»Studierzelle«* ist ein nicht wirklich mönchisches, sondern so ordentlich wie gemütlich wirkendes Arbeitszimmer, das im ruhigen, hinteren Teil der Hütte liegt und nur durch den Schlafraum mit den vier nebeneinanderliegenden einfachen Kojen erreichbar ist. An prominenter Stelle, direkt über dem Esstisch, bemerkt Celan einen großen gerahmten Kunstdruck von Adolf Glattackers bekanntestem Ölgemälde von Johann Peter Hebel, dem berühmten Autor des *Schatzkästlein des rheinischen Hausfreundes*, das Glattacker 1926 gemalt hat, zum 100. Todestag.

~

In der Beziehung zwischen Heidegger und Celan ist Hebel kein Unbekannter. Schon 1956 hat Heidegger Celan sein *Gespräch mit Hebel* geschickt, mit der Widmung »Für Paul Celan, mit herzlichem Dank und Gruß«. Celan selbst kennt die alemannische Sympathiegestalt, deren *Schatzkästlein* im ganzen deutschsprachigen Europa bekannt war, aus seiner Jugend. Er besitzt selbst eine mit diversen Anstreichungen versehene alte Ausgabe von 1884 und schätzt den populären Dichter. Gerhart Baumann war in Gesprächen mit Celan beeindruckt, dass »Johann Peter Hebel gleichermaßen in Czernowitz wie in Karlsruhe zu den Hausfreunden gehörte«.

Celan weiß auch, dass Heidegger Hebel hoch verehrt. Er preist ihn als Dichter »edelster« deutscher Sprache, deren Besonderheit die fast mythische »Steigerung ins Einfache« sei. Und diese sei nur möglich, weil Hebels Sprache ihren Ursprung im Dialekt nicht vergessen habe. Heidegger verehrt Hebel – in einem Zeitalter seinsvergessener Technik, in dem viele in existenziellem Sinn »nicht wissen, wohin« – als Vermittler einer neu-alten Ursprünglichkeit zwischen Sinnlichkeit und Geist. »Weg und Steg aber zwischen der Tiefe des vollkommen Sinnlichen und der Höhe des kühnsten Geistes ist die Sprache.« Und Hebels »deutsche Schriftsprache« sei »die einfachste, hellste, zugleich bezauberndste und besinnlichste, die je geschrieben wurde«.

Aber auch mit Hebel ist es »nicht einfach«. Hebel hat formvollendete Geschichten mit anrührenden Charakteren gesammelt, verändert und selbst geschrieben. Celan weiß, dass *alle* Hebel mögen. Angefangen bei Goethe, der ein wunderbar knappes Wort dafür gefunden hat: Hebel, meinte er, »verbauere (...) auf die naivste, anmutigste Weise, durchaus das Universum«. Theodor W. Adorno und Robert Minder haben Hebel ihrerseits gegen die Vereinnahmung durch Heidegger, den ehemals begeisterten Anhänger des Nationalsozialismus, in Schutz genommen. Hebel, den Heidegger, so Adorno 1964 in *Jargon der Eigentlichkeit* spöttisch,

> *in den Blickrauchfang hängen möchte, hat schwerlich auf diese Bodenständigkeit je sich berufen. Stattdessen hat er, in einem der schönsten Prosastücke zur Verteidigung der Juden, das deutsch geschrieben wurde, die Hausierer Scheitele und Nausel grüßen lassen.*

Auch Robert Minder, den Celan aus Paris kennt, der ihn in der Goll-Affäre unterstützt hat und dessen Buch *Dichter in der Gesellschaft* er mit persönlicher Widmung besitzt, wirft Heidegger darin mit bissigem

Spott vor, Hebel als Provinzler darzustellen. Hebel, so Minder, sei vielmehr ein »Citoyen«, wie Ernst Bloch schon festgestellt habe, ein wahrhaftiger Staatsbürger, »ein entschiedener Anhänger der Bauernbefreiung im Sinne der Aufklärung, der Französischen Revolution und des Napoleonischen Gesetzbuchs«.

Aber eben, es ist nicht einfach. Wer das *Schatzkästlein* wieder einmal öffnet, muss sich manchmal fragen, ob Hebels viele Freunde dem Meistererzähler nicht zu viel des Guten tun. Zwar »grüßt« Hebel am Ende seines »Sendschreibens« mit dem Titel *Die Juden*, das Adorno meint, durchaus »den Scheitele in Lörrach und den Nausel«. Aber weder Minder noch Adorno scheinen zu sehen, dass es nicht nur in *Die Juden*, sondern auch im *Schatzkästlein* diverse antisemitisch schillernde Passagen und Geschichten gibt. Hebel polemisiert dabei allerdings nicht, sondern bringt seine jüdischen Charaktere in Situationen, in denen sie so handeln, wie es Juden zugeschrieben wird. So wie etwa in »Der gläserne Jude« der von Adorno gegrüßte Nausel, der einen Husaren um vier Taler betrogen hat. Sein Schwager, der sich selbst »ein ehrlicher Jüd« nennt, versteckt Nausel vor dem wütenden Husaren in einem Kornsack. Als der Husar mit erhobenem blankem Säbel fragt, was in dem Kornsack sei, antwortet der Schwager: »Glas«. Wohl damit der Husar vorsichtig damit umgehe. Der ebenso zornige wie ungläubige Soldat allerdings schlägt »zuerst mit flachem Säbel, hernach mit dem Rücken des Säbels aus Leibeskräften auf den Sack«. Dem Nausel im Sack fällt ein, »kling, kling« zu machen. Je stärker der Husar schlägt, desto mehr: »kling, kling, kling«. »Als aber der Husar fort war und der Jude blutrünstig aus dem Sack schlüpfte und sich beschaute: ›Gottes Wunder‹, sagte er, ›mein Leben lang will ich um 4 Taler kein Glas mehr werden.‹« Die Moral von der Geschichte, die hier endet, wäre also: Jud, betrüge nicht. Oder wenigstens nicht um so wenig.

In der Erzählung »Wie einmal ein schönes Ross um fünf Prügel feil gewesen ist« sieht ein Jude einen Rittmeister auf einem schönen Fuchs, und meint bewundernd: »Daß ich ›hundert Stockprügel‹ aushielte, wenn er mein wäre.« Am Ende schließen die beiden einen Vertrag über fünf Stockprügel. Der Offizier schlägt mit dem »hispanischen Rohr« viermal zu – aber »alles Bitten und Betteln um den fünften Prügel war vergebens«. Der Jude geht zum Notar, doch auch der kann ihm nicht helfen. Der Baron habe sich nicht verpflichtet, »wenn's der Baron nicht freiwillig tut, in der Verschreibung steht nichts davon, dass er muss«. Der Fuchs bleibt beim Baron. Der »Hausfreund«, das Alter Ego Hebels,

> *wollt diesen Mutwillen nicht loben, wenn der Hebräer sich nicht angeboten hätte. Merke: wer sich zu fünf Schlägen hergibt, um Gewinns willen, der verdient, daß er vier bekommt ohne Gewinn. Man muß sich nie um Gewinns willen freiwillig misshandeln lassen.*

Diese Geschichten sind in vielerlei Hinsicht typisch. Tatsächlich ist es bei Hebel so, dass niemand, weder Juden noch andere, so handeln sollten, dass sie ausgenutzt werden oder den anderen ausnutzen. Die Moral gilt immer für alle.

Dass ein Jude ein Jude und hauptsächlich an Geld interessiert sei, wird dabei allerdings nicht hinterfragt. Das ändert auch die bekannte Erzählung »Der große Sanhedrin zu Paris« nicht, in der es von den Juden heißt: »Mancher sagt daher im Unverstand: ›Man sollte sie alle aus dem Lande jagen.‹ Ein anderer sagt im Verstand: ›Man sollte arbeitsame und nützliche Menschen aus ihnen machen und sie alsdann behalten.‹« Hebel geht gerne von klar konturierten Stereotypen aus, die ihm sofort die Aufmerksamkeit der Leser sichern. Beim Juden, wie beim Soldaten, der offenbar zu dumm ist, den Klang von Glas zu erkennen, liegt es nahe, über sie zu lachen.

Meist erzählt Hebel allerdings aus dem Leben armer, mehr oder weniger um ihr Überleben kämpfender Juden. Das nimmt auch Ernst Bloch, der mit seinem Nachwort zur Insel-Ausgabe der *Kalendergeschichten* von 1965 den auf kurzer Strecke am tiefsten gehenden Aufsatz zu Hebel geschrieben hat, für ihn ein:

*Wie frei steht Hebel zu den Juden, damals kaum erst aus dem Ghetto heraus. Unterwürfige Schächer darunter kennt er durchaus und beklagt, daß sie so sind, aber mit Scham darüber. Sie wurden dazu gezwungen und gepreßt, von Bestien und Ketzern, die sich Christen nennen. Keine Spur gar von sogenannter Schuld am Kreuz ist bekannt, nichts von einem Gott, der das rächt.*

Die Herleitung jüdischer Armut wird nicht in jeder Erzählung gegeben, die »Freiheit« Hebels gegenüber den Juden ist das bessere Argument für Hebel. Es umfasst Kritik wie Nähe.

Denn auch sie ist, in geradezu humanistischer Form, im »Sendschreiben« da: »Was aber den Jesaias betrifft, so behaupte ich nur so viel, dass, wer ihn vom 40. Kapitel an lesen kann, und nie die Anwandlung des Wunsches fühlte, ein Jude zu sein, sei es auch mit der Einquartierung alles europäischen Ungeziefers, ein Betteljude, der versteht ihn nicht.« Und diese größtmögliche Nähe, so wird bei Hebel klar, ist kein Wunder: »Das Morgenland«, schreibt er, »wo unser Glaube, unsere Fruchtbäume und unser Blut daheim ist.« Bloch folgert, mit einem Gruß an Heidegger: »Die Nazis hätten an Hebel keine Freude gehabt. Ein gutes Deutschland war damals erwacht, gerade auf dessen Feldwege kann sich keine Blut- und Bodenschande etwas zugute tun, sie trinkt ihr eigenes Gericht.«

Dass die Nazis trotzdem ihre Freude an Hebel hatten, sogar einen Hebel-Preis auslobten, den ihre verdienten Dichter erhielten, der auch nach dem Zweiten Weltkrieg weitergeführt wurde – 1960 hieß der Preisträger Heidegger – und den es bis heute gibt, hat auch damit zu tun, dass sie bei Hebel, je nach ausgewählter Geschichte, durchaus auf Antisemitisches stoßen konnten. Heidegger allerdings scheint das in seinen Schriften zu Hebel nicht zu kümmern. Sein Ansatz betont nur den Aspekt der »einfachen«, aber welthaltigen Sprache. Ein Punkt, indem er sich mit Celan durchaus treffen konnte. Wer allerdings zu Hebel nur Heidegger liest, der übersieht auch Hebels Aufklärertum, seine Unterstützung der Französischen Revolution, seinen weltläufigen Geist. Einen ganz anderen Hebel also auch, als den, der in Heideggers

Anwesenheit, bei einem grenzüberschreitend alemannischen Vorläufer des Hebel-Preises, dem »Hebel-Mähli« in Hausen im Wiesental zu Hebels 173.Geburtstag am 10. Mai 1933 gefeiert wurde. Der Vertreter des Bürgermeisters von Freiburg, ein Professor Ludin, entdeckte dort Hebels »völkische Ader« und pries ihn in einem Atemzug mit Hitler. Eine Vereinnahmung, gegen die sich schweizerische Berichterstatter empörten.

~

Als Neumann schon zum Aufbruch mahnt, weil er seinen Chef Baumann nicht warten lassen will, weist Heidegger auf das Hüttenbuch hin. Ob Celan nicht etwas hineinschreiben wolle? Ob Celan überrascht war, ist nicht überliefert, aber natürlich kennt auch er den Brauch, und vor schriftlichen Bekundungen von Nähe hat er weniger Bedenken als vor fotografischen. Sprachlich kann er sich sicher fühlen, er hat jedes Detail selbst in der Hand. Er schreibt:

*Ins Hüttenbuch, mit dem Blick auf den Brunnenstern,*
*mit einer Hoffnung auf ein kommendes Wort im Herzen*
*Am 25. Juli 1967 Paul Celan*

Celan spricht Heidegger nicht direkt an, sondern nimmt, wie in Hütten- und ähnlichen Büchern üblich, den Ort, an dem er sich befindet, in das Geschriebene auf. Die »Hoffnung auf ein kommendes Wort« bleibt freundlich offen, es gibt keinen Zeitdruck und die Form des »Worts« wird von Celan auch nicht festgelegt. Der grammatikalisch keineswegs erforderliche Zusatz »im Herzen« deutet sogar eine große Nähe an, die Celan in diesem Moment zu spüren scheint.

# 10

# KRUDES NACH DER ABZWEIGUNG UND GEPLAUDER UNTER DEM GEKREUZIGTEN

Bis nach Todtnau, das fünfhundert Meter tiefer liegt, sind es eine Menge steiler Kurven, doch Neumann fährt vorsichtig. Der Himmel ist immer noch voller Gewitterwolken, und er will seine schwierigen Fahrgäste nicht verlieren. Vor und in der Hütte haben sie sich beinahe verhalten wie gewöhnliche Menschen, haben geplaudert, etwas zögerlich, aber immerhin, es war beinahe ein Sommerausflug geworden.

Doch seit dem Moment, in dem sie wieder hinten in Neumanns Käfer gestiegen sind und Silvio Vietta ihnen mit dem zweiten Käfer aufs Neue folgt, sind Celan wie Heidegger plötzlich wieder beklommen still, wie im ersten Teil der Fahrt. Sie müssen es beide merken, noch nichts ist getan. Mag sein, dass sich Celan erhofft hat, das »Wort« Heideggers komme jetzt. Er merkt, er kann die Hoffnung darauf nicht mehr vertagen.

Schließlich sagt er etwas über Blumen, wird auf einmal ganz sanft, erzählt, dass er die Natur an der Hand seiner Mutter entdeckt habe, dass all die verschiedenen Namen von ihr kämen, dass sie das »Herz« seiner deutschen Sprache sei.

Heidegger antwortet zurückhaltend. Er muss vorsichtig sein. »Ein Wort im Herzen«. Was wäre das denn? Er weiß aus einem Gespräch mit Pöggeler, dass den Eltern Celans Schreckliches geschehen ist. Es irritiert ihn auch, dass Celan, schon vorhin, auf der Wiese, mit einem Notizbüchlein hantiert hat, in das er Wörter und Sätze notiert hat, einem »schwarz eingebundenen Heft«, wie sich Baumann erinnert. Auch Neumann wird das aus dem Rückblick erwähnen:

*Es war auffallend, dass sich Celan in einem kleinen Büchlein immer wieder einmal, auch während des Gesprächs, Notizen zur deutschen Sprache machte, zu ihrer Formulierungs- und Bezeichnungskraft, im Gegensatz etwa zum Französischen. So benutzte ich einmal, im Zusammenhang mit einem Gemälde und seiner Farbgebung, den Ausdruck »gedecktes Braun«, das notierte Celan sich.*

Heidegger hingegen kann an diesem Tag ihres ersten längeren Zusammenseins noch nicht wissen, was sich Celan da notiert. Er kann es nicht richtig einschätzen. Er will auch nicht fragen. Seine schwarzen Hefte sind etwas größer, zum Herumtragen schlechter geeignet. Aber weiß Celan etwa doch etwas von ihnen?

Ach was, jeder Dichter hat solche Hefte.

Erleichtert erzählt Heidegger, wie er mit Carl Friedrich von Weizsäcker zusammen einmal hier in der Nähe spazieren war. Er habe Weizsäcker einen Waldweg entlanggeführt, der »abnahm und mitten im Wald an einer Stelle aufhörte, wo aus dem dichten Moos Wasser austrat«. Weizsäcker habe gesagt: »Der Weg hört auf.« Heidegger habe ihn nur kurz angeschaut und dann ein Geheimnis verraten: »Das ist der Holzweg. Er führt zu den Quellen. Das habe ich freilich nicht in das Buch geschrieben.«

Celan sieht aufmerksam zu Heidegger hinüber. Man merkt ihm an, dass er die *Holzwege* selbst gut kennt. Es ist, wie viele Bücher Heideggers, eine Sammlung kürzerer und mittellanger Texte. Der Aufsatz »Wozu Dichter« ist noch immer eine der für Celan wichtigsten Schriften Heideggers. Motto des ganzen Buchs ist ein kurzer Text, der mit der Vermischung von Alltags- und Fachsprache spielt.

*Holz lautet ein alter Name für Wald. Im Holz sind Wege, die meist verwachsen jäh im Unbegangenen aufhören.*
*Sie heißen Holzwege.*
*Jeder verläuft gesondert, aber im selben Wald. Oft scheint es, als gleiche einer dem anderen. Doch es scheint nur so. Holzmacher und Waldhüter kennen die Wege. Sie wissen, was es heißt, auf einem Holzweg zu sein.*

Unten, bei Todtnau, ist wieder einer der Wegweiser nach Schönau zu sehen. Heidegger sagt, wie zu sich selbst: »Der Schwarzwald wird Ihnen gut tun!« Auf einmal schaut ihn Celan gereizt an. Er kennt den Satz aus dem Brief, den Heidegger an Baumann geschrieben hat: »Es wäre heilsam, P. C. auch den Schwarzwald zu zeigen.« Woher weiß Heidegger, dass es ihm schlecht geht? Ist es die Folge eines neuen Verrats, den er noch nicht kennt? Celan hat sich, wenn er sich richtig erinnert, hier noch nirgends als Irrer zu erkennen gegeben. Niemand hier kann wissen, dass er nur auf Freigang ist.

Celan muss an den ausufernden Abend bei Bollack denken. An seine ihm selbst kaum erklärbare Wut, die beide dazu gebracht hat, über das Treffen mit Heidegger zu phantasieren. Fast muss Celan es sich wünschen, dass es nicht erst im Moor zum Gespräch kommt.

Noch immer geht ihm »Der Schwarzwald wird Ihnen gut tun« im Kopf herum. Und plötzlich taucht eine ganz kleine Frage auf: »Wo geht es denn hier nach Schönau?«

»Wir sind gerade an der Abzweigung vorbei. Nach rechts wäre das gewesen.«

Heidegger, der achtlos so vor sich hin gesprochen hat, stutzt. Wie ist Celan auf Schönau gekommen? Warum erwähnt er den Ort? Er hat mit Schönau doch gar nichts zu tun. Will er Heidegger die Türe öffnen für irgendetwas? Soll er etwa mit seiner *confessio* beginnen, die alle seit über zwanzig Jahren vergeblich von ihm erwarten? Soll er jetzt etwas über Schlageter erzählen, wie er zu ihm kam? Es wäre eine Gelegenheit.

Der fürchterliche Schneeberger, den Jaspers auf die Jagd nach ihm geschickt hat, Schneeberger, der alles wieder aufgerührt hat!

Wieder kommen Heidegger die Wörter seiner Rede von damals in den Sinn. Oft muss er jahrelang nicht an sie denken. Kaum jemand spricht sie an. Alle kleben sie an der Rektoratsrede. Manchmal muss er Schneeberger bewundern. Warum verfolgt ihn dieser Schweizer? Dort hat sich Heidegger doch immer anständig benommen. Dort.

Wenn Heidegger wüsste, dass Schneebergers Mutter Sima heißt und eine geborene Rosenblatt ist – er würde gleich eine neue Weltverschwörung gegen sich behaupten.

Aber plötzlich kann Heidegger die Wörter von damals kaum mehr zurückhalten. Es ist so viel geschehen seither, hier oben im Wald, unten in Freiburg und sonst auf der Welt. Aber von Celan geht immer noch diese furchterregende Direktheit aus, die aus der Vergangenheit kommt. Er hält die Zeit an. Und dann geht es zurück. Bisher war es doch noch erträglich. Warum ist er jetzt auf einmal so präsent? Warum ist Celan denn überhaupt so fixiert auf dieses unsinnige Interesse, etwas aufzuklären, das nun einmal geschehen ist? Keiner wird je etwas gutmachen können. Alles, was geschehen ist, vergeht und bleibt.

*Mitten aus der Arbeit heraus, in einer kurzen Vorlesungspause, gedenken wir des Freiburger Studenten Albert Leo Schlageter, der als junger deutscher Held vor einem Jahrzehnt den schwersten und größten Tod gestorben ist. (…) Woher diese Härte des Willens, das Schwerste durchzustehen? Woher diese Klarheit des Herzens, das Größte und Fernste sich vor die Seele zu stellen?*

Beinahe das ganze Land hat sich damals in Ekstase gebrüllt. Heidegger hat mitgemacht. Er hat den Ton aufgenommen und mitgemacht. Gut, dass sich draußen vor dem Autofenster immerzu etwas ändert. Dass da Berge sind, Häuser, Felder und Wiesen. Heidegger will nicht in sich hineinhören.

*Freiburger Student! Deutscher Student, erfahre und wisse es, wenn du auf den Fahrten und Märschen die Berge, Wälder und Täler des Schwarzwalds, die Heimat dieses Helden betrittst: Urgestein, Granit sind die Berge, zwischen denen der junge Bauernsohn aufgewachsen ist. Sie schaffen seit langem an der Härte des Willens.*
*Die Herbstsonne des Schwarzwaldes ist es, die seine Bergketten und Waldzüge in die herrlichste Klarheit stellt. Sie nährt seit langem die Klarheit des Herzens.*

Schon wieder diese Klarheit des Herzens! Hat Celan in seinem schönen Spruch fürs Hüttenbuch etwa deswegen vom »Herzen« gesprochen? Heidegger wird immer unheimlicher, dass Celan so gar nichts sagt, während es ihm in den Ohren rauscht. Celan schaut ihn schon wieder so direkt an, als höre er in diesem Moment Heideggers Rede:

*Wehrlos vor die Gewehre gestellt schwang sich der innere Blick des Helden über die Gewehrmündungen hinweg zum Tag und zu den Bergen seiner Heimat, um im Blick auf das alemannische Land für das deutsche Volk und sein Reich zu sterben. (…)*
*Hier stand und ging Schlageter als Freiburger Student. Aber nicht lange hielt es ihn. Er mußte ins Baltikum, er mußte nach Oberschlesien, er mußte an die Ruhr.*
*Er durfte seinem Schicksal nicht ausweichen, um den schwersten und größten Tod harten Willens und klaren Herzens zu sterben.*

Zum dritten Mal von der Klarheit des Herzens!! Das ist zu viel, und plötzlich merkt Heidegger, wie er etwas zu sagen beginnt. Es ist nicht die Rede, glücklicherweise, und es kommen nur ungelenke Worte aus ihm heraus, aber warum sagt er das bloß, er müsste das nicht, er könnte doch schweigen, einfach schweigen!

»Unterwegs«, wird Neumann in seinem Brief an Tophoven schreiben, »kam dann Heidegger, wie mir scheint von selbst, auf die bewusste (wohl jetzt in Frankreich wieder aufgegriffene) Diskussion um gewisse Worte zu sprechen, die er früher gesagt und geschrieben hat (völkisch, Führer usw).«

Das habe man »damals so gesagt«, meint Heidegger plötzlich mit seiner etwas brüchigen, manchmal sich überschlagenden Altersstimme.

*Ich sah damals in der zur Macht gekommenen Bewegung die Möglichkeit zu einer inneren Sammlung und Erneuerung des Volkes und einen Weg, zu seiner geschichtlich-abendländischen Bestimmung zu finden (…). Darum sah ich im Rektorat eine Möglichkeit, alle vermögenden Kräfte – abgesehen von Parteizugehörigkeit und Parteidoktrin – dem Vorgang der Besinnung und Erneuerung zuzuführen und den Einfluss dieser Kräfte zu stärken und zu sichern. Auf diese Weise hoffte ich, dem Vordringen ungeeigneter Personen und der drohenden Vormacht des Parteiapparats und der Parteidoktrin begegnen zu können.*

Celan kann es nicht glauben. Hört er da die Formel, die Heidegger immer mal wieder hingeschrieben hat, dieses halbe Bekenntnis zu gar nichts, das sich gleich wieder rechtfertigt? Celan erinnert sich an das Zitat aus der *Einführung in die Metaphysik*. Wie kann Heidegger noch 1957 etwas veröffentlichen, in dem er von der »inneren Wahrheit und Größe der Bewegung« fabuliert? Ist das wirklich ein lebendiger Mensch? Hat er irgendetwas vom Leben von uns Menschen begriffen?

*Celan hat dann angefangen zu reden, in jener Weise, die ihr sicher an ihm kennt, wo einem der Atem stockt, einmal, weil es ungeheuerlich, zum anderen, weil es so unglaublich durchgeformt ist, dass kein Wort anstößt, aber die Sache in ihrer ganzen Krassheit (und beinahe wortlos) vor einem steht. Einige seiner Gedichte sind ja auch so.*

»Herr Heidegger, meine Mutter ist mit einem Genickschuss in einem deutschen Lager umgebracht worden, mein Vater ist im selben Lager an Typhus gestorben. Millionen Menschen sind auf diese und andere Weise ermordet worden. Wissen Sie, wer da neben Ihnen sitzt? Ein Kind, dessen Eltern im Rahmen der Operation Todt umgebracht wurden. Todt! Es gibt keinen unschuldigen Antisemitismus! Es gibt keinen unschuldigen Nationalsozialismus!«

Neumann ist zusammengezuckt. Hat er das wirklich gehört? Oder nur phantasiert? Einerseits muss er fahren. Andererseits muss er doch auch wissen, was die beiden sprechen. In diesen zwei, drei Freiburger Tagen hat er erst richtig begriffen, wie gespannt die Stimmung ist. Wie notwendig eine Erklärung für Celan wäre. Und wenn Neumann Celans Eintrag ins Hüttenbuch richtig verstanden hat, ist Entspannung möglich. Celan ist Heidegger noch immer zugetan. Sonst hätte er sich gar nicht mit ihm treffen wollen, sonst wäre er nicht bis hierher gekommen, bis in diesen kleinen, engen, bräunlichen Käfer.

Über Heideggers Rektoratsrede weiß Neumann Bescheid. Manches erinnert ihn an die Parolen, die er noch als kleiner Junge in Brünn und dann in Pilsen gehört hat. Er war in der HJ, wie die meisten. Ihm ist auch noch in den Ohren, wie sein Vater unten im Garten des Großvaters die Nachricht verkündet hat, dass Hitler in die Tschechoslowakei einmarschiert sei. War es eine Katastrophennachricht oder eine Freudenbotschaft? Je länger Neumann, der damals Vierjährige, sich daran zu erinnern versucht, desto mehr erinnert er sich an Jubel.

Er selbst war zu jung. Er kann sich nichts vorwerfen. Und alle, die immer wieder gerne ihre Finger in diese Wunden legen, können ihm nicht vorwerfen, dass er in der HJ mitgesungen und mitgeschrien hat. Er weiß das, er hat es sich immer wieder gesagt. Aber dennoch: Wie soll er unter dieser Voraussetzung vor Celan bestehen? Ist er besser als Heidegger? Wäre er, wenn er älter gewesen wäre, nicht selbst überzeugt gewesen? Bei diesen Eltern? Aber er will nicht schlecht über sie reden. Er hat den Niedergang des Vaters erlebt und hängt an seiner Erinnerung an ihn. Wollte er sich manche Sachen gar nicht mitanhören?

~

»Herr Heidegger, ein deutscher Denker muss sich Gedanken machen, wie es dazu gekommen ist, dass Deutsche alles darangesetzt haben, dass ein ganzes Volk von der Erdoberfläche verdammt werden sollte, dass Millionen umgebracht wurden, ohne Ansehen der Person! Unsere Gedanken sind nichts wert, wenn wir das nicht zu denken vermögen. Nichts. Auch die Ihrigen nicht. Verstehen Sie doch!«

Heidegger hat sich gegen kritische »Anwürfe« immer wieder mit ähnlichen Worten verteidigt:

»Aber Herr Celan, ich habe weder den Führer noch den Nationalsozialismus in meiner Rede erwähnt! Nicht in der Rektoratsrede und nicht in der Schlageter-Rede!«

»Herr Heidegger, Sie wissen doch, Sie haben auch noch andere Reden geschrieben. Ich habe gelesen, was Sie von den deutschen Studenten gefordert haben.«

Heidegger ist einen Augenblick still, er will etwas entgegnen.

*Deutsche Studenten. Die nationalsozialistische Revolution bringt die völlige Umwälzung unseres deutschen Daseins. An Euch ist es, in diesem Geschehen die immer Drängenden und Bereiten, die immer Zähen und Wachenden zu bleiben. (…)*
*Täglich und stündlich festige sich die Treue des Gefolgschaftswillens. Unaufhörlich wachse Euch der Mut zum Opfer für die Rettung des Wesens und für die Erhöhung der innersten Kraft unseres Volkes in seinem Staat.*
*Nicht Lehrsätze und »Ideen« seien die Regeln Eures Seins.*
*Der Führer selbst und allein i s t die heutige und künftige deutsche Wirklichkeit und ihr Gesetz. Lernet immer tiefer zu wissen: von nun an fordert jedwedes Ding Entscheidung und alles Tun Verantwortung.*
*Heil Hitler!*
*Martin Heidegger, Rektor.*

Es ist lange still.

Celan ist sanft und entschieden. Wenn es denn ein Gericht für Heidegger sein muss, von dem er mit Bollack zusammen phantasiert hat, soll es ein Gericht der Wörter werden, sanft und genau: »Ja, Herr Heidegger, solche Sachen haben Sie gedacht und geschrieben. Dank Herrn Schneeberger, der eine jüdische Mutter hatte, wissen wir das. Sie waren nicht der Einzige, nein, Herr Heidegger, aber warum haben *Sie* diese Sachen geschrieben? Warum Sie, der Sie so vieles wissen, wie ich weiß? Sie haben das Wort Verantwortung in den Dreck gezogen.«

»Herr Celan, ich habe untersagt, dass das Judenplakat an meiner

Universität aufgehängt wird, ich habe keine Bücherverbrennung zugelassen.«

»Herr Heidegger, das genügt nicht! Es ist viel mehr geschehen! Das wissen Sie!«

Plötzlich schweigt Heidegger. Lange ist es still. Celan sieht Heidegger immer noch genau an, aber merkt, dass es diesmal ein anderes Schweigen ist. Es hat in diesem Moment nichts Selbstgefälliges mehr, auch nichts störrisch Verzögerndes. Dieses Schweigen ist einen Moment lang ganz bei sich. Es ist eine der Formen von Schweigen, von denen Heidegger in seinen Büchern erzählt. Es ist endlich ein Schweigen, das mehr ist als Sprechen. Und mehr als Verschweigen.

Celan erinnert sich, wie er in *Sein und Zeit* das erste Mal »eine andere wesenhafte Möglichkeit des Redens, das Schweigen« markiert hat:

> *Wer im Miteinanderreden schweigt, kann eigentlicher zu verstehen geben, d. h. das Verständnis ausbilden, als der, dem das Wort nicht ausgeht. Mit dem Vielsprechen über etwas ist nicht im mindesten gewährleistet, dass dadurch das Verständnis weiter gebracht wird. Im Gegenteil: das weitläufige Bereden verdeckt und bringt das Verstandene in die Scheinklarheit, d. h. Unverständlichkeit der Trivialität. Schweigen heißt aber nicht stumm sein.*

Bisher war Heidegger nur stumm. Was hätte er auch sagen können? Sollte er anmerken, dass er Celans Geduld gar nicht verdient?

Wenn sich Heidegger nur einen Moment lang an all das erinnert, was er an seine Frau und seinen Bruder geschrieben hat, wenn er einen Moment lang an seine Notizbücher denkt und sich vorstellt, sich das alles mit Celan zusammen anzusehen, der von all dem noch nichts wissen, es höchstens ahnen kann, da kann er nur schweigen.

Und was sollte Celan noch sagen? Er spürt nur, dass da auf einmal kein furchteinflößender Gegner mehr sitzt. Nicht der, der sich über Jahrzehnte in einen alten, brüchigen, aber noch immer störrischen

Felsen verwandelt hat, um sich das Selbstbild vom Denker zu bewahren, der zu groß denkt, um von den ihn umgebenden, zutraulichen kleinen Menschen mit ihren kleinen Problemen überhaupt beurteilt werden zu können.

Das Elend der Seinsgeschichte ist die Geschichte der Entfernung des Menschen von sich selbst und seinem Herkommen. Das geschieht mittels Techniken wie der Atomenergie, die der Mensch nicht mehr kontrollieren kann, die den Menschen der Selbstgefährdung aussetzen. Jahrzehntelang hat Heidegger den einen Gedanken dieser Entwicklung immer wieder verfolgt, nach Menschen und Räumen gesucht, die ihm entgegenwirken. Und der Nationalsozialismus und sein »Führer«, schienen ihm das Alte, die Herkunft, mit dem Neuen, dem Massenhaften verbinden zu können.

Aber jetzt sitzt Heidegger bloß noch in einem mit Kriegsgeld finanzierten VW-Käfer auf der Kunststoffrückbank, und die Geschichte der einzelnen Menschen, von denen Millionen durch andere Menschen umgebracht wurden, hat ihn eingeholt. Es sind nicht die Technik und das Riesige, die die Verantwortung tragen, es sind einzelne Menschen wie er selbst, die den Tod der anderen verantworten müssen. Es sind einzelne Menschen, die Befehle geben, verweigern oder andere in den Tod schicken. Einen Moment lang sieht Heidegger, dass sein Denken nicht mehr als seine persönliche phantastische Erzählung ist, die er über Jahrzehnte nachzusprechen versucht hat, aus der er über Jahrzehnte nicht herausgefunden hat. Aber sie hat ihn damals endgültig aus seiner katholischen Herkunft befreit, aus diesem ständigen Gerede von Schuld. Er kann nicht mehr zurück. Das wäre jämmerlich. Und vor allem, denkt er, falsch.

Auch Celan wüsste nicht, was sagen. Er spürt nur, dass er Heidegger nicht weiter in die Enge drängen kann. Dieses Schweigen muss Heidegger sich selbst anhören. Aber kann Celan ihn einfach so sitzen und alles mit sich selbst abmachen lassen, damit Heidegger in ein paar Jahren ungeschoren verschwindet? Celans getötete Eltern, all die anderen getöteten Verwandten, die der Shoah nicht entkommen sind, all die anderen Menschen, die nicht sein, Celans verteufeltes Glück hatten, zu überleben, sind noch immer da. Er sieht das Gericht der Toten. Direkt vor sich. Er kann Heidegger nicht einfach so davonkommen lassen, nur weil er einen Augenblick lang schwach zu sein scheint. Die Toten werden ihn bis ans Ende ihrer Träume verfolgen.

Aber plötzlich fällt Celan etwas ein, was Heidegger, wie auch ihn selbst, aus dieser Situation erlösen könnte. Er hat es schon im Hüttenbuch zur Möglichkeit erhoben. Etwas Kleines, das Heidegger wieder groß machen könnte.

»Werden Sie etwas schreiben?«

»Ja.«

Heidegger weiß im Nachhinein nicht, wie er dazu gekommen ist, etwas zu versprechen. Wahrscheinlich war es einfach so, dass er es ohne Probleme sagen konnte. Weil es einen Aufschub bedeutete. Und etwas schreiben, das macht er doch schon sein Leben lang. Wie Celan fühlt er sich dabei am sichersten. Da hat er alles selbst in der Hand. Ob in der Hütte, bei Brenders unten in Rütte oder in seinem Arbeitszimmer in Freiburg. Er kann überzeugt sein, dass es ihm gelingen wird, passende Worte zu finden. Es ist sogar wahrscheinlich, dass es eine Möglichkeit sein könnte, jene zu verblüffen, die ihm so etwas nie oder schon lange nicht mehr zutrauen. Er wird etwas schreiben.

Auch Celan ist erleichtert. Wenn er vor das Gericht der Toten kommt, wird er etwas vorzuweisen haben. Er hat Heidegger zu nichts gezwungen. Er hat ja auch noch nichts, außer diese Zusage, aber bald wird er etwas haben. Und eine Schrift von Heidegger, ein Brief von ihm, ist mehr als ein erpresstes mündliches Geständnis. Und wenn er kein Schreiben von Heidegger hat, gibt es doch Neumann als Zeugen. Eine Zufriedenheit, die er schon lange nicht mehr gekannt hat, überwältigt Celan.

So könnte es gewesen sein.

Als Gerhart Baumann in dem Café in St. Blasien ankommt, wo Celan, Heidegger, Neumann und der nach wie vor mehr oder weniger beteiligte Silvio Vietta schon sitzen, ist er überrascht von der Beziehung, die sich zwischen Celan und Heidegger ergeben hat. Das Wetter hatte ihn selbst schon in ganz andere Vorahnungen versetzt:

> *Bleigrau hatte sich der Vormittag zusammengezogen, als ich den Weg hinauf nach St. Blasien einschlug; auf vieles war ich gefaßt, auf nichts Gewisses jedoch. In demselben Caféhaus an der Hauptstraße, in dem ich vor einigen Jahren mit Ludwig von Ficker gesessen, wurde ich bereits erwartet: Celan und Heidegger im Gespräch, ein wenig abgerückt von ihnen Gerhard Neumann und Silvio Vietta.*
> *Zu meinem freudigen Erstaunen fand ich den Dichter und den Denker in aufgeräumter Stimmung. Sie skizzierten die Ereignisse der zurückliegenden Stunden, der Gang zur »Hütte« wurde nachdrücklich erwähnt. Von Celan war alle Schwere gewichen. Das Überwachte in seinen Äußerungen hatte sich gelöst. Ich erhob keine Fragen, außerdem drängte die Zeit. Der Wind draußen hatte nachgelassen, jeden Augenblick konnte Regen einsetzen.*

Es geht ins Moor. Einer wird nicht mehr mitkommen. Silvio Vietta fährt nach Freiburg zurück. Ein Sekundant für Heidegger scheint nicht mehr nötig

> *Ich hatte den Eindruck, da passiert nicht mehr viel. Celan war gut gelaunt und Baumann sprach. Er war gerade in Wien gewesen und erzählte von Theaterbesuchen dort. Ich erinnere mich nur, dass Celan ihm einmal trocken dazwischenfuhr und freundlich lächelnd sagte: »Das stimmt doch alles nicht, was Sie da sagen, Herr Professor« … Heidegger schmunzelte.*

Es sind also vier, die ins Horbacher Moor aufbrechen. Celan und Heidegger sitzen jetzt hinter Baumann in dessen Mercedes. Das neue, gelassenere Gefühl zueinander wird vom neuen Fahrgefühl unterstützt. Genau in dem Augenblick, in dem sich Celan und Heidegger an diesem Tag gut zu verstehen beginnen, haben beide mehr Raum. Dabei hätten sie es jetzt möglicherweise sogar in Neumanns Käfer zusammen ausgehalten.

Jetzt fährt Neumann hinter dem offiziellen Trio her. Man braucht ihn noch. Noch ist nicht klar, wie die Rückfahrt vonstattengehen wird.

Und es beginnt denn auch, trotz des schnellen Aufbruchs, beinahe sofort, zu regnen, wie Baumann zu berichten weiß:

> *Bereits beim Verlassen des Kessels von St. Blasien setzten Niederschläge ein. Wir ließen uns nicht beirren, obschon der Regen heftiger wurde, die Wolken zunehmend niedriger hingen, die Sichtweite sich eingegrenzt hatte. Wir verließen bei Horbach die Wagen und legten eine Wegstrecke am Ostrand des Moors auf eingelegten Rundhölzern zurück, die den nachgiebigen Grund zu befestigen suchten. Unser Schuhwerk, vor allem dasjenige von Celan, war jedoch für die aufquellende Nässe nicht geeignet. Lichtarmes Grau und langgeschwänzte Wolkenschwaden ließen wenig Hoffnung auf absehbare Wetterbesserung aufkommen, so daß wir uns entschlossen, die Wanderung abzubrechen.*

Es ist gar nichts geschehen. Während die vier zu den Autos zurückspazieren, ist Celan am glücklichsten. Sie sind kaum hineingekommen ins Moor, und doch ist er tief zufrieden. Mag Bollack ihn in seinen Wunsch- oder Albträumen mit einem Messer hantieren sehen haben, er wird ihn enttäuschen müssen. Celan fühlt sich beinahe wieder so leicht und frei wie vor bald 15 Jahren mit Karl Schwedhelm, als das Radiogespräch mit ihm eine tänzerische Angelegenheit wurde. Jetzt könnte er, denkt Celan, mit Schröder, dem zweiten Assistenten, Tennis spielen gehen, der habe auch Sport studiert, hatte ihm Baumann erzählt, das sei ein wirklicher Gegner.

Nach der kurzen abgebrochenen Wanderung scheint es keine wesentlichen Differenzen mehr gegeben zu haben. Statt einer gründlicheren Moorbegehung, die auf ein vage anvisiertes anderes Jahr mit günstigerer Witterung verschoben werden muss – und ein Jahr darauf, unter anderen Vorzeichen in einem anderen Moor auch stattfinden wird –, speist man in Häusern im feinen »Adler«. Im Herrgottswinkel, also direkt unter den Augen des gekreuzigten Christus, sollen sich sogar »mittägliche Behaglichkeit« und munteres Geplauder ergeben haben. Es wurde, so Baumann, über »die Eigenart der Schwarzwälder« gesprochen. Auch Heidegger ist erkennbar gelöst, jetzt ist er in seinem Element. Er »teilte seine Erfahrungen mit diesem Menschenschlag mit und ließ sich weitläufig über die Tier- und Pflanzenwelt des Gebirges aus«.

Beinahe vergisst er zurückzufahren, beinahe erwähnt Heidegger, als es ihm endlich einfällt, Hannah Arendt. Schließlich sagt er nur, er müsse noch Benjamin lesen, für einen wichtigen Termin morgen. Celan schaut interessiert, auch er kennt Walter Benjamin gut, er überlegt noch, etwas zu sagen, aber da ist Heidegger schon auf und davon.

~

Entweder hat Neumann, der sich nicht daran erinnern kann, Heidegger gefahren. Oder Baumann und Celan haben Heidegger zum Zug gebracht. Gab es ein kurzes Abschiedsgespräch am Bahnhof von Altglashütten?

Jedenfalls hat Baumann Celan noch das Haus dort gezeigt, auf das er so stolz ist. Es ist in einer Art anthroposophischem Stil erbaut. Wie ein Schiff reckt es seinen Bug in den Himmel über der Hochebene. Die B 500, die weit genug entfernt scheint, macht es leicht erreichbar. Der Freiburger Philosoph Eugen Fink, der mit Baumann befreundet ist und mit Heidegger zusammen im kommenden Wintersemester das später berühmte Heraklit-Seminar halten wird, hat die Einliegerwohnung dort als Feriensitz gemietet. Celan muss beeindruckt gewesen sein. Zweieinhalb Jahre später, als Fink die Wohnung wegen gesundheitlicher Probleme aufgibt, kommt Baumann auf die Idee, dass Celan hier wohnen soll.

# 11

# »TODTNAUBERG« – DAS GEDICHT

*Todtnauberg*

*Arnika, Augentrost, der*
*Trunk aus dem Brunnen mit dem*
*Sternwürfel drauf,*

*in der*
*Hütte,*

*die in das Buch*
*– wessen Namen nahms auf*
*vor dem meinen? –,*
*die in dies Buch*
*geschriebene Zeile von*
*einer Hoffnung, heute,*
*auf eines Denkenden*
*kommendes*
*Wort*
*im Herzen,*

*Waldwasen, uneingeebnet,*
*Orchis und Orchis, einzeln,*

*Krudes, später, im Fahren,*
*deutlich,*

*der uns fährt, der Mensch,*
*der's mit anhört,*

*die halb-*
*beschrittenen Knüppel-*
*pfade im Hochmoor,*

*Feuchtes,*
*viel.*

»Todtnauberg«, das Gedicht, das Celan nach der ersten Begegnung mit Heidegger geschrieben hat – auch seine Urfassung steht in einem seiner kleinen schwarzen Notizbücher –, ist nur wenige Tage nach dem gemeinsamen Schwarzwaldbesuch vom 25. Juli 1967 entstanden. Celan hat es auf den 1. August datiert, in Frankfurt. Obwohl es, 1968 und 1970, noch zwei weitere, ebenfalls wichtige Treffen geben wird, ist das Gedicht zum Sinnbild aller schwierigen Begegnungen zwischen Dichter und Denker geworden. Und gleichzeitig zu einem von Celans bekanntesten Texten. Ohne »Todtnauberg« wären die Treffen zwischen Celan und Heidegger möglicherweise nur Eingeweihten bekannt. Manche der zahlreichen Deutungen seither sind eher kurze Statements, andere ergehen sich über viele Seiten Interpretation.

Ein Extremist der Deutung ist der schon gelegentlich erwähnte Pariser Hellenist und zeitweilige Celan-Vertraute Jean Bollack. Auch Bollack versucht zu unterschlagen, dass es noch weitere Treffen gegeben hat. Es passt nicht in seine These einer absoluten Gegnerschaft zwischen Heidegger und Celan, dessen erfolgreiches Ansinnen es von vorneherein gewesen sei, Heidegger zur Rede zu stellen. Aber Bollack ist nur zu verstehen, wenn man verfolgt, wogegen er anrennt. Er attackiert einflussreiche Interpretationen wie die des Heidegger-Schülers Hans-Georg Gadamer, der Celans Besuch als »Wallfahrt« zu Heidegger gesehen hat. Was genauso realitätsfern ist.

Ob Bollack recht damit hat, dass die gelb blühende Heilpflanze Arnika, die Celan zusammen mit Augentrost am Rand des Wegs zur Hütte fand, den Judenstern verkörpert? Gründe für die Gewissheit, mit der er das gleich zum Auftakt seiner Analyse, die auf Deutsch 1998 in der Zeitschrift *Neue Rundschau* veröffentlicht wurde, behauptet, gibt es nicht. Aber obwohl die Arnika deutlich mehr Lider hat als der Judenstern Zacken und es einige Blumen gibt, die an Sterne erinnern, könnte Celan mit der Bedeutung gespielt haben.

Denn in seinen späten, verknappten Gedichten beschneidet Celan seine Sprache immer wieder auf das Notwendigste, lässt einzelne Wörter oft wie kaum verbundene Rätsel stehen, die in verschiedene Richtungen und Tiefen ausgelotet werden wollen. Für ein Verständnis, das sich nicht mit dem ersten Eindruck begnügt, sollte man möglichen Wortbedeutungen nachspüren, sie auch im Rahmen von Celans eigenwilliger Nähe zum Konzept einer »Privatsprache« verstehen, die in seinen späten Gedichten immer wichtiger wird, aber schon früh entwickelt ist.

So weiß man erst durch die lange unter Verschluss gehaltenen Briefe zwischen Ingeborg Bachmann und Celan von den vielen verborgenen Bedeutungen in den Gedichten aus *Mohn und Gedächtnis*. Weit stärker als gedacht bezieht sich Celans erste Gedichtsammlung auf die Liebe der beiden.

Für »Todtnauberg« bedeutet die Wichtigkeit auf den ersten Blick verborgener Sprachen etwa: »Gelb« ist, im Zusammenhang der Verwendung für den Judenstern, eine bei Celan viel auffälligere und problematischere Farbe als sonst. Im Zusammenleben mit Gisèle etwa hat seine Aversion gegen das Gelb eine von außen gesehen grotesk oder auch bestürzend anmutende Folge: Nach immer wieder auftauchenden Problemen mit Celans »Allergie« vermeidet seine Frau die Farbe in ihren Bildern. Bis sie schließlich die Farben ihrer Kunstwerke auf Schwarz und Weiß reduziert.

In »Todtnauberg« lockt Celan seine Leser aber nicht nur mit verborgenen Bedeutungen. Wichtig ist auch die vertraute Anschaulichkeit einer vielen bekannten Wirklichkeit, etwa in »Arnika«, »Brunnen« und »Hütte« oder im unveränderten Namen der Ortschaft »Todtnauberg« als Titel. Celans Gedicht ist – auf einer seiner Ebenen – die dramaturgisch gegliederte, im Tonfall beiläufig prosaische Erzählung des wohl berühmtesten Tagesausflugs in den Schwarzwald auf kleinem poetischem Raum.

Als solches ist das Gedicht auch Teil eines Gesprächs außerhalb des Gedichts, hat eine wichtige Funktion im tatsächlichen Verhältnis zu Heidegger. Schon dass Celan das Gedicht zuerst als Privatdruck veröffentlicht, in fünfzig Exemplaren, auf kostbarem bibliophilem Büttenpapier, und dass das erste nummerierte Exemplar für Heidegger gedacht ist, das zweite für Gerhard Neumann, den Fahrer, verdeutlicht seine Einbettung in Celans biographische Wirklichkeit dieser Zeit. Und es macht die Hoffnung deutlich, die Celan mit dem Gedicht verbindet.

Inzwischen weiß man, dass Heidegger seine enthusiastische Privatantwort auf die Anfrage Baumanns, ob er zu einer Freiburger Lesung von Celan kommen und diesen kennenlernen möchte, durch »es könnte heilsam sein, Celan den Schwarzwald zu zeigen« ergänzt hat.

Es ist nicht unwahrscheinlich, dass Gerhart Baumann Heideggers Brief Celan vor dem Treffen gezeigt hat, ihm eventuell auch nur davon erzählt hat, um Celans Zweifel an der Zusammenkunft zu zerstreuen. Und es ist nicht unwahrscheinlich, dass der offiziell kranke Celan mit seiner Eröffnung »Arnika, Augentrost« auf Heideggers »heilsam« reagiert und das Thema der Heilkraft des Schwarzwalds sensibel-ironisch aufnimmt.

Auch der »Trunk aus dem Brunnen« im zweiten Vers steht noch für die Archaik und Gesundheit klassischen einfachen Lebens. Erst durch die Detailnennung »mit dem Sternwürfel drauf« verliert der Brunnen etwas von seiner »Ursprünglichkeit«, wird dafür aber geheimnisvoll vieldeutig.

Warum muss es ein »Sternwürfel« sein? Auch er passt in die auf den ersten Blick ebenso gelassene wie ausschnitthaft-impressionistisch angelegte Schilderung dessen, was an diesem Tag im Schwarzwald der Fall war. Wie wir schon gesehen haben, war der Brunnen vor Heideggers Hütte zur Zeit von Celans Besuch tatsächlich mit einem Holzwürfel geschmückt, in den auf vier seiner Seiten Sterne geschnitzt waren. Dass Celan, wie von Silvio Vietta berichtet, den von der Hütte aus erblickten Sternwürfel sofort als möglichen Ausgangspunkt eines Gedichts identifiziert zu haben scheint (»diesen Stern lasse ich Ihnen nicht«), ist ebenfalls offensichtlich.

Wie auch immer die Sternassoziation zu »Arnika« einzuschätzen ist: Beim Anblick des ebenso ungewöhnlichen wie menschengemachten Brunnensterns muss der äußerst aufmerksame Celan mehr als nur vage an die seltsame Koinzidenz gedacht haben, ausgerechnet vor Heideggers Hütte einen mit einem solchen »Sternwürfel« verzierten Brunnen zu sehen. Was hat es damit auf sich?

Der »Würfel«, in den die Sterne geschnitzt sind, kann auf einer ersten Ebene gar nicht anders, als Zufall/Schicksal anzudeuten. Leider weiß niemand mehr, ob Celan Heidegger zum Stern befragt bzw. ob Heidegger den Stern nach Celans Bemerkung kommentiert hat. Hat Heidegger selbst überhaupt etwas mit dem Brunnenstern verbunden? Es gibt keine schriftliche Äußerung dazu. Auch Heideggers Enkel Arnulf Heidegger legt Wert darauf, dass sich der Philosoph nicht um architektonische Details im und um das Haus herum gekümmert habe. Das sei, sagt er, die Angelegenheit von Heideggers Frau Elfride gewesen. Oder sogar des Zimmermanns Schweizer. Aber dass auch Heideggers Grabstein von einem viel kleineren, andersartigen Stern geziert wird – eher in der Richtung eines Seesterns oder einer von Kindern gezeichneten Schneeflocke –, zeigt, dass er mit dem Motiv viel, möglicherweise »Unausgesprochenes«, wie er gerne sagt, verbunden hat.

Unabhängig davon gilt: Indem Celan in »Todtnauberg« nicht weiter ins Detail der Andeutungen geht, Brunnenstern ähnlich isoliert dastehen lässt wie Arnika, Augentrost, öffnet er den Stern als Metapher, lässt von einem Einzelwort aus, das selbst zum Bild wird, vielschichtige Assoziationen zu: Symbolisiert der Sternwürfel im Gedicht das unsichere Schicksal des Judentums in seiner langen Geschichte? Oder bezieht er sich, kleiner, aber dramatischer gedacht und ebenfalls damit verbunden, auf den für Celan unsicheren Ausgang des Besuchs?

Interessant ist, dass der Fahrer Gerhard Neumann in seinen Erinnerungen ausdrücklich davon spricht, Celan habe nicht aus dem Brunnen getrunken. Hat Celan die mit dem »Trunk aus dem Brunnen« verbundene Archaik gelungenen Lebens im Gedicht also eingesetzt, um die idyllische Ausgangssituation des Gedichts zu verstärken, bevor sie im zweiten Teil des Gedichts in Frage gestellt werden wird?

Die kurze zweite Strophe des Gedichts bezeichnet, ebenso prominent wie ausschließlich, die Markierung des Übergangs von außen nach innen. Es geht in die Hütte.

In der längeren dritten Strophe wird, trotz der gerade betonten rituellen Schwellenüberschreitung, überraschenderweise nur ein einziges Detail in der Hütte erwähnt – und zwar nicht etwa gut Sichtbares, wie der Kunstdruck von Glattauers Gemälde von Johann Peter Hebel oder die Fotografie des Brender-Bauern, der Heidegger damals davon abgeraten hat, nach Berlin zu gehen, und in dessen nahe gelegenem Hof Heidegger ein Zimmer mietete, um dem Kinderlärm zu entgehen und in Ruhe an *Sein und Zeit* schreiben zu können. Erwähnt wird ausschließlich das Hüttenbuch, in das Celan sich einträgt. Durch das Weglassen von »Hütten-« wird zudem die Wichtigkeit des Buches akzentuiert, Assoziationen bis hin zur Bibel entstehen.

Während der Eintragung ins Hüttenbuch selbst war Celan ganz offensichtlich noch in der Hochstimmung des ersten echten Naturaufenthalts seit Monaten. Im einige Tage später entstandenen Gedicht aber deutet sich schon eine kritische Distanz zum Geschilderten an: »wessen Namen nahms auf / vor dem meinen?« Eine durchaus gewöhnliche Frage, die bei fast jeder Eintragung in ein Gästebuch kurz beachtet oder auch nur bedacht wird. Aber ihre ausdrückliche Hervorhebung zwischen zwei Gedankenstrichen lässt, im Zusammenhang mit Celan, sofort an Heideggers mit dem Nationalsozialismus verbundene politische Vergangenheit denken: Wer war hier vor mir zu Gast?

Haben sich doch Gestalten aus Heideggers Todtnauberger »Wissenschaftslager« oder aus anderen nationalsozialistischen Zusammenhängen hier oder in den Vorgängerbüchern verewigt? Was bedeutet es, wenn nun ich mich hier eintrage, der Sohn ermordeter Juden? Ähnliche Fragen also wie: Was würde es bedeuten, wenn es ein Foto von Heidegger mit mir zusammen gäbe? Mit wem zusammen hat sich dieser Mann vor mir fotografieren lassen? Welche Uniform trug er damals?

Dazu muss man wissen, dass Celan sehr zurückhaltend war, was die Nennung seines Namens, das Erscheinen seiner Gedichte in Anthologien angeht. War ein in seiner Sicht »Falscher« unter den Ausgewählten, gab er Namen und Gedichte nicht dafür her.

Einer der Gründe für die Trennung vom S. Fischer Verlag, die gerade erst hinter Celan lag, war ein Auswahlband mit Gedichten. Celan hatte sich ausdrücklich gegen eine Aufnahme seiner Texte in die von Hans Rauschning herausgegebene Anthologie *1945 – ein Jahr in Dichtung und Bericht* ausgesprochen. Der Verlag und der Herausgeber, gegen den Celan wegen Vermutungen einer NS-Vergangenheit Vorbehalte hatte, hatten sich daran gehalten – aber der Anthologie bauernschlau ein paar aus dem Zusammenhang des Liebesgedichts *Mit allen Gedanken* gerissene optimistische Zeilen von Celan als Motto vorangestellt und sie damit zum Symbol einer lyrischen »Stunde Null« gemacht: »Wer / sagt, daß uns alles erstarb, / da uns das Aug brach? / Alles erwachte, alles hob an.«

Im Moment des handschriftlichen Eintrags in Heideggers Hüttenbuch hat Celan offensichtlich keine falsche Gesellschaft befürchtet.

Der Eintrag ins Hüttenbuch lautet, wie gesagt:

*Ins Hüttenbuch, mit dem Blick auf den Brunnenstern,*
*mit einer Hoffnung auf ein kommendes Wort im Herzen.*
*Am 25. Juli 1967 Paul Celan*

Im kurz darauf verfassten Gedicht steht in der im Gedichtband *Lichtzwang* veröffentlichten und seither kanonischen Fassung:

> *die in dies Buch / geschriebene Zeile von / einer Hoffnung, heute, / auf eines Denkenden / kommendes / Wort / im Herzen*

Auffällig sind hier die neu hinzugekommene Erwähnung dessen, von dem etwas erhofft wird, und die daraus folgende Gegenüberstellung von »eines Denkenden« und »im Herzen«. Ohne offensichtlich zu werten, wird eine Spannung erzeugt. »Im Herzen« bezeichnet zunächst einmal den Ort der »Hoffnung« des sich Eintragenden, deutet zugleich den Zielort des erhofften Wortes an, kann aber auch Heidegger zugeschrieben werden. Als hoffe Celan, das Wort des Denkenden sei schon in dessen Herzen. Auffällig ist natürlich auch das Wort »heute«, markiert es doch, *noch heute*, für jeden, der »Todtnauberg« liest, ganz unabhängig von Ort und Zeit, so etwas wie Aktualität, eine Gegenwärtigkeit, die aus der erzählten Zeit heraussticht. Das Wort lässt sich aber auch auf den Tag des gemeinsamen Ausflugs beziehen. Schon damals, bei der Eintragung, heißt es dann, gab es die Hoffnung auf ein »heute«, d. h. unverzüglich kommendes Wort »im Herzen«.

Dass der zeitliche Aspekt durchaus eine Rolle spielt, machen andere, frühere Fassungen klar, die in Celans Notizbüchern festgehalten sind. Celan hat das Ausbleiben des erwünschten »Wortes« ganz offensichtlich schnell als Mangel empfunden.

Nachprüfen lässt sich das anhand des Sonderdrucks auf Büttenpapier, den Celan bei Robert Altmann, einem Liechtensteiner Kunstbuchverleger, herstellen ließ. Das Gedicht wurde im Januar 1968 an ausgewählte Empfänger verteilt oder verschickt. In dieser Fassung, die Heidegger zuging, wird das erhoffte Wort deutlich angemahnt: »(…) auf eines Denkenden kommendes (ungesäumt kommendes) Wort im Herzen.« Dass Celan mit »ungesäumt« nicht etwa nur »ohne Saum«, also »unbegrenzt« meint, wie Hadrien France-Lanord anmerkt, sondern auch die offensichtlichere Bedeutung »unverzüglich« angesprochen ist, wird in einem anderen, noch offensiver formulierten Entwurf deutlich. Dort heißt es: »die / eine, letzte / Gedankenfrist duldend«. Hier ist der aus Verletztheit resultierende Druck spürbar, den Celan laut Bollack auf Heidegger ausüben wollte.

In dieser frühen Fassung findet sich auch ein auffälliges Zitat aus Friedrich Hölderlins »Friedensfeier« und, im selben Atemzug, eine typisch »celanische« Problematisierung des Verhältnisses zu Heidegger:

*(seit ein Gespräch wir sind,*
*an dem wir würgen,*
*an dem ich*
*würge)*

Hier wird das für beide Seiten schwierige »Gespräch«, das sich über Jahrzehnte entwickelt hat und in der gespannten Atmosphäre der Autofahrt kulminiert ist, durch die Betonung des eigenen »Würgens« als für Celan existenzielles Problem sichtbar gemacht.

In einem etwas späteren Ansatz entwickelt Celan diesen Gedanken noch ein Stück weiter:

*Seit ein Gespräch wir sind,*
*an dem*
*wir würgen,*
*an dem ich würge,*
*das mich,*
*aus mir hinausstieß, dreimal,*
*viermal (…)*

Axel Gellhaus hat richtig angemerkt: Sollte sich Celan mit dem »dreimal, viermal« aus sich selbst Hinausstoßen auf seine manischen Ausbrüche beziehen, was bei ähnlich vielen bekannten katastrophalen Vorfällen und Klinikaufenthalten möglich wäre, würde er das weitgefasste »Gespräch mit Heidegger« existenziell schwer gewichten. Es hätte damit für Celan eine ähnliche Bedeutung wie die Goll-Affäre.

Auffällig ist, dass Celan in beiden Varianten mit »an dem wir würgen« beginnt, um dann zu »an dem ich würge« überzugehen. Es scheint, als bilde er hier ab, dass er selbst zunehmend das Gefühl hat, deutlicher an der Schwierigkeit des Gesprächs zu leiden, als Heidegger das tut. Dabei war es gerade Heideggers »Würgen« an seiner Vergangenheit, das Celan ihm im schon zitierten Brief an Ingeborg Bachmann zugutegehalten hat.

In der nächsten Strophe tritt man als Leser mit dem Gedicht wieder nach außen, vor die Hütte, deren weitere Umgebung eine Rolle zu spielen beginnt. Zuerst fallen die »uneingeebneten Waldwasen« auf, also die Waldwiesen. »Uneingeebnet« kann, wie Axel Gellhaus, Jean Bollack und andere schon angemerkt haben, meinen, dass unter den Wiesen möglicherweise Kriegsreste begraben sind, Leichen, jüdische und andere.

Ob das in und um Todtnauberg unter den uneingeebneten Waldwiesen der Fall war, ist bisher nicht bekannt. Aber Celan gibt, anders als Bollack, der sich darin sicher ist, auch keinen Hinweis darauf, dass es so sein muss. Es ist nur angedeutet, dass ihm bei der impressionistischen Kurzbesichtigung der Gegend solche Gedanken gekommen sind. Wobei das nachträglich angefügte »uneingeebnet« schon eine Vertiefung der ersten Wahrnehmung andeutet, ähnlich wie im folgenden Vers. Dort stehen »Orchis und Orchis«, zwei Knabenkräuter, »einzeln« da, wie auch hier nachgeordnet bemerkt wird. Auch sie werden zu sehen gewesen sein, aber es liegt nahe, die Verwendung im Gedicht als möglichen symbolischen Ausdruck des Verhältnisses von Heidegger und Celan zu lesen: zwei Orchideengewächse, sensible, schwer zu behandelnde Pflänzchen, die auf ihre exotische Besonderheit stolz sind. Beide etwas absonderlich, nichts für jeden, so sah wohl auch die allgemeine Wahrnehmung von Orchideen 1967 aus. Wie das Verhältnis von Orchis und Orchis untereinander ist, das lässt Celan wieder offen. Auch hier also eine Poetik der Andeutung, die von jedem Leser etwas anders ergänzt wird.

Die nächste Strophe führt in den VW-Käfer zurück, zur Fahrt nach St. Blasien, wo schon um elf Uhr das Treffen mit Gerhart Baumann verabredet ist. Was aber heißt in diesem Zusammenhang »Krudes«?

Nun ist es so, dass Theodor W. Adorno dem »Jargon der Eigentlichkeit« – dem er Heidegger wegen der beträchtlichen Komplexität und Gelehrtheit seiner Werke als letztlich untypischen Hauptvertreter zuordnet – eine »krude Vorstellung von der Archaik der Sprache« zuschreibt. Und in der *Negativen Dialektik* meint Adorno, dass der Rückgriff des Jargons auf »das Irrationale« von Anfang an »krud, aber offen zutage« liege. Celan dürften Heideggers den meisten anderen Menschen uneinsichtige, weil einsichtslose Erklärungsversuche für sein Verhalten während der Nazizeit als Inspiration für das Wort gereicht haben. Doch was genau sich hinter dem enigmatischen »Kruden« des Gedichts versteckt, lässt er offen. Auch wenn das nachgeordnet-präzisierende Wort nach dem Komma diesmal »deutlich« heißt. »Undeutbar muss dementsprechend bleiben«, so schreibt Martin Jörg Schäfer, »was es heißt, wenn Dunkles und Grobschlächtiges an Deutlichkeit gewinnt.« Man kann, salopp gesprochen, an eine »Horrorvorstellung« denken.

Dass das Krude etwas mit dem zu tun hatte, was Celan in dieser Situation von Heidegger wollte, kann allerdings mit Sicherheit angenommen werden. Sonst hätte Celan nicht an seine Frau Gisèle nach Hause geschrieben, er hoffe darauf, dass Heidegger etwas zum Nationalsozialismus schreiben würde.

Ähnlich ist der Brief an den Zürcher und Prager Freund Franz Wurm zu interpretieren, in dem Celan betont, dass der Fahrer Gerhard Neumann gesagt habe, »Epochales« sei besprochen worden. Celan kann dementsprechend hoffen, dass »der uns fährt, der Mensch, / der's mit anhört«, es im Gedächtnis bewahren wird, wenn er nicht nur eine Floskel verwendet hat.

Der »Mensch« Neumann selbst ist doppelt lesbar. Einerseits umgangssprachlich als der anonyme Fahrer, ein Funktionsträger eben.

Andererseits ist gerade dieser »einfache Mensch« der »Mensch« schlechthin, der Menschliche, so emphatisch herausgestellt wie wiederum impressionistisch genannt. Wobei Celan das »Epochale« vorsichtshalber nicht nennt, es hat, verwandelt ins Krude, vorerst in einem »'s« Platz.

Aber auch das Krude ist hier nicht eindeutig negativ gesehen, was schon deswegen stimmig ist, weil Celan es erwarten musste. Man kann annehmen, dass Heideggers Schweigen Celan an seine emphatische Diagnose von einem Heidegger, »der an seinen Verfehlungen würgt«, erinnert hat. Auch deswegen, weil er die Formel im Nachklang des Treffens wiederverwenden wird. Heideggers kaum artikuliertes, vielleicht schwer verständliches Reden war wohl, ohne jede Absicht, keine unpassende Form, um Celan den Eindruck zu vermitteln, etwas Problematisches, aber Wichtiges dränge zur Äußerung. Celans Gedichte und Heideggers Denken sind beide seit langem der Schwierigkeit verpflichtet, kommende, unerhörte Sprachen zu entdecken. Was leicht gesprochen ist, ist für sie, die auf der Suche nach »neuen Worten« sind, eher wenig wert.

In der vorletzten Strophe des Gedichts folgt eine weitere impressionistische Beobachtung: »die halb- / beschrittenen Knüppel- / pfade im Hochmoor«. Celan hatte, wie gesehen, kein passendes Schuhwerk für das feuchte Gelände, deswegen musste der Moorbesuch in diesem Jahr abgebrochen werden. Wie die anderen Beobachtungsspuren im Gedicht wird die Passage von ihm dennoch symbolisch aufgeladen. Etwa indem er das für »Holzwege« durchs Moor gebräuchliche Wort »Knüppel-Pfade« durch einen Gedankenstrich in seiner Zusammensetzung bewusst macht – eine Methode, die Celan und Heidegger beide sehr gerne anwenden. Beide sind sie Meister des Bindestrichs, der Etymologie, zwei Worteteiler und -zerkleinerer, zwei Wahrheitssucher.

An dieser Stelle hat Celan die markanteste Verwandlung der sichtbaren Realität vollzogen. Knüppel evoziert deutlich die Gefährlichkeit der Pfade, die ganz plastische Gefahr, niedergeknüppelt zu werden, um dann möglicherweise im Moor zu versinken.

»Feuchtes viel« ist am Ende ganz unbestimmt und lapidar hinzugefügt. Noch einmal die impressionistische Erinnerung: der einsetzende Regen. Aber auch der Hinweis, dass im durchdringend Feuchten des Moors ein paar Niedergeknüppelte liegen könnten. Wer weiß.

## 12

# DAS ZUGLEICH VON ZUVERSICHT UND VERGEBLICHKEIT

Am Tag nach dem Ausflug zur Hütte und ins Moor reist Paul Celan, wie geplant, nach Frankfurt weiter. Ob er gewusst hat, dass Hannah Arendt am Abend ihren Vortrag über Walter Benjamin halten wird – im Audimax, also vermutlich dort stehend, wo zwei Tage zuvor er selbst stand? Dass Martin Heidegger wieder in der ersten Reihe sitzen wird, von Hannah Arendt mit »Verehrter Martin Heidegger« begrüßt?

Heidegger – und auch Baumann oder Neumann – hätten Arendts Vortrag erwähnen können, Celan hätte den Hinweis vermutlich auch an den Universitätsaushängen sehen können, aber es hat den Anschein, als sei beides unterblieben. Oder hat Celan vom Vortrag erfahren und ihn, weil er am Tag seiner Abreise stattfand, nicht wirklich wahrgenommen? Weder in Berichten und Briefen noch in Celans Notizkalender aus dieser Zeit findet sich davon auch nur ein Wort. Auch Hannah Arendt, die Briefe nach Hause schrieb, erwähnt nichts. Arendt stand allerdings überraschenderweise auch sonst nicht im Zentrum von Celans Interesse. Den Beständen von Celans reicher philosophischer Bibliothek folgend, hat er mit Sicherheit allein *La philosophie de l'éxistence* von 1947 gelesen, den ins Französische übersetzten, eher allgemeinen Zeitschriftenaufsatz »Was ist Existenzialismus?« In dessen französischer Fassung fehlen auffälligerweise die giftigen, heideggerkritischen Anmerkungen.

Arendt ihrerseits hat sich, ebenso überraschend, mit Celan offensichtlich nicht einmal am Rande beschäftigt. Nun ist die nüchterne Sprache der politischen Denkerin von der poetischen Sprache Celans vollkommen verschieden. Aber das gilt auch für die poetische Sprache Heideggers. Trotzdem verfolgte Arendt sein Werk bis zum Ende ihres Lebens mit großem Interesse, nicht nur aufgrund ihrer Liebe zu ihm zwischen 1925 und 1928.

Zwischen 1938 und 1950 brach Arendt den Kontakt zu Heidegger aus politischen Gründen vollkommen ab, nahm ihn dann aber wieder auf. Das Treffen vom 7. und 8. Februar 1950 zwischen Heidegger und ihr hätte alle Chancen gehabt, ebenso legendär zu werden wie jenes zwischen Heidegger und Celan in Todtnauberg. Doch die Nacht in Freiburg blieb von beiden fast vollständig unkommentiert. Hannah Arendt schreibt an Heinrich Blücher, ihren in den USA verbliebenen Mann, immerhin: »Wir haben, scheint mir, zum ersten Mal in unserm Leben miteinander gesprochen.« Am Tag darauf gab es zum Frühstück noch eine Aussprache mit Elfride Heidegger.

Heidegger, erzählt Arendt ihrem Mann,

> *der notorisch doch immer und überall lügt, wo er nur kann, hat ebenso offenbar, d. h. wie sich aus einem vertrackten Gespräch zu dritt ergab, nie in all den 25 Jahren geleugnet, daß dies nun einmal die Passion seines Lebens gewesen sei. Die Frau, fürchte ich, wird, so lange ich lebe, bereit sein, alle Juden zu ersäufen. Sie ist leider einfach mordsdämlich. Aber ich werde versuchen, einzurenken, soweit ich kann.*

Ihre Bemühungen scheinen Erfolg gehabt zu haben. In Arendts letzten Lebensjahren wurde der Kontakt zu Heidegger sogar wieder intensiv. Die Lobrede zu seinem 80. Geburtstag 1969 wird nicht das Ende sein. In den 1970er-Jahren scheint Arendt sich sogar mit Elfride Heidegger nicht schlecht verstanden zu haben. Sie schreibt persönliche Briefe an sie, und Elfride schreibt zurück. Das Ehepaar Arendt-Blücher besucht das Ehepaar Heidegger-Petri in Freiburg, und als Heinrich Blücher 1970 stirbt, kommt Hannah Arendt alleine, zum letzten Mal am 12. August 1975, knapp vier Monate vor ihrem überraschenden Tod.

Aus allen Berichten zu Celans Befinden direkt nach den ersten Treffen mit Heidegger kann man schließen, dass er die persönliche Beziehung auf einem durchaus hoffnungsvollen Weg sah. Die Aussicht auf eine schriftliche Stellungnahme Heideggers scheint ihn in gute Stimmung versetzt zu haben. Die Dichterin Marie Luise Kaschnitz, die als Erste dafür sorgte, dass Celans Gedichte in einer damals bekannten deutschen Zeitschrift erschienen, der *Wandlung*, kannte Celan seit 1948 und wunderte sich, als sie ihn in den Tagen nach Todtnauberg in Frankfurt sah – Celan wirkte »wie ausgewechselt« und höchst lebendig. »Was haben Sie mit ihm in Freiburg gemacht?«, soll sie unter anderem Baumann gefragt haben.

Am 1. August schreibt Celan noch in Frankfurt eine erste Fassung von »Todtnauberg«. Am 2. August, wieder zurück in Paris, berichtet er Gisèle von dem »ernsten Gespräch« im Auto, den »klaren Worten« dort, und meint:

> *Die Lesung in Freiburg ist ein außergewöhnlicher Erfolg gewesen: 1200 Personen, die mir eine Stunde lang, mit angehaltenem Atem, gelauscht haben und die mir dann, nachdem sie lange geklatscht hatten, noch einmal eine Viertelstunde lang zugehört haben.*
> *(…) Am Tag nach meiner Lesung bin ich mit Herrn Neumann, dem Freund Elmars, in Heideggers Hütte im Schwarzwald gewesen. Dann kam es im Auto zu einem ernsten Gespräch, bei dem ich klare Worte gebraucht habe. Herr Neumann, der Zeuge war, hat mir hinterher gesagt, dass dieses Gespräch eine epochale Bedeutung hatte. Ich hoffe, daß Heidegger zur Feder greifen und einige Seiten schreiben wird, die sich auf das Gespräch beziehen und angesichts des wieder aufkommenden Nazismus auch eine Warnung sein werden.*

Neumann wird im Brief an Tophoven eine positive Einschätzung formulieren, die über Celans Résumé weit hinausgeht.

> *Mir steht kein Urteil über dieses Gespräch und schon gar nicht über die daran Beteiligten zu, aber ich glaube, Heidegger hat Celan, in den Grenzen, die unüberschritten bleiben müssen, zu überzeugen gewusst, und umgekehrt hat Celan Heidegger von seiner Person und Integrität, bei der es der Argumente nicht bedarf, weil er als Person das stärkste Argument ist, überzeugt. Er hat ihn, und die ganze Begegnung hat ihn beeindruckt. Es sind Positionen abgesteckt worden, und das ist das Äußerste, was hier hat geschehen können.*

Die bedeutungstragenden Worte klingen etwas unbestimmt. Aber auffällig ist, dass Neumann bei Heideggers Überzeugungskraft »Grenzen« einbaut, »die unüberschritten bleiben müssen«, und bei Celan von »Integrität« spricht. Umgekehrt jeweils nicht.

Inwieweit Heidegger Celan wirklich hat »überzeugen« können, wird sich zeigen. Sein Warten auf eine überzeugende Stellungnahme beginnt erst. Tatsächlich aber war dieses Gespräch, das Celan klar in der zweiten Hälfte der Fahrt verortet und das kaum mehr als zwanzig Minuten gedauert haben kann, der Ausgangspunkt für den vorerst zufriedenstellenden Abschluss der ersten beiden gemeinsamen Tage von Heidegger und Celan. Die Begegnung zwischen den beiden war, anders als noch immer gerne kolportiert, noch keineswegs gescheitert.

Wie wichtig Celan das Treffen mit Heidegger nahm und wie sehr er sein Gedicht, wie zuvor den Eintrag ins Hüttenbuch, als Einladung und Aufforderung zu einem Gespräch verstand, zeigt sich, als er, nur kurze Zeit später, den Plan fasst, in Robert Altmanns Liechtensteiner Kunstbuch-Verlag Brunidor, den er von gemeinsamen Projekten mit Gisèle her kennt, einen Sonderdruck des Gedichts anfertigen zu lassen. Am 20. Oktober 1967 schreibt er an Gisèle:

> *In zehn Tagen werde ich Altmann sehen. Ich beabsichtige, ihn zu bitten, ein einzelnes Gedicht zu drucken, jenes, das ich nach meiner Begegnung mit Heidegger geschrieben habe. Es ist zwar schwer zu illustrieren, aber wenn Du glaubst, es um ein gestochenes Zeichen vermehren zu können, werde ich es gern akzeptieren.*

Nachdem Gisèle auf diese etwas distanzierte, auch von oben herab geäußerte Bitte nicht gleich reagiert, wendet sich Celan am 26. Oktober erneut an sie, diesmal moderater und mit gewechselter Akzeptanzfrage:

*Sag mir, ob Du akzeptieren kannst, ein Zeichen zu stechen,*
*das das Gedicht über die Begegnung mit Heidegger begleitet?*

Gisèle lässt sich Zeit und reagiert schließlich am 3. November, nun selbst etwas distanziert:

*Durch einen Anruf von Altmann erfahre ich, daß er das Gedicht über die*
*Begegnung mit Heidegger veröffentlichen wird. Ich freue mich für Dich.*
*Weißt Du, ich sehe nicht so recht, wie ich etwas hätte machen können,*
*das dazu passt, und ich denke, daß es besser so ist.*

Doch als Gisèle Anfang Januar 1968 das fertige Exemplar erhält, scheint sie es würdigen zu können.

*Lieber Paul,*
*Ich habe das Gedicht über die Begegnung sehr gemocht. Ich freue mich,*
*daß es so verlegt wird. Es ist sehr schön (…).*

Damit ist das Thema »Todtnauberg« noch lange nicht erledigt. Celan schickt das Gedicht unter anderem auch an seine Freunde Franz Wurm und Gisela Dischner, jeweils mit Überlegungen, wie Heidegger reagieren wird.

Wurm erhält das Gedicht mit einem Brief vom 24. Januar 1968. Eine längere Einleitung ist nicht notwendig, weil Celan Franz Wurm in der ersten Septemberhälfte, also nach dem ersten Treffen mit Heidegger, im Tessiner Örtchen Tegna, etwas oberhalb von Ascona, besucht hat. So kann Celan Wissen voraussetzen und fragt Wurm auch um Rat, ob er Öffentlichkeit für dieses Gedicht und seinen privaten Zweck miteinander verbinden solle:

*Werner Weber, dem ich »Todtnauberg« geschickt habe, will das Stück in der »Neuen Zürcher Zeitung« bringen – soll ichs ihm geben? Oder soll ich ein Wort abwarten, von »dem vom Berge«?*

Vermutlich spielt Celan hier auf Ludwig Tiecks Erzählung *Der Alte vom Berge* an. Wurm, damals Redakteur beim Schweizer Radio DRS in Zürich, greift die Metapher auf, antwortet am 27. Januar strategisch und rät am Ende ab:

*»Todtnauberg« u. Weber: ich kann nicht abschätzen, ob eine solche Veröffentlichung den vom Berg nicht einer Antwort gleichsam entheben würde: aus der Anrede würde eine »Stellungnahme« (scheint mir). Sie gäben »zu Protokoll«, möge er dazu denken was er mag. Vielleicht täusche ich mich.*

Wurm hat, so lässt sich vermuten, nicht Unrecht. Und Celan entscheidet sich tatsächlich vorerst gegen eine Veröffentlichung. Gisela Dischner erklärt er am 30. Januar:

*»Todtnauberg« versucht, ein Zusammentreffen mit Heidegger festzuhalten. Heidegger, dem ichs vor zwei Wochen geschickt habe, hat bisher nicht geantwortet. Ob ers je tut? Mir fällt es schwer, von diesem Gedicht zu sprechen – wie mir schwer fällt, Briefe zu schreiben. Verzeih, ich hoffe, ich werde wieder gesprächiger.*

Gisela Dischner reagiert kurz darauf, am 2. Februar, enthusiastisch:

*Lieber, was für eine Freude Du mir gemacht hast, hab Dank!*
*Ich weiß noch sehr genau, als Du mir im Operncafé das Gedicht vorgelesen hast, und draußen hatte es geregnet.*
*Natürlich wird Heidegger Dir antworten, schließlich kam er ja zu Dir!*
*Das Zugleich von Zuversicht und Vergeblichkeit, das vielleicht in jeder Begegnung ist, spüre ich aus diesem Gedicht besonders deutlich. Deshalb ist es so friedlich und so zerreißend.*

Tatsächlich hat Heidegger zu diesem Zeitpunkt »schon« auf die Zusendung des Gedichts geantwortet, genau an jenem 30. Januar, an dem

Celan in Paris voller Skepsis an Dischner geschrieben hat. Celan, muss man sagen, sollte Recht bekommen: Heideggers höflich und freundlich beginnende Antwort ist nicht das, was er erwartet hat.

*Verehrter und lieber Paul Celan,*
*wie soll ich ihnen für dieses unerwartete große Geschenk danken?*
*Das Wort des Dichters, das »Todtnauberg« sagt, Ort und Landschaft nennt, wo ein Denken den Schritt zurück ins Geringe versuchte – das Wort des Dichters, das Ermunterung und Mahnung zugleich ist und das Andenken an einen vielfältig gestimmten Tag im Schwarzwald aufbewahrt.*
*Aber es geschah schon am Abend ihrer unvergesslichen Lesung beim ersten Grüßen im Hotel.*
*Seitdem haben wir vieles einander zugeschwiegen.*
*Ich denke, daß einiges noch eines Tages im Gespräch aus dem Ungesprochenen gelöst wird.*
*Ich werde mir von einem Buchbinder einen geeigneten Schuber machen lassen, darin Ihre Gabe in gebührender Weise verwahrt bleibt.*
*Das Bild der Hütte, von unserem älteren Sohn aufgenommen, möchte keine Illustration, sondern nur eine kleine Hilfe (sic!) für den dichtenden Blick in die winterliche Einsamkeit.*
*Noch muß ich Ihnen danken für das Exemplar der französischen Stifter-Übersetzung. Sie ist ein Zeichen dafür, daß eine Übersetzung hier unmöglich ist und daß man damals nach gängigen Vorstellungen die Texte auswählte.*
*Die »Wegmarken« gehen Ihnen gesondert zu. Ich lege ein Widmungsblatt bei, das Sie einkleben können.*
*Eine heftige Grippe, von der ich mich langsam erhole, hinderte mich, Ihnen früher, als es jetzt geschieht, meinen herzlichen Dank zu sagen.*
*Und meine Wünsche?*
*Daß sie zur gegebenen Stunde die Sprache hören, in der sich Ihnen das zu Dichtende zusagt.*
*In freundschaftlichem Gedenken*
*Ihr Martin Heidegger*

Zwar bezieht sich Heidegger auf das Gedicht, aber er lässt vieles offen: Ob er die Anspielung auf die Vergangenheit des »Hüttenbuchs« verstanden hat? Ob er weiß, worauf Celan hofft?

Der versuchte »Schritt zurück ins Geringe« könnte hier ein kleines Eingeständnis bedeuten – war Heidegger sich vorher »zu groß« vorgekommen? Doch die kritische Diskussion beim Fahren taucht allenfalls sehr blass in der »Erinnerung an einen vielfältig gestimmten Tag« auf. »Das Wort des Dichters, das Ermunterung und Mahnung zugleich ist«, bezieht sich zwar auf Celans »Hoffnung« und scheint zu verstehen, was gemeint ist, doch gleich anschließend behauptet Heidegger, es sei schon »beim ersten Grüßen« geschehen.

Was dieses »es« ist, bleibt völlig unbestimmt, und Heidegger scheint zu wissen, dass »es« auch noch nicht alles gewesen sein kann. Sie hätten »einander vieles zugeschwiegen«. Bis zur Frechheit vage ist dann Heideggers Formel: «dass einiges noch eines Tages …« Wer dieses »einiges« aus dem Ungesprochenen »lösen« soll, lässt Heidegger wieder offen, zieht sich in eine Verantwortungslosigkeit ohne handelndes Subjekt zurück. Stattdessen geht er in nichtssagendes Geplauder über, schreibt, schon wieder auf hohem Ross, abfällig über die französische Stifter-Übersetzung, die Celan ihm beschafft hat, gibt Celan noch den gönnerischen Hinweis zum »Einkleben« eines Widmungsblatts und schiebt, noch dreister, den Ball wieder zurück: »Und meine Wünsche? Daß Sie zur gegebenen Stunde die Sprache hören, in der sich ihnen das zu Dichtende zusagt.« Hat Celan »das zu Dichtende« etwa noch nicht getroffen?

Ganz offensichtlich will Heidegger das begonnene »Gespräch« nicht abbrechen lassen, aber er verschiebt die Fortsetzung derart weit ins Ungefähre, dass ihm klar sein muss, dass Celan damit nicht zufrieden sein wird. Selbst Fahrer Neumann, der sich, wie zu sehen war, rückblickend nicht eindeutig auf Celans Seite stellen kann, findet in seinen Erinnerungen deutliche Worte:

*Aber Heidegger schwieg und hielt an seinem Schweigen mit seltsam ausweichenden Worten fest. Es ist beschämend, seine brieflichen Äußerungen in dem späteren Dankschreiben, das er verfasst und Celan sendet, zu lesen. Er redet auf klägliche Art und Weise um das Schweigen, das ein Verschweigen ist, herum.*

Celan schickt Robert Altmann am 2. Februar »die drei zentralen Sätze« aus Heideggers Brief – von »Das Wort des Dichters« bis »gelöst wird« –, kommentiert sie aber nicht. Was sich wohl durch seinen letzten Satz erklärt: »Wenn wir uns, wie ich hoffe, nächste Woche sehen, bringe ich Ihnen den Brief mit.« Erst beinahe zehn Jahre später, am 11. Mai 1977, wird Altmann aus der Erinnerung im *Liechtensteiner Volksblatt* schreiben:

*Die erlösende Antwort blieb aus. Dennoch war dieses Treffen für den Dichter ein wichtiges inneres Erlebnis. Poet und Philosoph strebten beide dem Sinn des totalen Künstlers und der totalen Sprache zu.*

Was wäre eine totale Sprache? Und auch der radikale Schlussstrich, den Altmann Celan ziehen lässt – »›Todtnauberg‹ wurde in dieser kleinen, bibliophilen Auflage nur unter Freunde und einige Bibliotheken verteilt. Es war sicher Celans Wunsch, die Auseinandersetzung mit Heidegger abzubrechen« –, ist unter falschen Voraussetzungen formuliert: Dass Celan Heidegger in den Jahren nach Todtnauberg noch zweimal getroffen hat, beide Male wieder an mehreren Tagen, klammert Altmann, wie Bollack, aus. Bei Letzterem kann man sich nicht vorstellen, dass er nicht genauer informiert war. Anders bei Christoph von Schwerin, ehemaliger Lektor Celans im S. Fischer Verlag, der in seinen Erinnerungen *Als sei nichts gewesen* seine letzte Begegnung mit dem Dichter an einem Sonntagabend Mitte Februar 1970 eindrücklich beschreibt: wie sie im »Balzar«, einer Brasserie in der Rue des Écoles, saßen und zufällig einen anderen Freund Schwerins getroffen hätten, den Celan, der ihn eigentlich nicht habe leiden können, an diesem

Abend zuvorkommend behandelt habe. Celan soll ihm gut gelaunt geraten haben, nach Israel zu ziehen. Als der Bekannte ging,

> *erzählte Celan, wie er Heidegger getroffen und in dessen Hütte besucht hatte, er dachte an Char und an die Begegnung der »beiden Großen« in Gordes, und wie er vergebens auf ein kleines Wort der Umkehr, des Eingeständnisses von Heideggers Seite gehofft habe. Celan hatte mir einst Heideggers Rektoratsrede von 1933 gezeigt. Die Fahrt zu ihm in den Schwarzwald wäre der endgültige Bruch gewesen, sagte Celan. Heidegger habe das allerdings nicht begriffen, denn er habe ihn wissen lassen, daß er mit einer Wiederbegegnung rechne, wenn Celan das nächste Mal zu einer Lesung nach Freiburg käme. Und das werde in einem Monat sein.*

Gut möglich, dass Schwerin nicht wusste, dass Celan nur einmal auf Heideggers Hütte war, aber zweimal mit ihm in einem Hochmoor, das zweite Mal 1968. Und tatsächlich wird dieses Treffen eine neue Phase in der Begegnung zwischen Celan und Heidegger markieren.

Eines ist sicher richtig: Schon 1967 konnte Celan mit Heideggers »Antwort« nicht zufrieden sein. Er wird sich in den kommenden Jahren viel weniger Gedanken um Heidegger machen. Die große Nervosität vor dem ersten Treffen ist vorbei. Sie wird nicht wiederkehren. Doch einen Abbruch der Beziehungen hat Celan vielleicht erwogen, aber nicht durchgeführt.

Fürs Erste muss er in die Psychiatrie zurück. In einem Gespräch mit seinem betreuenden Psychiater Benoît Dalle erfährt Celan am 4. August nach der Rückkehr aus Frankfurt, dass man ihm nicht vor dem 1. September »grünes Licht« erteilen werde. Doch auch in St. Anne macht Celan ganz offensichtlich einen guten Eindruck. Mit verschiedenen Sondergenehmigungen schafft er es, weiter unterwegs zu bleiben. Noch im August reist er für zwei Wochen nach London, zu Berta Antschel, der Schwester seines Vaters. Anfang September aber, zum Zeitpunkt der erhofften Entlassung, überlegt Professor Deniker, der nicht zufrieden ist, dass Celan fürs Erste in Bollacks kleiner Zweitwohnung leben soll, ob ihm eine »Nachkur« in der psychiatrischen Klinik La Verrière nicht gut tun würde. Doch Dalle stellt sich dagegen, unterstützt Celans Wunsch, St. Anne bald zu verlassen. So reist Celan im September ins Tessin zu Franz Wurm und nach Zürich. Ende September kehrt er wieder zurück, hofft, weil er »ein gutes Jahr« an der École Normale anstrebt und Vorbereitungszeit braucht, von Neuem auf baldige Entlassung. Am 2. Oktober urteilt Gisèle in diesem Zusammenhang sehr anerkennend über Dalle:

> *Paul, ein Wort in Eile, bevor ich aufbreche. D. ist sehr verständnisvoll gewesen. Er sucht nach einer Lösung, aber du kannst wirklich Hoffnung haben. Ich bin sicher, daß er die Bedeutung der École für Dich versteht, ebenso wie auch die Bedeutung, dass Du wieder ein freies Leben aufnehmen kannst – Vertrau ihm.*

Gisèle will weiter teilhaben an Celans Leben, bekräftigt aber am 4. Oktober die Trennung:

> *Lieber Paul,*
> *ich möchte, daß Du weißt und daß Du nicht daran zweifelst. Alles, was in meiner Macht steht, damit Du wieder ein freies Leben führen kannst, wird getan werden. (.) Wenn ich beschlossen habe, nicht mehr mit Dir zusammenzuleben wie vorher, dann deshalb, weil ich auch meine, daß ich Dir nicht nur nicht habe helfen können, sondern weil ich auch meine, daß wir uns, so nahe beisammen, weh taten.*

Am 10. Oktober erhält Celan endlich die Nachricht, dass er nach der Rückkehr von der Frankfurter Buchmesse entlassen werde. Doch es wird noch bis zum 21. November dauern, bis Celan Gisèle den Bezug eines Studios in der Rue Tournefort mitteilen kann, einer der Nachbarstraßen der École. Schon einen Tag später schreibt er an Franz Wurm, sein »Wohnungssuchen« habe »in einem möblierten und badezimmerbeküchten sogenannten Studio ein vorläufiges Ende gefunden«.

# 13

# DIE VORGEZOGENE PARALLEL-AKTION: HERBERT MARCUSES FRAGEN AN HEIDEGGER UND CELANS NACHDENKEN ÜBER DIE REVOLUTION

»Lieber«, schreibt Gisela Dischner aus der nahen Erinnerung an ihr Frankfurter Beisammensein am 2. August 1967,

> *ich meine immer noch, daß Du nicht weit fort sein kannst, alles spricht noch von Dir: die Rose in dem Wasserglas, die noch blüht, das Buch, das ich lesen werde, das Tuch, das ich tragen werde.*

Celan, wieder in der Klinik, bedankt sich, deutlich weniger emotional, am 10. August und ohne viel Drumherum für Zeitungsausschnitte und Fotos. Dann fügt er hinzu:

> *Wenn Du Zeit hast, schreib' mir bitte die Bücher von Herbert Marcuse auf: ich habe mir nur den »Eindimensionalen Menschen« und »Triebstruktur (Eros) und Gesellschaft« gemerkt.*

Dischner nennt Marcuses *Kultur und Gesellschaft* und *Vernunft und Revolution,* und versucht eine Verbindung zwischen Celans Poetik der Wahrhaftigkeit, die er sich zunehmend als Kargheit vorstellt, und dem Philosophen, mit dem sie ihn gerade bekannt gemacht hat, herzustellen:

> *Wahrheit (…) Ich meine, um sie zu retten, muß man sie verbergen – dann kann sie – vielleicht – ›überwintern‹, wie Marcuse sagt.*

Marcuse hat vom Überwintern der »Freiheit« in der Kunst gesprochen. Das betrifft die Situation in repressiven bis diktatorischen Gesellschaften. Aber auch Celan, als Patient in einer geschlossenen Anstalt, in der seine Freiheit eingeschränkt ist, in der er aber auch nach wie vor Gedichte schreibt, kann sich gemeint fühlen.

Marcuse ist in einem von Celan und Heidegger bestimmten Raum eine durchaus verblüffende Zwischenfigur. Der charismatische »Philosoph der 68er«, als der er in die Geschichte eingehen wird, war, wie Hannah Arendt, einer von Heideggers vielen jüdischen Schülern. Und gerade das, so Dischner, interessierte Celan besonders an ihm. Auf Celans Verhältnis zu Arendt zurückkommend, kann man paradoxerweise vermuten: Wenn Arendts Nähe zu Heidegger damals in vollem Umfang bekannt gewesen wäre, hätte Celan sich wohl mehr für sie interessiert.

Marcuse hatte sich, 1898 in Berlin als Sohn eines Textilfabrikanten geboren, früh engagiert, zuerst in der SPD und 1918/19 als Mitglied eines Berliner Arbeiter- und Soldatenrats, war dann aber während des Studiums von Berlin nach Freiburg gewechselt. Dort promovierte er 1922 über den »deutschen Künstlerroman«. Die Heirat führte ihn wieder nach Berlin, wo er im Verlagswesen arbeitete, doch nach der Lektüre von *Sein und Zeit* kehrte er nach Freiburg zurück, um sich bei Heidegger für eine philosophische Universitätskarriere zu qualifizieren.

Parallel zu *Sein und Zeit*, das ihn, wie viele Philosophen in den späten 1920er-Jahren, begeisterte, hatte Marcuse aber schon damals auch die ökonomisch-philosophischen Manuskripte von Karl Marx gelesen, und wurde darüber, so Jürgen Habermas, zum ersten »Heidegger-Marxisten«. Zur Habilitation bei Heidegger kam es nicht mehr, vermutlich aufgrund zunehmender persönlicher und politischer Differenzen.

Das überrascht nicht. Von Anfang an war Marcuse bemüht, Heidegger weiterzudenken. Er wollte es nicht bei der Beschreibung des Seins belassen, sondern suchte, über den Marxismus, vor allem Möglichkeiten, es zu verändern. »Die Sorge um die menschliche Existenz und ihre Wahrheit«, schreibt er in seinem frühen Aufsatz »Konkrete Philosophie«, »macht die Philosophie im tiefsten Sinne zur ›praktischen Wissenschaft‹«. Umgekehrt kämpfte er gegen die Missachtung der Philosophie durch »Vulgär-Marxisten«, die in ihr nur ein »bürgerliches Hirngespinst« sehen wollen. Das hieße, ihre konkrete Macht im geschichtlichen Prozess und ihre grundlegende Funktion in der Wahrnehmungserkenntnis zu übersehen. In einer ersten Stufe, so Marcuse, ist es sinnvoll, das »Dinghafte« an einem »Fabrikgebäude« nach allen Seiten zu beleuchten, um in einer zweiten Stufe seine Eingebundenheit in den Wirtschaftsprozess zu berücksichtigen. So wird das Gebäude zum »Ort eines wirtschaftlichen Betriebes, an dem etwas ›hergestellt‹ wird, Aufenthalt von so und so vielen Arbeitern, Eigentum der und der Gesellschaft«; das aber wiederum ändert nichts an ihrer »Sinnverbundenheit mit geschichtlicher menschlicher Existenz«.

Doch die Verbindung zweier Formen von philosophischer Erkenntnis, die Marcuse anstrebt, kann in Deutschland nicht mehr gelingen. Eine private Zukunft als jüdischer Hochschullehrer ist bald undenkbar. Im Januar 1933, knapp vor der »Machtergreifung«, tritt Marcuse dem Frankfurter Institut für Sozialforschung bei, übernimmt Aufgaben in der neu gegründeten Genfer Zweigstelle und emigriert kurz danach, zusammen mit dem Institut, an die New Yorker Columbia University.

Trotzdem wird auch Marcuse Heidegger nicht vergessen. Er ist einer der Schüler, die bald nach dem Krieg wieder mit ihm Kontakt aufnehmen. Die Art und Weise, wie Marcuse das tut, zeigt überraschend viele Gemeinsamkeiten mit Celans Versuch, Heidegger zu einer ernst gemeinten öffentlichen Auseinandersetzung mit seiner Verstrickung in den Nationalsozialismus zu bewegen. Mehr noch als Celan scheint Marcuse dabei an einem gütlichen Ausgang des Unternehmens interessiert. Der abgefallene Schüler lobt seinen Lehrer und hätte gerne, dass dieser sich wieder als würdig erweist, geschätzt zu werden.

Wie der Brief, den er am 28. August 1947 aus Washington an Heidegger schreibt, zu erkennen gibt, war Marcuse – ähnlich wie Celan zwanzig Jahre später – bei Heidegger auf der Hütte in Todtnauberg gewesen. Aber auch ihn befriedigte nicht, was er von Heidegger bei dieser Gelegenheit hört:

*Lieber Herr Heidegger,*
*Ich habe lange über das nachgedacht, was Sie mir bei meinem Besuch in Todtnauberg gesagt haben, und ich möchte Ihnen offen darüber schreiben. Sie haben mir gesagt, daß Sie sich seit 1934 völlig von dem Nazi Regime dissoziiert haben, daß Sie in Ihren Vorlesungen außerordentlich kritische Bemerkungen gemacht haben, und daß Sie von der Gestapo überwacht wurden. Ich will nicht an Ihren Worten zweifeln. Aber die Tatsache bleibt bestehen, daß Sie sich 1933–34 so stark mit dem Regime identifiziert haben, daß Sie heute noch in den Augen vieler als eine der unbedingtesten geistigen Stützen des Regimes gelten. Ihre eigenen Reden, Schriften und Handlungen aus dieser Zeit sind der Beleg. Sie haben sie niemals öffentlich widerrufen – auch nicht nach 1945. Sie haben niemals öffentlich erklärt, daß Sie zu anderen Erkenntnissen gekommen sind als denen, die Sie 1933–34 ausgesprochen und in Ihren Handlungen verwirklicht haben. Sie sind nach 1934 in Deutschland geblieben, obwohl Sie überall im Ausland eine Wirkungsstätte gefunden hätten. Sie haben keine einzige der Taten und Ideologien des Regimes öffentlich denunziert. Unter diesen Umständen sind Sie auch heute noch mit dem Nazi Regime identifiziert. Viele von uns haben lange auf ein Wort von Ihnen gewartet, ein Wort, das Sie klar und endgültig von dieser Identifizierung befreien würde, ein Wort, das Ihre wirkliche, heutige Einstellung zu dem, was geschehen ist, ausdrückt. Sie haben ein solches Wort nicht gesprochen – wenigstens ist es nie aus der Privatsphäre herausgekommen. Ich – und sehr viele andere – haben Sie als Philosophen verehrt und unendlich viel von Ihnen gelernt. Aber wir können die Trennung zwischen dem Philosophen und dem Menschen Heidegger nicht machen – sie widerspricht Ihrer eigenen Philosophie. Ein Philosoph kann sich im Politischen täuschen – dann wird er seinen Irrtum offen darlegen. Aber er kann sich nicht täuschen über ein Regime, das Millionen von Juden umgebracht hat – bloß weil sie Juden waren, das den Terror zum Normalzustand gemacht hat und alles, was je wirklich mit dem Begriff Geist und Freiheit und Wahrheit verbunden*

*war, in sein blutiges Gegenteil verkehrt hat. Ein Regime, das in allem und jedem die tödliche Karikatur jener abendländischen Tradition war, die Sie selbst so eindringlich dargelegt und verteidigt haben. Und wenn das Regime nicht die Karikatur, sondern die wirkliche Erfüllung dieser Tradition war – auch dann gab es keine Täuschung, dann mussten Sie diese ganze Tradition anklagen und abschwören.*

Ein kraftvoll-leidenschaftliches Schreiben, so deutlich wie fair formuliert. Marcuse lobt den Heidegger seiner Studienzeit überschwänglich und lässt ihm sogar einladende Schlupflöcher, was das Bekenntnis angeht (»wenigstens ist es nie aus der Privatsphäre herausgekommen«).

Heidegger antwortet ganze fünf Monate später, am 20. Januar 1948, und ganz offensichtlich verärgert, ohne jede Anrede. Er scheint wahrzunehmen, dass es Marcuse mit seiner Bitte um Klärung ernst ist, und leugnet nicht, dass er vom Nationalsozialismus etwas erwartet hat, was heute kaum mehr nachvollziehbar ist. Ansonsten reagiert er erschreckend uneinsichtig.

*Das Paket, das Sie in Ihrem Brief vom 28. August ankündigten, habe ich erhalten. (...) Wenn ich Ihrem Brief entnehme, daß es Ihnen ernst ist mit einer richtigen Beurteilung meiner Arbeit und meiner Person, so zeigt mir gerade Ihr Schreiben, wie schwer ein Gespräch mit Menschen ist, die seit 1933 nicht mehr in Deutschland waren und die den Beginn der nationalsozialistischen Bewegung von ihrem Ende aus beurteilen. Zu den Hauptpunkten Ihres Briefes möchte ich folgendes sagen.*
*Zu 1933: ich erwartete vom Nationalsozialismus eine geistige Erneuerung des ganzen Lebens, eine Aussöhnung sozialer Gegensätze und eine Rettung des abendländischen Daseins vor den Gefahren des Kommunismus. Diese Gedanken wurden ausgesprochen in meiner Rektoratsrede (haben Sie diese ganz gelesen?), in einem Vortrag über ›Das Wesen der Wissenschaft‹ und in zwei Ansprachen an die Dozenten und Studenten der hiesigen Universität. Dazu kam noch ein Wahlaufruf von ca. 25/30 Zeilen, veröffentlicht in der hiesigen Studentenzeitung. Einige Sätze darin sehe ich heute als Entgleisung an. Das ist alles.*

1934 schon habe er sich von allem, was mit dem Nationalsozialismus verbunden gewesen sei, losgesagt, und alle seine Schüler seit dieser Zeit hätten verstanden, dass er mit dem Nationalsozialismus nichts zu tun habe.

> *Ich habe in meinen Vorlesungen und Übungen von 1934/44 einen so eindeutigen Standpunkt eingenommen, daß von denen, die meine Schüler waren, keiner der Naziideologie verfiel. Meine Arbeiten aus dieser Zeit werden, wenn sie einmal erscheinen, dafür zeugen.*

Aber nicht einmal das gegenüber Marcuse geäußerte minimale Eingeständnis von »Entgleisung« habe er öffentlich äußern können:

> *Ein Bekenntnis nach 1945 war mir unmöglich, weil die Nazianhänger in der widerlichsten Weise ihren Gesinnungswechsel bekundeten, ich aber mit ihnen nichts gemein hatte.*

Das wirkt auf den ersten Blick, wenn auch polternd-selbstbewusst, so doch immerhin geradlinig. Doch bei genauerer Betrachtung ist es eine billige Ausrede. Wenn »die Nazianhänger«, zu denen auch Heidegger einmal gehört hatte, ihren »Gesinnungswechsel (…) in der widerlichsten Weise« bekundeten, war Heidegger noch lange nicht gezwungen, es in derselben Weise zu tun. Er hätte es genau und differenziert tun können.

Der Einzige, den man in dieser speziellen Frage wohl mit Heidegger auf einer Linie hätte sehen können, ist Paul Celan. Was Heidegger hier anführt, ist in etwa Celans Argument vom Heidegger'schen »Würgen« an der »Verfehlung«, das ihn von selbstgerechten Linken wie Andersch oder Böll, die plötzlich schon immer dagegen gewesen sein wollen, unterscheide.

Der folgende Abschnitt von Heideggers Erwiderungsbrief beginnt scheinbar aufrichtig und verständig. Doch sobald Heidegger sein Zitat enden lässt, ergibt sich das, was man schon damals als Skandal hätte werten müssen:

*Zu den schweren berechtigten Vorwürfen, die Sie aussprechen ›über ein Regime, das Millionen von Juden umgebracht hat, das den Terror zum Normalzustand gemacht hat und alles, was ja wirklich mit dem Begriff Geist und Freiheit u. Wahrheit verbunden war, in sein Gegenteil verkehrt hat‹, kann ich nur hinzufügen, daß statt ›Juden‹ ›Ostdeutsche‹ zu stehen hat und dann genauso gilt für einen der Alliierten, mit dem Unterschied, daß alles, was seit 1945 geschieht, der Weltöffentlichkeit bekannt ist, während der blutige Terror der Nazis vor dem deutschen Volk tatsächlich geheimgehalten worden ist.*

Auf diese maximale Realitätsblindheit, die über das Verbindungsglied »Ostdeutsche« in einem so monströsen wie grotesken Vergleich gipfelt, antwortet Marcuse am 13. Mai 1948 schockiert, bleibt dabei aber erstaunlich sachlich.

*Lieber Herr Heidegger:*
*Ich wußte lange nicht, ob ich Ihren Brief vom 20.1. beantworten sollte. Sie haben recht: ein Gespräch mit Menschen, die seit 1933 nicht mehr in Deutschland waren, ist offenbar sehr schwer: Nur glaube ich, daß der Grund dafür nicht in unserer Unkenntnis der deutschen Verhältnisse unter dem Nazismus zu suchen ist. (…) Die Schwierigkeit liegt darin, daß die Menschen in Deutschland einer totalen Pervertierung aller Begriffe und Gefühle ausgesetzt waren, die sehr viele nur zu bereitwillig hinnahmen. Anders ist es nicht zu erklären, daß Sie, der wie kein anderer die abendländische Philosophie zu verstehen vermochte, im Nazismus »eine geistige Erneuerung des ganzen Lebens », eine »Rettung des abendländischen Daseins von den Gefahren des Kommunismus » (der doch selbst ein wesentlicher Bestandteil dieses Daseins ist!) sehen konnten. Das ist kein politisches, sondern ein intellektuelles Problem – ich möchte beinahe sagen: ein Problem der Erkenntnis, der Wahrheit. Sie, der Philosoph, haben die Liquidierung des abendländischen Daseins mit seiner Erneuerung verwechselt? War nicht diese Liquidierung schon in jedem Wort der »Führer«, in jeder Geste und Tat der SA lange vor 1933 offenbar?*
*Aber nur auf einen Abschnitt Ihres Briefes möchte ich eingehen, weil mein Schweigen vielleicht als Eingeständnis ausgelegt werden könnte:*

*Sie schreiben, daß alles, was ich über die Ausrottung der Juden sagte, genau so für die Alliierten gilt, wenn statt »Juden« »Ostdeutsche« steht. Stehen Sie nicht mit diesem Satz außerhalb der Dimension, in der überhaupt noch ein Gespräch zwischen Menschen möglich ist – außerhalb des Logos? Denn nur völlig außerhalb dieser »logischen« Dimension ist es möglich, ein Verbrechen dadurch zu erklären, auszugleichen, zu »begreifen«, daß Andere so etwas ja auch getan hätten. Mehr: wie ist es möglich, die Folterung, Verstümmelung und Vernichtung von Millionen Menschen auf eine Stufe zu stellen mit einer zwangsweisen Verpflanzung von Volksgruppen, bei der keine dieser Untaten vorgekommen ist (vielleicht von einigen Ausnahmefällen abgesehen)?*

Heute würde man vielleicht die am Ende angeführten »Ausnahmefälle« stärker gewichten. Aber sonst ist das noch einmal ein kluger, klarer und fairer Brief, der Heidegger die Kenntnis der »abendländischen Philosophie« bewusst lässt.

Die intellektuelle Redlichkeit von Marcuses Bekundung seines Unverständnisses setzt Heidegger, der nicht mehr antwortet, ins Unrecht. Das Schweigen deutet in diesem Fall wohl nicht viel mehr an als das Verharren in der eigenen Position. Darauf weist auch eine Passage aus einem der Bremer Vorträge hin, die Heideggers Nachkriegskarriere als gefragter, quasi privater Vortragsredner eröffnen. Noch der Siebzigjährige ist nach wie vor ein Meister des deplatzierten Vergleichs:

*Ackerbau ist jetzt motorisierte Ernährungsindustrie, im Wesen das Selbe wie die Fabrikation von Leichen in Gaskammern und Vernichtungslagern, das Selbe wie die Blockade und Aushungerung von Ländern, das Selbe wie die Fabrikation von Wasserstoffbomben.*

Ein ins Absurde reichender Rundumschlag, der Heideggers Verfallenheit an sein Konzept von »Seinsgeschichte« besonders deutlich macht. Die ebenso vage wie fundamental abstrahierende Rede vom »Wesen« führt zu einer skandalösen Komplexitätsreduktion (»das Selbe«), mit der Heidegger seine eigene Philosophie unwillentlich auf das Niveau von Stammtischweisheiten herunterzieht.

Man kann dennoch nicht sagen, dass Heidegger im strengen Sinn

»unpolitisch« war. Er hat sich einzumischen und zu profilieren verstanden und äußert sich immer wieder zu einzelnen Themen. Aber sobald er den engeren Bereich des philosophischen Denkens verlässt, bemerkt man, wie unsicher er ist und nur mit Kraftworten zum Ziel zu kommen glaubt.

Das Ackerbau-Zitat, das erst 1962 veröffentlicht wurde, dürfte Celan vor seinem ersten Treffen mit Heidegger bekannt gewesen sein. Der kurze, aber aufschlussreiche Briefwechsel Heideggers mit Marcuse, der sich damals außerhalb der Öffentlichkeit abspielte, war mit großer Sicherheit auch dem Marcuse-Neuling Celan unbekannt. Doch nachdem sich Celan mit Marcuses Werk auseinandergesetzt hat, kann er interessante Vergleiche ziehen. Dischner merkt in den Erläuterungen zur Ausgabe ihres Briefwechsels im Suhrkamp-Verlag an:

> *Später machte er mir klar, daß Heideggers Polemik gegen das »man« und die Uneigentlichkeit selbstentfremdeten Lebens sehr wohl Marcuses Theorie des »eindimensionalen Menschen« beeinflusst hatte.*

Celan erhält den *Eindimensionalen Menschen* von Gisela Dischner und Chris Bezzel erst am 22. April 1968 geschenkt, bei einem Besuch in London, wo das Paar nach Bezzels Abschied vom Suhrkamp-Verlag lebt.

~

Schon Ende Dezember 1967 hält sich Celan zum ersten Mal für längere Zeit in Berlin auf. Zwölf Tage bleibt er dort. Er wundert sich wieder einmal, dass seinen Lesungen in Deutschland immer noch so viel Aufmerksamkeit geschenkt wird, freut sich an Schnee, Schnee und noch mal Schnee, den er lange nicht mehr erlebt hat, versteht sich gut mit dem befreundeten jüdischen Literaturwissenschaftler Peter Szondi und mit Walter Georgi, einem Arzt und Freund von Szondi aus Zürich, mit dem Celan, Gisèle und Eric einmal segeln waren, er trifft Walter Höllerer, den Leiter des Berliner Literarischen Colloquiums, am Wannsee und andere mehr. Doch nach kalten, aber erfreulichen zwölf Tagen beginnt das Jahr 1968 für Celan schlecht.

Schon oft wurde festgestellt, dass auf Celans Deutschland-Aufenthalte deprimierende Zeiten folgten. Dass er mit der real existierenden BRD, in der er sich von Claire Goll und ihren Helfershelfern verfolgt fühlte, wenig anfangen konnte, stimmt. Doch das ist nur eine Seite der Geschichte. Deutschland bedeutete immer auch Aufregung, Aufmerksamkeit, Diskussionen, Besuche. Was zunehmend schlimmer wurde, war die Rückkehr nach Paris. Nach zwanzig Jahren Wohnsitz dort hätte eigentlich jede Rückreise eine Heimkehr sein müssen. Aber meist offenbart sie Celan vor allem seine Einsamkeit, Distanz. Erst recht, seit er nicht mehr mit Gisèle und Eric zusammenwohnt.

> *Ich bin, seit meiner Rückkehr aus Berlin, auf das Eindringlichste auf meine Grenzen verwiesen, auf meine Unfreiheit, auf mein Nirgendwo, mir ist, mit einem Wort, ziemlich elend zumute. Paris ist mir eine Last – die ich nicht abschütteln darf, ich weiß –, das Unterrichten freut mich nicht, (im Gegenteil), die paar Zeilen, die ich gelegentlich zusammendichte, halten nicht vor. (...) Vielleicht hilft eine Wohnung, vielleicht hilft, daß nichts hilft. Vielleicht sind die sechs Monate bis zu den Sommerferien eine kurze Zeit. Vielleicht und vielleicht.*

Aus dem Studio in der Rue Tournefort flüchtet er sich, trotz großer Skepsis gegenüber dem Unterrichten, oft in sein geräumiges Büro in der Rue d'Ulm. Doch das Jahr wird für Celan schließlich durch etwas ganz Anderes, Neues geprägt: die ereignisreiche Verschärfung der politisch-gesellschaftlichen Konflikte, die sich schon 1967 angedeutet hat. Zuerst gibt es unverhoffte Entwicklungen in einer Region, die Celan, dessen Mutter in ihrer Jugend drei Jahre in Böhmen verbracht hat, seit dem Kontakt mit dem in Prag geborenen Franz Wurm für sich wiederbelebt hat und nie mehr ganz aus den Augen verlieren wird.

Vier Tage vor Celans zweiflerisch-deprimierter Pariser Lagebestimmung in einem Brief an Wurm beginnt am 5. Januar der Prager Frühling, zuerst ganz leise, mit der Wahl von Alexander Dubček, dem anfangs nur vorsichtig reformerischen Ersten Sekretär der Slowakischen Kommunistischen Partei, zum neuen Ersten Sekretär der KP der Tschechoslowakei. Es dauert noch bis April, bis sich der Reformkurs unter Dubček, seit März auch Staatspräsident, wirklich durchsetzt. Wobei Celan auch hier zunächst skeptisch ist. Den mit dem Prager Frühling verbundenen Aufstieg des renommierten Kafka-Forschers und ehemaligen tschechischen Botschafters in Israel, Eduard Goldstücker, kommentiert er in einem Brief an Wurm vom 18. April flapsigverächtlich. Er, Celan, habe demnächst eine Lesung in Wien:

> *Eines Tages bring ichs doch noch bis Pressburg, dann telegraphier ich Ihnen nach Prag. Wo ja, und das ist schon ein paar Goldstücker wert, Ihr Namensvetter mit dem Dohlenfortsatz, rehabilitierterweise und auf das sorgsamstwohltuendste eingegipst, demnächst ins ZK kooptiert wird.*

Wurm geht nicht auf die Kritik ein, antwortet etwas verzögert mit einem leicht abgewandelten Kafka-Zitat – »lieber ins Leben beißen als in die eigene Zunge« – und anderen bitter-süßen, oft vom dadaistischen Zweig des Surrealismus inspirierten Sprachspielereien, die die Korrespondenz zwischen Celan und ihm kennzeichnen.

Wurm schreibt etwa voller Anspielungen: »Grüßen Sie die verulmte Normale, Ihren Kontreskapismus u. vor allem Ihr caramganolienhafte Blüten verschenkendes Selbst von Ihrem sumpfigen Franz.« Und Celan lässt wissen: »Lieber Franz, warum, vor lauter Freud, vergessen Sie den Dohligen, den wir ja beide gelesen haben. Sie bei sich in Prag und ich bei mir – czerno- d. h. schwarz-witizigerweise, hinterm Berg, vorm Jahr. Fragezeichen.«

Wurm ist einer der wenigen Briefpartner, bei denen sich Celan vergleichsweise frei zu fühlen scheint, zu blödeln beginnt. Er hat sogar die Gelassenheit, was Goldstücker angeht, zurückzurudern:

*Gut, daß Ihr Brief da ist, – ja gut. Mir war es schon ein wenig ungemütlich geworden, meines Goldstücker-Scherzes wegen: ich weiß jetzt, der Mann ist im (sic!) und hat fünf Jahre im Gefängnis gesessen.*

Die Realität, so Celan auch hier, ist »nicht einfach«. Auch das hält ihn von eindeutigen politischen Gedichten ab. Wenn er auf Ereignisse des Tages eingeht, dann in einer Weise, die alles andere ist als ein klares Statement oder ein wie auch immer gearteter Aufruf zur Tat. Schon am 14. und 15. April hat er, noch in London, wo er seine Tante Berta Antschel besucht und Gisela Dischner trifft, in seinem Gedicht »Mapesbury Road« den friedlich-exotischen Londoner Alltag vor dem Haus der Tante und die Berliner Brutalität nebeneinandergestellt – und zugleich auf das Attentat auf Rudi Dutschke reagiert: »Die dir zugewinkte / Stille von hinterm / Schritt einer Schwarzen. / (…) Der volle / Zeithof um / einen Steckschuß (…).«

In der Folge liest Celan auch in Dutschkes politischen Schriften, aber kann ihnen wenig abgewinnen. Er beschäftigt sich lieber wieder mit Landauer, »der den Marxismus etwas verchristlicht habe«, stellt Landauers Schrift »Revolution« zwischen zwei Wörterbücher, die er häufig braucht, und meint am 4. Mai zu Gisela Dischner:

*Gelesen habe ich, gestern gegen Mitternacht, im rororo-Band »Rebellion der Studenten«, den Aufsatz von Dutschke »Vom Antisemitismus zum Antikommunismus«; enttäuscht und mit tiefem Unbehagen habe ich es wieder weggelegt: das ist, unter anderem, auch alles andere als antiautoritär.*

Auch Enzensbergers berühmte, politisch wie immer zeitgemäße Umfrage im *Spiegel* vom 8. April 1968: »Ist Revolution unvermeidlich?« kann Celan nicht im Rahmen des Zeitgeists beantworten. Er hält sich dementsprechend etwas zurück:

*Ich hoffe, nicht nur im Zusammenhang mit der Bundesrepublik und Deutschland, immer noch auf Änderung, Wandlung. Ersatz-Systeme werden sie nicht herbeiführen, und die Revolution – die soziale und zugleich antiautoritäre – ist nur von ihr her denkbar. Sie fängt, in Deutschland, hier und heute, beim Einzelnen an. Ein Viertes (sic!) bleibe uns erspart.*

Gemeint ist sicher das vierte »Reich«. Das klingt, in einer ideologischen Zeit, vermutlich abgründig pessimistisch. Aber von der Geschichte in vielerlei Hinsicht geprägt und geschlagen, ist Celan die hurrarevolutionäre Stimmung unter deutschen Intellektuellen fremd.

Gerhart Baumann, der dabei ist, Celans nächsten Aufenthalt in Freiburg vorzubereiten, hält am 24. April im Pariser Grand Palais einen Vortrag über Robert Musil. Davor und danach streifen die beiden durch Straßen, die, vor den großen Ereignissen, schon vom Mai 68 gezeichnet sind. Der liberal-konservative Baumann registriert mit Zufriedenheit Celans Skepsis gegenüber »parteiparoligen« Sprüchen an den Häuserwänden, wie Celan es in einem Brief an Wurm nennen wird. »Er konnte zunächst eine gewisse Bewunderung für den Geist des Aufbruchs sich nicht versagen. (...) Vor allem peinigte ihn jedoch die Sorge, dass Vergangenes widerkehren könnte – ein Umschlag vom Allzumenschlichen ins Unmenschliche.«

Celan hat anfangs auch Mühe damit, dass Eric, noch keine 13 Jahre alt, mit den Revoltierenden sympathisiert. Von Baumann wird die Situation in schön umständlich-gewähltem, vorrevolutionärem Deutsch übermittelt: »Celans eigener Sohn Eric war von dem Strudel mitgerissen worden und noch nicht zur Besinnung gekommen. Das Gespräch zwischen den Generationen – es zählt seit jeher zu den schwierigsten Aufgaben – war abgebrochen oder in Beschimpfungen ausgeartet.«

Als die Mai-Proteste beginnen, geht Celan zuerst zusammen mit Eric auf die Barrikaden, ist hin und her gerissen zwischen Aufruhr und Bedürfnis nach Ruhe. Er liest wieder Landauers *Die Revolution*, wie er am 1. Mai an Gisela Dischner schreibt, und berichtet, dass er einen alten Plan wiederaufgenommen habe und dieses Jahr in Freiburg aus seinen Übersetzungen aus dem Russischen vortragen werde. Alle drei Dichter, Ossip Mandelstam, Alexander Block und Sergei Jessenin, haben ihre je eigene Sicht auf die Revolution. Das Datum der Lesung, den 26. Juni 1968, hatte Celan wohl mit Baumann während dessen Pariser Aufenthalt besprochen.

## 14

# DAS REICH DER MITTLEREN DÄMONEN. HUGO FRIEDRICH UND DAS HOLZBEIN DER GESCHICHTE

Auch in der Provinz macht sich »1968« bemerkbar, allerdings auf etwas mildere Weise. Klein ist auch der Anlass für die ersten größeren Unruhen. In Freiburg ist es die geplante Erhöhung des Grundfahrscheinpreises für den öffentlichen Nahverkehr um 20 Pfennig am 1. Februar. Aus Protest blockieren etwa tausend Schüler und Studenten die stark befahrene Kreuzung der damaligen B 3 am Bertoldsbrunnen. Am vierten Tag werden zum ersten Mal in Baden-Württemberg Wasserwerfer eingesetzt, am sechsten Tag kommt es zur Straßenschlacht mit aus Stuttgart angereisten, brutal durchgreifenden Polizeikräften.

Schon zuvor hat ein Ereignis am Rande des FDP-Parteitags Ende Januar einen Hauch Welt ins Städtchen gebracht. Allerdings ging die ikonische Autodach-Begegnung von Rudi Dutschke und Ralf Dahrendorf zugunsten des schneidigen FDP-Nachwuchspolitikers und künftigen Oxford-Wirtschaftsprofessors Lord Dahrendorf aus. Gut drei Monate später kommt es zum Attentat auf Dutschke. Die Kaufhausbrände von Anfang April, die erste Tat der »Baader-Meinhof-Bande«, haben die bundesrepublikanische Gesellschaft da schon verstört.

Als Paul Celan Ende Juni in Freiburg eintrifft, sind auch die Mai-Unruhen schon Geschichte, aber die Nachrichten aus der Welt bleiben widersprüchlich. In Brasilien gehen die Studentenproteste mit Toten bei Straßenkämpfen erst richtig los. In Frankreich hingegen droht eine neue bleierne Zeit. Am Wochenende, an dem Celan aus Paris eintrifft, finden Parlamentswahlen statt. De Gaulle wird ein Erfolg prophezeit.

Doch in Freiburg spielt das nur eine nachgeordnete Rolle. Auch wenn Gerhart Baumann, der Celan gerade am Bahnhof abholt, sich Paris noch verbundener fühlt als sonst. Sein Musil-Vortrag im April, der gemeinsame Gang durch eine Stadt vor den großen Unruhen, aber schon mit deutlichen Anzeichen des Protests, das alles ist ihm als romantische Aufregung in bester Erinnerung. Celan hingegen fühlt sich, als er Baumann die Hand gibt, wieder wohl in dieser anderen, kleineren Welt. Paris und sein unbefriedigendes Leben dort scheinen weit entfernt.

Eifrig prophezeit Baumann, die für die Jahreszeit zu kühle Witterung sei bald vorbei. Am Montag schon könnten sie das Experiment vom vergangenen Jahr, den gescheiterten Gang ins Moor, erneut wagen. Noch immer locke ihn die Vagheit dieser Landschaften, die alle Möglichkeiten in sich trügen, die nichts voraussetzten und doch Uraltes anklingen ließen, wie Celan ja wisse. Celan muss lächeln, weil Baumann noch immer genauso spricht wie in seinen Briefen. Aber in der Stimme bleibt dabei etwas angenehm Schweres, das noch die gediegensten hochsprachlichen Blüten mit Glaubwürdigkeit versieht.

Mit Heidegger zusammen habe er, so Baumann, diesmal ein anderes Moor ausgesucht: Tiefenhäusern, etwas weiter unten gelegen, wie der Name schon sage, am Ausgang des Schwarzwalds, Richtung Waldshut, beinahe schon in der Schweiz. Mit einem Knüppeldamm, mit geraden Brettern statt Hölzern, da gehe man wie auf Parkett. Das Moor liege nur ein paar Meter abseits der Straße, an der B 500, die ja, viel früher, auch Altglashütten passiere. Mit dem Wagen sei man dementsprechend schnell da und auch wieder weg, beinahe wetterunabhängig! Ein praktisches Moor, könne man sagen. Aber Celan habe doch geeigneteres Schuhwerk dabei diesmal, für den Notfall?

Celan hat Baumanns gemessene, aber gebundene Rede noch kaum unterbrochen, da hat dieser schon davon gesprochen, dass auch Hugo Friedrich ihn diesmal »zu sehen begehre«. Professor Friedrich sei ja leider im Gehen seit einiger Zeit unglücklich behindert, es sei daher etwas schwierig, aber machbar, und Celan sei also bei Friedrich eingeladen, 11 Uhr 30 am Sonntag, vor dem Mittagsmahl, das Celan dann wiederum mit ihm, Baumann, im Victoria einnehmen würde.

»Zu Professor Friedrich müssen Sie einfach, es ist ein wunderschönes Haus!« Friedrich habe gut geheiratet, noch besser als er selbst. Baumann muss lächeln und spricht etwas leiser. Es ist inzwischen Samstagabend. Celan und Baumann sitzen in der Andlawstraße, bei Baumann auf der Couch, im großen Haus seiner Frau, mit Blick auf den Sternwald, nur ein paar Kleingärten dazwischen. Marianne Baumann, geborene Engels, ist schon zu Bett.

Mit Celan zusammen hat Baumann den Sternwald und die ersten Schwarzwald-Hügel, auf denen dieser steht, schon »die Bukowina« genannt. Gehen wir wieder in der Bukowina spazieren, blicken wir hinüber in die Bukowina? Da liegen die gefällten Stämme am Weg, »wie in der Bukowina«, hatte Celan gesagt, und Baumann hatte sich gefreut, aber auch gedacht: wie in den meisten europäischen Wäldern. War Celan seit seiner Jugend nie mehr in Wälder gekommen? Hatte er die anderen nie wahrgenommen? Oder fühlte er sich ganz einfach zu Hause?

Nein, das Haus, in dem sie jetzt sitzen, ist keine edel-prunkvolle Villa wie jene von Friedrichs Frau in der Maria-Theresia-Straße, aber es ist groß, geräumig, und es gibt ja auch Altglashütten, das beachtliche Schiff dort. Wobei: Auch da hätte Ellen Gottlieb, Friedrichs Frau, wohl nur gelächelt. Sie sei im Übrigen nicht nur die baldige Erbin der Kette, die es sich zur Aufgabe gemacht habe, ganz Südbaden mit Lebensmitteln zu versorgen, sondern auch eine patente, gescheite, ja promovierte Frau. Sie habe sich um den Ausdruck sozialer Gefährdung im Schriftbild gekümmert, eine hochinteressante Sache! Aber, Baumann lächelt, »getrennte Kassen«. Friedrich, der mit seinen Büchern in einem eigenständigen Teil der Villa wohne, habe ihm gegenüber behauptet: »Ich zahle Miete!«

Hugo Friedrich, *Die Struktur der modernen Lyrik.* Das populärste Werk des bekannten Freiburger Romanisten ist Celan schon begegnet, er hat eine Ausgabe von 1956 zu Hause. Das Buch hat eine erstaunliche Zahl von Auflagen erlebt, Hunderttausende Käufer, es wird noch immer empfohlen, verschenkt, es ist einer der großen Kulturbuch-Erfolge, der sich fortträgt und fortträgt, so leicht und zugleich so kenntnisreich geschrieben, heißt es.

Celan hat nach kurzem Zögern ja gesagt, »selbstverständlich«, warum nicht. Aber gleich danach war es ihm unangenehm. Er hätte gerne vorher mehr über Friedrich gewusst. Als Friedrich den Sigmund-Freud-Preis erhalten hatte, hatte Celan bei seinem Zürcher Freund Peter Szondi nachgefragt, ob er Material gegen Friedrich habe. Freuds Name verdiene nicht, mit dem eines vermutlich kompromittierten Literaturwissenschaftlers in Verbindung gebracht zu werden. Aber aus Szondis Recherche war nichts geworden. Celan erinnert sich nur undeutlich, dass Friedrich nur von den romanischen Literaturen sprach, die amerikanische und die englische ab und an mit einfließen ließ, T.S. Eliot, Williams, Poe, Pound und ein paar andere. Aber weil so viel Kenntnis von Spanischem, Italienischem, Französischem hier noch immer ungewöhnlich ist, hält man Friedrich, einen entschiedenen Badener, in Deutschland für einen Weltbürger.

In einer jener Innenstadtbuchhandlungen, in denen vor einem Jahr seine eigenen Gedichtbände im Schaufenster standen, hat Celan diesmal keinen entdeckt, aber schließlich die *Struktur* gefunden und festgestellt, dass Friedrich 1904 geboren, also 15 Jahre jünger ist als Heidegger. Alt genug, um etwas verbrochen zu haben, aber in der Weimarer Republik aufgewachsen. Möglicherweise hat er die größere Freiheit dort lieb gewonnen. Und Romanistik deutet in Deutschland am Ende doch auf einen etwas weltläufigeren Geist. Vielleicht hat Friedrich auch gar nichts verbrochen. Celan muss vorsichtig sein, sein Goldstücker-Witz sitzt ihm noch in den Knochen.

Nein, er war wirklich nicht darauf vorbereitet, hier neben Heidegger noch ein weiteres, jüngeres Exemplar aus dem »Reich der niederen Dämonen« persönlich zu treffen. Celan hat den Titel in der Buchhandlung gesehen und gelesen, dass Ernst Niekisch, der Autor des *Dämonen*-Buchs, ein rechter Abweichler der Nazis war, ein rabiater Hitler-Gegner, der sieben Jahre im Gestapo-Gefängnis verbracht hat. Celan, der in jeder Stadt durch die Antiquariate streift, wird sich das Buch wohl noch besorgen müssen. Beim Titel hat er sofort gedacht, ich weiß, wovon du sprichst. Nur müsste man die Dämonen für Freiburg wohl zu »mittleren« erheben. Mit »nieder« wird man ihnen wohl nicht gerecht.

Wer in Deutschland hat sich denn nichts zuschulden kommen lassen in dieser Zeit? Baumann? Celan sieht ihn sich, wie er da auf seinem Sofa sitzt und so nachdenklich-gediegen wie freundlich dreinblickt, zweifelnd an. Er kann sich nicht vorstellen, dass Baumann je etwas anderes getan hat als sprechen und schreiben. Aber auch Heidegger hat ja nichts anderes getan und ist vielleicht ein klein wenig im Schwarzwald herummarschiert. Es kommt darauf an, *was* einer geschrieben hat. Gesprochenes bleibt nicht, es sei denn, es gibt Zeugen.

Vielleicht sollte Celan doch wieder in Goebbels' *Reich* stöbern. Einmal hat Baumann seinem Sohn bedeutet, irgendeine Waffe, ein Kinderspielzeug, wegzulegen. Mit Waffen müsse man vorsichtig sein. Er selbst habe »den ganzen Krieg über keinen Schuss abgegeben«. Auch das kommt in Celans kleines schwarzes Notizbuch.

Baumann war also im Krieg? Selbstverständlich, er hat nur nichts davon erzählt. Celan wundert sich, dass er darauf noch nicht gekommen ist. Baumann ist derselbe Jahrgang wie er, 1920, davon haben sie doch breit gesprochen. Was das für Koinzidenzen in den Lektüren bedeute. Auch über die beträchtliche Distanz zwischen Karlsruhe, wo Baumann aufgewachsen ist, und Czernowitz hinweg. Hebel war nicht der Einzige, den man sich teilen musste.

Aber »keinen Schuss« – der etwas zu große Stolz, den Baumann in diese Worte gelegt hat, hat Celan stutzig gemacht. Auch da täte es gut, etwas mehr zu wissen.

~

Es war wohl tatsächlich nicht viel. Immerhin ist Baumann, je nach Quelle, im Herbst 1937 oder Herbst 1938 in die NSDAP eingetreten, absolvierte von April bis Oktober 1939 den Reichsarbeitsdienst, studierte 1940/41 kurz in Köln, leistete zwischen Februar 1941 und Herbst 1942 als »Nachrichter« Dienst. Dann studierte er an der Humboldt-Universität in Berlin, wo seine Eltern zu dieser Zeit lebten, und ab dem Wintersemester 1944/45 schließlich in Marburg. Wahrscheinlich hat eine schwere Scharlacherkrankung mit intensiven Nachwirkungen Baumann mehr Kriegsdienst erspart.

~

Friedrich? Celan versucht, sich an einen Satz von ihm zu erinnern. »Hugo Friedrich? Haben Sie etwas von ihm da?«

»Selbstverständlich!«

Baumann, der seine Parteimitgliedschaft auf einem Fragebogen der französischen Kommandantur 1947 verschwiegen hat, steht auf und zieht behutsam ein paar Bücher aus dem Regal. Er verstehe die Reserve, aber Friedrich habe noch in düstersten Zeiten geschrieben, als gebe es nichts außer Literatur, sogar in seiner hochinteressanten Schrift *Das antiromantische Denken im modernen Frankreich*, wo es um die konservative Linie der Moralisten gehe. Ein besserer Einstieg in nationalistische Phrasen sei gar nicht vorstellbar, aber …

Irgendwann klingelt Neumann. Baumann hat ihn in einem verstohlenen Moment angerufen, weil Celan wieder einmal nicht müde wird. Ob Neumann Celan nicht abholen könne, ob er nicht mit ihm vielleicht noch ein Glas Wein trinken möge?

Neumann ist ins Auto gestiegen und losgefahren. Er hat schon gewusst, dass es auch diesmal seine Aufgabe sein wird, für alle Wünsche von Baumann und Celan bei Fuß zu stehen. In dieser Trias ist nun einmal er der Chauffeur und keinen Wimpernschlag mehr. Einen anderen Fahrer kann man Celan nicht zumuten. Und außerdem sind sie ja gut bekannt. Neumann hat sich gleich bei der Ankunft noch einmal für »Todtnauberg« bedankt, das er, noch vor Baumann, per Post erhalten hat. Er hat sich da sehr gefreut, aber auch etwas unwohl gefühlt und musste wieder an seine Eltern denken. An Celan hat er dann mit einer vorsichtigen Andeutung geschrieben: »Meine Betroffenheit – in ganz wörtlichem Sinne – ist groß, und ich bin mir bewußt, dass ein Anspruch von diesem Gedicht auch an mich ergeht, ein Anspruch, dem nicht gewachsen zu sein ich befürchten muss. Haben Sie dennoch Nachsicht mit mir und bewahren Sie mir Ihr Wohlwollen.«

Hoffentlich hat Celan das verstanden. Jetzt hat er nur begütigend genickt. Ansonsten war bald wieder Ruhe.

Neumann soll ja auch etwas über Celan schreiben. Celan, so hat ihm Tophoven noch in Paris gesagt, fühle sich von den meisten deutschen Interpreten missverstanden. Er sehe einen Aufsatz von Neumann, in einer wichtigen Zeitschrift platziert, als Gegengift. Das macht die Angelegenheit nicht einfacher. Nicht nur der Eltern wegen. Neumann ist kein Rezensent. Er möchte unvoreingenommen schreiben. Er ist es nicht gewohnt, sich über Lebende auszulassen, er will nicht von ihnen auf irgendeinen Nebensatz angesprochen werden. Wäre das der Preis, er würde nie etwas schreiben. Er hat schon etwas über Oskar Loerke geschrieben, den Lyriker, und über Nikolaus Lenau, einen in Rumänien geborenen, habsburgischen »Verwandten« Celans, das waren seine wissenschaftlichen Aufsätze bisher, aber beide Autoren sind ja schon tot.

Mit dem Aufsatz über den Dichter, der nun neben ihm sitzt und ihn mit Sicherheit auf jeden Nebensatz ansprechen wird, ist Neumann noch lange nicht fertig. Vielleicht wird es ja nie etwas werden. Vielleicht lässt sich das Ganze noch vergessen. Aber das, muss Neumann sich Mut machen, wäre auch nicht gut.

Es ist noch nicht so, dass Nachwuchswissenschaftler alle paar Wochen einen Aufsatz ausstoßen sollten, damit ihnen das in irgendeiner Statistik gutgeschrieben werden kann, aber wenn man einmal angefangen hat … Karl Maurer, der Herausgeber, wartet auf den Aufsatz, vielleicht wird sogar Heidegger ihn lesen. Neumann hat schon gar keine Lust mehr. Baumann hat er erst recht nichts davon erzählt.

Wenn Celan Neumann neben sich sieht, muss er denken, dass er ihm noch immer gefällt. Noch mehr aber merkt er, dass er nicht mit ihm reden kann. Auch jetzt, da sie wieder zu zweit in seinem kleinen Auto sitzen. Er weiß nicht, ob es an Neumann liegt oder an ihm oder an der Luft hier drin. Mit Heidegger war es in dieser Blechkarosse so schrecklich eng, dass gar keine Luft mehr blieb. Jetzt ist es nur leer.

Der sandbraune Blechkäfer rasselt, auch ohne Steigung. Neumann hat seine typische, etwas geduckte, übers Lenkrad gebeugte Haltung eingenommen. Stellvertretend für alle Assistenten des deutschen Professorensystems sitzt er bei seinem berühmten Gast. Ein freundlicher, hoffnungsvoller Sklave, der es zum Ritter bringen wird, wenn er erledigt, was man ihm aufträgt. Nur eine Phase in seinem Leben, gewiss, auch sie wird vorübergehen. Bald wird er wiederauferstehen als sein eigener Herr und wie sein wunderbarer Großvater leben, der ihm das Paradies der Kindheit geschenkt hat. Ein schöner, wohlhabender Mann, von gutaussehenden Frauen umschwärmt, der gottgefällige Mittelpunkt seiner Familie.

»Würden Sie sich mit Hugo Friedrich treffen?« Unwillkürlich muss Neumann lachen. Er denkt daran, wie er Friedrich zum ersten Mal persönlich begegnet ist, diesem leichtsinnigen und zugleich strengen Fürsten unter den Freiburger Literaturwissenschaftlern, der früher mit einem Panamahut auf dem Kopf und einem beigefarbenen Leinenanzug am Leib durchs Städtchen flaniert ist. Und jetzt wegen seiner Zuckerkrankheit ein Holzbein spazieren führt und von einem Leibsklaven begleitet werden muss. Friedrich hat noch immer ein mildes Lächeln um den recht schmalen Mund in seinen ansonsten weichen Zügen. Aber der klare, konzentrierte Blick der Augen deutet an, wie genau und unduldsam er sein kann. Als einziger aller Professoren lässt Friedrich für seine Seminare Aufnahmeprüfungen schreiben und bewertet die Tests persönlich. Wer nicht genügt, wird aufgerufen und muss den Saal unter den Blicken der anderen verlassen.

> *Aufgewogen wurde diese merkwürdige Praxis allerdings durch die von Friedrich ausdrücklich gegebene Erlaubnis, daß jeder Student, in welchem Stadium seiner Karriere er sich auch befinden mochte, an den Oberseminaren teilnehmen durfte. Das Oberseminar fand im riesigen Hörsaal 1010 statt, einer Art Amphitheater. In der Mitte der Bühne, ganz unten, saß der Professor. In den ersten drei Reihen um ihn herum saßen die ausgewählten Oberseminaristen, dann blieben zwei Bankreihen frei, und schließlich kam, bis weit hinauf in die obersten Reihen des Amphitheaters, das »Fußvolk« der Zurückgewiesenen. Diese hatten kein Recht, sich an der Diskussion zu beteiligen, sie waren und blieben Zuschauer, Zuhörer.*

Eine Klassengesellschaft, die Friedrichs Assistenten, die dem Unmut der Studenten ausgesetzt waren, gepeinigt haben soll. Aber sie hatte »den großen Vorteil, daß jeder Student, in welchem Semester er auch war, die großen Lehrer von Anfang an hören und im Unterricht erleben konnte«.

Friedrich machte »Geschichten« aus den Romanen und Dramen der Weltliteratur, mehr nicht, aber er erzählte sie so, dass »in diesem Nacherzählen Strukturen und Schreibstrategien sichtbar wurden, aus denen heraus ein vollkommenes Bild dieses Textes entstand, das niemals mehr vergessen wurde, niemals mehr aus meinem Gedächtnis kam«.

Als Student war Neumann in der Universitätsbibliothek auf der Suche nach Paul Valérys *Cahiers* gewesen. Der Bibliothekar hatte ihm beschieden, er solle sie sich bei Friedrich persönlich holen. Naiv, wie er war, so Neumann in seinen Erinnerungen, suchte er Friedrich auf, der ihn, hoch oben im alten Universitätsgebäude, in seinem Turmzimmer voller Bücherwände empfing und ihm zusicherte, Valéry bei der nächsten Gelegenheit in die Bibliothek zurückzuschicken, »worauf ich freilich vergeblich wartete«.

»Friedrich ist der beste Lehrer gewesen, den ich je hatte.« Celan blickt abrupt zur Seite. Es kann doch nicht sein, dass Hugo Friedrich unbescholten aus dem Dritten Reich hervorgegangen ist. Baumann hat Celan erzählt, dass Friedrich seit 1937 Professor in Freiburg sei. Er hat also Heidegger nicht mehr als Rektor erlebt, aber er muss allerhand Kompromisse eingegangen sein. Doch in den Büchern, die Baumann ihm gezeigt hat, war bei der ersten Durchsicht keine der üblen Formeln aufgetaucht. Erst recht war keine der berühmten Einleitungen zu lesen, die dem »Führer« huldigten, um im Textteil manchmal dann doch noch recht ordentliche Forschung zu liefern – oder ganz im Sumpf schwülstiger Parolen zu versinken.

Friedrich, so Baumann, habe zu Celans Gedichten, wie er vielleicht wisse, in *Die Struktur der modernen Lyrik* noch nichts geschrieben. Aber jetzt habe er angedeutet, dass er »ein künftiges, ausführliches Eingehen auf seine Dichtung für möglich und wünschenswert« halte. Was Friedrich zu Gottfried Benn geäußert habe, sei im Übrigen, wie immer, »unverfänglich«. Friedrich sei an Kunst interessiert, nicht an Politik.

Gottfried Benn, als Ästhet des Hässlichen seit seinem ersten Buch *Morgue und andere Gedichte* berühmt und verrufen, war, Heidegger nicht ganz unähnlich, anfangs vom Dritten Reich begeistert gewesen, hatte mit *Der neue Staat und die Intellektuellen* und *Kunst und Macht* zwei programmatische Bücher für Hitler geschrieben, war aber nach dem Röhm-Putsch abgefallen: »Wie groß fing das an, wie dreckig sieht das heute aus. Aber es ist noch lange nicht zu Ende.« Am 24. April 1938 schreibt Benn, nun in ganz anderer Richtung deutlich: »Was für eine unerschöpfliche dumme, tierische Menschheit das, die das alles hinnimmt u. dabei gröhlt! Ist sie auf dem Holzweg oder wir, Herr Oelze?«

Holzwege, Irrwege. Das kann es geben. Aber Heidegger ist zu

stolz, seiner kleinen, katholischen Herkunft entkommen zu sein, als dass er sich zum Bekenntnis eines fehlerhaften Lebenslaufs entschließen könnte. Celan will ihm gerne glauben, dass er das Denken »zurück ins Geringe« auch in dieser Hinsicht versucht hat, aber noch ist es ihm nicht gelungen. Jede seiner Abbitten bislang war mit Rechthaberei verbunden. Die große Geste steht aus. Auch die Gelegenheit dazu, die Celan ihm vergangenes Jahr geboten hat, hat Heidegger ausgeschlagen.

Was den Umgang mit Heidegger angeht, hat Celan beschlossen, sich zurückzuhalten. Er wird ihn nicht beschimpfen für diese Antwort, die keine war. Aber er wird sich auch nicht bedanken dafür. Er wird freundlich sein. Er wird ihn grüßen. Er wird mit ihm sprechen. Aber Heidegger wird nicht mehr bemüht sein müssen, Distanz zwischen Celan und sich zu wahren.

Friedrich ist ein etwas anderer Mensch. Er war nie Rektor. Es gab, als er nach Freiburg berufen wurde, ein Gutachten, wonach er »weder fachlich noch weltanschaulich« für die Stelle geeignet sei. Und als Friedrich nach Berlin berufen wurde, warf ihm einer der Gutachter »übertriebenen Intellektualismus und politisches Desinteresse« vor. Allerdings gab es auch bei Heidegger den einen oder anderen linientreueren oder neidischen Gutachter. Es gab auch einen, der ihn für verrückt erklären wollte, einen notorischen Revoluzzer, einen Fall für die Psychiatrie.

Wie Heidegger hat Friedrich den Ruf ins »zeitnahe« Berliner Milieu abgelehnt. Noch während der Entscheidungsphase wird er, einem Freund gegenüber, detaillierter und weniger politisch: Das »Gewicht auf der anderen Waagschale, die ›Freiburg‹ heißt«, sei

> *zu groß – und alles Mögliche ist darin enthalten: am ehesten das Heimatgefühl, dann die Berge, dann die selige Provinz, dann Heidegger und die im Gesamten sympathische Fakultät, und schließlich die wohltuende, leistungsfördernde Begrenztheit aller dortigen Verhältnisse. Freilich genieße ich den Berliner Ruf wie einen amüsanten Kitzel.*

Inwieweit hat sich Heidegger nach seinem Ausscheiden aus dem Amt wirklich verändert? Oder warum fühlte sich Friedrich ihm nahe?

Am Ende war der Berliner Kitzel nicht groß genug. Und Friedrich hat sich auch anderswo wie ein besonnener Karrierist verhalten. Zu Beginn seiner Habilitation trat er in die SA ein. Nachdem das Verfahren glücklich abgeschlossen war, trat er wieder aus, was 1934 noch ohne größere Probleme möglich gewesen zu sein scheint. In seinem romanistischen Kriegseinsatz, so Frank-Rutger Hausmann, Friedrichs letzter Assistent und ein Experte für die Romanistik in der Zeit des Nationalsozialismus, habe Friedrich »Führer«-Reden auf Französisch »über die Grenze tröten müssen«. Ob er sich dabei geekelt hat? Waren die barbarischen Worte im Mund des Feingeists schon Strafe genug?

Leo Spitzer, der bedeutende jüdische Romanist, an dessen Kölner Lehrstuhl Friedrich kurz tätig gewesen war, nennt Friedrich 1934, schon aus dem Istanbuler Exil, »eine berechnende Molluske, die oben aufschwimmt«.

Celan kann von all diesen Sachen kaum etwas wissen. Er meint nur, sie zu spüren, aber er denkt auch, dass es seinen Sinn haben könnte, mit Friedrich ein Einverständnis zu erzielen. Ihm ist aufgefallen, dass nicht nur er selbst, sondern auch keiner seiner drei Russen, die er am Mittwochabend vorstellen wird, in der *Struktur der modernen Lyrik* erwähnt wird. Dass die in der Moderne so reiche russische Literatur bei Friedrich gänzlich fehlt. Gerhart Baumann weiß zu berichten:

> *Das Werk Mandelstams vor dem Untergang zu retten, darin erblickte Celan einen Lebensauftrag. Mit Vorliebe schilderte er eine Szene vom jüngsten Gericht, vor dem sich reiche russische Kaufleute zu verantworten hatten. Der göttliche Richter nimmt sie scharf ins Verhör, das schließlich in der Frage gipfelt: »Was habt ihr für Ossip Mandelstam getan? Habt ihr ihn gekleidet und auch wohl ernährt?«*

Und so nimmt sich Celan vor, bei Friedrich zu erscheinen.

~

Am späteren Vormittag des nächsten Tages meldet sich Hugo Friedrich telefonisch bei Baumann, »ungehalten, dass er bis jetzt vergeblich auf Celans Besuch gewartet« habe. Baumann konnte Friedrich nur den Namen des Victoria geben.

»Nach geraumer Zeit meldete sich Friedrich erneut, er habe Celan nunmehr erreicht, ihn an die Verabredung erinnert. Mit einer Stimme ›wie aus dem Grabe‹ habe sich Celan dazu bekannt, den Besuch vergessen zu haben, – eine Ausflucht, die den geltungsbewussten Gelehrten empfindlich kränken musste.« Celan, so habe Friedrich sich mit kaum verhaltener Wut ausgedrückt, befinde sich »in einem Zustand völliger Abwesenheit«, er werde wohl auch zum Mittagessen mit Baumann nicht erscheinen.

Doch Celan kommt Baumann, als dieser pünktlich eintrifft, »schon aus der Halle entgegen, leutselig und zugleich ein wenig beklommen«. Es sei ihm »etwas überaus Peinliches unterlaufen«. Baumann bemüht sich, Celan zu beruhigen.

*Gerhard Neumann ließ mich später wissen, Celan habe sich bis zum Morgengrauen in Bad Krozingen aufgehalten. Zuweilen habe er mehr für sich wie gegenüber den anderen, seinen Argwohn gegenüber Friedrich vorgebracht, seiner Gesinnung in den dunklen Jahren misstraut; worauf er sich dabei bezog, auf welche Hinweise er sich berief, war nicht aufzuklären.*

Wusste Celan, dass sich Friedrich und Heidegger verbunden waren? Sie scheinen sich wirklich gut verstanden zu haben. Als Friedrich von der romanistischen Koryphäe Ernst Robert Curtius wegen seines Dante-Buchs öffentlich gerügt wird, schreibt er in einem Brief: Curtius »gab unvorstellbar bonzenhafte Ausdrücke von sich (…) Noch wehre ich mich gegen das scharfe Urteil Heideggers, der nach der Lektüre der Rezension mir sagte: ›Das ist ein kleiner Mann.‹ Aber ich gerate in gefährliche Nähe dieses Urteils.«

Und als am Freiburger Romanistischen Seminar eine Stelle frei wird, laden ausgerechnet Heidegger und Friedrich gemeinsam jenen Werner Krauss ein, der später in der kommunistischen »Roten Kapelle« aktiven Widerstand leisten wird. Krauss wird die Stelle nicht erhalten, weil aus München vom NS-Dozentenbund ein kritischer Hinweis kommt. Doch auch das weiß Celan nicht. Bei seiner gemischten Haltung gegenüber Friedrich ist eher »grundsätzlicher Argwohn« im Spiel. »Freilich hatte er erfahren müssen«, so Baumann, »daß sein Misstrauen in vielen Fällen berechtigt gewesen war.«

## 15

## DIE ZWEITE FAHRT ZUM MOOR. MANDELSTAM, BLOCK UND JESSENIN

Wieder einmal steht Celan vor dem Victoria und wartet. In sein Zimmer mit den hohen Fenstern und den langen Vorhängen, in dem er vor einem Jahr von Czernowitz geträumt hat, in den Frühstückssaal mit der kleinen Bibliothek, auf die Treppe mit dem roten Läufer ist er zurückgekehrt wie in eine alte Heimat, die er, seit er die Rue de Longchamp verlassen musste, nirgendwo verlässlich spürt. Am ehesten noch in seinem Büro in der École, das so geräumig ist, dass er darin schlafen kann, wenn er will. Auch viele seiner Gedichte schreibt er dort. »In meiner Heimat leb ich nicht mehr gern.« Celan murmelt Verse von Sergei Jessenin vor sich hin, die er übersetzt hat. Auch Jessenin gehört zu den drei Russen, die Celan in diesem Jahr in Freiburg vorstellen will.

Alle haben sie auf die Revolution gehofft, und alle wurden sie von Folgen dieser Revolution um ihr Leben gebracht. Block, der Großbürgersohn, der die bürgerliche Gesellschaft satthatte und 1918 ein langes, zwiespältiges Gedicht auf die Revolution schrieb, stirbt 1921 abgemagert und von Skorbut gezeichnet an einer Entzündung der Herzinnenhaut. Sein Gedicht »Die Zwölf« ist, auf ein paar wenigen Seiten, »Mythos, Hymne, Dokument oder Satire auf die Revolution – man erblickt beides darin – in beiden Lagern«. So wird Celan »Die Zwölf« zum Auftakt seiner zweiten Freiburger Lesung vorstellen. Als er heute Morgen bei geschlossenen Vorhängen auf seinem Bett lag und die Verse in Gedanken vor sich hin sprach, ist er mitten in die winterlichen Kämpfe geraten. Der Wind kam, die Kälte, Schnee fiel, unermesslich viel:

»Woher schneit es, wenns so schneit / Alles weht es zu / Keiner keinem sichtbar.« Zwölf Rotgardisten streifen durch die Stadt, treffen auf ein Mütterchen, Katja, Wanja, Damen, Literaten, Bürger, »aufgepasst jetzt in den Villen, / jemand kommt, den Sack zu füllen. (…) Freiheit, Freiheit, / Freiheit sei! / Und kein Kreuz, kein Kreuz dabei!« Kein Kreuz! Celan muss jedes Mal lächeln, wenn er das spricht. Kein Kreuz! Als er an Rilkes Grab in Raron war, hat er sich über das neue Holzkreuz gewundert. Rilke wollte an die Südseite der kleinen romanischen Kirche, aber ohne Kreuz. Die Katholiken dort haben ihm den Platz gegeben, aber ihr Kreuz draufgesteckt. Plötzlich war es weg, gestohlen. Und Rilke war ein paar Tage lang frei.

Beinahe wie Jessenin, der Landarbeitersohn, der ein Bürgerschreck wurde, Isadora Duncan heiratete, mit ihr ein paar Jahre in die Welt hinaus fuhr, Hotelzimmer zertrümmerte, weil er dem Alkohol gut zusprach, und nach der Rückkehr nach Russland so deprimiert war, dass er, der ausersehen schien, ein Arbeiterdichter zu werden, sich die Pulsadern aufschnitt und sich anschließend an den Heizungsrohren des Hotels Angleterre in Leningrad erhängte. Oder wurde er doch von Agenten des Geheimdiensts GPU umgebracht, wie es gelegentlich heißt? »Mir ist es öd mit Dir, Sergej Jessenin (…) Du singst kein Blatt vom Zweig. / Dein roter Mund, ans Holz bleibt er genagelt. / In alle Ewigkeit.«

Auch Ossip Mandelstam, als Sohn eines jüdischen Lederhändlers in Warschau geboren, unterstützte die Revolution, blieb jedoch in der neuen Sowjetunion ein Fremder. In Paris und Heidelberg, wo er studierte, hätte er wohl noch eine Art Dandy werden können. In Petersburg ging das nicht mehr. Nach der Revolution erst recht nicht. »Nein, ich find kein Versteck vor der großen Stumpfheit«, schrieb Mandelstam im April 1931, »Ich, der Kirschkern in der Tram einer schrecklichen Zeit. / Und ich weiß nicht, wozu ich noch bleib.« Dank Bucharins Fürsprache wurde Mandelstam toleriert, bis nur noch seine Übersetzungen gedruckt wurden und Mandelstams Leben gefährdet war: »Petersburg! Nein, ich will noch nicht sterben, noch nicht! / (…) Petersburg, denn ich hab noch Adressen auf mir, / Wo ich Tote noch finde, ihr Stimmengewirr. (…) Ganze Nächte lang wart ich auf Gäste bei mir, / Zerr die eisernen Ketten da weg vor der Tür.«

Jessenin, dachte Celan, war kaum dreißig, als er starb, Block gerade mal vierzig. Celans Gefährte und »Bruder« Ossip, mit dem er die größte Verwandtschaft verspürt, starb mit 47 Jahren in der Nähe von Wladiwostok. Obwohl Mandelstam, der an Geschichte ursprünglich gerne vorbeigelebt hätte und am liebsten »Cherry-Brandy« trank – so lautet der Titel einer Erzählung von Warlam Schalamow, der selbst mehr als ein Dutzend Jahre in sibirischen Lagern verbracht hat und die Erzählung, die Mandelstams letzte Tage anschaulich macht, für die Witwe Nadeschda Mandelstam schrieb. Noch ein halbes Jahr vor seinem Tod verfasste Mandelstam selbst verzweifelte Verse im Lager: »Hab verirrt mich am Himmel – was nun? / Wem er nah ist, der soll mir's erklären … (…) Wenn ich, ausgedient, bald schon hier sterbe: / Allen Lebenden lebenslang Freund – Soll sich Widerhall himmlischer Erde / Hoch und weit in dem Körper zerstreun.«

Allen Lebenden lebenslang Freund. Da war Mandelstam so alt wie Celan jetzt. Wahrscheinlich ist es bald Zeit. Aber in Freiburg wird Celan diesmal wahrmachen, was er das letzte Mal angedroht hat: Er wird nichts Eigenes lesen. Hat das etwas mit Heideggers ins Unendliche aufgeschobener Antwort zu tun? Dazu hat sich Celan nicht geäußert, aber alle drei Russen sind Celan nahe. Block und Jessenin hat er noch in Czernowitz kennengelernt, Mandelstam in den 1950er-Jahren, als dieser, in Russland immer noch totgeschwiegen, über den New Yorker Verlag Tschechow wiederentdeckt wurde.

Was wird Heidegger, den Baumann schon humorig einen »alten Revolutionär« genannt hat, zu seiner Auswahl sagen? Celan hat gelacht, aber dann dachte er: Wieso nicht? Heidegger hat auf die Nazis gehofft, er hat mitgeschrien, damit er mit ihnen zusammen die deutsche Gesellschaft verändern konnte, er wurde enttäuscht und hat sich mit Hölderlin zurückgezogen. So erzählt er es jetzt. So geht die Biographie eines gescheiterten Revolutionärs.

Von Paris hat Celan heute Vormittag nicht geträumt. Warum sollte er? Dort gibt es nicht mehr viel Raum für Träume. Vom »badezimmerbeküchten« Studio in der Rue Tournefort sind es ein paar hundert Meter bis zur Rue d'Ulm. Celan fühlt sich wie ein Student mit zwei Zimmern. Neun Jahre ist er jetzt schon an der École. Den Unterricht hält er nicht wie ein Dichter, sondern wie der Angestellte mit bescheidenem Lohn, der er ist. Er kommt, zieht seinen Mantel aus und beginnt. Am Ende der Stunde zieht er den Mantel wieder an. Celan hält Übersetzungsübungen mit den unterschiedlichsten Texten, von Choderlos de Laclos bis Nathalie Sarraute. Von Choderlos könnte auch Hugo Friedrich erzählen, der sich mit der »frivolen« Lektüre der *Liaisons dangereuses* bei den Nazis Kritik eingehandelt hat. Celan, so berichtet es sein ehemaliger Student und Nachfolger Jean-Pierre Lefebvre, suchte als Dozent keinerlei Kontakt. Es habe sogar Studenten gegeben, die aus der Gegend von Czernowitz kamen, aber auch bei ihnen sei Celan auf Distanz geblieben. Eine halbe Heimat, das wollte er nicht. Einmal wieder dorthin reisen, das hat er sich oft gewünscht, aber er hatte auch Angst, dass ihn die Sowjetbehörden bei sich behalten würden. Es war keine offizielle Ausreise damals.

Das Warten vor dem Victoria ist in beinahe jeder Hinsicht anders als vor einem Jahr. Es ist nicht früher Morgen, die Straße ist belebt, aber keiner ist in Eile, es gibt gemächliche Fußgänger, auf den Parkbänken ums »Schlössle« halten ein paar Sekretärinnen ihre Mittagspause. Freiburg ist eine Stadt, in der sich der Konservatismus gemächlich gibt. Und warum sollte man Gemütlichkeit zerstören? Eine junge Frau wird in Paris später sagen: Sie musste weg. Eine Stadt für Studenten und Rentner. Celan sieht es anders. Er hat gelernt, dass die Ecken der Welt, in denen es gelassen zugeht, für ihn die besten sind.

Auch die Gruppe der Ausflügler ist anders beschaffen. Es gibt keine Nebendarsteller. Nur das »Kleeblatt der Egomanen« ist mit von der

Partie, wie eine Cousine von Baumanns Frau die Dreierkonstellation einmal nennen wird.

Baumann holt Heidegger ab, die beiden werden herkommen und mit Celan gemeinsam losfahren. In gewisser Weise ist es die erste Fahrt, wie sie ursprünglich geplant war. Alles ist geregelt. Und doch ist Celan gespannt und auch besorgt, ob es ihm gelingt, seinen Plan zu verwirklichen, Heidegger unbeschwert zu treffen, so als bedeute es nichts. Gestern Abend hat er gemerkt, wie schnell er selbst aus der Ruhe zu bringen ist. Es war wohl Georg Stefan Trollers »Pariser Journal«, in dem, aus Anlass der gestrigen französischen Wahlen, spät noch Bilder der Unruhen zu sehen waren. Celan war bei Neumanns, die sich schon einen Fernseher besorgt haben, und konnte nicht aufhören zu schauen. Minutenlang dachte er, die Kämpfe dauerten noch an und Eric und er seien mittendrin. Die ganze Zeit hat Celan in den Bildern gesucht, ob die Barrikade in der Rue Tournefort, an der sie öfter waren, zu sehen sei. Er hatte Angst, dass sie in die gewaltsamen Auseinandersetzungen verwickelt würden. Er erinnerte sich an Szenen, die er gar nicht selbst miterlebt hatte. Aus Zürich hatte ihm Franz Wurm anlässlich eines Fernsehberichts im Mai geschrieben:

> *Lieber Paul, die Pariser Polizei drischt auf Köpfe wie Flegel, u. als wärs ihr gelernter Beruf. (…) Ich bin zu müde, um schlafen zu gehen, u. dagegen, dass Sie ihren Kopf von Polizeigärtnern pfropfen oder pflücken lassen.*

Es war nicht schön. Aber diese Revolte lässt Celan nicht los, weil sie in ihren freiesten Tagen die wildbewegten Züge des Anarchismus trug, den er einmal vertreten hat. »La société est une fleur carnivore.« Die Gesellschaft ist eine fleischfressende Blume. »L'ennui pleure«, die Langeweile weint, »Insoumission«, Ungehorsam. Solche »freien« Parolen an Häuserwänden haben ihm gefallen, aber es waren die ersten, die übertüncht wurden.

Noch am 29. Mai musste de Gaulle nach Baden-Baden fliehen – oder ist er zu einer Besprechung mit General Massu gefahren? Darüber, was dort, nur hundert Kilometer nördlich von Freiburg, wirklich geschehen ist, was die beiden beredet haben, gibt es verschiedene Ansichten und Erinnerungen.

Sollte der als brutal bekannte Massu de Gaulle bei der Niederschlagung der Proteste unter die Arme greifen, hat er Notfall-Unterstützung zugesichert? De Gaulle ist selbstbewusst nach Paris zurückgekehrt, warum? Stand Frankreich vor einem Staatsstreich? Innert kurzer Zeit hat sich alles gewendet. Am 18. Juni haben sie bei Renault die Arbeit wieder aufgenommen. Damit waren die großen Unruhen vorbei. Von nun an werde gegen Linke scharf vorgegangen.

~

Der Schauplatz ist, wie im zweiten Teil der Expedition vor knapp einem Jahr, also Baumanns geräumiger Mercedes. Auf ihrem Weg ins Moor fahren sie schon eine Weile. Heidegger muss sich wundern. Celan wirkt ihm gegenüber beinahe ausdruckslos freundlich. Es gibt keine Schwierigkeiten mehr, neben ihm zu sitzen. Heidegger fühlt sich nicht mehr bedrängt. Aber es ist auch nicht die Freude und Erleichterung, der Enge des Käfers entkommen zu sein, wie bei der Fahrt vom vergangenen Jahr, an die er sich noch gut erinnert. Das Gefühl, dass etwas Neues zwischen ihnen begonnen habe. Jetzt ist es – dazwischen. Ein Schon-nicht-mehr. Wie nichts. Heidegger weiß nicht, warum.

Ob die ganz andere Leichtigkeit, die in diesen Tagen manche an Celan beobachten, auch mit dem neuen Verhältnis zu Heidegger zu tun hat? Der Heidegger-Schüler und Heidegger-Kritiker Rainer Marten schwärmt von einem Besuch Celans und einem Spaziergang mit ihm in diesen Tagen. Celan hat Marten bei Baumann kennen gelernt, man war sich sympathisch, meint Marten, und Celan, das habe er gemerkt, habe sich für den Heidegger-Schüler in ihm interessiert. Marten, geboren 1928, ist ein Schüler der Nachkriegszeit – als Heidegger schon aus dem ordentlichen Lehrbetrieb ausgesondert war, aus der Universität »vertrieben«. Marten war über mehrere Tage zu Gast auf der Hütte. Celan habe auch bei ihm auf Hinweise gehofft, die ihn dazu bringen könnten, mehr von Heidegger zu verstehen. »Celan war ungewöhnlich lebendig und schnell«, sagt Marten. »Er hat auf alles, was er sah, reagiert, Unterführungen wollte er partout nicht benutzen. Er war auch für einen Künstler ungewöhnlich sensibel. Aber als ich ihn absichtlich plump fragte, warum er denn dichte, hat er nur gelacht und geantwortet, ›um mich über Wasser zu halten‹«.

Jürgen Schröder erzählt. »Ja. 1968 war alles heiter. Celan hat sowieso immer die Jüngeren als Gesprächspartner bevorzugt. Ich hatte damals eine kleine Dreizimmerwohnung und habe ein paar Leute eingeladen. Wir haben drei Stunden ununterbrochen gesprochen. Es war eine der intensivsten Unterhaltungen meines Lebens, an die ich mich erinnere. Es ging um deutsche Schuld und 1968. Celan hatte eine Ausstrahlung, die es verbot, einfach irgendetwas zu sagen. Jeder war gefordert. Es musste wahrhaftig sein.«

Heidegger gegenüber kann sich Celan nicht ganz so unverstellt geben. Aber das ist nicht schlimm. Heidegger nimmt Celan nicht übel, dass er sich nicht für seinen Brief bedankt hat. Vielleicht kommt es ja noch. Heidegger ist nach außen hin ruhig und fühlt sich doch nach wie vor auf dünnem Eis. Auch wenn Celan ihn diesmal gar nicht richtig zu sehen scheint. Aber von Anfang an hat er gesprochen, als sei nichts gewesen. Das ist immerhin etwas. Aber vielleicht war auch gar nichts. Vielleicht ist es das. Wie soll ihm Heidegger erklären, dass er einen Juden, der Hölderlin liebt, für einen Deutschen hält?

Baumann hat Heidegger vorhin von Celans Unruhe gestern Abend erzählt. Neumann habe telefoniert, Bilder aus Paris hätten Celan sehr verwirrt. Neumann habe seinen kleinen Sohn abends beim Babysitter in Freiburg abholen müssen, weil Celan nicht aufhören wollte mit Fernsehen. Danach habe Neumann auch noch Celan in die Stadt gefahren. Seine Frau habe ihn gebeten, sie nie mehr mit ihm allein zu lassen. Sie habe Angst bekommen, Celan sei vor dem Fernseher so unruhig gewesen »wie ein wildes Tier«.

Heidegger hat nur genickt. Er weiß, warum er keinen Fernseher hat. Wenn er einen hätte, würde er die ganze Zeit schauen und versuchen, in diesen technischen Bildern die Welt zu erkennen. Obwohl es nicht geht. Das Einzige, was sich Heidegger gerne gönnt, sind Fußballspiele. Wann Heidegger Franz Beckenbauer entdeckt hat, der gerade immer bekannter wird, ist nicht überliefert. Um Beckenbauer zu sehen, geht Heidegger zu Nachbarn. 1967 hat Bayern München zum ersten Mal den Europapokal der Pokalsieger gewonnen. Nachdem das im Vorjahr noch Borussia Dortmund gelungen ist.

Bei der Begrüßung hat Heidegger Celan dann aufmerksam betrachtet. Da war keine Distanz zu sehen, gar nichts. Auch während der Mercedes jetzt ruhig hochfährt in Richtung Altglashütten, wirkt Celan gelassen. Er blickt aus dem Fenster wie der Teilnehmer einer Reisegruppe, dem irgendwann etwas erklärt werden wird, bei dem er nur halb zuzusehen braucht, er hat ja bezahlt. Weiß er, dass die B 500 einmal als renommierträchtige Panoramastraße des NS-Reichs gedacht war? Als eine Art Autobahn durch Heideggers Welt?

Jetzt beginnt Baumann von den Wahlen in Frankreich zu sprechen, drückt vorsichtig fragend seine Befriedigung aus, dass vielleicht, mit allen notwendigen Korrekturen, die Lage sich jetzt womöglich zum Besseren wenden könnte. Er habe sich ja, wie Baumann gehört habe, informiert? Celan wird zum ersten Mal etwas unsicher, erzählt von sich aus kurz wie von einem ihm peinlichen, gestern nochmals erlittenen Schrecken. Als wisse er nicht, wie sich zu Gewalt und Gegengewalt zu verhalten. Heidegger hört, so Baumann, ruhig zu und beruhigt Celan: Es sei schon gut, dass da vieles aufbreche, auch in Deutschland.

Wie? Celan, eben noch schüchtern und sanft, kann nicht anders als innezuhalten. »Aufbrechen?« Das ist wieder nur so ein Wort, wie vor einem Jahr der Spruch, der Schwarzwald werde ihm »gut tun«. Aber das Wort droht Celan wieder aus der Bahn und in eine Auseinandersetzung zu werfen. Celan will sich nicht mehr aufregen, es lohnt sich nicht. Heute hat er anfangs noch gewartet, ob Heidegger etwas sagen werde, was sich auf ihr letztes Treffen bezieht, auf das Gedicht. Aber das letzte Mal und das Gedicht scheinen bei Heidegger nur seine gesetzte Zufriedenheit bestätigt zu haben. Heidegger kommt Celan auf einmal vor wie auf einem ununterbrochenen Sonntagsausflug. Celan muss sich dieses erstaunliche Gesicht anzusehen versuchen, das seit Jahrzehnten damit beschäftigt ist, bei sich selbst nichts mehr aufbrechen zu lassen. Ruhe und Gelassenheit zu behaupten, wo, wenn es ehrlich sein wollte, keine sein kann. Bei Heidegger hat vor Jahren schon eine Selbstberuhigung begonnen, die jedem Aufbrechen entgegengesetzt ist. Er arbeitet daran, ein Schamane zu werden, der sich um gar nichts mehr kümmern muss.

Was mag Heidegger sich bei dem Spruch gedacht haben? Celan versucht, alles in sich niederzuhalten, das sich provoziert fühlt. Er hat sich doch gesagt und geschworen, dass Heidegger etwas dafür tun muss, dass er für Celan wieder mehr wird als ein Möbelstück. Oder hat er es mit seinem unsäglichen, selbstvergessenen Satz etwa schon geschafft? Celan will schweigen, aber ohne zu hoffen, dass es irgendjemanden weiterbringt – heiter.

Doch etwas taucht in ihm auf. Es dauert einen winzigen Moment, bis das Bild da ist, dann sieht Celan das Moor vom vergangenen Jahr. Er hat nur noch vage Bilder vor Augen, die sich ihnen im Regen kurz geboten haben. Die massige Schicht Torf, die umgestürzten Bäume, das Gefühl, dass es überall feucht sei. Damals mussten sie die Expedition abbrechen. Jetzt hätten sie Zeit, keine Hütte steht auf dem Programm, kein Todtnauberg, keine Gastlichkeit. Heidegger hat die Hütte gar nicht erwähnt. Ist es Zeit für den Kampf der Moorsoldaten? Die Fahrt dauert etwas mehr als eine Stunde. Gerade kommen sie an St. Blasien vorbei. Der Rückweg, hat Baumann gesagt, werde sie wieder über Altglashütten führen. Seine Frau, Marianne, sei dort, und erwarte sie zu Kaffee und Kuchen, wenn sie dies annehmen möchten? Aber jetzt gehe es erst mal, und zum ersten Mal wirklich, ins Moor.

Noch immer hat Celan in Paris den Zeitungssausschnitt liegen, in dem eine Aufführung von Brechts *Furcht und Elend des Dritten Reichs* besprochen wird. Er erinnert sich, wie die Moorsoldaten Gift gegeneinander sprühen, Verrat wittern, Revanchegefühle hegen. Es läge nahe, dass sie sich mit ihren Schaufeln eins über den Kopf geben. Irgendwann denkt sich jeder, einer muss hier verschwinden.

~

Baumann merkt, dass Celan auf einmal nicht mehr präsent ist. Besorgt blickt er nach hinten. Neumanns Beschreibung des gestrigen Abends liegt ihm noch im Ohr. Und er weiß, dass Celan von Heideggers Schweigen »enttäuscht« ist. In seinen Erinnerungen schreibt er, Celan habe sich von Heidegger ein »Gegenwort« zu seinem Gedicht erwartet, etwas Gleichwertiges aus der Sicht dieses für ihn lange Zeit wichtigsten Denkers. *Nichts* war gekommen. Außer einem kleinen, ausweichenden Brief, der behauptete, dass schon etwas geschehen sei und dass vielleicht noch irgendwann irgendetwas geschehen werde. Ohne das Zutun von irgendwem.

Bisher ist es aber noch Nichts geblieben, ohne dass Heidegger gesagt hätte, dass er nichts sagen will. Das hat zur Folge, dass der halbe Aufbruch vom letzten Jahr wieder eingedämmt ist, alle Fortschritte zurückgenommen, aber weil nichts ausgetragen wird, gibt es auch keinen Grund, sich ganz zu »trennen«.

> *Celan war von diesem Schweigen enttäuscht. (…) Die Begegnungen wurden indessen fortgesetzt und keineswegs abgebrochen. Ohne sich darüber auszulassen, erachtete es Celan für selbstverständlich, daß Heidegger bei allen Lesungen und Unternehmungen gegenwärtig war. Heidegger wiederum ließ es sich nie nehmen, Celan zu hören, ihn zu begleiten, ihm Anregungen zukommen zu lassen und solche zu empfangen.*

»Ohne sich darüber auszulassen«, ein bloß nebenbei formulierter Halbsatz. Was bedeutet er? Ist Heidegger für Celan durch sein Schweigen in wichtigen Dingen derart unwichtig geworden, tatsächlich ein kleiner, kompakter Bauernschrank, der für Celan mittlerweile zu Freiburg, zu dieser badischen Landschaft, die ihn anzieht, gehört? Oder ist er noch etwas mehr?

Lange hat es heute danach ausgesehen, als machten die beiden in Konversation. Anfangs haben sie über den Botanischen Garten geplaudert, den Celan gestern Nachmittag noch gemeinsam mit Neumann besucht hat, die Wasserpflanzen dort, bei denen Celan wieder sein kleines schwarzes Notizbuch gezückt hat. Die Stimmung zwischen den beiden Herren im Fond war, Baumann kann es nicht anders formulieren, unbeschwert. Fast ein bisschen zu unbeschwert für Baumanns Geschmack. Ein wenig hat er darauf gehofft, dass noch einmal etwas geschieht, wie im vergangenen Jahr. Diesmal wäre er mit dabei für das »Epochale«. Bis gerade eben schien das noch unmöglich. Doch mit Celans Unruhe verfällt Baumann für Sekunden in eine heroische, vorromantische Stimmung. Eine harte Auseinandersetzung muss es geben, einen Konflikt, vielleicht gar einen Kampf, und dann die Versöhnung.

~

Doch als die drei Ausflügler den Wagen verlassen, spürt Baumann, wie sich seine Züge schon wieder etwas entspannen. Vielleicht, weil er die Luft hier kennt. Seine Mutter kommt aus der Nähe von Waldshut, ein paar Kilometer entfernt. Das Tiefenhäuserner Moor ist ihm aus seiner Kindheit vertraut. Wenn sie die Großeltern besuchten, waren sie immer mal hier. Auch die Geschichten von den weißen Frauen hat er gehört, von den toten Fräuleins des Klosters, das einmal an dieser Stelle stand und über Nacht im Moor verschwand. »Passen Sie auf«, meint Baumann, »aus den Gumpen, den Wasserlöchern, kommen um Mitternacht weißverkleidete Nonnen und spucken verspäteten Heimkehrern und vorbeihuschenden Liebespaaren ins Gesicht. Dann verschwinden sie wieder mit lautem Wehklagen im Moor. Aber manchmal bleibt eine der Frauen auch tagsüber und sucht.«

Damals kam Baumann das Moor groß vor, aber er hat es seit dreißig Jahren nicht mehr gesehen und schon damit gerechnet, dass es anders aussehen wird. Es ist ein recht kleiner Flecken sumpfiger Wald, gerade mal ein paar Meter neben der B 500, anfangs hört man sie noch. »Wir bleiben in der Zivilisation!«

Tatsächlich gibt es einen befestigten Brettersteg auf kurzen Stelzen, der in einer unregelmäßigen Schlangenlinie durchs Moor führt. Vorsichtig prüft Celan seinen Tritt. Auch der 79-jährige Heidegger ist misstrauisch, doch er lässt sich nichts anmerken. Schon in den ersten Sekunden spürt Celan die andere, brackige Feuchtigkeit, sieht, als träume er, matt und dunkel leuchtende Blumen. Juni ist eine gute Zeit für Moore. Man sieht viel. »Warmes Nachmittagslicht lag über dieser kleinen, windstillen Welt«, schreibt Baumann.

*Saumwege und kleine Inseln, Wacholdergebüsch, Sumpfklumpen und Farnhügel gliederten die Landschaft, in der sich Zeitalter begegnen. Spirken, Pfeifengras, Sonnentau, Moosbeeren, Engelwurz, Kratzdisteln, Siebenstern wurden von einer Glockenheide abgelöst. Ausgebleichte Stämme kreuzten sich über der Schwingmoordecke, Lichtbahnen, Farbflecken hoben sich von verkohlten Strünken ab. Im Schwarzwasser barg sich lichtlos gewordenes Leben, von Zeit zu Zeit stiegen quirlende Blasen auf, vernahm man einen abgerissenen Vogelruf in die gespannte Stille hinein. Wir zögerten uns behutsam vorwärts in der urtümlichen Landschaft, ergingen uns in Vermutungen über die schwer abschätzbare Tiefe des Gewässers.*

Die Langsamkeit hat ihren Grund. Die Stille nimmt zu. Keiner der Aufmerksamen will etwas übersehen. Aber auch die Arme der Erde wären offen: Die Bretter des Stegs sind feucht und nach innen abschüssig. Man rutscht. Wahrscheinlich ist der Boden unter den Pfosten innen noch etwas weicher, oder es ist so, dass alle, die sich hier vorsichtig vorwärtstasten, Angst haben, außen zu bleiben und der Steg sich senkt. Irgendwann wird er noch schiefer sein, weit und breit kein

Geländer, an dem man sich festhalten könnte, wer jetzt vom Steg abkommt, wird bald kein Leben zum Vergeuden mehr haben.

Was würde geschehen, wenn wir alle drei hier verschwänden? Celan denkt an Mandelstam im gefrierenden Sumpf, Mandelstam, dessen »Lebensspur« sich »in Sibirien verliert«, wie Celan für eine Rundfunksendung geschrieben hat, und an die KZs in der Nähe von Mooren. In Sibirien gibt es immer mal wieder ein Lager im Sumpf, ein kleines Dorf im Sumpf, eine kleine oder auch größere Stadt, dann wieder Sumpf. Über Hunderte von Kilometern. Auch wenn man die Leute nicht festgehalten hätte, ist zweifelhaft, ob sie je wieder irgendwo hingelangt wären, wo sie gerne gelebt hätten. Wtoraja Retschka, das Transitlager am »Zweiten Fluss«, in dem Mandelstam, unterernährt, fiebrig, auch er mit entzündetem Herzen, 1938 starb, liegt allerdings bei Wladiwostok, schon in der Nähe des Meeres. Mandelstam war trotzdem am Ende. Das weiß Celan damals noch nicht.

Er hat wieder nicht die richtigen Schuhe, aber es geht, trotz glatter Sohlen. Nur zwei-, dreimal rutscht er aus, wie Heidegger. Noch fällt keiner. Wie schnell man in Mooren verschwinden kann. Baumann, der weiß, dass er die Verantwortung für seine zwei verehrten Fahrgäste trägt, ist am besorgtesten. In Heideggers Panzer hat auch die eigene Sterblichkeit Platz. Celan wirkt gerade wie der sorgloseste der drei, geht impulsiv. »Passen Sie auf! Herr Celan, wenn Sie hineinfallen, leben Sie tausend Jahre, wie ein Gespenst der Vergangenheit!«

Ein Gespenst der Vergangenheit, das wäre schön. Sanft, denkt Celan, ohne Knochen, die zerstört werden, nur die Weichteile bleiben, am Ende steht etwas kleines, verschrumpeltes, braun-grün Weiches. Das Moor könnte sein Fluchtort sein. »Und das Wolfshund-Jahrhundert, es springt auf mich los, / Doch ich bin nicht von wölfischem Blut«, hat Celans »Bruder Ossip« geschrieben. »Stopf mich Mütze hinein in den Ärmel getrost, / in den Pelz der sibirischen Glut.« Lass mich in ihr aufgehen.

Moore sind Bibliotheken der Erdgeschichte, konservieren aber auch die Geschichte der Dinge und Menschen, die mit ihnen in Berührung kommen. Hochmooren sieht man das an. Sie sind in der Mitte »uhrglas- / förmig« gewölbt, wie Celan im Gedicht »Hochmoor« schreiben wird, das an den Besuch von Tiefenhäusern erinnert.

Auch das von Baumann in seinen Erinnerungen genannte »Schwingmoor« weckt Celans Aufmerksamkeit. Bevor er »Hochmoor« schreibt, wird er sich in seiner »Entwicklungsgeschichte der Erde«, der Brockhaus-Geologie, darüber informieren: »Schwingmoore nennt man eine Moordecke, die infolge einer darunter befindlichen Wasseransammlung in schwingende Bewegung gerät.« Die im Torf konservierte Vergangenheit, die nicht zur Ruhe kommt. Für Celan ist Wasser immer mit den Toten verbunden. In »Hochmoor« deutet er das über das »Lagg«, das sogenannte »Randwasser« eines Moors, an: »aus dem / Lagg / stehen die Sabbatkerzen nach oben«.

Können die Toten noch immer nicht ruhen? Ist Celan es ihnen schuldig, es noch einmal mit Heidegger zu versuchen? Solange das Schwingmoor Lebenszeichen gibt, ist nichts entschieden. Zum Abschluss von »Hochmoor« wird Celan schreiben: »Schwingmoor, wenn du vertorfst, / entzeigere ich / den Gerechten.« Dann ist Gott da – oder eben nicht.

Was wäre, wenn Heidegger und Celan hier allein wären? Wahrscheinlich könnte Celan es nicht lassen, nochmals etwas aufzurühren. Durch Baumanns Nähe sind beide, Heidegger wie er – Celan hat es schon im vergangenen Jahr geahnt –, vom Schwierigsten befreit. Er gibt ihnen Verbindlichkeit. Was keinen irgendwo hinführt. Wenn Celan noch mit Heidegger sprechen will, muss Heidegger allein sein, und er, Celan, auch.

Zeugen stören, sobald man sie in irgendeiner Form bemerkt. Aber sie können, denkt Celan, uns auch beschützen. Brechts Moorsoldaten würden sich mit ihren Schaufeln wohl blutig schlagen, wenn die SS-Leute nicht dabei wären. Die SS als wahrhaftige »Schutzstaffel«, Brechts bittere Ironie.

Wenn Celan das »Lied der Moorsoldaten« jetzt einfiele, könnte er es singen. Würde Heidegger vielleicht gar dazu tanzen? Warum nicht? Einen ungeschickten, tollpatschigen Bärentanz? Er müsste nicht graben und singen. Nur sich etwas bewegen. Und irgendwann vielleicht stolpern. Das war Bollacks Idee an diesem betrunkenen Abend. Oder seine? Celan mag sich an seinen eitlen Freund gerade nicht erinnern. Er weiß nie, was Bollack von ihm erwartet. Aber vielleicht will er ihn manchmal auch nur in Stimmung bringen, weil er glaubt, dass Celan das braucht. »Wird der Druck einer mächtigen Torfmasse nach den Seiten zu stark, so kann es zu einem murartigen Ausfließen, einem Moorbruch kommen.«

Moorbruch? Aufbrechen? Celan hat sich nur einmal umgedreht und Heidegger und Baumann beim Flüstern über irgendeiner Pflanze betrachtet. Selbstvergessen, in sich versunken. Jetzt winkt Heidegger ihn herbei. Er will ihm wohl eine Blume zeigen. Nein. Auch heute wird es nichts werden. Deutsche Naturfreunde. Sie sehen die Sabbatkerzen nicht.

# 16

# EIN ERFOLGREICHER LITERAT AUF TOURNEE. DER GUTE SOMMER UND SEIN ENDE

Als Celan in Freiburg wieder den Zug besteigt, ist er trotz der zweiten gescheiterten Begegnung mit Heidegger guter Laune, voller bester Aussichten. Kein Wunder: Siegfried Unseld macht mit seinem Engagement für Celan ernst. Im Suhrkamp-Verlag erscheinen in diesem Herbst nicht weniger als vier Bücher, alle im September. Es sind der neue Gedichtband *Fadensonnen,* in dem Texte aus der Zeit von 1965 bis zum Juni 1967 versammelt sind, bis kurz vor dem ersten Treffen mit Heidegger. Dann *Vakante Glut*, die Übersetzung der Gedichte des Pariser Freundes André du Bouchet, und *Das verheißene Land*, die Ungaretti-Übersetzungen aus dem Italienischen. Schließlich noch der Auswahlband mit älteren Gedichten und Reden, den Beda Allemann, ein Schweizer Kollege an der École Normale und der spätere Herausgeber von Celans *Gesammelten Werken*, zusammengestellt hat.

In Frankfurt ist Celan dementsprechend »durch die Arbeit ziemlich in Anspruch genommen«, aber Gisela Dischner, mit der er sich im vergangenen Jahr oft getroffen hat, wohnt jetzt ohnehin in London. Die nächsten Lesungsorte sind Kiel und Hannover. Von dort aus schreibt Celan einen aufgeräumten Brief an Gisèle, es ist der erste seit zwei Monaten:

> *Sehr gute Lesung in Freiburg! Vor einem fast ebenso zahlreichen Publikum wie letztes Jahr; Freundlichkeiten. Herr Kröner war ebenfalls da, er kam, um mich zu beglückwünschen, dann hat er mir einen Vorschuss von tausend Mark für deine Radierungen angeboten.*

Weil er nicht zu viel Geld mit sich herumtragen wolle, habe er abgelehnt, es gleich mitzunehmen. Aber er habe erwogen, deswegen über Freiburg zurückzukehren.

Es geht um eine Ausstellung von Gisèles Werken in der Freiburger Galerie Kröner, die Neumann und Baumann in die Wege geleitet haben. »In Kiel gestern«, fährt Celan in seinem Brief fort, »ist das zahlreich erschienene Publikum ebenfalls aufmerksam gewesen.« Zwei Lesungen in Frankfurt, eine an der Universität, eine vor Buchhändlern, sollen auf der Rückreise folgen. »Dann hat Unseld darauf bestanden, daß ich eine Lesung in Tübingen annehme. (…) Dann gedenke ich mir Ferien zu leisten.«

Es ist der Brief eines gut gelaunten, vielgeehrten Schriftstellers auf Tournee. Nichts deutet auf irgendwelche Schwierigkeiten hin.

Urlaub will Celan in Liechtenstein machen, aber auch dort ist zu viel Trubel. Im Hotel ist es laut, und Celan nimmt in Vaduz an einer Ausstellung teil, die Robert Altmann organisiert, der Verleger des Sonderdrucks von »Todtnauberg«. Die Ausstellung heißt »Das Buch als Kunst«. Celan wird sie, wieder in Paris, als »ein wenig Pop« bezeichnen. »Verschieden von dem, was ich mache.« Aber seine gute Laune hält an. Statt über den Niedergang der Lyrik zu klagen, zeigt er sogar professionelle Bereitschaft, die Bewegungen des Literaturbetriebs zu verfolgen: »Aber diese Dinge werden gemacht, und ich werde das in meinen Gedichten beachten müssen, wie alles Aktuelle.«

Und dieses allgemeine »Aktuelle«, das in Celans Poetologie bisher nur eine geringe Rolle gespielt hat, wird ihm wichtiger. Mag sein, dass er gespürt hat, dass »seine« russischen Dichter-Revolutionäre, die Möglichkeit, sie mit den 68er-Unruhen zusammen zu sehen, ein neues Interesse ausgelöst haben. Auch Eric gegenüber spricht Celan von »meinen Gedichten, die versuchen aktuell zu sein«. Und an Gisèle schreibt er am 23. August 1968:

*Ich sollte mehr lesen. Ich hoffe, daß ich meine Lektüre vertiefen, mich mit meinen Büchern unterhalten kann, mit zahlreichen Büchern, neueren, aktuellen. Die Probleme der Dichtung stellen sich für mich mit großer Schärfe, die Ereignisse – Du kannst Dir vorstellen, wie stark mich die aus der Tschechoslowakei berühren – beschäftigen mich mitten in dem, was ich schreibe (…).*

Gemeint ist das Celan politisch ernüchternde Ende des Prager Frühlings durch den Einmarsch von Warschauer-Pakt-Truppen zwei Tage zuvor. Aber Gisèle ist froh über Celans mitten im Leben stehende Intensität, und Celan freut sich darüber, dass Eric Fortschritte im Schreiben macht:

*Liebe Gisèle, danke für Deinen Brief und, vor allem, für die guten Nachrichten über Eric. Ich habe festgestellt, als ich seinen letzten Brief las, daß sich seine Schrift gefestigt und seine Orthographie verbessert hat, und Du kannst Dir wohl denken, daß ich mich darüber freue.*

Nur der Universitätsbetrieb hat sich von den Mai-Unruhen noch nicht erholt. Die »Agrégation«, die staatliche Qualifizierungsprüfung für Lehrer, ist ausgesetzt. Der Unterricht an den Universitäten ist noch unterbrochen. Was Gisèle, inzwischen im Nebenberuf Sekretärin von Claude David, einem bekannten Germanistikprofessor an der Sorbonne, genauso betrifft wie Celan, den Deutschdozenten an der École Normale Supérieure.

Es bringt aber auch unverhoffte Freiheiten. Am 28. Oktober schreibt Celan einen entspannten Brief von einem zweiwöchigen Aufenthaltsstipendium, an Gisèle wie an Eric. Es ist eine Nachricht, die jeder aufmerksame Literat auf Urlaub geschrieben haben könnte:

*Liebe Gisèle, ich bin hier in einem Landstrich, den du sicherlich kennst, bin komfortabel untergebracht, unter einem oft blauen Himmel. Cagnes, Nice, Vence, Grasse, Les Gorges du Loup, die Fondation Maeght: alles das in meiner Reichweite, gesehen, wiedergesehen, meditiert.*
*Nichts Prätentiöses, das »Pittoreske« schnell verblasst, die Bäume, die Steine, die kleinen Büsche in guter Gesellschaft, wahrnehmbar jenseits der Metaphern.*

Gisèle freut sich. Sie nimmt den Urlaubston auf:

> *Mein lieber Paul, ich danke Dir für Deinen so schönen Brief, den ich heute Abend bei meiner Rückkehr aus der Druckerei vorgefunden habe. Ich freue mich, daß Du endlich in einer so schönen Landschaft Urlaub machen kannst. Ich erinnere mich nicht mehr sehr genau an La Colle, aber ich bin bestimmt durchgekommen, als ich durch die Gorges-du-Loup gefahren bin, die ich sehr gemocht habe. Hast Du in der Gegend einmal diese Glasbläserei besichtigt (...).*

Doch die Idylle nimmt ein jähes Ende. Kurz vor dem oder am 11. November scheint in La-Colle-sur-Loup, im Hinterland zwischen Nizza und Antibes, etwas geschehen zu sein, das Celan in eine vollkommen andere Stimmung versetzt hat. Auf einmal bricht er seinen Aufenthalt ab, reist zurück, und am 15. November kommt es in Paris erneut zu einer Katastrophe: Im Wahnzustand attackiert Celan einen Nachbarn aus der Rue Tournefort, den er beschuldigt, Eric schaden zu wollen. Es ist ein Donnerstag und damit der Tag, an dem Celan Eric normalerweise trifft. Doch bis zu diesem Zeitpunkt hat er sich noch nicht bei Gisèle zurückgemeldet.

Die Polizei muss kommen, Reine Arrieta, die Sozialarbeiterin von St. Anne, und Benoît Dalle, der inzwischen nicht mehr dort arbeitet, werden geholt. Celan wird in die psychiatrische Ambulanz der Polizei eingeliefert, wo er immer nur den nach Wahnsinn klingenden Satz wiederholt: »Je suis français, j'ai été opéré d'un poumon.« Ich bin Franzose, ich bin an einer Lunge operiert worden.

Von der Polizeiambulanz wird Celan in das Psychiatrische Krankenhaus Vaucluse in Épinay-sur-Orge im nahe gelegenen Département Essonne überführt, wo er, eine knappe Autostunde von der Rue d'Ulm entfernt, bis zum 3. Februar 1969 bleiben wird. Obwohl die Ambulanz in der gleichen Straße liegt wie St. Anne.

Auch diesmal ist Celans Wahnzustand »nur« eine momentane Attacke. Bald schreibt er wieder Briefe. Sofort intensiviert sich wieder der

Kontakt zu Gisèle. Sie macht sich große Sorgen, besucht ihn regelmäßig, zusammen mit Eric. Auch Henri Michaux verspricht, alles in seiner Macht Stehende zu tun, um Celan noch einmal nach St. Anne zu bringen, wo er zumindest einen Teil der Ärzte kennt.

Doch diesmal haben die Bemühungen keinen Erfolg. Drei Monate bleibt der Psychiatriepatient Paul Antschel in Épinay. Die Kontakte nach außen werden spärlicher. Ab und zu kommt Jean Bollack vorbei, wie die befreundeten Dichter Jean Daive und André du Bouchet.

~

Gerhart Baumann in Freiburg weiß von alledem nichts. Er meldet sich selten, aber regelmäßig. Er scheint von Celans gemischter Stimmung in Tiefenhäusern wenig mitbekommen zu haben. Er hat sich wieder an die Hochmoore seiner Jugend erinnert. Oder hofft er bei ihrer Erwähnung auf Celans Interesse? In jedem Fall sind sie in Baumanns Briefen von jetzt an dauerhaft, je nach Jahreszeit variiert, präsent. Am 10. November, Celan ist gerade noch in der Provence, geht aus Freiburg eine Nachricht nach Paris: »Die Hochmoore dünsten Nebel aus, erwarten wegekundige Wanderer, die gleißende Herbstnässe beizt die Farben aus, bleicht und blendet in unaufdringlichem Grau (…).« Am 19. Januar 1969 findet der Begleiter der zwei bisherigen Expeditionen Eingang in den Briefwechsel: »Vielleicht ist es uns allen vergönnt, Sie wieder zu sehen, noch warten Hochmoore auf unseren Gang, den noch einmal der achtzigjährige Martin Heidegger begleitet.« Doch das Lockmittel Heidegger erreicht Celan in der Psychiatrie von Épinay nicht. Aus welchen Gründen auch immer: Auch dieser Brief bleibt ohne Antwort. Aber Baumann lässt nicht locker. Noch einmal versucht er es: »Vielleicht greifen wir Heideggers Anregung auf, die Spuren Hölderlins in Schwaben nachzuziehen, um, von Hölderlin weg, ganz auf eigene Bahnen einzumünden.«

Was genau Celan dazu bewogen hat, diesmal zu antworten, ist schwer festzustellen. Aber als erste schriftliche Meldung seit dem Juni

1968 kommt, immerhin ein Jahr nach der letzten Lesung, eine Postkarte aus dem Schweizer Kloster Einsiedeln. Wobei Celans zögerliche Antwortpraxis und das Ausbleiben des diesjährigen Freiburg-Besuchs inzwischen nichts mehr mit Celans erneutem Aufenthalt in der Psychiatrie zu tun haben können. Celan ist seit März 1969 wieder gut unterwegs: Zwischen dem 14. und dem 18. März hält er sich in Köln und Frankfurt auf, zwischen dem 29. März und dem 8. April in London, zwischen dem 22. und dem 27. Mai und zwischen dem 28. Juni und dem 5. Juli ist er noch einmal in Deutschland, überwiegend in Kiel und Köln, für Fernsehaufnahmen von Lesungen. Er macht Besuche bei rheinischen Freunden, aber er sieht auch seine erste, mehr oder weniger »mütterliche« Freundin Ruth Kraft wieder. Zwischen dem 16. und dem 31. August macht Celan Urlaub in der Schweiz und trifft sich mit Tante Berta Antschel. Das nahe Freiburg, und damit auch Heidegger, spielen bei all diesen Unternehmungen keine Rolle.

## 17

## NOCH EINMAL BUBER: CELANS BEGEGNUNG MIT ILANA SHMUELI IN JERUSALEM UND HEIDEGGERS »VERJUDEN«

Stattdessen tut sich ein anderer Horizont auf. Wie beim 72-jährigen Heidegger 1962. Damals wagt es der Griechenland-Verehrer aus Meßkirch zum ersten Mal, sein Traumland zu besuchen – von Venedig aus, per Schiff, mit der »Jugoslavija« –, er kommt aber nur auf der kargen Insel Delos auf seine Kosten. Dort stört ihn der »moderne Fremdenverkehr« nicht, und es begegnet ihm die ersehnte Ahnung von einem mythischen, ursprünglichen Anfang *vor* der Geschichte. Beim Celan des Jahres 1969 ist die große Bewegung die Fortsetzung seiner Hinwendung zum Judentum als »letzter, unhintergehbarer Basis seiner Existenz«. Sie veranlasst ihn, zwischen dem 30. September und dem 17. Oktober 1969 zum ersten Mal nach Israel zu reisen.

Im Czernowitz von Celans Jugend war Jude zu sein »selbstverständlich«, wie er in einem Gespräch mit dem Israelischen Rundfunk sagen wird. Der großrumänische Antisemitismus war zwar schon spürbar, aber er wurde noch nicht systematisch durchgesetzt. Und die Zahl der Juden in der Stadt war groß genug, um die Illusion eines Schutzraums aufrechterhalten zu können.

Nach der versuchten Auslöschung des Judentums während des Zweiten Weltkriegs traf Celan vor allem in Nachkriegsdeutschland auf einen verschwiemelten Philosemitismus, der »Schonung« anstrebte, etwa im Einverständnis, die Worte »jüdisch« oder »Jude« zu vermeiden, d. h. die gerade noch so entscheidende »Rassenzugehörigkeit« eines Menschen totzuschweigen.

Nun ist das, nachdem »Jude« jahrelang als gebrülltes Schimpfwort gang und gäbe war, ein Fortschritt. Aber das philanthropische Bedürfnis, in Gesprächen »nicht zu verletzen«, »schmerzhafte Erinnerungen nicht wachzurufen« und Ähnliches, trägt deutliche Züge einer Selbstschonung. Hätte man das Jüdische eines Menschen angesprochen, hätte das bedeutet, sich mit dem auseinandersetzen zu müssen, was den toten Angehörigen der Überlebenden oder gar diesen selbst bis vor ein paar Jahren in Deutschland, Polen, der Ukraine und anderswo geschehen ist. Versteckter, sich allmählich wieder »emanzipierender« Antisemitismus ist in dieser Zeit die Regel. Besonders beunruhigend wirkt auf Celan die Schändung der gerade erst wiedereröffneten Kölner Synagoge am Heiligabend 1959. Hakenkreuze und die Aufschrift »Deutsche fordern: Juden raus«, denen eine Welle von antisemitischen Schmierereien in ganz Westdeutschland folgt, erinnern zu deutlich an Geschehenes.

In Celans Gedichten wird das Jüdische immer wichtiger, trägt aber auch oft, wie in seiner Büchner-Preis-Rede »Der Meridian«, Züge des »Kreatürlichen«, »Menschlichen«. In »Engführung« versucht Celan, durch die Ausweitung der Vernichtungsthematik der simplen Zuschreibung, ein »bloß« jüdischer Dichter zu sein, zu entgehen. Doch je mehr er sich in die Enge getrieben fühlt, je mehr er den Eindruck hat, Freunde zu verlieren, und sich wieder der Verfolgung ausgesetzt sieht, desto häufiger wird für Celan sein Jüdischsein zum Rückzugsort.

Seit Jahren leidet und sympathisiert er mit Israel, kritisiert es nur im Gespräch mit anderen Juden, aber gesehen hat er es noch nie. Es gibt viele Bekannte und einige ehemalige Freunde aus Czernowitz dort, aber eine von ihnen ist Celan besonders nahe: Liane Schindler, die, seit der Heirat mit dem bekannten Musikwissenschaftler Herzl Shmueli, dessen Namen angenommen und ihren Vornamen geändert hat. Auch Herzl Shmueli ist ein Emigrant, der mit seinen Eltern schon 1933, im Alter von zwölf Jahren, aus Istanbul kam.

Ilanas überraschender Paris-Besuch von 1965 war noch ein bewegendes, von Sorgen wenig getrübtes Wiedersehen. Jetzt wird Shmueli Celans »letzte große Liebe«. Die, nach Ingeborg Bachmann und Gisèle Lestrange, dritte seines Lebens.

Seit wann genau Celan plant, nach Israel zu fahren, ist nicht ganz klar. David Seidmann, einer der Freunde aus Celans Jugend, inzwischen Mittelalterforscher und Romanist an der Universität Tel Aviv, aber öfter in Paris und mit Celan in Kontakt, habe ihn, erzählt Ilana Shmueli, zu der Reise angeregt. Seidmann ist Celan verbunden, seit er – während der russischen Besatzungszeit wegen »zionistischer Vergangenheit« vor den Politruk, den Politoffizier der Czernowitzer Universität, zitiert – dank Celans Initiative von den Studenten verteidigt und daraufhin in Ruhe gelassen wurde.

~

Die Geschichte des Israel-Besuchs beginnt schon im Juni 1967, kurz vor dem ersten Treffen mit Heidegger. Da schickt Celan Ilana, die er zwei Jahre lang nicht gesehen hat – nur von einem »herzlichen Gruß« und »allen guten Wünschen« begleitet – sein Sechstagekrieg-Gedicht »Denk Dir«. Sie antwortet, ebenfalls ohne Anrede, aber ihn direkt ansprechend: »Weisst Du es auch wirklich wie sehr emporgelitten und immer weiter emporleidend? (…) Ich möchte Dir Jerusalem zeigen.« Auf der Vorderseite der Postkarte ist eine Stadtansicht zu sehen.

Als Nächstes schreibt ihm Ilana einen nicht erhaltenen Brief, in dem sie eine Europa-Reise ankündigt und sich auf ein Gerücht bezieht. Celan teilt ihr im August 1968 mit: »Es ist richtig, daß ich einen Israel-Besuch plane«. Er erkundigt sich aber auch, »wohin Deine Europa-Reise dich bringt, und wann?« Doch er schickt diesen Brief nicht ab. Mag sein, dass der Grund diesmal in Celans relativem Wohlergehen liegt. Ilana Shmueli wird schlicht resümieren: »Er ließ mich warten.«

Ein Jahr später ist er plötzlich da. Im recht grünen, recht wohlhabenden Städtchen Ramat Gan, etwas landeinwärts, oberhalb von Tel Aviv, erreicht Ilana Celans Brief:

> *Liebe Ilana, seit gestern bin ich in Tel Aviv, am Freitag bin ich in Jerusalem, bis zum 10. Oktober (…), am 9. lese ich in Jerusalem (Beit Agnon, halb neun), am 15. lese ich in Tel Aviv, Beit Lessin, ebenfalls um halb neun. – Kommst Du auf einen Sprung nach Jerusalem oder hierher? Ich werde zwischen dem 14. und 18. wieder in Tel Aviv sein.*
> *Alles Schöne!*
> *Paul*

»Alles Schöne!« Das klingt nicht sehr einfühlsam, aber unternehmungslustig. Ganz offensichtlich hat sich Celan nicht vorab gemeldet. Nur die Adressen und Telefonnummern, unter denen er zu erreichen ist, stehen dabei. David Seidmann ist der Kontakt in Tel Aviv. Mit Manuel Singer, einem Arzt, bei dem Celan in Jerusalem wohnen wird, hat er 1938/39 in Tours Medizin studiert.

In ihrem Buch *Sag, daß es Jerusalem ist. Über Paul Celan. Oktober 1969 bis April 1970* hat Ilana Shmueli die Atmosphäre, in der Celan und sie sich in Jerusalem ein drittes Mal kennengelernt haben, beschrieben. Es herrscht Chamsin, ein heißer, von Süden kommender Wüstenwind, der zweimal im Jahr zur Sonnwende auftritt und über seine oft dichten Sandwolken mal goldenes, mal giftiges Licht erzeugt, von der Stimmung her am ehesten vergleichbar mit einem unberechenbaren Föhn. Araber, die dann morden, heißt es, werden freigesprochen.

Die beiden unternehmen einen Gang durch Alt-Jerusalem, der früh am Kikar Dania, dem Dänischen Platz, beginnt, wo, zu Ehren der dänischen Fluchthelfer im Zweiten Weltkrieg, ein dunkler Bootsrumpf als Denkmal steht. Nach Celans Besuch schickt ihm Ilana, auf seinen Wunsch hin, eine Liste der Wege und Stationen, die sie an diesem Tag begangen haben:

*Das Amphitheater am Scopusberg, der Blick zum Toten Meer im Dunst. Die Anhöhe entlang zum Ölberg hin, an der Himmelfahrtskirche vorbei, dann der Blick auf die Stadt, die Kuppeln der Moschee beherrschen das Bild. Den Jüdischen Friedhof langsam hinuntergegangen, an der Maria-Magdalena-Kirche mit den Zwiebeltürmen vorbei, der Garten Gethsemane: wir beschlossen, ihn nicht zu betreten, wir gingen zu »Absaloms Grab« – Mittagsglut – Esel und Maultiere schreien.*
*Nachmittags in Bethlehem, am Mar-Elias-Kloster vorbei, Rachels Grab, die Geburtskirche. Der Weg zurück nach Jerusalem: das Licht – Abu Tor, der Blick aufs Hinnomtal (Molochs Altäre) – das Licht.*
*Am nächsten Tag die Mühle mit der Kalesche Montefioris: Die Aufschrift »Think and Thank«. Der Weg zu Davids Grab, dann doch den Aussichtsturm bestiegen: die Dächer Jerusalems. Die Mauern entlang zum Zionstor, zum Jaffa-Tor, die Mauern entlang zu allen Toren Jerusalems – den offenen und den versiegelten.*
*Ein eiliger Besuch bei der Klagemauer (»keine Ausgrabungen bitte«) auch die Omar-Moschee (»schnell fort, zu viel Heiliges«). Dann später die schmucklosen, sauberen armenischen Gassen …*
*Wieder Abend zurück zum Kikar Dania – mit Feigen und Wein.*

Das war damals noch keine der Varianten des heiligen Massentourismus. Erst seit dem Sechstagekrieg konnte Jerusalem wieder als ganze Stadt besucht werden. Die beiden verlieben sich neu und scheinen viel Zeit verbracht zu haben. Celan wird, wieder zurück aus Israel, enthusiastisch an Franz Wurm schreiben:

*Siebzehn Tage in Israel: meine intensivsten, seit Jahren. Wo soll ich jetzt hin mit diesem Dort? (…)*
*Dort, das war, zumal in Jerusalem, auch mein starkes Selbst. Umredet, umschwiegen, umlebt.*

Doch ausgerechnet die zweite Lesung in Tel Aviv, die zu einer Begegnung mit vielen »Czernowitzern« wird, die es dorthin verschlagen hat, geht schief. Celan begegnet alten Vertrauten und Bekannten, aber er entdeckt an ihnen vor allem auch eine neue Fremdheit. Die Freunde und Bekannten haben sich, ähnlich wie Shmueli, über die Jahre in unterschiedlichem Ausmaß mit Israel zu identifizieren gelernt – oder auch nicht. Celan aber bestaunen sie vor allem als internationale Berühmtheit, als einen der ihren, der es in der Fremde geschafft hat. An diesem Abend in Israel, umgeben von Menschen seines Meridians, fühlt sich Celan noch fremder als seit Jahren in Paris. Tel Aviv, als »Heimspiel« gedacht, endet in einer persönlichen Katastrophe: Sein »selbstverständliches« Czernowitzer Judentum kommt Celan genau dort abhanden, wo er es zu erneuern versucht. Sein letzter Rückzugsort ist in Frage gestellt: Nach dem euphorischen Jerusalem-Beginn bricht Celan den Israel-Besuch überraschend ab, er »flüchtet fast«, wie Ilana sich ausdrückt; zwei Tage nach der Lesung geht der Flug nach Paris zurück.

~

»Wo soll ich jetzt hin mit diesem Dort?« Celan wählt den für ihn naheliegendsten Weg und verwandelt den Jerusalem-Aufenthalt, auch anhand der von ihm angeregten Notizen Shmuelis, in Gedichte, die heute als Jerusalem-Zyklus gelten. Wie »Todtnauberg« oder die Ingeborg-Bachmann-Gedichte in *Mohn und Gedächtnis* kann man auch diesen Teil von Celans Werk ohne biographischen Hintergrund lesen – aber Celans lyrisches »Du« ist kein irgendwie Allgemeines. Seine persönliche Erinnerungssprache bezieht ihre Kraft aus dem sehr realen Abgrund des Holocaust und, oft damit verbunden, auch aus konkreten einzelnen Menschen und Situationen.

*Mandelnde, die du nur halbsprachst,*
*doch durchzittert vom Keim her,*
*dich*
*ließ ich warten,*
*dich.*

Das Abstrakte an der »Mandelnden« aus dem ersten Gedicht des Zyklus, das Celan ein Jahr vor der Reise geschrieben hat, aber Shmueli ebenfalls erst nach seiner Abreise schickt, bezieht sich natürlich nicht nur auf die Geliebte. »Die Mandelnde«, das realisiert Shmueli als Erste, ist auch ein Sinnbild für »die jüdische Frau«. Ähnlich wie, Ingeborg Bachmann gegenüber, einmal Ruth, Noëmi und Mirjam zu deren Stellvertreterinnen wurden. Wichtig ist die Intensität der Erregung und die Betonung des Du, das beinahe schweigt, und das Ich, das sich dazu in Beziehung setzt: Celans Liebesgedichte sind keine Anbetungs-, sondern Begegnungsgedichte. Immer geht es um zwei:

*Eins mit dir bin ich,*
*uns zu erbeuten (…).*

Noch das Abschiedsgespräch der beiden am Strand von Newe Awiwim, einem der wohlhabenden Wohnviertel im Nordwesten der Stadt, das im Gedicht »Wir, die wie der Strandhafer Wahren« erinnert wird, zeigt die Intensität der sich gerade auflösenden Begegnung an. Die räumlich getrennte Zukunft wird vorausgesehen, aber von Trennung ist keine Rede. Diesmal wird die sanddurchwehte Nacht zur »Zeugin«. Sie behält die beiden im Auge.

*(…) wir geben uns weiter:*
*an dich und an mich,*

*die Nacht, sieh dich vor, die sand-*
*befehligte,*
*nimmt es genau*
*mit uns zwein.*

Den besonderen Charakter der Beziehung zu Shmueli bestimmt auch, dass Celan in ihr eine Frau gefunden hat, die sein Pathos der Begegnung teilt und dessen Herkunft aus der alten Kultur von Czernowitz kennt. Das zeigt sich vor allem nach dem Aufenthalt. Am 18. November 1969, fünf Tage vor Celans 49. Geburtstag, schreibt sie ihm:

*Ich denke viel an den 23. November 1969, ich weiss nicht, wie Du zu Deinen Geburtstagen stehst. Nun ich schicke Dir – Buber – für Deine Ansprache in Bremen – ein bisschen für den 23. (...) –*
*Ich wollte alles mögliche, was nicht möglich ist. – aber ich werde wie immer sehr bei Dir sein. Das Bild war lange, lange viele Jahre lang auf meinem Schreibtisch.*

Mit Martin Buber, der im Juni 1965, im Alter von 87 Jahren, in Jerusalem gestorben ist, wo er seit seiner Flucht aus Nazi-Deutschland lebte, hat Shmueli etwas gefunden, das Celan sehr anzieht, aber, nach der für ihn enttäuschenden persönlichen Begegnung mit Buber, irritierend wirken muss. Diplomatisch weicht er aus:

*Heute Dein Geburtstagsbrief und das Buber-Bild. Ich habe viel, sehr viel Buber gelesen – in Paris. Dann, nicht lange vor seinem Tode, bin ich ihm auch begegnet – ich erzähle Dir einmal davon.*

Am 2. Februar 1970 schreibt Shmueli, nach ihrem Paris-Aufenthalt über Weihnachten und Neujahr um einige Erfahrungen und Ausweglosigkeiten in der Beziehung zu Celan reicher:

*Im Zug, Deine Büchner Rede wieder gelesen.*
*Das Geheimnis der Begegnung, der Himmel der sich als Abgrund vor uns auftut.*

Zwar reagiert Celan zuerst wie abwesend – immer wieder bezieht er sich in dieser Zeit auf sein durch die versuchte Heilung mit Chemikalien »zerheiltes« Gedächtnis –, beschwört am 4. Februar jedoch noch einmal die Grundlage ihrer Liebe:

*Ja, und auch das »Geheimnis der Begegnung« – das steht zweifellos in Beziehung zu Martin Buber – und der Himmel als Abgrund. Durch Dich, Ilana, wieder gegenwärtig. Und nicht das einzige durch Dich Gegenwärtige. Und das uns Zusammenzaubernde. Und.*

Selbst in seinem letzten Schreiben an Ilana Shmueli vom 12. April 1970, etwa eine Woche vor seinem vermuteten Selbstmord, kehrt Celan durch mit Bindestrich verbundene Begegnungs-Komposita in die Buber-Welt zurück. Übergangslos beginnt er:

> *Ich schreibe Dir diese Zeilen in Dankbarkeit, Ilana. In Dankbarkeit für Dein An-mich-Denken, Dein Zu-mir-Fühlen, Dein Zu-mir-Stehn.*

Gespräch, Begegnung waren für Celan keine schlichten Vokabeln, weder im Leben noch in der Dichtungstheorie.

~

Dass Celan auch auf die Möglichkeit einer wirklichen Begegnung mit Heidegger hoffte, zeigt sein Eintrag ins Hüttenbuch. Aber schon lange vorher finden sich – auch in den Materialien zum »Meridian«, Notizen, die Celan zur Vorbereitung auf seine Rede verwendete – Zeichen seiner Offenheit für den Philosophen. In den Materialien zum »Meridian« pikanterweise nach einer Stelle, in der es ums »Verjuden« geht:

> *Man kann verjuden, das ist zwar, zugegeben, schwer und ist, warum nicht auch das zugeben, schon manchen Juden misslungen; gerade deshalb halte ich es für empfehlenswert. Es ist, es ist letzten Endes nur ein Wort für das sich im Andern-Erkennen, es ist Einkehr beim Anderen als bei sich selbst, es ist Umkehr.*
> *Umkehr: es ist, wie oft! davon die Rede. Selten geschieht es.*
> *Es gibt zu viel Einbahnstraßen. Und Gegenverkehr und Umkehr sind zweierlei. Und ach, auch auf Feldwegen scheint es wenig Gelegenheit dazu zu geben.*

Der deutliche öffentliche Wink mit dem »Feldweg« wäre unübersehbar gewesen. Es sieht beinahe so aus, als habe Celan 1960 tatsächlich eine Möglichkeit gesehen, Heidegger zum »Verjuden« anzuregen. Verjuden als Umkehr, als die andere Kehre. In diesem zu Lebzeiten der beiden unpublizierten Teil der Materialien wird das Pathos deutlich sichtbar, das für Celan in der erhofften Begegnung mit Heidegger lag – und gleichzeitig zeigen sich im Vergeblichkeitsappell des »Ach« schon erste Anzeichen von Hoffnungslosigkeit, dass dieses Ziel nie erreicht werden würde.

Heidegger seinerseits legte viel Wert auf Gespräche mit Schülern. Nach dem altgriechischen Vorbild der philosophischen Hebammenkunst, der Mäeutik, sollten sie von ihm und vielleicht auch er von ihnen lernen. Gerade in den letzten Jahren seines Lebens wurden die durch René Char angeregten Seminare von Le Thor, vor einem Kreis jüngerer Franzosen, aber auch das Freiburger Heraklit-Seminar, zusammen mit Eugen Fink, oder die Zollikoner Seminare mit dem Schweizer Psychiater Medard Boss, der die »Daseinsanalyse« aus *Sein und Zeit* für die therapeutische Behandlung nutzbar machen wollte, zu einem von Heidegger sehr geschätzten Teil seines Werks. Doch dass Heidegger unter Gespräch vieles verstehen konnte, macht ein Brief an Hannah Arendt vom 15. September 1950 deutlich. Heidegger ist, nach seinem universitären Lehrverbot, zu diesem Zeitpunkt pensioniert. »Diesem pensionierten Individuum«, wie er süffisant schreibt, »hat man gleichzeitig einen Lehrauftrag erteilt wie einem Dramaturgen des Theaters, der über ›Theaterwesen‹ lesen soll. (…) Ich habe das Gefühl, dass ich in das Universitätsmilieu nicht mehr passe, andererseits weiß ich sehr wohl, dass das gesprochene und streng lenkende Wort durch nichts zu ersetzen ist.«

Natürlich ist das Verhältnis von Lehrer und Schüler ein anderes als das zwischen unabhängigen erwachsenen Menschen. Aber auch die persönliche, emphatische Begegnung abseits der Philosophie war nicht Heideggers Sache. Das Verhältnis zu den »Anderen«, zum »man« war für ihn von einem tiefen Misstrauen durchzogen. Heidegger formuliert es nicht so scharf und plakativ wie Sartre in »Die Hölle, das sind die anderen«, aber das »Mitsein« des Anderen, das so idealistisch klingt, und die »Sorge« um ihn, die zu einem Für-ihn-Einspringen«

führen kann, münden strukturell in Enge und Abhängigkeit. Heidegger sieht allenfalls die Möglichkeit dem Anderen »vorzuspringen«, ihm zu helfen, für seine eigene Sorge frei zu werden. Im Falle der Beziehung zu Celan war an mehr als eine leutselige rhetorische Offenheit auch im Juni 1968 nicht zu denken.

Großräumige Öffnung für den Anderen, eine emphatische Rhetorik der Aufmerksamkeit praktizierte Heidegger, zumindest theoretisch, allenfalls in frühen Briefen an Geliebte, etwa an seine spätere Frau Elfride, an Hannah Arendt, aber auch an seine zweite jüdische Liebe, Elisabeth Blochmann. Es beginnt oft im verführerischen Aufruf: Sei nichts als du selbst. So und ähnlich schreibt Heidegger am 2. Oktober 1918 »aus dem Felde« vor Verdun, wo er in der Frontwetterwarte friedlich Dienst tut (»die Fahrt an die Front war wundervoll«), an sein »Liebes Fräulein Lisi«:

> *(…) wie Sie sich innerlich selbst frei und freudig halten, so wird der Geist Sie befallen. Nur, was Sie selbst mit den Gütern u. schätzbaren Anregungen der Universität, als Wissens- u. Lebensgut sich gestalten, wird dauernd für ihr personales Denken wirksam bleiben. (…) es soll Pflicht bei uns sein, das, was wir in innerster Wahrhaftigkeit in uns regsam u. drängend erleben, den Gleichgesinnten zu äußern.*

Rhetorik, die die Aufgerufene nicht »frei« macht, sondern sie eher in emotionale Abhängigkeit bringt. Eine vertrackte psychologische Realität, die Verführer und Sektenführer schnell begreifen. Das liebe Fräulein Lisi wird zwischen 1919 und 1926, einer Zeit, in der die Briefe der beiden »verloren« sind, auch eine Geliebte Heideggers werden.

In seinen philosophischen Werken fehlen Frauen dagegen beinahe vollständig. Der schwerenöterische Züge tragende Privatmann Heidegger bleibt bis an sein Ende, nach gut katholischem Muster, ein Denker ohne Unterleib.

Für Celan hingegen ist »Begegnung«, die Öffnung für den Anderen, ein wichtiger Teil seiner literarischen wie privaten Existenz.

# 18

# ADORNOS KRITIK AM BEGRIFF DER BEGEGNUNG. ZWISCHEN ISRAEL UND FREIBURG

Doch sind Worte wie »Begegnung« oder »Öffnung« nicht veraltet, unklar, schwammig? Man muss an Adornos Kritik am Begriff der »Begegnung« in seinem Essay *Der Jargon der Eigentlichkeit* denken, wo er sie als Aufruf zum gefühligen »Schwatzen« deutet, als Teil des »abgeschabten Gemeinschaftsethos der Jugendbewegung«.

Nun ist Adornos Position gerade zur Klärung der verschlungenen Beziehungen im Dreieck Celan-Buber-Heidegger interessant. Aber er selbst gehört, auch wenn er das nicht hätte hören mögen, mit in dieses Beziehungsnetz, ist nicht nur der außenstehende Analytiker.

Entscheidend ist hier, dass sich Adorno mit dem »Jargon«-Vorwurf nicht nur an Heidegger richtet. Gerade mit der Infragestellung der Rhetorik der »Begegnung« will Adorno neben Karl Jaspers auch Buber treffen, für den »Begegnung« ein Zentrum seiner Philosophie bildet. Adornos Grund dafür ist allerdings jener, der auch Celan den verehrten Buber zweifelhaft machte: der erwähnte »Persilschein«, den Buber Heidegger durch das anspruchslose Treffen von 1957 ausgestellt hat.

Man kann aber auch noch einen Schritt weitergehen und Adornos Anti-Begegnungsstatements als eine Reaktion auf Celans *Gespräch im Gebirg* sehen, das ganz deutlich auf das in Sils Maria verpasste Treffen mit Adorno Bezug nimmt und in der Zeichnung des Juden »Groß«, seinem Eingenommensein von sich selbst, seiner mangelnden Begegnungsfähigkeit auch Adorno darstellt, der nicht zu seinem Judesein steht. Was sich für seine jüdischen Kritiker darin äußert, dass er seinen

Vatersnamen Wiesengrund zugunsten seines katholisch-korsischen Mutternamens eingeschrumpft hat.

Für Adorno galt Celan gegenüber Ähnliches wie bei Buber: Die Nähe zu Heidegger war ihm suspekt. Als Celan kritisierte, dass Adorno in der Zeitschrift *Merkur* publizierte, bei deren Leiter Hans Paeschke Celan, wohl zu Unrecht, eine SS-Vergangenheit vermutete, soll Adorno zu Gisela Dischner gesagt haben: »Ich darf nicht im Merkur veröffentlichen, aber Celan pilgert zu diesem Heidegger nach Todtnauberg.«

Szondi und auch Dischner versuchten, zwischen Celan und Adorno zu vermitteln, »und irgendwie ist es«, so Dischner vorsichtig, »schließlich ein wenig gelungen«. Adorno gelang ja immerhin auch die Korrektur seines berühmten Wortes, »nach Auschwitz ein Gedicht zu schreiben ist barbarisch«, das, 1949 in seinem Aufsatz »Kulturkritik und Gesellschaft« verewigt, letztlich nur einen beschränkten Begriff von Lyrik offenbarte.

»Das perennierende Leiden«, meinte Adorno 1966 in der *Negativen Dialektik* korrigierend, »hat soviel Recht auf Ausdruck wie der Gemarterte zu brüllen; darum mag falsch gewesen sein, nach Auschwitz ließe sich kein Gedicht mehr schreiben.« Schon 1962 hatte er in seinem Essay »Jene zwanziger Jahre« geschrieben: »Die authentischen Künstler der Gegenwart sind die, in deren Werken das äußerste Grauen nachzittert.«

All dies muss Celan, gerade in seiner allmählichen Desillusionierung durch Heidegger, mitbekommen haben. Als er im August 1969 vom überraschenden Tod Adornos im Spital St. Maria des Schweizer Städtchens Visp erfährt – mitten in den Walliser Bergen, in denen Adorno, der an einem Herzinfarkt starb, sich von den Studentenunruhen erholen wollte –, schreibt Celan an Gisela Dischner:

*Auch ich war betroffen, bestürzt, als ich in der Zeitung die Nachricht vom Tode Adornos las. Ich empfand Schmerz, auch jetzt empfinde ich Schmerz.*
*Es ist ein schwerer Verlust.*
*Er war ein genialischer Mensch, ein Reichbeschenkter, und nicht der Teufel hatte ihn beschenkt.*

Ob Adorno Celans postume Annäherung »verdient« hat? Wahrscheinlich hat er Celans wie Bubers Nähe zu Heidegger nie ganz verstehen können.

Zumindest Celan geht es um Begegnungen jenseits des Jargons. In einem Gespräch mit dem rumänischen Schriftsteller Norman Manea hat Ilana Shmueli im Juni 2010, lange nach seinem Tod, über Celans Verhältnis zu Frauen gesagt:

> *Diese Frage wurde schon so oft erörtert, dass ich mich lieber zurückhalte. Das einzige, was ich dazu sagen kann: Ich habe Paul Celan nicht als typischen Frauenheld oder Schürzenjäger empfunden. Celan hat wahre Beziehungen gesucht und in diesen Beziehungen sehr viel gegeben. So habe ich ihn jedenfalls erlebt.*

Doch die Suche nach »wahren Beziehungen«, in der eine Intensität andere lange nicht zu verhindern schien, ist 1969 auf Celans Seite schon von zu viel Vergangenem beeinträchtigt. Es sind noch nicht alle »Jerusalem-Gedichte« geschrieben, da entsteht, an seinem Geburtstag, dem 23. November, nach einem überraschenden Telefonanruf von Ilana, Celans mutlosester Brief:

> *Ilana, ich umarme Dich. Ilana.*
> *Aber gleich jetzt muß ich etwas sagen, das ich nicht ungesagt lassen darf (…).*
> *Ich fühle, ich weiß, daß die Kräfte, die ich in Jerusalem hatte, geschwunden sind. Werden sie wiederkommen, ist es eine vorübergehende Nebenwirkung eines neuen Medikaments, das ich zur Stärkung meines Gedächtnisses nehme? Ist es die – sich wiederholende – Folge von acht oder neun Jahren »Chemie«? Es hat – jetzt kommt ein elendes Wort – wohl auch eine »psychische« Komponente – in welchem Maße?*
> *Warum muß ich das schreiben, Ilana, warum?*
> *Bringst Du ein Wunder mit, bringt Dich ein Wunder mit?*
> *Bedenk das alles, Ilana, ehe Du Dich für das Kommen entscheidest.*
> *Ich denke und denke an Dich, ich hör Dich, ich seh Dich – sieh mich an –*
>
> *Paul*

*Gewiß, auch ein Fortschritt: vor genau einem Jahr war ich hinter Anstaltsgittern und dachte, es sei für immer –*

Celan – so sarkastisch wie wirklichkeitsnah, ehrlich, hellsichtig und alles andere als vom Wahn befallen – hat keinen Atem mehr, die Atemwende zu vollziehen. Und auch Ilana Shmueli ist überfordert. Das hat nicht nur mit Celans fragiler Verfassung zu tun. Anfangs akzeptiert sie noch, dass sie für ihn auch das ihm fremde Israel der Gegenwart repräsentiert, und erklärt Celan am 24. November, noch ohne Kenntnis seines hoffnungslosen Briefs vom 23., das Land mit einem Beispiel aus dem Alltag ihrer Tochter:

*Ich bin sicher Du machst Dir Sorgen um uns hier – und ich weiss von draussen sieht es noch tausendmal bedrohlicher aus – es ist ja bedrohlich genug! Aber wir haben so eine Technik entwickelt, es zu tragen, als ob es etwas alltägliches wäre und tun das Nächste, das sogenannte Notwendige. (…) Nach einem Unglück das auf einem Schülerausflug passierte, als ein Autobus auf eine Mine auffuhr, – sollte Michaela gerade auch zu einem Schulausflug gehen – sie hörte die Nachricht und fragte mich: erlaubst Du mir zu gehen? Ich fragte zurück: Willst Du dass ich Dir nicht erlauben soll? Und dann sagte sie: ich glaube wir müssen doch gehen – man kann ja nicht aufhören Ausflüge zu machen.*

Aber je mehr Shmueli das Gefühl hat, dass sich Celan von ihr distanziert, desto mehr wird die Identifikation mit Israel für sie zum Problem. Sehr klar etwa im Brief vom 4. März 1970:

*Ich glaube dass ich kein Kollektiv sein kann für Dich – ich denke an das Telephongespräch – Du sagtest: ich sorge mich um »Euch« – Ich glaube ich kann kein »Wir-Begriff« sein – ich glaube ich will es auch nicht.*
*Ich wollte ich könnte bei Dir schlafen und Dir das Essen bereiten, nichts mehr – es hätte Sinn. Ich muss aber so vieles, so anderes tun, es macht mich müde und es scheint ohne Sinn. Du bist weit und scheinst Dich mir noch mehr entfernen zu wollen. So sieht es heute aus bei mir – wieder!*

Liebe und Sehnsucht nach Heimat laufen bei Celan in dieser Zeit auf Ähnliches zu. Aber Shmueli hat zu dieser «Heimat« ein durchaus kompliziertes Verhältnis:

> *Und wieder hier – Israel – Kampf von überallher – und Heimat und das »Dazugehören«, das unbedingte – ich habe letztens wieder darüber nachdenken müssen. (…) es ist der Preis, den man für »Heimat« bezahlt, die so fragwürdige jüdische Heimat – aus der es aber kein Entfliehen mehr gibt.*

Doch sie weiß auch: Celans gleichzeitiger Blick auf Israel und sie selbst ist, neben den gemeinsamen Jahren in Czernowitz, die morsche, aber wichtige Basis ihrer Beziehung:

> *Ich dachte auch, dass ich die Kräfte habe, mein Leben hier, die Zugehörigkeiten – mein Tun – meine Beziehungen zu einer Einheit mit Dir bringen zu können. Ich weiss, welchen Wert diese Zugehörigkeiten und Verwurzelungen für Dich, in deiner Beziehung zu mir haben – ich wollte so vieles davon auf Dich übertragen. Ich aber bin jetzt fast wieder Fremde hier – weil ich so sehr mit Dir bin.*

Celan hingegen versucht, sich aus Paris an Ilana und Israel zu orientieren. Kurz nach der Rückkehr hat er an Franz Wurm geschrieben:

> *Ich habe bei weitem nicht alles gesehen und werde wieder hinmüssen.*

Die Liebe zu Israel und Shmueli wird auch über die Gedichte, die er für sie und sich schreibt, am Leben erhalten. Und selbst als er sich, Monate später, schon ganz kraftlos fühlt, erwägt er noch, nach Israel zu ziehen:

> *Wäre ich, ich sagte es Dir ja, im Vollbesitz meiner Kräfte, ich ginge nach Israel, ohne Illusionen, aber – ich ginge hin.*

Doch die Möglichkeit scheitert an Zweifeln, ob er den Verhältnissen dort gewachsen wäre:

*Aber so wie ich bin, geworden bin, hieße Hingehn die Menschen dort behelligen mit Problemen, für die sie, in ihrer Not, kein Organ, keinen Sinn haben können. Mein zerstörtes – du sagst gestörtes Gedächtnis ist ein schweres Handicap, in Israel, wo ich, das wäre die Conditio sine qua non, konkrete, intensive Arbeit leisten möchte, erwiese es sich als ein noch schwereres. –*

Was genau Celan in Israel zu tun erwägt, ist nach diesen Zeilen nicht ganz klar. Rein praktische Arbeit, z. B. in einem Kibbuz, wovon er auch gesprochen haben soll, scheint es, den Sorgen um sein Gedächtnis entsprechend, nicht zu sein. Es könnte eher bedeuten, beim Schreiben zu bleiben, aber sich damit mehr als bisher in die öffentliche Diskussion, vielleicht auch in die Bildungsarbeit einzuschalten. Die Musikpädagogin und Kriminologin Shmueli arbeitete selbst als Fortbildungsleiterin für das israelische Wohlfahrtsministerium.

Israel wäre jedenfalls eine Möglichkeit, den Pariser Verhältnissen zu entkommen, die ihn seit Jahren nicht mehr beflügeln, sondern erdrücken. Celans Familie, auf die er so großen Wert gelegt hat, ist, das sieht er allmählich ein, an seiner Krankheit gescheitert. Nach langem Zögern hat er den Ehering abgelegt und verwahrt ihn in einem verschlossenen Umschlag mit der Aufschrift »Ring. 4. August 1969«. Doch die Bindung an die Familie bleibt. Wie bei der verheirateten Ilana, was Celan schon Anfang Januar 1970 in einem der Jerusalem-Gedichte reflektiert: »Wie ich den Ringschatten trage / trägst Du den Ring.«

Der für Celan wichtigste Teil der Familie aber ist Eric. Ganz offensichtlich möchte er in seiner Nähe bleiben. Gerade, wenn es Schwierigkeiten gibt.

*Aber ich lebe in schweren materiellen Abhängigkeiten, das engt mich ein, das zerfleischt mich.*
*Sorgen, große Sorgen, macht mir mein Sohn.*

Doch Israel ist nicht der einzige Plan, Paris zu entkommen. Der andere Ort liegt näher. Er ist Celan wohlbekannt. Am 20. November 1969, drei Tage vor seinem 49. Geburtstag, streckt er seine Fühler aus und schreibt an Gerhart Baumann in Freiburg. Waren Celans letzte Meldungen eher karg – die Postkarte aus der Schweiz vom Sommer 1968, am 8. Oktober 1969 eine noch knappere Postkarte aus Israel (»Ihnen und ihrer verehrten Frau, einen herzlichen Gruß aus Jerusalem. Paul Celan«) –, wird es diesmal ein kurzer, aber inhaltsschwerer Brief.

*Lieber und verehrter Herr Baumann,*
*selten, ganz selten bekomme ich Briefe wie die Ihren. Und Bücher wie das Ihre. Sie beglücken mich.*
*Gerne käme ich wieder einmal zu Ihnen nach Freiburg – aber sind Sie selbst noch gerne dort? Ich höre, Sie wollen weggehn, nach Österreich oder nach Amerika. Und ich – ich käme gerne nach Freiburg, für längere Zeit. Der Stadt Paris bin ich nicht mehr ganz gewachsen – und überhaupt dieser Welt und dieser Zeit. – Im März werde ich, anläßlich der Hölderlin-Feiern, in Stuttgart, unveröffentlichte Gedichte lesen; dann ist auch Freiburg wieder nah und ich komme auf einen Sprung.*

Celan antwortet damit auf einen langen, von der Postkarte ausgelösten Brief Baumanns. Darin hat Baumann unter anderem von Heideggers 80. Geburtstag in Meßkirch erzählt und von einer Möglichkeit, wieder nach Freiburg zu kommen:

*Bei einbrechender Nacht Blasmusik, vor dem geschmückten Festsaal der achtzigjährige Martin Heidegger in seiner Heimat, nachdenklich und spannkräftig, zutiefst angesprochen von jedem Weg, jedem Gesicht, von denen die er noch erkennt, von denjenigen, die ihn schon zu erkennen suchen. (…)*
*April–Mai findet hier eine Begegnung mit Gelehrten und Philosophen aus dem Osten statt. Vielleicht will Heidegger einige Worte an die Teilnehmer richten. Dürfen wir Sie erwarten? Ich will versuchen, auch für Frau Latzina eine Einladung zu erwirken. Grünewald in Colmar, Holbein in Basel, die*

*Reichenau, das Schwaben Hölderlins und der festlichen Barockräume soll einbezogen werden. Ob Sie uns etwas lesen?*

Die Gerüchte von Baumanns Wegzug hat Celan vielleicht über Anemone Latzina gehört, eine Schriftstellerkollegin Celans aus Rumänien, die er Baumann für ein Stipendium in Freiburg empfohlen hat, wo sie sich infolgedessen gerade aufhält.

Baumann ist von dem Lebenszeichen Celans überrascht, aber er antwortet postwendend, am 24. November, und zeigt sich hocherfreut. Noch einmal preist er die Freiburger Vorzüge. Heidegger erwähnt er nicht mehr. Ein weiteres Mal hat Celan auf Baumanns emphatische Nennung des Namens nicht reagiert. Dafür bringt Baumann auf einmal den Juden Edmund Husserl ins Spiel, den Begründer der Phänomenologie, Heideggers einstigen Lehrer in Freiburg, von dem er sich entfernt hat, sobald er es sich leisten konnte – und erst recht, als Husserl von den Nazis an den Rand gedrängt worden war. Beinahe klingt Baumann, als wolle er den Namen Heidegger diesmal taktvoll vermeiden, stattdessen mit dem »jüdischen Freiburg« locken.

*In diesem Sinne verstehe ich völlig ihre Überlegungen. Hier in Freiburg vermag man die Spannungen von Welt und Ich noch auszugleichen, vielleicht hat das Nach-Denken an diesem Ort, das späte Wirken eines Edmund Husserl und anderer beigetragen. Das Bewußtsein bleibt davon durchdrungen, weil es damit nie zu Ende kommt, zum Weiterdenken verpflichtet bleibt.*

Doch wie immer ist Baumann für Celan nicht nur ein gewundener Briefeschreiber, sondern auch ein tatkräftiger Ermöglicher. Nachdem Celan zugesagt hat, am 13. Mai auf der Tagung der Lenau-Gesellschaft in Freiburg zu lesen, antwortet Baumann am 20. Februar mit einer ersten größeren Geste:

> *Meine Frau und ich haben uns über Ihre Zusage von Herzen gefreut. Haben Sie bitte allen Dank für Ihre Bereitschaft. Selbstverständlich habe ich mir schon genügend Zeit ausgespart, um Ihnen völlig zuhören zu können – über Tage weg. Es trifft sich gut, daß Pfingsten sich anschließt. Vielleicht fahren wir nach Altglashütten. Das Haus stünde Ihnen bis Mitte Juli zur Verfügung – dann kommen die Kinder hinauf und gliedern die Zeit auf ihre Weise (…).*

Das Angebot ist verlockend. Und eines, das sich Celan, der sich in Freiburg bislang wohler gefühlt hat als anderswo, noch nach den Schwierigkeiten in Israel vorstellen kann. Noch einmal wird Celan nach Süddeutschland aufbrechen. In Stuttgart wird es um Hölderlin gehen, einen seiner vertrautesten deutschen Dichter, dem sich, das weiß Celan, auch Heidegger sehr verbunden fühlt. Aber in Freiburg geht es für Celan auch um nichts weniger als um die eigene Zukunft.

## 19

## CELAN UND HÖLDERLIN IN STUTTGART UND BORDEAUX. DIE LETZTE ÖFFENTLICHE LESUNG IM MÄRZ 1970

Jetzt sitzt er im Zug. Allein. Nach drei Tagen Menschen tut das gut. Immer irgendeine Begleitung, immer neue Gestalten, die auf irgendwelchen Bühnen auftreten, an irgendwelchen Pulten sprechen und »Hölderlin« sagen. Jeder darf ihn in den Mund nehmen, um- und umwenden. Es war zu viel, das sich Celan immer noch aufdrängt. Wenn er die Augen schließt, mischen sich die Eindrücke aus diesen Stuttgarter Silchersälen und Kleinen Schauspielhäusern, die alte Namen tragen, aber in neuen Betongebäuden gefangen sind, mit Bildern, die Celan in Tübingen auf der Flussinsel zeigen, spazierend mit Böschenstein und du Bouchet, im Hintergrund der Turm.

Auch wenn Celan noch lange nicht so irre ist wie Hölderlin am Ende, hat er sich schon oft gedacht, auch er bräuchte den einen oder anderen Schreiner, der für ihn zuständig ist. Der dafür sorgt, dass Essen gebracht wird. Der ihm, wenn es nötig sein sollte, ein wenig Gesellschaft leistet und weiß, woran es liegt.

> *I hab'n bei mir g'habd seit's ihn vom Clinicum los'gab'n. Zwei Jahre habe es ihm dort g'habd und an ihm doctorirt und herumgeforschd, ohne etwas herauszukriege. Er hat es niemand nicht sage könne, wo es ihm fehlt. Auch fehlt es ihm eigentlich an nix, an dem Zuviel, das er hatte, ischt er toll geworde.*

So die Aufzeichnungen des Schriftstellers und Journalisten Gustav Kühne, der den philosophisch interessierten Schreinermeister Zimmer, bei dem Hölderlin in Obhut gegeben war, nach dem Tod des Dichters 1843 besuchte.

Aber bei Celan merkt man noch viel zu wenig, um ihm ein »Kindermädchen« an die Seite zu stellen. Immer häufiger hat er Schwierigkeiten zu gehen. Immer wieder kann er kaum sprechen. Ihm fällt nichts ein, was er gegen die Leere in seinem Kopf tun könnte. Einen ganzen Abend lang ist er neulich in Paris mit jüdischen Bekannten zusammengesessen, wie er Ilana Shmueli geschrieben hat, und hat kaum ein Wort herausgebracht. Aber wenn er irgendwohin reist, wie jetzt wieder in dieses Deutschland, kommt er immer noch pünktlich an.

Hölderlin hat sechs Wochen gebraucht, um durch den Winter zur Hauslehrerstelle nach Bordeaux zu wandern. »Überschwemmungen und andere unabwendbare Umstände« bis Lyon, dann auf den gefürchteten überschneiten Höhen der Auvergne, »in Sturm und Wildnis, in eiskalter Nacht und die geladene Pistole neben mir im rauen Bette«.

Und wieder waren es Wochen zurück nach Nürtingen, hängen geblieben an den Antiken in Paris, an der Zollstation in Straßburg, »leichenblass, von hohlem, wildem Auge, langem Bart und Haar und abgemagert wie ein Bettler«, so die Freunde bei Hölderlins Rückkehr in Stuttgart. Ja, wie Hölderlin müsste Celan es machen: Mit zerfetzten Kleidern am Leib und irrem Gesicht wird er unten an der Avenue Zola stehen und schreien oder nur leise wimmernd klagen. In beiden Fällen wird es keiner merken. Die Pariser werden, nach der Art aller Großstädter, wegschauen und weitergehen.

Eric wird ihn immer noch hören, aber diesen jämmerlichen Vater kann ihm Celan nicht mehr zumuten. Die Pariser werden ihn höchstens wieder einsperren. In St. Anne hat er noch darum gekämpft, dass er wieder rauskommt. In Épinay hat er nicht mehr daran geglaubt. Jetzt reicht es. Es wird keine neue Anstalt mehr für ihn geben.

Wenn er in Paris ist, läuft Celan in seiner neuen, leeren Wohnung herum. Ein breites weißes Bücherregal, das eine ganze Wand ausfüllt, in dem aber kaum Bücher stehen. Ein langer alter Holztisch, daran sechs Stühle mit hoher Lehne, auf denen außer ihm keiner sitzt. Die Stühle schauen ihm zu beim Gehen. Er erträgt keine Bilder mehr an den Wänden. Ein Zimmer ist ganz leer. Dort musste Franz Wurm schlafen, als er vor Kurzem zu Besuch kam. Noch am Tag von Wurms Abreise und seiner Reise nach Stuttgart hat Celan Gusti Chomed angeschrieben, der wieder in Czernowitz wohnt, aber immer mal nach Paris wollte. Celan sucht alte Freunde. Sie sollen ihn besuchen. Sie können ihn vielleicht nicht retten, aber ihm ein wenig Gesellschaft in seiner Leere leisten.

Gisela Dischner hat bedauert, dass sie ihm bei der Wohnungseinrichtung nicht helfen kann. Immer wenn er ohne Antrieb ist, und das ist jetzt meistens so, denkt er, dass es nicht mehr nötig sein wird. Dass er gar nichts mehr braucht, das er hin- und herschieben könnte, dass er bald wieder weg sein wird, verschwunden aus dieser erbärmlich lauten Straße, die direkt auf die Seine zuführt. Gegenüber wird gerade gebaut. Hochhäuser. Einer der Bauarbeiter hat gemeint: so hoch wie der Eiffelturm. Das ist sicher gelogen. Aber bald wird es hier aussehen wie sein Hotel in Stuttgart. Am Schlossgarten! Ein Betonturm mit Balkonen und Tiefgarage. Der arme Hölderlin, mit seiner so freudigen »Stutgard«-Elegie, an die sie bei der Tagung zu Hölderlins 200. Geburtstag, die gerade zu Ende gegangen ist, mit einer edlen Ausgabe der Londoner Handschrift erinnert haben:

*Wieder ein Glük ist erlebt. Die gefährliche Dürre geneset,*
*Und die Schärfe des Lichts senget die Blüthe nicht mehr.*
*Offen steht jezt wieder ein Saal, und gesund ist der Garten,*
*Und von Regen erfrischt, rauschet das glänzende Thal*

Für Hölderlin war Stuttgart die Stadt der Freunde geworden, in der er ungestört dichten konnte:

*Voll ist die Luft von Fröhlichen jezt und die Stadt und der Hain ist*
*Rings von zufriedenen Kindern des Himmels erfüllt.*
*Gerne begegnen sie sich und irren untereinander,*
*Sorgenlos, und es scheint keines zu wenig, zu viel.*

Eine glückliche Stadt, glückliche Besucher, gesehen durch das erfreute Auge des melancholischen Dichters. Wahrscheinlich ist »Stutgard« im schweizerischen Hauptwil entstanden, wo Hölderlin Hauslehrer war und einen kurzen Frühling »mit freier Seele und frischen Sinnen« genoss. Noch vor der beschwerlichen Wanderung in den Südwesten Frankreichs. Hier in Stuttgart sind die Wanderer »wohlgeleitet und haben Kränze genug und Gesang, haben den heiligen Stab«.

»Zuhause«, in der Avenue Zola, plant Celan, sich die Fenster dreifach verglasen zu lassen. Manchmal denkt er, dass er nur noch wenig hört. Dass die Glaserei keinen Sinn mehr machen wird. Aber den Lärm hat er unterschätzt. Gisèle hat die Wohnung mit Hilfe ihrer Familie von Claude David gekauft. Celan hat sich zu wenig darum gekümmert. Noch immer wäre ihm lieber, wenn er in der Rue de Longchamp mit Gisèle zusammenwohnen könnte. Und ihre Liebe würde Eric lieben. So, wie es sein soll.

Er bräuchte auch einen Menschen, der mit ihm Zug fährt. Er wollte schon Wurm überzeugen, dass er mit ihm nach Stuttgart komme. Vielleicht Fritz? Den Hölder? Wahrscheinlich würden sie sich verstehen. Der saumselige schwäbische Jakobiner und der Czernowitzer Linke des Herzens. Celan hängt an ihm seit Jahrzehnten, bewundert Hölderlins weit ausgreifende Hymnen, die zerklüftete Sprache des *Hyperion*. Mit Märchen- und Liedstrophen hat er selbst angefangen, obwohl der Untergang Ende der 1930er-Jahre schon in die Wege geleitet war. Manchmal ist ihm Hölderlin etwas zu heilig.

*Nah ist*
*Und schwer zu fassen der Gott.*
*Wo aber Gefahr ist, wächst*
*Das Rettende auch.*

Was für eine schöne Lüge, die die Gefährdetsten gerne glauben. Manchmal kann Celan Hölderlins kämpferische Hoffnung nur mit einem Gegenwort aushalten:

*Nah sind wir, Herr*
*nahe und greifbar.*

*Gegriffen schon, Herr,*
*ineinander verkrallt, als wär*
*der Leib eines jeden von uns*
*dein Leib, Herr.*

*Bete, Herr, bete zu uns,*
*wir sind nah.*

Eine Blasphemie! Genau, hatte sich Celan gedacht, genauso wie die Existenz dieser schon gegriffenen Menschen, die sich in der Gaskammer vor Angst aneinander festhielten, um Hoffnung zu schöpfen angesichts ihrer Schlächter. Vor solchen Menschen muss sich Gott, der sie verraten hat, fürchten.

*Zur Tränke gingen wir, Herr.*

*Es war Blut, es war,*
*was du vergossen, Herr.*

*Es glänzte.*

*Es warf uns dein Bild in die Augen, Herr.*
*Augen und Mund stehn so offen und leer, Herr.*
*Wir haben getrunken, Herr.*
*Das Blut und das Bild, das im Blut war, Herr.*

*Bete, Herr.*
*Wir sind nah.*

Nein, er wird es dem armen Hölder nicht vorlesen. Celan wird ihm weiter ruhig dabei zuschauen, wie er aus dem Zugfenster blickt und freudig erschrocken all die Häuser und Drähte und Blechkutschen sieht, wie sie zwischen den verlassenen Konzentrationslagern verkehren.

Auch bei Hölderlin war es schnell vorbei. Er hat lange gelebt. Aber er hat schon die dreißig nicht gut überstanden. Im Turm hat Celan, mit Böschenstein und du Bouchet zusammen, zwei Zeichnungen des späten Wahnsinnigen gesehen und ist erstarrt. Du Bouchet, der Dichter, war ergriffen. Obwohl er doch ein paar Stätten des Irrsinns, an denen er Celan besucht hat, kennt. Obwohl er zuletzt in Épinay immer wieder vorbeigekommen ist! Oder weil? Der sympathische Genfer Professor Böschenstein, den Celan schon länger kennt, hielt sich gut schweizerisch zurück und sah den beiden Dichtern beim Anschauen zu. Celan selbst musste bald wegsehen, wie Böschenstein schreibt: »C'est terrible!«

Das Leben Hölderlins zwischen diesen beiden Zeichnungen – das waren gut zwanzig Jahre Zerfall. Louise Keller zeigt Hölderlin, ein Jahr vor seinem Tod, nur im Profil. Aber man kann sich die zerlaufenen Züge vorstellen, das Aufgeschwemmte des Gesichts, die stumpfen, traurig-unsicheren Augen. Es ging nicht mehr. Einer, der ein bisschen zu seelenvoll ist. Schon die Zeichnung des Malers Johann Georg Schreiner sieht, zwanzig Jahre zuvor entstanden, schrecklich aus: ein großer Kopf auf einem hageren Körper, eine hohe Stirn, die nicht mehr sagen mag, wohin. Ein Zeigefinger, der einiges zu sehen vorgibt, aber den Weg nicht mehr weiß.

Gemeinsam mit Hölder könnte er zum Fenster hinausschauen und die Welt vorbeiziehen lassen, Kuhställe und Städte, Universitäten und Wälder. »So kam ich unter die Deutschen. Ich foderte nicht viel, und war gefasst, noch weniger zu finden«, lässt Celan seinen Hölder sagen. Es ist einer der Sätze, die ihm in diesem Land jedes Mal im Kopf herumgehen. Als er 1953 zum ersten Mal in Tübingen war und vom befreundeten Lyriker Johannes Poethen auf den Friedhof und in den Turm geführt wurde, hat er auf einer Karte an René Char geschrieben: »inmitten zunehmend düsterer Dinge dieser Turm, auch er ist deutsch«.

Am Ende, wenn Hölder und er überhaupt keine Geduld mehr haben werden, weil sie außer sich selbst schon lange nichts mehr sehen können dort draußen, wird Baumann sie in Freiburg begrüßen und auf seinen Altar der wahnsinnigen Dichter stellen. Dann wird er Heidegger einladen, »den achtzigjährigen Martin Heidegger«, den er so verehrt, damit sie den Anblick der beiden Kranken gemeinsam genießen können. Nein, das ist gemein. Baumann wäre erschüttert. Seelenvoll, wie du Bouchet. Beide sind auf Celans Seite. Das wird sich wohl nicht mehr ändern. Doch Heidegger? Würde er Celan nicht nur kurz ansehen und dann vergessen?

Celan weiß, dass Heidegger ihn als philosophischen Dichter schätzt, als Nachkommen Hölderlins in dürftiger Zeit. Als Spätling der »großen«, so Brecht, Linie von Hölderlin über Rilke, Georg Trakl und Stefan George bis in die heutige Zeit. Aber Heideggers Hausdichter ist Hebel und der Hofdichter ist Celans Vorgänger und heißt Hölderlin.

An Hölderlins Neuentdeckung in der Zeit des Ersten Weltkriegs durch Norbert von Hellingrath hat sich Heidegger erinnert, als er merkte, dass sein Einsatz für den Nationalsozialismus von einflussreicheren Nazis nicht geschätzt wurde. Verärgert hat er sich zurückgezogen, hat über Hölderlin und Nietzsche gearbeitet, die beide von den Nazis sehr geschätzt wurden. Aber Heidegger hat es auf andere Weise getan und sich damit sein persönliches anderes Deutschland zu schaffen versucht. Was er nach dem Krieg immer wieder betont hat.

*Aber ich hatte zu tun, ich brachte Hyperion die Sprache bei,*
*auf die es uns Hymnikern ankam.*

So hat Celan es Hölderlin in seiner »Ars Poetica 62« in den Mund gelegt. Aber wie weit ist es damit her?

Eine der sanftesten und bekanntesten Hymnen Hölderlins ist »Andenken«. Es geht um Heimat und Fremde und das komplexe Verhältnis der beiden. Auf der Oberfläche befasst sich »Andenken« mit der kurzen Zeit in Bordeaux, Hölderlins vier- bis fünfmonatigem Aufenthalt als Hauslehrer beim Hamburger Weinhändler und Konsul Johann Heinrich Meyer und seiner Familie im Jahre 1802. Sie ist aber erst 1806, also lange nach Hölderlins Rückkehr entstanden, ein sinnlich-sprunghafter und tiefer Erinnerungstext, der in seiner ersten Hälfte südliches Licht und Offenheit bringt. Der Nordost, der den Auftakt macht, führt den Erzähler nach Südwesten:

*Der Nordost wehet,*
*Der liebste unter den Winden*
*Mir, weil er feurigen Geist*
*Und gute Fahrt verheißet den Schiffern.*
*Geh aber nun und grüße*
*Die schöne Garonne,*
*Und die Gärten von Bourdeaux*
*Dort, wo am scharfen Ufer*
*Hingehet der Steg und in den Strom*
*Tief fällt der Bach, darüber aber*
*Hinschauet ein edel Paar*
*Von Eichen und Silberpappeln;*

*Noch denket das mir wohl und wie*
*Die breiten Gipfel neiget*
*Der Ulmwald, über die Mühl',*
*Im Hofe aber wächset ein Feigenbaum.*
*An Feiertagen gehn*
*Die braunen Frauen daselbst*
*Auf seidnen Boden,*
*Zur Märzenzeit,*
*Wenn gleich ist Nacht und Tag,*
*Und über langsamen Stegen,*
*Von goldenen Träumen schwer,*
*Einwiegende Lüfte ziehen.*

So der erste Teil eines Gedichts, aus dem sich kein germanisches Heroentum entwickeln lässt. Das ist auch nicht Heideggers Absicht, dessen Interpretation von »Andenken« 1943 in einem Band zur Feier des 100. Todestags von Hölderlin erscheint. Dennoch ist Heideggers Deutung problematisch. Das sieht man am Umgang mit dem Bild der braunen südfranzösischen Frauen, wie er auch in der ausführlicheren Buchfassung der Vorlesung des Wintersemesters 1941/42, die hier zugrunde liegt, schon da ist. Als Heidegger auf sie zu sprechen kommt, muss er erst einmal betonen, dass Hölderlin, Jahre zuvor, im »Gesang des Deutschen« geschrieben hat:

*Den deutschen Frauen danket! Sie haben uns*
*Der Götterbilder freundlichen Geist bewahrt.*

Erst nach der Verbeugung vor Herkunft und deutschtümelnder Ideologie der Gegenwart kann Heidegger wieder an die französischen Frauen denken:

*Allein im Gedicht »Andenken« werden nicht die deutschen Frauen genannt, sondern »die braunen Frauen« – dies erinnert eigens an das südliche Land, wo das Licht der Sonne von heftiger Durchlässigkeit und die Glut überwältigend ist.*

Doch als sei dieses Klischee schon zu sehr Liebeserklärung an das besetzte Frankreich, vollzieht Heidegger, ohne interpretatorisch mit der Wimper zu zucken, eine weitere Wendung in seinem Frauen- und Länder-Spiel:

*Wenn Hölderlin »die braunen Frauen daselbst«, also die des südlichen Frankreich nennt. So stehen diese und alles, woran sie Anteil haben, d. h. alles, was mitgegrüßt wird, für die griechische Welt.*

Eine kuriose Behauptung, da sie sich im Gedicht nirgends belegen lässt. Der Mittelmeerraum bildet eine in sich sehr heterogene kulturelle Einheit, aber Griechenland ist auch bei Hölderlin nie einfach

Frankreich. Heidegger muss da schon einen Brief Hölderlins an den Freund Böhlendorff herbeizitieren, in dem Hölderlin davon spricht, dass »das Athletische der südlichen Menschen, in den Ruinen des antiquen Geistes« ihn »mit dem eigentlichen Wesen der Griechen bekannter« gemacht habe. Daraus schließt Heidegger sehr schnell, es gehe in »Andenken«, wo nie vom »Athletischen der südlichen Menschen« die Rede ist, nicht um das, »was während des Aufenthaltes an Land und Leuten angetroffen wurde«, wie Heidegger, vierzig Jahre vor seiner ersten Reise nach Griechenland, abfällig anmerkt, vielmehr um die »gewesenen Götter und Menschen des Griechenlandes«.

Damit befreit sich Heidegger auf ebenso einfache wie durchsichtige Weise von jeder notwendigen Ortskenntnis. Von nun an wird er auf den über hundert verbleibenden Seiten seines Buches über Hölderlins »Andenken«, wenn von Frankreich die Rede ist, ganz selbstverständlich von Griechenland sprechen.

Auch dieses interpretatorisch herbeigezerrte Land – zur Zeit der Niederschrift von Heideggers Deutung im Übrigen von deutschen Besatzern unterdrückt, wie Bordeaux von der kollaborierenden Vichy-Regierung – ist nicht das Ziel seiner Argumentation. Heidegger vollzieht noch zwei weitere Wendungen. Im so überraschend gefundenen Griechischen wird er – über vermisste »Freunde« und die Sehnsucht nach den »Quellen« in der vierten Strophe – auf einmal Deutschland sehen. Wiederum ohne dass es irgendwo erwähnt wäre. Aber einer der »Gefährten« heißt Bellarmin, wie in Hölderlins Griechenlandroman *Hyperion*, der tatsächlich mit deutsch-griechischen Identitätsmischungen spielt. So liegt die Verwandlung immerhin näher als jene von Frankreich in Griechenland.

Doch auch diese Wendung ist Heidegger noch nicht genug. Zur fünften und letzten Strophe bringt er Indien ins Spiel. Immerhin spricht Hölderlin in anderen Gedichten vom Fluss »Indus«. Und das Land hat, auf den ersten Blick, sogar in »Andenken« seine Berechtigung:

*Nun aber sind zu Indiern*
*Die Männer gegangen,*
*Dort an der luftigen Spiz'*
*An Traubenbergen, wo herab*
*Die Dordogne kommt,*
*Und zusammen mit der prächt'gen*
*Garonne meerbreit*
*Ausgehet der Strom.*

Bei sorgfältigerer Betrachtung, zu der sich Dieter Henrich in seinem Buch *Der Gang des Andenkens* und – zeitlich parallel – Jean-Pierre Lefebvre in seinem schönen Aufsatz »Auch die Stege sind Holzwege« die Mühe gemacht haben, sind mit den »Indiern« in der fünften Strophe aber die »West-Indier« gemeint. Die beliebteste Fernroute übers Wasser von Bordeaux aus ging damals gen Westen, ins neue Indien Amerika. Die größte Schifffahrtsgesellschaft Bordeaux' hieß »Compagnie des Indes Occidentales«.

Da verirrt sich also der oberschwäbische Grieche Heidegger auf den Spuren des schwäbischen Griechen Hölderlin in den französischen Westen und, auf kolumbischen Spuren, gar nach Amerika. Das ist beinahe rührend zu verfolgen, weil auch Hölderlin, was die Herkunft anging, oft an den Osten dachte und in seiner Donau-Hymne »Der Ister« wie schalkhaft über den Fluss sagt:

*Der scheinet aber fast*
*Rückwärts zu gehen und*
*Ich mein, er müsse kommen*
*Von Osten*

Heideggers Interpretation von »Andenken«, bei der er alles Erwartete immer wieder auf verblüffende Weise neu wendet, ist, nicht nur durch die mit sanfter Gewalt, aber durchgängig praktizierte Methode der nationalen Überstülpung, auch ein erfrischendes Changieren zwischen Fremde und Heimat, dem etwas Spielerisches anhaftet.

Auch das von Heidegger immer wieder erwähnte, nie aus den Augen zu verlierende Lebensziel, der »freie Gebrauch des Eigenen«, kann sich, im Vergleich zu Heideggers propagandistischen Phrasen der frühen 1930er-Jahre, sehen lassen. Die Buchfassung der im Wintersemester 1941/42 gehaltenen Vorlesung zu »Andenken« ist eine deutliche Absage an das Großgermanentum des Nazireichs, dem Heidegger selbst noch vor wenigen Jahren angehangen hatte. Und hätte er sich in seinem Spiel mit der Herkunftsidentität, mit dem Verzicht auf feste nationale Zuschreibungen nicht zu sehr auf den »freien Gebrauch des Anderen« verlassen, könnte er noch in der Gegenwart Aktualität beanspruchen.

Trotzdem hat sich Celan zum Auftakt der Stuttgarter Tagung auch nach Heidegger umgesehen. Noch zu diesem Zeitpunkt, nach der enttäuschenden Phase des Wartens nach dem ersten Treffen, mit dem allmählichen Verblassen von Heideggers Wichtigkeit, an dem auch das zweite Treffen mit Heidegger, der zweite Gang ins Moor nichts geändert hat, noch nachdem Heidegger sich für Celan in einen ohne große Emotionen wahrgenommenen Bekannten verwandelt hat, weiß er: »Hölderlin« ist einer der Orte, an dem sie sich vielleicht doch noch begegnen könnten. Wobei: Baumann hat ihm erzählt, dass Heidegger 1968 aus Protest aus der Hölderlin-Gesellschaft ausgetreten sei.

Die Gesellschaft hatte kontroverse Stimmen zugelassen und dabei Heidegger zweimal getroffen. Adornos Kritik von 1963 – den Aufsatz »Parataxis«, abgedruckt in *Noten zur Literatur* – hatte Heidegger wohl erwartet. Mokant lässt sich Adorno darin auch über Heideggers »Andenken«-Interpretation aus, erwähnt die 1943 »an den Haaren herbeigeschleiften« deutschen Frauen und wundert sich, warum Heidegger »auch später an dem putzigen Exkurs nichts geändert« habe. 1965 hat Robert Minder mit *Hölderlin unter den Deutschen* nachgelegt.

> *Die eigene Fehlleistung der vaterländischen Kehre wurde in den Dichter projiziert. (…) in einer aufdringlichen und dumpfen, Wortschollen zusammenkläubelnden Sprache verschwarzwäldert, wie einst im Manifest über Schlageter.*

Ja, es ist einiges möglich in dieser Hölderlin-Gesellschaft. Sie ist streitlustiger angelegt, als man glauben könnte. Aber Celan ahnt, was für Lemuren hier ebenfalls Unterschlupf gefunden haben.

*Käme,*
*käme ein Mensch*
*käme ein Mensch zur Welt, heute, mit*
*dem Lichtbart der*
*Patriarchen: er dürfte,*
*spräche er von dieser*
*Zeit, er*
*dürfte*
*nur lallen und lallen,*
*immer-, immer-*
*zuzu.*

Manchmal sind es gerade die Konziliantesten, die »Dreck am Stecken« haben. Theodor Pfizer etwa, der Oberbürgermeister von Ulm und Präsident der Hölderlin-Gesellschaft, der sich zur Eröffnung 1970 sorgenschwer gibt:

*Auch jener Jahre sei gedacht, in denen Deutschland in ein tiefes Dunkel versank. Daß Führende in jenem Reich des Unrechts und der Unmenschlichkeit den Namen Hölderlin auf den Lippen hatten, quält uns heute, auch daß er ein Alibi war für die furchtbaren Opfer, die dem Vaterland – ›nicht eines zu viel gefallen‹ – waren.*

Pfizer machte im Nationalsozialismus eine steile Karriere über Wien, Dresden und Berlin zurück nach Stuttgart, wo er 1942 zum Oberreichsbahnrat befördert wurde, was er verklausuliert in seinen Lebenserinnerungen *Im Schatten der Zeit* beschreibt. Während Pfizers Zeit als Chef des Güterverkehrs in Stuttgart fuhren vom Nordbahnhof sieben Züge nach Theresienstadt und Auschwitz, in denen zu viele in den Tod verschleppt wurden. Pfizer schafft es in seiner Ansprache, ihrer noch 25 Jahre nach Kriegsende nicht zu gedenken. Dabei hatte er es, der mit den Stauffenbergs befreundet war, doch geschafft, sich nach dem Zweiten Weltkrieg als »nicht belastet« darzustellen.

Von Pfizer wird Celan nicht wissen können. Aber er weiß, dass Friedrich Beißner, ein Held der Textarbeit, der Herausgeber der großen Stuttgarter Hölderlin-Ausgabe, einer von denen ist, die es sich unter die Lupe zu nehmen lohnt: Beißner – Doktorvater des Festredners Martin Walser, der ihm die Festrede gewidmet hat – hat auch die berühmte Hölderlin-Feldausgabe zu verantworten, die genau jene deutschen Soldatenopfer vorantrieb, die Pfizer nicht zu erwähnen vergisst.

Celan hat schon Walsers Rede im Kleinen Schauspielhaus nicht gemocht. Das ist ein Mensch, der Echtheit schauspielert. So gut, dass man ihm gerade glauben möchte, er sei schon im Kindbett ein Linker gewesen. Walser ist wendig, geschickt. Auch ihm gibt der Akzent die Aura des Authentischen, dabei ist er vor allem intelligent. In Stuttgart hat er auch schöne Sachen gesagt, er hat Hölderlin geehrt:

*Ihm gegenüber selbst das Wort zu ergreifen, das fällt schwer. Er hat ja nicht, wie Goethe, in Weimar, zum leichteren gesellschaftlichen Gebrauch, unabhängigen Sinn in regelmäßige Hebungen und Senkungen verwandelt, Hölderlin hat, muß man wohl sagen, gedichtet.*

Anderes aber, was Walser sagte, war nur schlau und schnell:

*Er ist einmal in Tübingen quer über die Straße gerannt und hat einem Stiftsangestellten, der ihn nicht gegrüßt hatte, den Hut vom Kopf geschlagen. Das ist eine grelle Anekdote zu seinem Identitätsproblem.*

Ein geschmackloser Witz. Aber Celan hat sich mit Schaudern an den gelben Schal erinnert, den er der Frau im Zug damals vom Hals gerissen hat. Und er hat trotzdem gelächelt, als Walser und er, durch ein goldenes Gitter getrennt, bei einem der Mittagessen an zwei getrennten Tischen nebeneinandersaßen. »An einem saß Celan mit André du Bouchet, dem jungen Genfer Übersetzer und mir, am anderen saßen

Hans Mayer und Martin Walser. Celan und Walser gaben sich die Hand durch das Gitter hindurch, nicht ganz ernst.« So Bernhard Böschenstein aus der Erinnerung. Celan könnte mit Walser Zug fahren, aber das könnte auch schiefgehen. Böschenstein, Professor in Genf, hat den Vorteil, jung und kein Deutscher zu sein.

Auch Neumann und seine Frau sind plötzlich in Stuttgart. Sie wollen Celan überraschen, ihn schon vor dem Freiburg-Aufenthalt begrüßen. Die Hölderlin-Gesellschaft ist für den jungen Germanisten natürlich keine schlechte Adresse, doch das Paar ist vor allem für Celan gekommen. Leider kann er nicht anders, als ihnen eine weitere Enttäuschung zu bereiten: »Keine Spur von Freude. Stattdessen ergießt er einen nie gekannten Redeschwall über uns. Er ist außer sich vor Erregung.« Celan hat jemand im Publikum gesehen, der einmal etwas über ihn geschrieben hat, »alles völlig falsch verstanden natürlich –, der sei ja nur gekommen, um ihm wieder eins auszuwischen. Freunde gebe es ja überhaupt nicht, alle seien doch nur Feinde – das habe er ja oft genug erlebt.«

Es kann irgendeines der Mitglieder gewesen sein. Enzensberger hat 1960 in seinem Gedicht »Schauen« das schöne Wort geprägt: »Wohin mit dem / was da sagt Hölderlin und meint Himmler?«

War es Hans Egon Holthusen, der ehemalige SSler, der 1939 den Überfall auf Polen in die Tradition der Ordensritter stellte: »Der Sinn unseres Marsches war ein Jahrtausend alt.« Seit 1968 ist Holthusen Präsident der Bayerischen Akademie der Schönen Künste. Aber die Verhältnisse sind auch hier nicht einfach. Clemens Graf Podewils, der Generalsekretär der Bayerischen Akademie, ist in Stuttgart anwesend. Celan hat sich für einen der Abende mit ihm verabredet. Zum ersten Mal. Auch Podewils ist nicht unbelastet. Vor elf Jahren hat es Celan noch abgelehnt, sich mit ihm zu treffen, weil Podewils in Goebbels' Kulturzeitschrift *Das Reich* veröffentlicht hat. Wie seine Frau Sophie, geborene Freiin von Hirschberg. Die Gräfin hat den »Sieg« der Wehrmacht in Frankreich lyrisch bejubelt.

Doch zumindest der Graf ist in sich gegangen. Er hat Celan das erste Heft einer neuen Zeitschrift zugeschickt, die einmal im Jahr erscheint: *ensemble*. Es ist eine gute Zeitschrift. Celan hat darin Namen gesehen wie Samuel Beckett und Giuseppe Ungaretti. Auch Ted Hughes, René Char und W. H. Auden sind dabei. Und Celan sieht auch eine alte Bekannte darin: Nina Cassian aus Bukarest, die ihn noch vergangenes Jahr in Paris besucht hat. Die Zeitschrift hat nur einen Haken. Auch sie kommt aus der Akademie der Schönen Künste. Auch Holthusen veröffentlicht darin. Ja, er hat vermutlich sogar die Auswahl des Heftes als Herausgeber besorgt, denn Holthusen ist es, der die einzelnen Beiträge am Ende des Hefts einführt.

Wieder einmal kann man das schwierige Verhältnis Celans zum Kulturbetrieb der Bundesrepublik nachvollziehen. Angesichts der namhaften Beiträger wird er sich gründlich überlegt haben, ob die Zeitschrift nicht auch für ihn ein guter Ort für eine Veröffentlichung sein könnte. Aber … Ob Podewils es deshalb gewagt hat, ihn überhaupt zu fragen?

Glaubt man dem Grafen die Schilderung des Treffens im nächsten *ensemble*-Heft, so haben sich die beiden an ihrem Abend in Stuttgart gut verstanden. Anlass des Gesprächs sei Podewils' eigener Aufsatz im ersten Heft der Zeitschrift gewesen. »Sprachnot« ist der etwas kurze, enigmatische Titel, aber die Vorstellung von Literatur, die sich dahinter verbirgt, spricht vieles an, was Celan wichtig ist. Als Beispiel einer kargen, posthumanistischen Endzeitästhetik zitiert Podewils Celans »Fadensonnen«: »Ein baum- / hoher Gedanke / greift sich den Lichtton: es sind / noch Lieder zu singen jenseits / der Menschen.« Ein Teil der »Not« sei die abstrakt gewordene Sprache, in der »die sinnenhafte Herkunft der Wörter« verblasst ist. »Wer ›Krug‹ sagt, hört nicht mehr die verschollene Urbedeutung, und ›Topf‹ erinnert nicht an tief.« Damit könne zusammenhängen, dass Samuel Beckett überlege, »ob es statt ›Topf‹ nicht eher ›Schild‹ oder ›Rabe‹ heißen sollte«. Podewils kommentiert: »Die Sprache duldet keine Versteckspiele. Ihr Hervorbringen ist ein Aufdecken. Sie zeugt von dem, der spricht, und von dem geschichtlichen Augenblick, in dem gesprochen wird.«

Konziser kann man diesen wichtigen Aspekt von Celans Poetik schlecht zusammenfassen. Allerdings spricht Podewils genau den geschichtlichen Augenblick nicht an, aus dem heraus Celan schreibt. Das überrascht nicht wirklich. Die eigene Vergangenheit ist auch für Podewils ein blinder Fleck. Der Aufsatz liest sich, als analysiere Podewils Celan mit Heidegger.

Ob Celan weiß, dass der Graf auch ein Heidegger-Bewunderer ist? Dass er zusammen mit seinem Schwager Prinz Albrecht von Schaumburg-Lippe auf dessen Gut Heideggers Treffen mit Buber organisiert hat? Dass er es war, der »Heideggers Russen« Wosnessenski, der ebenfalls ein Gedicht zur Zeitschrift beigesteuert hat, im Dezember 1966 mit dem Auto von München nach Freiburg gefahren hat, um Heidegger und Wosnessenski einen Gefallen zu tun?

So passt es durchaus, dass auch an Podewils und Celans gemeinsamem »späten Abend« in Stuttgart, den er im zweiten Heft von *ensemble* im nächsten Jahr schildert, Heidegger erwähnt wird. Zuerst aber schildert Podewils noch Celans Auftritt als durchaus gelungen, er habe »mit klarer, artikulierender Stimme« gelesen,

> *in jener tonvollen, melodisch ausschwingenden Art, die keine Silben, Nachsilben fallen lässt, und die man die altösterreichische nennen möchte. (…) So ließ er sich auf das Abenteuer ein, das Auditorium mit neuen, schwer zugänglichen Gedichten bekannt zu machen. Hörer also, denen es verwehrt ist, mitzulesen, und das heißt: mit dem Auge den Umriss der rhythmischen Gestalten im Zeilenbruch wahr zu nehmen.*

Der bekannte marxistische Literaturhistoriker Hans Mayer, der, ursprünglich aus dem jüdischen Kölner Großbürgertum stammend, nach dem Exil in die DDR »zurückgekehrt« und in Leipzig Professor geworden war, aber nach immer stärkeren Konflikten mit der »realsozialistischen« DDR schließlich nicht von einem Tübinger Vortrag zurückkehrte, hat andere Lesungen Celans erlebt und macht den Unterschied deutlich:

> *Celan las stets in der gleichen Weise und Haltung. Eine Hand hielt das Buch oder Manuskript, die andere stützte den Kopf. Bisweilen schaute der Lesende auf und verstand einzelne Verse als Anrede an die Lauschenden. Sonst keine Bewegung. In Tübingen und Hannover war es ihm nach wenigen Momenten gelungen, den Bannkreis zu ziehen. Das misslang in Stuttgart. Geeichte Philologen, genauestens informiert über die Thesen der Sekundärliteratur zu einzelnen Dunkelheiten Hölderlins, schüttelten den Kopf, sperrten sich gegen den Mann da oben und sein Wort.*

Auch Podewils stellt sich in seinem Bericht gegen die Mehrheit und an Celans Seite. Er gibt Celan die Gelegenheit, sich zu erklären:

> *»Man hat mir diese substantiva composita vorgehalten, zum Beispiel Meermühle. Sind aber Kiesel, Felsen, Klippen, denn nicht vom Meer zu dem gemahlen worden, was sie sind?« (Und hat nicht lange vor Celan die Sprache, ob es der Volksmund oder die Erkenntnis eines Geologen war, in Gletschermühle ein gleiches getan?) »Meine Wortbildungen sind im Grunde nicht Erfindungen. Sie gehören zum Allerersten der Sprache. (…) Ich möchte in den Worten wieder die Namen der Dinge vernehmen. Die Bezeichnung isoliert den vorgestellten Gegenstand. Im Namen aber spricht sich uns ein jegliches in seinem Zusammenhang mit der Welt zu.« (Heidegger nennt das Ding den Ort der Welt. Celan, in einem Gedicht, geht darüber hinaus: »Kein Wort, kein Ding / und beider einziger Name.«)*

Hat in diesem »darüber hinaus« vielleicht Platz gefunden, dass Podewils' Frau 18 Jahre zuvor eine der zahlreichen Geliebten Heideggers war? Es ist wohl ein den Viettas verwandter Fall. Podewils ist sich seiner Nähe zu Heidegger durchaus bewusst. Zwischen Celan und Heidegger sieht er Nähe und Differenzen. Passenderweise kommt er auf »Todtnauberg« zu sprechen, die zusammengezogenen Substantive darin, die zum größten Teil nicht von Celan gebildet sind: »Augentrost«,

»Waldwasen«, »Knüppelpfad«. Nur Sternwürfel ist eine Neubildung: »Der Trunk aus dem Brunnen mit dem Sternwürfel darauf«. Und Podewils zeigt, wie wirksam und wichtig die Neubildung ist, obwohl sie ein Ding nur genauer benennt. Ein Buchstabe kann den Unterschied ausmachen: »Auf dem Weg vom Manuskript zum Buch ist durch einen Druckfehler der Sternwürfel zum Steinwürfel geschrumpft: als falle die Vision wie unter einem Schwergewicht zur Erde, ins Greifbare, Tatsächliche zurück. Was bleibt: der Anblick des gewohnten steinernen Brunnens.« Die geheimnisvolle Bildkraft des Sternwürfels ist zerstört. Und das Gewohnte ist es, das an der Wirklichkeit vorbeigeht.

Am Ende kommt das Gespräch kurz auf Heidegger selbst. »Aus der Nachbarschaft seines denkenden Dichtens« fühle Celan sich ihm verbunden. »Im Unterschied zu solchen, die sich an seiner Ausdrucksweise stoßen, sehe ich in Heidegger denjenigen, der der Sprache wieder ihre limpidité zurückgewonnen hat.« Ihre Klarheit, ihre Helle.

Martin Buber soll gesagt haben, der Mensch Heidegger sei ihm sympathischer als seine Schriften. Bei Celan muss man es anders formulieren: Die Schriften, die nicht den Nationalsozialismus betrafen, waren wichtig für ihn. Da empfand er sich als Arbeiter im selben unwegsamen Gelände. Den Menschen aber, den er antraf und dessen Wirkung er sich nie ganz entziehen konnte, konnte er nicht mit den erschreckenden politischen Stellungnahmen in Verbindung bringen.

Auch mit Podewils, dessen deutlich weniger wichtige, aber doch auch zwielichtige Rolle im Nationalsozialismus Celan nicht vergaß, scheint das Verhältnis nach dem ersten und in diesem Fall einzigen Treffen nicht ganz spannungsfrei abgeklungen zu sein. Der Celan-Vertraute Böschenstein hat längere Zeit nach der Tagung gemeint, Celan habe Podewils bei dem Gruppenausflug nach Marbach gemieden. Podewils selbst erzählt, ohne Bezug auf Böschenstein und lange vor ihm, eine etwas kompliziertere, ebenso glaubwürdige Geschichte:

*Am nächsten Morgen kam man vor dem Alten Schloß zur Abfahrt nach Tübingen, zum Grabe Hölderlins, zusammen. Ich traf Celan wieder. Er stand in einer Gruppe, ging auf mich zu und drückte mir die vergessene Tabaksdose in die Hand. Ich fand in einem anderen Autobus Platz. Oder war es ein Zögern, das mich davon abhielt, seine Nähe zu suchen und die vollkommene Stunde vom Vorabend verlängern, wiederholen zu wollen? Im Verlaufe des Tagesausflugs fand er Gelegenheit, früher im Wagen abzufahren. Ich habe ihn nicht wiedergesehen.*

Stuttgart war ein Albtraum mit Aufhellungen. Celans letzte öffentliche Lesung sah er selbst als Reinfall an. Darum gruppiert sich für ihn, wie die Briefe an Franz Wurm und Ilana Shmueli zeigen, am Ende alles. An Wurm wie an sie schreibt er mit identischen Worten: »die Lesung wurde totgeschwiegen oder als ›unverständlich‹ abgetan.«

Schön, muss er denken, war das private Wiedersehen mit dem Schriftsteller Hermann Lenz und seiner Frau Hanne, denen Celan nach seinem ersten Übernachtungsbesuch von 1954 einen seiner enthusiastischsten Briefe geschrieben hat. Weil er aber auch bei ihnen einmal glaubte, dass sie ihm in der Goll-Affäre nicht genügend zur Seite stünden, und Hanne Lenz – selbst Jüdin, von ihrem Mann in der Nazizeit unterstützt – sich immer eine eigene Meinung leistete, hatten sie sich danach zehn Jahre lang nicht gesehen.

In seinem Roman *Der Fremdling*, der erst 1983 erschien, wird Hermann Lenz ein einprägsames Bild von Jakob Stern zeichnen: einem jüdischen Dichter deutscher Sprache, der in Paris als Lehrer arbeitet und mit seinem dunklen Lodenmantel ein wenig Eleganz nach Stuttgart bringt. Eines der letzten Fotos von Paul Celan, von Agnes Handwerk während der Stuttgarter Lesung aufgenommen, zeigt einen bedeutenden Dichter in weltläufig-standesgemäßem Anzug, mit Krawatte und weißem Hemd, wie er konzentriert aus seinen Gedichten liest.

*Mit dem Lichtbart der Patriarchen*

Es hat wenig zu tun mit dem ebenso gut gekleideten, aber unsicheren Herrn, der am Montag, dem 23. März 1970, in Richtung Freiburg fährt und Hölderlin zuschaut. An Ilana Shmueli hat Celan seine mindestens zweite Postkarte mit dem Turm geschrieben, auf der nichts weiter zu lesen ist als »ich stehe«. Ich halte stand. Das wird er auch in Freiburg tun müssen. Wird er dort wirklich länger wohnen? Will er das, in Deutschland bleiben? Er ist froh, dass er noch nicht nach Paris zurück muss.

## 20

## CELANS WUT. DIE LETZTE PRIVATE LESUNG

Wenn er nach links schaut, sieht Celan nur die Rauchzeichen der anderen Häuser. Drüben im Sternwald liegt noch Schnee. Es ist still. Selbst ein paar Krähen geben keinen Laut. Wie hat Baumann schon Ende Januar geschrieben:

> *In diesen Tagen ist die Stimmung des Aufbruchs über das Land gezogen; die Schneeinseln vergilben, das Eis bricht zu grotesken Figuren, zeigt abgewetzte Ränder und klebrig-schmutzige Bruchflächen. Das braune Gezweig schimmert grau, zuweilen silbrig; in der Luft schon Geruch von aufkommendem Grünen (...).*

Aber danach habe es noch mal geschneit, hatte Baumann, von Celan darauf angesprochen, aufgeregt bemerkt. Manchmal tagelang. Im Schwarzwald liege so viel Schnee wie seit hundert Jahren nicht mehr!

Hier unten, denkt Celan, beginnt er sich gerade aufzulösen. Von der großen, beinahe kahlen Paulownia und dem Gingkobaum, von Strauch zu Strauch verschwindet der letzte Rest. Gerade sieht Celan einen Mann mit einer Harke aus einem der gegenüberliegenden Schrebergärten kommen. Der Boden muss noch viel zu hart sein für solche Arbeit.

Unten hört man etwas Gescharre. Ob sie schon Stühle rücken für heute Abend? Jetzt ist es wieder still. Celan steht im oberen Stockwerk des großen Baumann-Hauses in der Andlawstraße, wo er diesmal für ein paar Tage wohnen wird, am Fenster. Gerade hat er es geöffnet. Seinen Atem hat er nicht mehr gesehen.

Heute Vormittag sind sie wieder hinter den Gärten im Wald spazieren gegangen. Alte Wege. Durchs Holz. Aber sie mussten bald zurück. Es ist lächerlich. Wieder hat Celan die falschen Schuhe dabei. Er hat nur an Stuttgart gedacht, an die Hölderlin-Gesellschaft, an feine Leute. Dabei hatte er sich mehr auf Freiburg gefreut. Jedes Mal, wenn Celan herkommt, denkt er, hier könnte er bleiben. Aber vielleicht ist es jetzt ja wirklich so weit.

Mitten im Wald, neben einem der Holzstapel, während von den Bäumen Schnee tropfte, den Celan manchmal auf den Wangen gespürt hat, hat Baumann ihm davon erzählt. Beide hatten sie die Hände in den Taschen ihrer Lodenmäntel vergraben, nachdenkliche Raben. Celan war, wie seit langer Zeit, auch an diesem Morgen schlecht gelaunt gewesen. Aber Baumann wusste, heute würde er seine Depression aufbrechen. Er wolle ihm etwas zeigen. Ohne jede Neugier hatte Celan sich drängen lassen, aber dann war er doch froh gewesen über die Luft.

Nur gesetzt den Fall, er habe es sich noch nicht anders überlegt, hatte Baumann begonnen, es sei wirklich keine Verpflichtung, er solle sich das sehr gut überlegen und sich dann nach ordentlich bemessener Frist entscheiden. Wenn es ginge, noch vor der Abreise, sonst eben danach.

Nun ja – Baumann genoss die sich nun langsam doch abzeichnende Spannung in Celans Gesicht –, er sei ja selbst überrascht gewesen, nein, er habe wirklich nicht damit gerechnet, so schnell mit einer Erfolgsmeldung aufwarten zu können. Aber ja, jetzt wolle Celan es wohl wissen, das sehe er, er lachte ein bisschen. Tatsächlich sei es ihm, Baumann, gelungen. Er habe Hugo Friedrich, der, wie Celan vielleicht wisse, mittlerweile kurz vor dem Ruhestand stehe, gefragt, ob etwas möglich sei, und Friedrich habe nach einiger Zeit – als er, Baumann, unter uns gesagt, schon gar nicht mehr an etwas habe denken mögen – schließlich geantwortet: Das Ministerium behaupte, es sei möglich, für ihn, Paul Celan aus Czernowitz, eine Stelle zu schaffen. Hier! In der Romanistik!

Baumann sah ihn freundlich lächelnd, aber vorsichtig an. Ausgerechnet Friedrich, wie Baumann lächelnd anfügte, ausgerechnet Friedrich! Eine Stelle für ihn, Paul Celan aus Paris, in Freiburg!

Celan war schon die ganze Zugfahrt über immer mal wieder an seiner Novemberidee hängen geblieben, nach Freiburg zu ziehen. Hölderlin hatte ihm keine Antwort zu geben vermocht. Er kenne den Ort nicht. Er könne dem hochwohlgeborenen Herrn aus der großen, fremden Stadt keineswegs helfen. Im Grunde kenne er nur Nürtingen und Bordeaux.

Wie nach jeder »Heimkehr« hatte sich Celan auch bei jener aus Israel in Paris sehr allein und überflüssig gefühlt. Wenn er in die Rue de Longchamp, zu Eric und Gisèle, nicht mehr zurückdurfte, was sollte er dann dort? Selbst Ilana und er hatten sich in Paris nicht wirklich verstanden. Seine Wohnung war eine unheimliche, große, laute Höhle mit ein paar Gängen zu drei kalten Löchern. Nur Essen und Weintrinken war schön gewesen. Abends vor Wänden. Ab und zu ein Spaziergang. Manchmal hatten sie gelacht und sich gut unterhalten, bis sie merkten, dass es nur dann geschah, wenn sie zurückdachten.

Aber Freiburg? Das war bisher kaum in Frage gekommen. Als Kostgänger bei Baumanns? Als Hausangestellter oder als Gärtner? Mochte Marianne Baumann ihn vielleicht anheuern als Zuhörer für die Monologe ihres Gatten?

Celan entlasteten diese Monologe immer mehr. Das hatte er in den zwei Tagen seit seiner Ankunft gemerkt. Er selbst war noch langsamer geworden. Und schon in Stuttgart war er sich vorgekommen wie ein Mann ohne Gedächtnis. Da war es schön, dass er Baumann manchmal gerne zuhörte. Und wenn Baumann merkte, dass Celan ab und an aufmerksam zu ihm hinschaute, mit seinen Wimpern die eine oder andere Bewegung machte, mit der er auf winzige Nuancen im Satzbau reagierte, war der Unermüdliche froh.

Gestern waren sie mit dem Mercedes gleich nach seiner Ankunft hoch in den Wald, an die Baumgrenze, die B 500 war schon frei, aber abseits war, wegen seiner Schuhe, bald Schluss gewesen, und sie hatten das Haus, in dessen Einliegerwohnung er nach Baumanns Meinung nun plötzlich wohnen sollte, nur von weit unten gesehen. »Und auch wenn Sie in Freiburg sind«, hatte Baumann gemeint, »kommen Sie zu uns.«

Doch was meinte Baumann mit seinem das Angebot unterstützenden Satz: »Sie bleiben in ihrem Bereich«? Celan hatte den Satz sofort in seinen Notizkalender notiert. Romanistik? Ja, stimmt, das hatte er irgendwann ein paar Semester lang studiert, in Czernowitz, aber qualifiziert hatte er sich dort für nichts und niemanden. Meinte Baumann damit, die deutsche Literatur sei nicht Celans Bereich? Wollte er seinen eigenen »Bereich« vor ihm schützen? Vertraute er seinem »Freund« nicht? Celan musste ihn fragen, ob Friedrich dachte, er könne Übersetzungskurse halten?

Es sei gut gewesen, dass er »damals« noch bei Friedrich in der Vorlesung gewesen sei! Das sei er doch? Ja, er war vor zwei Jahren noch dort gewesen. Celan hatte sich für sein »Vergessen« geschämt, hatte in der letzten Reihe gesessen und sich über Friedrichs lässiges Plaudern gefreut. Er war am Ende der Stunde nach vorne gegangen und hatte ein paar Freundlichkeiten mit ihm ausgetauscht, sich entschuldigt. Baumann hatte ihm schon erzählt, dass Friedrich in seinen letzten Jahren nur noch Dante gemacht hatte: Dante 1, Dante 2, Dante 3, Dante 4 und 5 und vermutlich sogar noch mehr. Als Studenten zu ihm gekommen seien und protestiert hätten, sie interessierten sich für französische Literatur, sie könnten kein Italienisch, hatte er ihnen geantwortet: »Dann lernen Sie es.«

Nicht erst seither hatte Friedrich, wegen seines Holzbeins oft hilflos, Angst vor Studenten. Ex-Assistent Hausmann, der Celan noch in Friedrichs Vorlesung gesehen hat, erzählt, dass es seine Hauptaufgabe gewesen sei, Friedrich die Studenten vom Leib zu halten.

Soll *er*, Celan, jetzt Friedrichs Leibwächter werden? Je länger er nachdenkt, desto klarer wird ihm, dass er das schöne Angebot, das heute Vormittag so plötzlich über ihn gekommen ist, nicht annehmen kann. Vor drei Jahren wäre es vielleicht noch möglich gewesen. Auch wenn er damals direkt aus der Psychiatrie kam, war er noch kräftig. Nein, er kann diese Stelle nicht mehr annehmen. Nicht nur seines Gedächtnisses wegen. Aber es wird jeden Tag schlechter.

Es ist auch wegen Eric. Er wird fünfzehn. Celan muss bei ihm sein, wenn er ihn braucht. Man sagt doch, dass in diesem Alter die Väter wichtig sind. Aber kann er das noch, wichtig werden? Bei Eric bleiben? Früher sind sie Hand in Hand durch die Stadt spaziert. Von fern erinnert er sich an einen jungen, erfolgreichen Dichter im Trenchcoat, einen kleinen, süßen Buben neben sich, der mit vier schon einen hellen Mantel trägt. Die beiden, auf Urlaubsreise in Innsbruck, präsentieren ihren Betrachtern ein Wonnebild der Bourgeoisie. Jetzt will dieser Junge auf eine Zaubererschule!

Celan ist wütend geworden. Trotz Psychiatrie, trotz all seiner Schwierigkeiten, trotz seiner eigenen Liebe zu allen Zirkussen, in die er Eric immer gerne geführt hat, hat er jetzt das Gefühl, dass Eric »Besseres« verdient hat. Ja, denkt er, der verrückte Dichter streckt sich, wie alle anderen, nach der warmen Decke der Normalität. Vielleicht sollte er Gisèle von Friedrichs Angebot erzählen. Vielleicht würden beide mitkommen, Eric und sie, woanders ein neues Leben anfangen – hier. Paris kann Gisèle doch gar nicht mehr gefallen. Und Eric? Er wird sich wohl weigern mitzukommen, er hat ja doch ein paar Freunde. Aber er kann neue finden. Und Frankreich ist nicht weit!

Baumann wird rückblickend geradezu schwärmerisch, wenn er von Celans Zweifeln erzählt:

> *(…) daß in Freiburg Schulen bestehen, die Unterricht nach französischen Lehrplänen anbieten, führte nicht viel weiter. Wie würde Gisèle Celan einen solchen Entschluss beantworten? (…) Es lag ihm Unsägliches daran, die Ferne nicht zu vergrößern, so unmöglich die Nähe geworden. (…) Noch einmal verwies ich ihn auf die Freiheit, welche ihn erwartete, – eine*

*Bindung an die Universität auf Widerruf. Von dieser Aussicht war Celan überaus angetan. Er dankte bewegt, behielt sich eine Entscheidung vor und war zu nichts entschlossen. Celan war geneigt, einen neuen Einsatz zu wagen, zugleich gehemmt, ihn ohne Zögern zu vollziehen. (…) Er traute sich das Vermögen zu, noch abwarten zu können, und war zugleich von bedrohlicher Ungeduld getrieben. Mit äußerster Beherrschung suchte er seine Spannung in undurchdringlicher Gelassenheit aufzufangen. Er gebot über den Takt der Schwermütigen, die ihre Verzweiflung verbergen.*

Irgendwann ist Celan nach unten gegangen. Heidegger und Birgit von Schowingen würden zum Essen kommen, hatte es geheißen. Celan las etwas, sie sprachen wenig, Baumann arbeitete. Irgendwann war der Besuch dann da. Die verknöcherte feine Dame Birgit von Schowingen hätte gut ins alte Czernowitz gepasst. Celan erinnerte sich an Gemäldegalerien der reicheren Familien, die er an den lyrischen und kommunistischen Nachmittagen in den besseren Häusern im Vorbeigehen gesehen hatte. Immer diese sauertöpfischen Gesichter. Auch er braucht jemanden, der bei ihm bleibt. Hölderlin ist schon tot. Soll er wirklich Friedrich das Holzbein stützen oder bei Heidegger als Birgit von Schowingen anfangen?

Dabei hat Celan sich doch entschlossen, Heidegger gar nicht mehr wahrzunehmen. Die zurückgenommene Erwartung von vor zwei Jahren hat sich schon während des Aufenthalts damals in Richtung Duldung der Anwesenheit bewegt. Nie haben sie über »Todtnauberg«, nie über Heideggers magere Nichtantwort gesprochen. Celan erwartet gar nichts mehr. Aber Heidegger, denkt er sich, stört mich auch nicht mehr.

Heidegger, dessen Augen wach geblieben sind, kann nicht anders, als den stillen Celan ab und an zu betrachten. Er kann nur hoffen, dass ihm immer mal wieder etwas einfällt, um den Schweigenden aufzustören. Irgendwann kommen sie auf übermorgen, Gründonnerstag, die Lesung vor etwas größerem Publikum, am selben Ort. Baumann erwähnt, dass Celan ja wisse, dass Neumann, der anwesend sein werde, einen Aufsatz über ihn geschrieben habe?

Wie? Celan, der sich im Hin und Her seiner Gedanken, ob Freiburg oder nicht, wohl und unwohl zugleich gefühlt hatte, weil er wieder hatte merken dürfen, dass Gerhart Baumann etwas an seinem Schicksal lag, ist plötzlich hellwach.

Er erinnert sich an ein Gespräch mit Tophoven vor Jahren. Top hat ihm nie erzählt, dass Neumann wirklich etwas schreiben wolle, und Neumann hat auch nichts verraten. Celan ist doch ein gutes Dutzend Mal bei ihm gewesen! Er hat ihn doch gerade noch in Stuttgart gesehen! »Doch«, da sei etwas fertig geworden, erzählt Baumann zufrieden. Ob er keinen Sonderdruck des Aufsatzes erhalten habe? Das könne nur ein Versehen sein. Oder die Post! Der Aufsatz, von dem Neumann auch ihm nie erzählt habe, bis er ihn gesehen habe, sei sehr schön: »Die absolute Metapher«. Ein großer Titel! Baumann dürfe sich kein Urteil anmaßen, aber er meine: Der Titel hält, was er verspricht.

Celans Melancholie ist weg. Er ärgert sich, dass er den Aufsatz noch nicht kennt. Und er ist neugierig. Neumann *muss* etwas über das Treffen mit Heidegger geschrieben haben. Er hat es damals »epochal« genannt.

Auch Heidegger schaut auf, reckt sich. Neumann? Ja, Baumann nickt begütigend, »der Fahrer, wissen Sie, mein Assistent.« Bewegt sich etwas in Heidegger? Erinnert er sich an damals? Der alte Heidegger kann so tun, als lasse er die ganze Welt in sich hinein, wo sie dann auch verschwindet.

Um was es denn gehe? »Es ist ein Abgrenzungsversuch von Mallarmé.« Celan zuckt zurück. Ein Abgrenzungsversuch? Ist das nötig? Neumann muss doch wissen, dass er Mallarmé nicht leiden kann. »Soll ich«, fragt Baumann, der die Irritation Celans sieht, »Neumann anrufen, damit er übermorgen ein Exemplar mitbringt?« »Nein, ich möchte den Aufsatz vorher lesen.«

Celan hat Neumann in diesen Tagen noch gar nicht gesehen. Diesmal ist er kein Universitätsgast. Erst um den 13. Mai, zur Lenau-Konferenz, wird er wieder im Victoria sein. Celan kann sich nicht vorstellen, dass »der junge Neumann«, der in diesem Jahr 36 Jahre alt werden wird, etwas Falsches, Unverantwortliches geschrieben hat. Baumann erwähnt, wenn er von ihm spricht, immer, wie beliebt und gescheit er sei. Er ist ein guter Kerl. Aber warum schreibt er nichts über das Gespräch? Es wäre das Natürlichste der Welt gewesen! Es hätte Heideggers selbstzufriedenes Schweigen gesprengt! Es ist kein wissenschaftliches Thema, aber es ist mit Sicherheit das Interessanteste, was Neumann mit ihm zusammen erlebt hat. Er hätte »Todtnauberg« von seiner Erfahrung dieses Tages her interpretieren können.

Celan kann Neumann nicht verstehen, aber er will den Aufsatz sofort lesen. Baumann meint, er könne Celan sein Exemplar geben. Er müsse seine beiden Gäste nur noch zur Bahn und nach Hause bringen …

Der Aufsatz liege schon oben, sagt Frau Baumann, als sie weg sind, in Celans Zimmer, zusammen mit dem Buch, das er letztes Mal erwähnt habe. Es liege auf dem Bücherregal und der Aufsatz darunter. Ob sie ihm alles zeigen solle? Sie habe gewusst, dass es ihn interessieren würde.

Frau Baumann ist nett. Auch sie ist Literaturwissenschaftlerin. Oder hat sie Kunstgeschichte studiert? Aber jetzt hat Celan keine Zeit, darüber nachzudenken. Er ist schon auf der Treppe. Er hatte das Buch hochgehoben und darin gelesen, aber den Aufsatz nicht gesehen.

Ernst Niekisch: *Das Reich der niederen Dämonen*. Celan erinnert sich, dass er beim letzten Mal dachte, wenn von Freiburg die Rede ist, müssten es die mittleren sein: von Heidegger über Friedrich zu Baumann …

Es ist ein verrücktes Buch. Und es hat Niekisch ins Gefängnis gebracht. Die Gestapo hat das Manuskript gefunden, Niekisch saß von 1939 bis 1945 als Lebenslänglicher, ging nach dem Krieg zur SED, trat aus, wechselte in den Westen, fand zur SPD, am Ende blieb er parteilos. Mitte der 1930er-Jahre war der Sohn eines Feilenhauermeisters ein »Nationalbolschewist«, der dem Nationalsozialismus seinen »Pakt« mit dem »Großkapital« übel nahm.

Das Buch ist wild und direkt. Der erste Satz lautet:

*Wohl ist die Tatsache nicht verborgen geblieben, daß schwerindustrielle Großbürger in langjähriger systematischer Arbeit das Dritte Reich vorbereiteten; indes hat man doch aus den Augen verloren, wie dies im Einzelnen geschah.*

Man kann nur weiterlesen. Aber das mit dem Zweihänder verfasste Werk, das Niekisch 1935/36 geschrieben hat, ist auch ein Mahnmal des Linksfaschismus, der sich als Wiedergänger unter die 68er-Bewegung gemischt hat. Selbst ein Antisemit, analysiert Niekisch das brutale Vorgehen gegen die Juden. Auch Heidegger wird an einigen Stellen erwähnt, von Niekisch mit Konturen versehen:

*Der faschistische Bürger erwartete von seinen Philosophen, daß sie wieder etwas Ewiges statuierten. Das Ewige eines gegebenen Seins und seine Kategorien. Die Ontologie Martin Heideggers tat ihr möglichstes, ihm eine Enttäuschung zu ersparen. (…) Dem Bürger war das ewige Sein ein Symbol seiner gesellschaftlichen Unvergänglichkeit.*

Niekischs schnoddrig-zupackender Ton hat Celan gestern Nacht gefangen genommen. Aber jetzt hat er ein Gegenmittel. Fiebrig liest er in Neumanns Aufsatz »Die ›absolute‹ Metapher. Ein Abgrenzungsversuch am Beispiel Stéphane Mallarmés und Paul Celans«. Zwei Genitive! Ein Abgrenzungsversuch! Dabei empfand Celan Mallarmé stets als Gegenpol. Dichtung, die behauptet, dass die Wirklichkeit uninteressant ist und sich gemütlich in Weltvergessenheit einrichtet. Von Schöngeistern geschätzte Mitteilungen aus dem Poesiealbum eines Englischlehrers.

Aber Neumann scheint das zu wissen. Während Kafka in seinen

Tagebüchern schreibe: »Die Metaphern sind eines von dem vielen, was mich am Schreiben verzweifeln lässt«, während Kafka einen »verzweifelten Kampf um das Eigentliche« führe, werte Mallarmé die Schwierigkeiten zwischen Sprache und Wirklichkeit einfach um. Er mache die Sprache zum einzig Wirklichen.

Celan sieht sich seit langem auf der Seite Kafkas. Was hat er mit Mallarmé zu schaffen? Wahrscheinlich war es ein Fehler, ihn in der Rede zum Büchner-Preis am Rande zu erwähnen. Seither läuft Mallarmé ihm hinterher. »Sollen wir (...) Mallarmé konsequent zu Ende denken?«, hat er geschrieben. Nein, hätte er rufen sollen, nein! Damit sie es verstehen.

Über Seiten ergeht sich Neumann zu Mallarmé. »Das Spiel der Bedeutungen verläuft nicht mehr zwischen Wort und Sache, sondern im irrationalen Simultan-Effekt sich gegenseitig bestrahlender Worte.« Als ob Celan das nicht wüsste. Er kennt das. So ist Mallarmé und so haben Holthusen und andere seine Gedichte gelesen. Weil sie die Wirklichkeit, von der er erzählt, mitgeschaffen haben und nichts mehr von ihr wissen wollen. Aber hat Neumann, der junge, brillante Wissenschaftler, nicht mehr zu sagen als die alten Nazis?

Da sieht Celan sein Gedicht »Mandorla«, die Zeilen »Judenlocke, wirst nicht grau«, »Menschenlocke, wirst nicht grau.« Celan liest. Das ist genau, elegant und harmlos hingeschrieben – aber schrecklich. Celan kann kaum fassen, was Neumann zu seinen Gedichten einfällt. Der naturnotwendig »leere Glanzaum des Gedichts« erreiche »das Leid der Welt«, das im Symbol der »grauen Haare« versinnbildlicht sei, nicht. Aber, lieber gutgeschürzter und wohlgeschützter Bürger der BRD, das »Leid der Welt« in diesem Gedicht ist, dass es Millionen Menschen gab, deren Haar *nicht* grau werden durfte. Celans Mutter und sein eigener Vater, sie hätten ihre Lebenszeit gerne ausgeschöpft. Die Wirklichkeit, lieber Deutscher, sie ist mitten in dem Gedicht, das du gelesen hast.

In diesem Moment begreift Celan, dass Neumann, der Chauffeur, der »Zeuge« von Todtnauberg, auf den er gehofft hatte, aber an den er schon gar nicht mehr gedacht hat, seiner Aufgabe von Anfang an nicht gerecht werden konnte.

Neumann hatte ihm nach der Fahrt ja gesagt, dass zwischen Heidegger und ihm »Epochales« zur Sprache gekommen sei. Aber dieser gescheite junge Mann ist so weit vom Epochalen entfernt, wie Celan nur denken kann. In den »besten der Gedichte« Celans, schreibt er, sei »jedes« der Worte eine absolute Metapher, die vermittle, dass die Sprache nicht zur Wirklichkeit gelangen könne.

Wenn das eure Probleme sind. Celan fühlt eine Hoffnungslosigkeit, die ihn wütend macht. Neumann hat den Aufsatz, den Tophoven ihm zwei Jahre vor »Todtnauberg« nahegelegt hat, Jahre danach geliefert. Er hat nicht lockergelassen. Aber es hat nichts genutzt. Er ist kein Zeuge. Neumann, den Celan auf seiner Seite wähnte, ist in diesem Moment einer der *Anderen* geworden, die, indem sie sich geschickt zwischen Celans Gedichte und die Wirklichkeit schieben, ihm klar machen, dass sie von seiner Welt nichts wissen wollen. Dass er allein mit ihr ist.

Claire Golls Unterstellungen, die ahnungslosen und böswilligen Rezensionen, Heideggers verstocktes Schweigen, das abschätzige Unverständnis in Stuttgart und jetzt diese schreckliche Harmlosigkeit – alles zusammen wird für Celan in diesem Moment zu einer großen Deutschstunde, und er ist der Schüler.

Er hat immer geglaubt, dass seine Gedichte das sind, worauf er »stehen« kann, das letzte, was er, noch nach Israel, nach all seinen Niederlagen, hat. Celan merkt, wie traurig und wütend er ist. Er darf es in Baumanns Haus nicht zum Eklat kommen lassen. Er weiß, er muss sich Freiburg offenhalten. Sonst hat er gar nichts mehr. Sonst bleibt nur Paris und seine große, leere, laute Höhle. Vielleicht kommt Neumann, wenn Celan Geduld hat, noch auf ihn zu und erklärt sich? Vielleicht entsteht so das Gespräch, das Heidegger nicht zugelassen hat?

Celan erklärt Baumann nach der Rückkehr unverzüglich, dass der Aufsatz ihn enttäuscht habe. Mit Mallarmé habe er nichts zu tun! Mallarmé, das sei »ein Fetisch«! Baumann erzählt, er habe versucht, Neumann zu verteidigen, Neumann »verehre« Celan, er hege »eine hohe Achtung« – er habe keinen Erfolg gehabt.

~

Als am 26. März 1970, zwei Tage später, Gerhard und Brigitte Neumann in die Andlawstraße kommen, dann Jürgen Schröder und seine Frau, zieht sich Celan vorsichtig zurück. Er geht nach oben. Er weiß, dass er schneidend sein kann, giftig. Das muss er vermeiden. Es geht für ihn darum, den Abend zu überstehen. Er wird noch einmal Gedichte aus *Lichtzwang* lesen. Er muss herausfinden, welche der Gedichte tragen. Er soll ja im Mai wieder kommen.

Elisabeth Kurz, die deutlich jüngere Cousine von Marianne Baumann, erzählt:

*Ich studierte damals Germanistik und Sinologie, und Frau Baumann, die sich als eine Art Mutter sah, wollte mir manchmal interessante Gäste vorstellen. An diesem Abend war ich auf Celan gespannt. Doch er blieb eher im Hintergrund, leise. Vor allem, als Heidegger eintraf. Heidegger trat, gemeinsam mit Birgit von Schowingen, auf, als sei er der Mittelpunkt der Gesellschaft. Er kam mit großem Aufwand laut herein und breitete auf einem der großen Tische sofort seine Bücher aus, er hatte für alle etwas. Nur für mich nicht. Vielleicht war ich auch deswegen so irritiert, dass er den Weihnachtsmann spielte. Ich dachte: Celan ist doch hier die Hauptfigur. Aber es schien so, als hätten die beiden nichts miteinander zu tun. Dass Celan und Heidegger sich unterhalten hätten, daran erinnere ich mich nicht.*

Brigitte Neumann schreibt in ihrem Erinnerungsbrief, zwanzig Jahre nach der Lesung:

*Die Atmosphäre in Baumanns Wohnzimmer war bis aufs äußerste gespannt. Nur Heidegger ruhte in sich. Ich selber regte mich so auf, daß ich einen Asthmahusten hatte, der während der ganzen Lesung anhielt.*

Und Birgit von Schowingen meint:

*Celan las Gedichte, bei denen offenbar wurde, wie die Saiten der Sprache, der er Letztes abverlangte, zum zerspringen gespannt waren. In das Schweigen, in die bleierne Stimmung, die sich der Anwesenden bemächtigte, sagte ich ihm: »vous sauvez la langue«, wobei in mir die inständige Bitte war, die Sprache möge, indem er sie rettend zu einer äußersten Grenze bog, hob, auch ihn, den Verletzlichen retten.*

Celan warf einigen Beteiligten danach »Unaufmerksamkeit« vor, auch dem »in sich ruhenden« Heidegger, wie sich Baumann erinnert.

Celan war gereizt und verzweifelt. In der guten Verfassung vom Juni 1968 hatte er Heidegger wie einen unwesentlichen Bekannten behandeln können. Jetzt entlud sich ein Teil der vertagten Spannung. Die Auseinandersetzung um Neumanns Aufsatz bot sich als eine Art Stellvertretergefecht für die unmögliche Begegnung in Todtnauberg an. Celan war mit der Eintragung ins Hüttenbuch und dem Gedicht auf Heidegger zugegangen – und hatte bis zu diesem Tag keine ernstzunehmende Antwort erhalten. In diesem März 1970 gingen weder er noch Neumann nach Ausbruch des Konflikts aufeinander zu. Neumann wusste im Voraus, dass Celan seinen Aufsatz kannte und missbilligte, sonst hätte seine Frau keinen Grund gehabt, nervös zu sein.

Trotz gespannter Atmosphäre habe Baumann gegen Ende des Abends schon das nächste Treffen mit Celan besprechen wollen, erzählt sie. Nicht ungewöhnlich. Die Lenau-Tagung in Freiburg mit Celans Lesung stand fest. Doch Brigitte Neumann erzählt auch ein irritierendes Detail:

> *Da sagte P. C., der zufällig neben mir stand, ganz leise zu mir: »Die werden sich in ein paar Tagen noch wundern; und dann wird es ihnen leid tun.« Mir war sofort klar, dass das eine Selbstmorddrohung war; aber warum sagte er das zu mir und nicht zu Heidegger? (das ist wieder die Zeugenschaft; wie der Fahrer im Auto; der schweigende Zeuge).*

Heidegger hätte es als direkte Drohung verstehen müssen.

Als Neumanns signalisieren, dass sie gehen wollen, steht Celan unverzüglich auf und verschwindet wieder nach oben. Hat er in die Bukowina hinübergeschaut? Den Aufsatz noch mal gelesen? Oder Niekisch? Eine halbe Stunde habe man gewartet, meint Brigitte Neumann, aber Celan sei zur Verabschiedung nicht zurückgekommen. Neumann sei wütend geworden. Aber auch er hatte die Gelegenheit, mit Celan zu sprechen, verpasst. Wahrscheinlich hat er gezögert, wahrscheinlich hat auch er einen offenen Konflikt befürchtet.

In seinem Erinnerungsbuch *Selbstversuch*, in dem auch der Brief seiner ehemaligen Frau abgedruckt ist, schreibt Neumann, dass er zwar Baumann einen Sonderdruck seines Aufsatzes überreicht habe (»wie es zu dieser Zeit an den Universitäten üblich war«), »Celan aber nicht«. Das habe sich »wohl aus einer Art Scheu« ergeben, »mich ihm mit meinen Gedanken über ihn und sein Schreiben und speziell seine Theorie der Metapher aufzudrängen«.

Man kann sich fragen, ob das Schicken des Aufsatzes, eine persönliche Übergabe etwas geändert hätten? Celan war 1970 nicht mehr in der Verfassung, mit Interpretationen junger Wissenschaftler verständnisvoll umzugehen. Aber ein persönliches Überreichen hätte der Ansatz zum persönlichen Gespräch sein können.

Neumann schreibt, es war »eine Geschichte der Neugier und der Verehrung, also des Verstehenwollens, und es führte zu einer Katastrophe, nämlich dem Hass des Autors auf seinen Interpreten«.

Dass Neumanns literaturwissenschaftlicher Ansatz, Celan zu begreifen, keineswegs einzigartig dasteht, sondern auch zeittypisch zu lesen ist, zeigt schon der Blick auf die ebenfalls 1970 erschienene Dissertation des zweiten Käfer-Fahrers von 1967, Silvio Vietta, der bei keinem der Folgetreffen mehr dabei war. *Sprache und Sprachreflexion in der modernen Lyrik* ist der Titel. Auch Vietta folgt Celan in dem ihm gewidmeten Kapitel beim kunstvollen Selbstgespräch, das Celan nie geführt hat.

Doch das klassische Erzählen mit Realitätsgehalt, mit Bezug auf die Lebenswelt des Autors galt und gilt im Rahmen von Universität und intellektueller Auseinandersetzung gern als banal-biographistisch, uninteressant und stand auch für uneingestandenes bis verlogenes Einverständnis mit der politischen Realität. Adornos einflussreiche Präferenz des Fragmentarischen, das Interesse an den Lücken in den großen philosophischen Erzählungen, stichwortartig zusammengefasst im *Minima Moralia*-Satz »Das Ganze ist das Unwahre«, spielt da eine Rolle. Dass aber gerade bei Celan avancierte Ästhetik und Politisches zusammengedacht sind, sah, nur wenig später und bis heute spannend, Marlies Janz in ihrem Buch *Vom Engagement absoluter Poesie. Zur Lyrik und Ästhetik Paul Celans.*

Auch der »junge Neumann« entwickelt sich. Der Fahrer und einzige direkte Zeuge der kurzen, aber einzigen wirklichen Auseinandersetzung zwischen Celan und Heidegger – in Neumanns kleinem, historisch belastetem VW-Käfer, auf der Fahrt zwischen Todtnauberg und St. Blasien – hat sich ein halbes Jahrhundert später in einen namhaften Literaturwissenschaftler im Ruhestand verwandelt, der mit seinem späten Erinnerungsbuch *Selbstversuch* in eine andere Richtung geht. Hier versucht er seine Auseinandersetzung mit Celan in seiner persönlichen Lebenserzählung zu verorten. Dabei passiert ihm ein verhängnisvoller Kurzschluss:

> *Ich habe versucht, den Anfang meines eigenen Lebens in dem Abschnitt zu sehen, der dem seinen, als einem Vertriebenenschicksal, ähnlich ist, das, mit verschiedenen Konsequenzen und so ganz verschiedenem Ausgang, dem seinen nahezu parallel lief (…).*

Aus der Tatsache, dass Celan nicht umgebracht wurde, wie seine Eltern, leitet Neumann die Vergleichbarkeit ihrer beider »Vertriebenen«-Schicksale ab. Zwar schränkt er die Parallelität der Lebensläufe, nachdem er sie eben aufgebaut hat, sofort wieder ein: »Er war nur vierzehn Jahre älter als ich: ein freilich besonders prekärer politischer Zeitraum, der mitten in die Krise zwischen Republik und Diktatur fiel.«

Aber der Kurzschluss bleibt. Das Problem ist das »nahezu«. Denn den Unterschied bilden in dieser Zeitspanne nicht die Jahre. Celan war nicht einmal »vertrieben«. Er floh vor der sich schon verfestigenden, auch ästhetischen Dominanz des Kommunismus, suchte den Anschluss an die deutschsprachige Literaturwelt, den er in Rumänien verlieren würde. Doch der Unterschied, das ist die rassisch »begründete« Ermordung seiner Eltern, das Glück, der eigenen Vernichtung entgangen zu sein. Das ist ein ganz anderer biographischer Hintergrund als die Vertreibung böhmisch-mährischer Deutscher, die als Reaktion auf die unterdrückerische Annexionspolitik Hitlers erfolgte, die von den Vertriebenen oft unterstützt worden war. Wie im Fall von Neumanns Vater. Ob er Antisemit war, daran kann sich Neumann, der offen von Antisemitismus in der Verwandtschaft erzählt, nicht erinnern und will es offen halten. Dass der Vater Hitlers Einmarsch freudig begrüßt hat, wird ihm im Verlauf seines Buches klar.

Schon am ersten Tag nach der Lesung, dem 27. März, zeigt Celan, um vieles ruhiger geworden, in einem Brief an Franz Wurm, dass er Neumanns Verhalten einschätzen kann. Vermutlich hat sich Celan bei Baumann, möglicherweise zum ersten Mal, nach Neumanns Herkunft erkundigt und ist dabei auf die richtige Fährte geraten. Beim Prager Juden Wurm, dem er den »reizenden Neumann« 1967 noch namentlich empfohlen hatte, weiß Celan, dass sein Hinweis auf Brünn verstanden werden wird:

*Gestern bei Prof. Baumann Lesung im kleinen Kreise. Heidegger war da, die Tochter Ludwig von Fickers, zwei Assistenten von Prof. Baumann, der eine von ihnen, er stammt aus Brünn, hatte schon vorher meine Gedichte ins Absolut-Metaphorische verrückt. Frau Baumann und eine junge Studentin haben wirklich zugehört, auch der andere Assistent (und dessen Frau), auch Prof. Baumann, auch Heidegger.*

Neumann, einst der zweite Empfänger des Sonderdrucks von »Todtnauberg«, ist auf einmal namenlos, hat seine Rolle als Zeuge der Begegnung verloren. Sein Verorten Celans in einer unpolitisch-ästhetischen Rolle kommt einem Schweigen zum Treffen Celan – Heidegger nahe, und tatsächlich nimmt Neumann in seinem Erinnerungsbuch selbst die Position des Schweigenden für sich in Anspruch:

*Ich habe lange geschwiegen. Ich habe mir Celans Botschaft an den Zeitzeugen zu Herzen genommen und besser befolgt, als er wohl erwartete: nämlich indem ich tatsächlich schwieg.*

Aber der älter gewordene Wissenschaftler und Chauffeur eines kultur- und mentalitätsgeschichtlich legendären Treffens sieht auch die Schwierigkeiten, seine Rolle so eindeutig und stolz einzuordnen: etwa, wenn er kurz zuvor, anders akzentuiert als seine Frau, über Celans Schweigen spricht, das sich auch in alltäglichen Situationen entwickeln konnte. In einem schönen Lokal im zu Freiburg gehörenden Günterstal habe Celan die Anwesenden aufgefordert, zu schweigen:

*Alle taten es, und nach einer gewissen Zeit bedankte er sich »für das gemeinsame Schweigen«, und wir brachen auf. Mir war klar, das war das Angebot eines Schwierigen, der seine Spur in der wirklichen Welt sucht und gleichzeitig verwischt; eines Schwierigen, der mit seinem Schweigen auf das Wort der anderen wartet. Die Atmosphäre war in solchen Augenblicken zum Zerreißen gespannt. Aber ich hatte nicht die Fähigkeit, nicht die Kraft, wohl auch nicht den Instinkt, in dieses Schweigen hineinzusprechen.*

Leider hat Celan die – allerdings vage – Andeutung im Dankesschreiben nach Erhalt des Gedichts nicht verstanden und trägt Neumann das Scheitern an der ihm im Gedicht zugedachten Rolle nach. In Celans Brief an Franz Wurm gerät Heidegger, im Vergleich der Aufmerksamkeiten, sogar für einen Moment in eine bessere Position als Neumann. Doch diese Zuschreibung wird sich, aus der Distanz, wieder verändern. Und es bleibt bei Heideggers Schweigen.

Als Baumann ihn nach Hause bringt, erklärt er am Gartentor nur: »Celan ist krank, unheilbar krank.« Heidegger hat recht, doch er hat noch immer nicht begriffen, was Celan fehlt.

# 21

# HEIDEGGER UND DIE JUDEN. SPÄT VERÖFFENTLICHTE BRIEFE UND »SCHWARZE HEFTE«

Aber konnte Heidegger Celan überhaupt im umfassenden, offenen Sinn einer »Begegnung« antworten? Celan, in dessen Begriffen, ein »Gegenwort« geben?

Heidegger war – das wissen wir erst seit ein paar Jahren – Celan gegenüber in einer beinahe ausweglosen Position. Um Celans Wahrhaftigkeitspostulat standhalten zu können, hätte er eröffnen müssen, dass er, zumindest für eine lange Zeit seines Lebens, Antisemit war.

Das bezeugen unter anderem eine stattliche Anzahl Passagen aus den noch nicht vollständig veröffentlichten *Schwarzen Heften.* Etwa ein absolut unmissverständlicher Abschnitt von 1941, also aus einer Zeit, in der Heidegger schon seit Jahren vom Nationalsozialismus Abstand genommen haben will.

> *Das Weltjudentum, aufgestachelt durch die aus Deutschland herausgelassenen Emigranten, ist überall unfassbar und braucht sich bei aller Machtentfaltung nirgends an kriegerischen Handlungen zu beteiligen, wogegen uns nur bleibt, das beste Blut der Besten des eigenen Volkes zu opfern.*

Hier findet sich das gefährliche Klischee des geheimnisvoll-machtvollen »Weltjudentums«, es folgt der unsäglich-revanchistische Spruch über die »aus Deutschland herausgelassenen« (!) Emigranten, die man offenbar im Großgefängnis Deutschland – mindestens – unter Kontrolle hätte halten sollen. Das vollständige Ignorieren der 1941 weit fortgeschrittenen, brutalen Judenverfolgung wird gekoppelt an die selbstmitleidig-jammernde Klage um das »beste Blut« der besten Deutschen – das ist, als politische Äußerung eines Denkers, eine unglaubliche Ansammlung von Peinlichkeiten, die vor allem verdeutlicht, dass es sich mit Heidegger genau andersherum verhält, als man über Jahrzehnte angenommen hat: Heideggers zunehmende Distanz zu seiner eigenwilligen Variante des Nationalsozialismus, die man in den frühen *Schwarzen Heften* tatsächlich verfolgen kann, begann 1933/34. Der Antisemitismus aber – von dem etwa Rüdiger Safranski Heidegger in seiner ansonsten nach wie vor lesenswerten Heidegger-Biographie von 1994 voreilig freigesprochen hat – hat früh begonnen und lange angehalten.

Ein aufmerksamer Blick auf Heideggers Ansichten zu Juden und seinem Umgang mit ihnen zeigt allerdings kein einheitliches Bild.

Die schon vollständig zitierte Passage aus den Briefen an seine Frau Elfride von 1916, wo er von der »Verjudung unserer Kultur u. Universitäten« spricht, die »allerdings schreckerregend« sei, zeugt ohne jeden Zweifel von einem in Konkurrenzsituationen abrufbaren Antisemitismus des 27-jährigen Jungphilosophen.

Ebenfalls schon vor 1933 setzte Heidegger große Hoffnungen auf Hitler. Das bezeugen Briefe an seinen Bruder Fritz, dem er 1931 zu Weihnachten *Mein Kampf* schenkte, in dem Hitlers Antisemitismus überdeutlich ist.

> *Es sieht so aus, als ob Deutschland erwacht und sein Schicksal begreift und erfasst.*
> *Ich wünsche sehr, daß Du Dich mit dem Hitlerbuch, das in den selbstbiographischen Anfangskapiteln schwach ist, auseinandersetzest. Daß dieser Mensch einen ungewöhnlichen und sicheren, politischen Instinkt hat und eben schon gehabt hat, wo wir alle noch benebelt waren, das darf kein Einsichtiger mehr bestreiten. Der nationalsozialistischen Bewegung werden künftig noch ganz andere Kräfte zuwachsen. Es geht nicht um kleine Parteipolitik mehr – sondern um Rettung oder Untergang Europas und der abendländischen Kultur.*

Beinahe unmerklich wechselt Heidegger hier von einer noch recht distanzierten politischen Analyse zu klarer Parteinahme. Besonders erschreckend – und die eigene Philosophie in ihren Grundfesten in Frage stellend – ist die Hoffnung auf die Rettung Europas und der »abendländischen Kultur« ausgerechnet durch die Nazis. Es gibt, wenn es Heidegger darum gegangen sein sollte, reflektiertere Formen des Antikommunismus. Und von »bloß« opportunistischem, zeitbedingtem Mitläufertum kann jedenfalls keine Rede sein. Wobei der gänzlich hitlergläubige Aufruf an die Freiburger Studenten von 1933 – »Der Führer selbst und allein i s t die heutige und künftige deutsche Wirklichkeit und ihr Gesetz« – natürlich noch etwas deutlicher ist.

Welcher Art Heideggers Antisemitismus war und in welchen Phasen er sich möglicherweise verändert hat, ist dennoch nicht in allen Einzelheiten geklärt. Auf die Verwandtschaft des traditionell katholischen Antisemitismus mit jenem der sich ansonsten von vielen Traditionen absetzenden »Jugendbewegung«, zu deren rechtem Flügel Heidegger zu zählen ist, wurde schon hingewiesen. Umso erstaunlicher mag wirken, dass Heidegger das Wortfeld »Jude, jüdisch« in seinen zu Lebzeiten veröffentlichten philosophischen Schriften gemieden hat. Das gilt auch für die Jahre zwischen 1933 und 1945, als ihm das politisch nützlich gewesen wäre.

Allerdings dürfte erst eine historisch-kritische Ausgabe der Schriften Heideggers, die etwaige Streichungen durch das langjährige Herausgeberteam um Hermann Heidegger und Friedrich-Wilhelm von Herrmann aufklären könnte, darüber Aufschluss geben, ob die *Gesamtausgabe* in dieser Hinsicht zuverlässig ist.

Am 8. September 1920 schreibt Heidegger anlässlich einer Manesse-Ausgabe von Hölderlin, aus im Detail unbekannten Gründen abfällig witzelnd an Elfride: »Man möchte fast geistiger Antisemit werden.« Was deutlich macht, dass Heidegger immerhin von der Möglichkeit eines (selbst-)analytisch-theoretischen Umgangs mit Judenhass gehört hatte. Ob er, mittels zynischen Scherzes, andeuten wollte, dass er Antisemit nicht mehr werden könne, weil er es schon sei, oder ob er sich in dieser Zeit als (noch) nicht antisemitisch empfunden hat, bleibt offen.

Dass noch nach dem Zweiten Weltkrieg jüdische Heidegger-Schüler wie Herbert Marcuse und Karl Löwith, die ihren Lehrer näher kennengelernt haben – bei vollem Bewusstsein von Heideggers ebenso leidenschaftlich propagandistischer wie institutioneller Verstrickung ins nationalsozialistische Deutschland von 1933/34 –, wieder Kontakt zu ihm aufnahmen. Dass jüdische Schülerinnen oder Freundinnen, die Heideggers Geliebte wurden, wie Hannah Arendt und Elisabeth Blochmann, nie ganz von ihm gelassen haben, ihm sogar, wie Hannah Arendt, gegen Ende beider Leben wieder verbunden waren, spricht nicht dafür, dass Heidegger ein militanter persönlicher »Judenhasser« war.

Die Vorwürfe der Schülerinnen und Schüler richten sich denn auch ausschließlich gegen Heideggers Nähe zum Nationalsozialismus. Antisemitismus scheint für sie im Umgang mit Heidegger als Problem nicht aufgekommen zu sein. Der Freiburger Heidegger-Schüler und -Kritiker Rainer Marten meint:

> *Wenn jemand sich für Hölderlin und die griechische Philosophie begeistern konnte, fiel sein Judentum nicht ins Gewicht. Auch Frankreich, als Stammland von Descartes' Rationalismus, war Heidegger hoch suspekt. Aber wenn Franzosen Hölderlin, die Vorsokratiker oder gar ihn selbst verehrten, fiel ihr Franzosentum ebenfalls nicht ins Gewicht.*

Ganz anders bei Heideggers Frau, von der noch die Enkelin Gertrud Heidegger schreibt: »Es ist charakteristisch für sie, dass sie die nichtdeutsche Namensgebung unserer Kinder beanstandete; sie war von ihrer nationalistischen und antisemitischen Einstellung bis an ihr Lebensende nicht wesentlich abgerückt.« Die Namen der Kinder lauten Florian, Cornelia und Brigitte.

Hannah Arendt konnte, in einem Brief an ihren damaligen Mann Heinrich Blücher, in dieser Hinsicht deutlich sein. Nach der ersten großen Aussprache mit Heidegger in der Nacht vom 7. auf den 8. Februar 1950, deren Inhalt sie leider nirgendwo genauer beschrieben hat, merkt sie an:

> *Heute früh kam dann noch eine Auseinandersetzung mit seiner Frau. (...) Die Frau, fürchte ich, wird, so lange ich lebe, bereit sein, alle Juden zu ersäufen.*

Das heißt aber auch, dass Heidegger sich anders verhalten haben muss. Er selbst hat immer wieder darauf hingewiesen, dass es 1933/34 an »seiner« Universität keine Bücherverbrennungen gegeben habe, das berüchtigte »Judenplakat« (»Wider den undeutschen Geist!«) sei nicht aufgehängt worden. Auch Heideggers Verhalten an der Universität wirkt, wie schon in diversen Aufsätzen und Büchern detailliert beschrieben, zwiespältig. Mal verhält er sich konkurrenzantisemitisch, andererseits hilft er jüdischen Wissenschaftlern, die ihm genehm waren. Insgesamt ist eine persönlich akzentuierte, auf die geistige Ausrichtung Wert legende Privatpolitik in Richtung der gerne Göring zugeschriebenen Worte – »Wer Jude ist, das bestimme ich« – offensichtlich. Vom Rektor Heidegger propagierte gewalttätige Ausschreitungen gegen Juden sind nicht bekannt.

Schwer wiegt jedoch die Tatsache, dass Heidegger seine »Notizbücher«, die sogenannten *Schwarzen Hefte*, noch gegen Ende seines Lebens – der Publikationsplan wurde 1973 festgelegt – in die noch von ihm selbst verantwortete Gesamtausgabe seiner Werke miteinbezogen hat, und zwar nicht mit nachträglichen Erläuterungen oder gar Korrekturen aus Einsicht versehen. Damit sind die antisemitischen Äußerungen in den *Schwarzen Heften*, in denen Heidegger tagebuchähnliche Eintragungen und philosophische Gedanken programmatisch mischt, Teil des selbst gestalteten Gesamtwerks geworden. Dass Heidegger, wie der Herausgeber Peter Trawny in den einzelnen Bänden schreibt, seine Notizbücher von Friedrich-Wilhelm von Herrmann damals vorläufig »doppelt sekretiert«, also vor Einsichtnahme streng geschützt wissen wollte, zeigt auch, dass er sich des problematischen Charakters eines Teils der »Notizbücher« durchaus bewusst war.

Der Antisemitismus »zerstört« Heideggers Werk nicht, wie heute oft behauptet wird. Aber es ist seit den Entdeckungen der letzten Jahre von einem Gift durchzogen, das nicht loszuwerden ist, immer mitbedacht werden muss. Wo in Heideggers Konzept der Seinsgeschichte die Anschlussstellen für antisemitische Klischees liegen, ist offensichtlich. Die «ort- und wurzellosen« Juden, die Heidegger nicht an Heimaterde und ihren Vaterländern interessiert sah, sondern an rechnerischem Denken und internationalen Kapitaltransaktionen, passen nicht in seine völkisch-national und regional beschränkte Utopie des Bewahrenswerten.

Im Alltag orientierte sich Heidegger offenbar eher pragmatisch: Gute Studenten sind gute Studenten, attraktive Frauen sind attraktive Frauen. Und eben: Wer für Hölderlin und die Griechen schwärmt, ist auf meiner Seite, beinahe ein Deutscher. Dass Heidegger vor diesem Hintergrund kein Anhänger des biologischen, des Vernichtungs-Antisemitismus sein konnte, ist anzunehmen. Allerdings kann es auch nicht zweifelsfrei bestritten werden.

Denn, und das bleibt die eigentliche Schande an Heideggers Position in der »Judenfrage«, er hat sich auch nach dem Krieg öffentlich nie entschieden zum Holocaust geäußert. Die industrielle Vernichtung von Menschen hätte, gerade aus seiner Sicht, einen tieferen Kommentar erzeugen müssen als die gänzlich empathiefreie Parallele zu Ackerbau und Viehzucht in den Bremer Vorträgen von 1949, wo es heißt: Landwirtschaft sei jetzt »motorisierte Ernährungsindustrie, im Wesen das Selbe wie die Fabrikation von Leichen in Gaskammern und Vernichtungslagern«.

In hohem Maße selbstgerecht, blieb Heidegger in den vermeintlichen Höhen seiner philosophisch-abstrakten »Weltanschauung« mit ihrem, wie sich hier wieder einmal allzu deutlich zeigt, viel zu vagen »Wesensbegriff« und dessen Verbindung mit nationalistischen und rassischen Vorurteilen befangen.

Und dennoch wird interessant sein, ob die letzten *Schwarzen Hefte*, deren Notizen bis 1970 reichen und deren Veröffentlichung für 2020/21 geplant ist, noch Antisemitismen aufweisen. Herausgeber Peter Trawny hat auf Anfrage freundlicherweise erklärt, Celan komme in den *Schwarzen Heften* nicht vor und Antisemitisches aus der Zeit der Treffen mit Celan sei ihm nicht bekannt. Hat Heidegger etwa irgendwann, vielleicht unter Einfluss der persönlichen Kontakte zu Hannah Arendt und Paul Celan oder gar aus Einsicht, wenigstens diese Kehre sehr spät doch noch geschafft?

Dass Heidegger »gar nicht gewusst« haben soll, dass Celan »Jude« sei, wie Hermann Heidegger in einem privaten Brief vom 10. Dezember 1980 an Gisèle Celan schrieb:

> *Mein Vater hat, wie mir meine Mutter erzählte, erst nach dem Tod Ihres Mannes erfahren, daß Ihr Mann Jude war und welches Familienschicksal er erlitten hatte.*

– ist höchst unglaubwürdig und fast schon grotesk. Otto Pöggeler, der sich mit Heidegger häufiger über Celan unterhielt, hat erklärt, derartige Auskünfte der »Freiburger Nachlassverwaltung« seien falsch. Er habe mit Heidegger schon 1962 über Celans Judesein, das Schicksal seiner Eltern gesprochen. Vor allem aber: Heidegger kannte die Gedichte – und schon nach der Lektüre der »Todesfuge« kann kein Zweifel an Celans Judesein bestehen. Der neue Nachlassverwalter Arnulf Heidegger meint, dieser Brief sei ihm »peinlich«. Heidegger habe es mit Sicherheit gewusst. Die Aussage von Hermann und Elfride Heidegger fällt wohl in die Kategorie der »gut gemeinten« Beschwichtigung.

Die beträchtliche Provokation, die Celan für die deutsche Nachkriegsgesellschaft bedeutete, bestand gerade darin, dass er in der Betonung seines Judentums unmissverständlich und kompromisslos war. Er stand. Das konnte keiner übersehen.

## 22

## DIE WEISSGLAS-GESCHICHTE. EIN NEUER BLICK AUF DIE ENTSTEHUNG DER »TODESFUGE«

Doch nicht nur Heidegger hat wunde Punkte. Celans Erschütterung durch den Aufsatz von Neumann erinnert an die verheerende Wirkung der Goll-Plagiatsaffäre auf sein Leben. Immer wieder legt er Wert auf die Wahrhaftigkeit und Wirklichkeitsnähe seiner Gedichte. Und von verschiedener Seite her wird genau das immer wieder bestritten. Ausgerechnet kurz vor seinem Tod droht in dieser Hinsicht ein weiterer Schlag.

Auf welchem Weg Paul Celan 1970 die Februar-Ausgabe der in Bukarest erscheinenden deutschsprachigen Zeitschrift *Neue Literatur* erhielt, ist unklar. Sein Exemplar ist, nach Auskunft des Pariser Nachlassverwalters Bertrand Badiou, derzeit weder im Marbacher noch im Pariser Nachlass zu finden. Die Tübinger Celan-Expertin Barbara Wiedemann hat es immerhin schon einmal gesehen. In ihrem Buch zur Goll-Affäre merkt sie an, dass es in der Nachlass-Bibliothek in Marbach enthalten sei und weder Eingangsdatierung noch Anstreichungen aufweise. Nach Celans Tod soll die Zeitschrift in seiner Wohnung in der Avenue Zola gefunden worden sein. Obwohl Celan, so Wiedemann in derselben Anmerkung, sie »nicht abonniert« hatte.

Das Heft ist insofern interessant, als es ein Gedicht namens »Er« enthält, das auffallende Parallelen zur »Todesfuge« aufweist.

*Wir heben Gräber in die Luft und siedeln*
*Mit Weib und Kind an dem gebotnen Ort.*
*Wir schaufeln fleißig, und die andern fiedeln,*
*Man schafft ein Grab und fährt im Tanzen fort.*

*ER will, daß über diese Därme dreister*
*Der Bogen strenge wie sein Antlitz streicht:*
*Spielt sanft vom Tod, er ist ein deutscher Meister,*
*Der durch die Lande als ein Nebel schleicht.*

*Und wenn die Dämmrung blutig quillt am Abend,*
*Öffn' ich nachzehrend den verbissnen Mund,*
*Ein Haus für alle in die Lüfte grabend:*
*Breit wie der Sarg, schmal wie die Todesstund.*

*ER spielt im Haus mit Schlangen, dräut und dichtet,*
*In Deutschland dämmert es wie Gretchens Haar.*
*Das Grab in Wolken wird nicht eng gerichtet:*
*Da weit der Tod ein deutscher Meister war.*

Geschrieben hat das Gedicht, das viel holzschnittartiger, bildsprachlich ungeschickter, weniger virtuos und weniger musikalisch ist als die »Todesfuge«, Immanuel Weissglas. Auch er Jahrgang 1920, ein ehemaliger Mitschüler und Jugendfreund Celans in Czernowitz. Einige andere Gedichte Weissglas' sind ebenfalls abgedruckt. Auffällig ist, dass in dieser Ausgabe der *Neuen Literatur* nur bei »Er«, direkt unter dem Gedicht, ein Entstehungsdatum angegeben ist: 1944.

Wenn das wirklich zutrifft, ist es pikant. Celan selbst, bei Daten sehr genau, hat die »Todesfuge« immer auf 1945 datiert. Zum Beispiel in zwei Briefen an Gisela Dischner. Am 7. September 1967, schreibt er:

*Beim Blättern in Deiner Dissertation stieß ich auf den Satz, der besagt, ich hätte die Todesfuge 1945 und noch im Lager geschrieben: das stimmt nur, was die Jahreszahl angeht. Im Lager war ich damals seit längerem nicht mehr; bitte streiche dies irrtümlich Hinzugedachte.*

Am 17. November 1967 gibt Celan Entstehungsort und -zeit ausdrücklich an:

*Die Todesfuge ist im Frühjahr 1945 in Bukarest entstanden, im Schmerz und aus ihm, unmittelbar.*

Der verstorbene rumäniendeutsche Schriftsteller Dieter Schlesak, ein ehemaliger Redakteur der *Neuen Literatur*, hat in einem Beitrag für einen Sammelband zu Immanuel Weissglas anonyme Gerüchte kolportiert, »Bekannte erzählten sich«, dass Celan »tagelang mit diesem Heft der Neuen Literatur wachsbleich herumgelaufen sei«, und er erwähnt den Bukarester Celan-Fachmann George Guțu, der in einem wissenschaftlichen Aufsatz ähnlich vage Auskünfte gibt: »Zeitgenossen, die Celan in jener Zeit noch gesehen haben, berichten, dass der Dichter mit von Besorgnis gezeichnetem Gesicht durch Paris herumirrte – in der Hand soll er ein Heft der Neuen Literatur mit sich geführt haben.«

Paul Schuster, ein anderer, ebenfalls schon verstorbener ehemaliger Redakteur der *Neuen Literatur*, sei, so Schlesak, »wahrscheinlich« für die Publikation der Gedichte zuständig gewesen, die Schlesak von Weissglas selbst etwa Anfang Oktober 1968 angeboten worden seien, mit dem Zusatz, sie seien »brisant«. Schlesak, damals in der Zeitschrift für Lyrik zuständig, habe ihr Skandalpotential erkannt, sie jedoch, auch auf Rat Adornos, dem er sie auf seiner ersten Westreise gezeigt habe, zurückgehalten: »Um Gottes willen«, soll Adorno gesagt haben, »das darf bei Lebzeiten von Celan nie erscheinen, das ist sein Tod. Sie haben da eine große Verantwortung.«

Falls Adornos Worte tatsächlich so gefallen sind: er hatte wohl recht. Eine Plagiatsdiskussion hätte Celan wieder ins Zentrum seiner Wunde getroffen. Ganz ähnlich wie die ästhetisierenden Analysen seiner Gedichte, die die beiden Todtnauberg-Fahrer Neumann und Vietta damals verfassten, hätte die erneute Behauptung, die »Todesfuge« und vielleicht auch andere Gedichte Celans fußten nicht auf realem

Erleben, seien Ware aus zweiter Hand, aus anderen Gedichten abgeschrieben, Celan im Innersten seiner Poetik und Existenz getroffen.

Wieder wäre die Glaubwürdigkeit seine Werke in Zweifel gezogen worden, und das angesichts einer seit 1959/60 um vieles schwächeren eigenen Verfassung. Celan selbst bezeichnete die »Todesfuge« auch als »Grabmal« für seine Mutter. Das war ihm schon deshalb wichtig, weil er nach dem Tod seiner Eltern von eigenen Schuldgefühlen geplagt wurde. In der Nacht, bevor seine Eltern deportiert wurden, hatte Celan davon gehört, dass Deportationen bevorstünden. Er eilte nach Hause und erzählte den Eltern davon. Er habe einen Platz gefunden, an dem auch sie in dieser Nacht sicher wären. Doch man lebte damals immer wieder in solchen Deportationsängsten. Celans Mutter soll schon so mutlos gewesen sein, dass sie sich auf Gerüchte hin nicht mehr verstecken wollte. Nachdem es Celan nicht gelang, sie zu überzeugen, ging er und übernachtete bei einer Freundin. Ilana Shmueli hat erzählt, es sei Ruth Kraft gewesen, aber auch dazu gibt es unterschiedliche Theorien. Das ist jedoch nicht wichtig. Entscheidend ist, dass Celans Eltern in dieser Nacht deportiert wurden und er sie nie mehr gesehen hat.

Celan selbst hatte Glück und überlebte. Er war nicht in einem deutschen Todes-, sondern in einem rumänischen Arbeitslager, wofür er nichts konnte. Aber die bloße »Schuld, am Leben geblieben zu sein«, von der Primo Levi und viele andere erzählt haben, verfolgte auch ihn, wie viele Freunde erzählt haben. Er verspürte das Bedürfnis, für die Toten Zeugnis abzulegen, konnte aber, was die Vernichtung und die Todeslager betraf, wie die meisten Überlebenden, nur indirekt sprechen, nur über den Verweis auf das Schicksal seiner Eltern. Das machte Celan, was das Kriterium der Wahrhaftigkeit angeht, aber nicht nachlässiger, sondern strenger. Das heißt, er wusste selbst, dass er immer angreifbar bleiben würde.

Auch dass es in der »Todesfuge« Einflüsse von Gedichten der etwas älteren, ebenfalls aus Czernowitz stammenden Rose Ausländer oder von Georg Trakl gab, war Celan klar, wie viele Briefe bezeugen. Aber zu den Parallelen zu Weissglas hatte er sich nie äußern müssen, weil sie erst 1970 bekannt wurden. Dabei sind sie in Weissglas' Gedicht am deutlichsten. Erschwerend kommt hinzu, dass Weissglas mit seinen Eltern zusammen deportiert wurde. Er hat das Gleiche erlitten wie sie, und dank Glück und Geschicklichkeit hat die Familie den Steinbruch am Bug gemeinsam überstanden. Ein Schicksal, mit dem Celan gerne getauscht hätte.

~

Als Heinrich Stiehler 1972, nach dem Tod Celans, in der Zeitschrift *Akzente* das erste Mal die breitere literarische Öffentlichkeit über die Weissglas-Parallele informierte, entspann sich tatsächlich eine neue Plagiatsdiskussion, der Claire Goll, auch mit über 80 Jahren, noch eifrig beisprang. Gisèle Celan, die sich nicht daran erinnerte, den Namen Weissglas je aus Celans Mund gehört zu haben, benachrichtigte entsetzt Gerhart Baumann, der von Celan ebenfalls nie etwas zu Weissglas, der damals ebenfalls noch lebte, gehört hatte. Baumann nahm Kontakt zu Weissglas auf und besuchte ihn in Bukarest. Er erhielt den Eindruck eines freundlichen, gebildeten, bescheidenen und schwermütig-elegischen älteren Herrn.

Interessant aber sind Details aus dem knappen Briefwechsel, der den Treffen Baumanns mit Weissglas vorausging und folgte. Baumann hatte Weissglas zuerst geschrieben, unter anderem, dass er seinen Namen von Celan nie gehört habe. »Unerwartet rasch« habe sich Weissglas gemeldet:

> *(…) die Antwort auf Ihren mich aufwühlenden Brief müßte eine Beichte sein. Ich entnahm Ihrem Schreiben das allzuverständliche, ergreifende Bedürfnis, einiges von mir über die Ursprünge des toten Dichters, des Freundes, in Erfahrung zu bringen. Allein, es hieße, sollte ich sprechen, Verrat üben am Toten, der Ihnen meinen namenlosen Namen nie genannt hatte. Sein Schweigen sei auch mein Siegel.*

Eine bei genauerer Betrachtung außerordentlich schillernde Äußerung. Denn: Warum wäre die Auskunft eine »Beichte«? Doch nur, wenn Weissglas etwas getan hätte, das man nicht tun darf. Warum aber wäre eine Auskunft über Celan »Verrat«? Doch nur, wenn auch Celan etwas getan hätte, war er nicht hätte tun sollen.

Das klingt auf den ersten Blick widersprüchlich, ist es aber nicht. Und sollten wirklich beide etwas getan haben, das sie besser unterlassen hätten, dann passt auch die überraschende Wendung in Weissglas' Brief, dass er sich dem Schweigen Celans über sich mit seinem eigenen Schweigen über Celan anschließe. Beide hätten am Ende über den »Fehler« oder »Makel« des anderen geschwiegen und wären quitt: Weissglas musste nicht beichten, Celan wurde nicht verraten. Die Angelegenheit wäre geregelt.

Über das Verhältnis von Celan und Weissglas ist nicht alles bekannt. Es gibt dazu ganz unterschiedliche Aussagen von Freunden und Bekannten aus der Jugend der beiden. Am aufschlussreichsten sind aber die Briefe, die Celan mit Gustav Chomed gewechselt hat. Ganz offensichtlich hatten die Cousins Chomed und Antschel in ihrer Jugend zu Immanuel Weissglas tatsächlich ein engeres Verhältnis. Im frühen Brief des 18-jährigen Paul aus Tours an Gusti in Czernowitz, vom 7. Dezember 1938, erkundigt sich Celan nach Weissglas' Adresse und nennt dessen Spitznamen: »Schreib mir auch Onius Adresse. Hat er meine Karte bekommen? War die Adresse richtig?«

Erst 1962, beinahe ein Vierteljahrhundert später, ergibt sich die Fortsetzung der brieflichen Kommunikation. Celan, der sich in der Goll-Affäre alleine fühlt, schreibt aus Paris an Tanja Sternberg, eine gemeinsame Freundin. Von ihr erhält Chomed Celans Brief und fragt ihn, unter anderem, am 17. Februar 1962 zurück:

> *Hast Du nicht eine Ahnung, wo sich Oniu Weissglas befindet, und was er treibt? Vor einigen Jahren noch war er in Rumänien im Scintea-Verlag und hatte gerade mit Erfolg eine Übersetzung des Luceafárul veröffentlicht.*

Celan antwortet Chomed postwendend am 26. Februar 1962, im Rahmen eines längeren Briefs:

> *Von Weissglas weiß ich so gut wie nichts; aber ich habe ihn bis Ende 1947 denn doch oft genug gesehen, um dir sagen zu dürfen, daß alles Unsauber-Mimetische, das ihn schon in früheren Zeiten auszeichnete, zu einiger Weiterentfaltung gelangt ist. »Niemand wird, was er nicht ist«, steht bei Hofmannsthal.*

Allerdings schickt Celan diesen Brief nicht ab. Woraufhin Chomed in seinem Brief vom 8. April 1962 noch einmal direkt nachfragt: »Warum antwortest Du nicht, ob und was du von Oniu Weissglas weißt?« Am 3. Mai schreibt Celan, wieder in einem längeren Brief:

> *Du fragst nach Weissglas –: meines Wissens lebt er in Bukarest, als Übersetzer. Wenn ich richtig unterrichtet bin, hat er vor Jahren eine rumänische Faust-Übersetzung veröffentlicht. – Ich selbst habe ihn zuerst nach Kriegsende wiedergesehen, zuhause, nach seiner Rückkehr aus einem rumänischen Lager jenseits des Dnjester; ihm und den Seinen war wenig zugestoßen. Später sah ich ihn in Bukarest wieder, in immer größeren Abständen. Charakter war nicht gerade sein hervorstechendster Wesenszug. (Du wirst, auf Deine Weise, diese Erfahrung gemacht haben: Menschlichkeit, Wahrhaftigkeit, – das sind Dinge, die man, zumal heute, nach Auschwitz und Babij Jar, zuweilen zum nahezu Wunderbaren zählt.).*

Doch auch diesen Brief schickt Celan aus unbekannten Gründen nicht ab. Schließlich gibt es noch eine Postkarte, die Weissglas auf Anregung eines gemeinsamen Bekannten, des rumänischen Schriftstellers Tudor Arghezi, am 13. Juni 1964 an Celan geschickt hat. Aber auch sie informiert nur vage über »Unstimmigkeiten« zwischen den beiden, nicht über den eigentlichen Anlass.

Vielleicht entwickelten sich die Unstimmigkeiten aber tatsächlich aus der Geschichte um die überraschende motivische Stimmigkeit zwischen »Todesfuge« und »Er«. Allerdings vielleicht vor einem etwas anderen Hintergrund als bisher gedacht – und zu Celans offenkundiger Verärgerung passend.

~

Als gesichert kann gelten, dass die »Todesfuge« teilweise auf den Erlebnissen der Familie Weissglas beruht, die der Rechtsanwalt Isak Weissglas, Immanuels Vater, in *Steinbruch am Bug. Bericht einer Deportation nach Transnistrien* dargelegt hat. Sein Sohn Immanuel hat Celan dann, so hat es der Literaturhistoriker und Dichter Alfred Kittner erzählt, 1944 in Czernowitz getroffen und von diesen Erlebnissen berichtet. Hinzu kommt als weitere Quelle ein Zeitungsbericht der *Iswestija* in der Ausgabe vom Sonntag, dem 23. Dezember 1944, auf den Celan selbst hinwies.

Doch was passiert dann? Lange nahm man an, dass der erste Gedichtband von Weissglas, *Kariera* – also Steinbruch – *am Bug* erst im Herbst 1947 erschien, trotz Publikationserlaubnis vom Januar. Man erklärte sich das mit dem Erscheinen der »Todesfuge«, die damals noch »Todestango« hieß. In der Wochenzeitung *Contemporanul* wurde sie zum ersten Mal, und zwar am 2. Mai 1947, in rumänischer Übersetzung gedruckt. Der bescheidene Weissglas, so hieß es, habe sein Gedicht aus Rücksicht auf die stilistisch eindeutig bessere, innovativere »Todesfuge« des Freundes zurückgehalten.

Vor ein paar Jahren aber machte man, im Rahmen der Vorarbeiten zu einer Ausstellung im Berliner Literaturhaus, die Entdeckung, dass Weissglas seinen Gedichtband schon am 29. Januar 1947 dem Literaturförderer Alfred Margul-Sperber gewidmet hatte. Das heißt, das Buch muss schon im Januar erschienen sein. Das passt auch zum Datum der Publikationserlaubnis. Damit war klar, dass »Er« nicht aus Bescheidenheitsgründen nicht in *Kariera am Bug* enthalten war, sondern vermutlich deshalb, weil »deutsche« Themen in dieser Zeit keine Publikationserlaubnis erhielten. Der zweite, »deutsche« Teil von Weissglas' Gedichten aus dieser Zeit fand sich denn auch in einem ungedruckten

Typoskript, das *Gottes Mühlen in Berlin* heißt und das Datum vom 20. Juli 1947 trägt; dort werden unter anderem Gedichte wie »Deutsches Beginnen«, »Deutsche Wanderung« usw. in Zyklen präsentiert, die Titel tragen wie »Der Deutsche Krieg« oder »Deutsche Klage«.

Was bedeutet das alles? Es heißt, dass »Er« gar nicht vor der »Todesfuge« entstanden sein muss, weil das Gedicht bislang erst in *Gottes Mühlen in Berlin* gefunden wurde. Es könnte heißen, dass die Reihenfolge der Gedichte eine andere war als lange angenommen, und zwar, ganz banal, die der genannten Daten.

Wenn Weissglas Celan 1944 in Czernowitz von den Erlebnissen der Familie erzählt hat, kann es gut sein, dass Celan daraufhin Elemente aus den Erzählungen verwendete, um daraus, auch andere Einflüsse und Quellen bündelnd, am Ende zur »Todesfuge« zu gelangen. Worauf Weissglas, der Teile der eigenen Lebensgeschichte von Celan im publizierten »Todestango« verwendet sah (etwas, das er von Celan hätte »verraten« können), sein Gedicht »Er« entweder weiterschrieb oder ganz neu formulierte, eng angelehnt an den »Todestango«, der ja Material aufwies, das Weissglas selbst Celan geliefert hatte.

Eine etwas verwinkelte Möglichkeit – die aber erklären würde, warum Weissglas etwas zu »beichten« hätte, nämlich die enge Anlehnung an Celans Vorlage. Aber auch Celans Verärgerung über Weissglas und dessen »mimetisches Talent« wäre damit erklärt – was bei einer der heute gängigen Theorien, wie Jean Bollack sie zusammenfassend beschreibt, nicht der Fall ist:

> *Die »Todesfuge« stellt eine Antwort auf Weißglas' »Er« dar, dessen Existenz Celan kannte. Er ordnet seine Bestandteile neu an, ohne zusätzliche hinzuzufügen: es sind dieselben Elemente, aus denen er aber etwas ganz anderes macht.*

Aber hat Celan nicht auch behauptet, dass er Weissglas erst »nach dem Krieg« wiedergetroffen habe? Also nach Mai 1945? Doch in Czernowitz, »zuhause«, wie Celan an Gusti Chomed schreibt, war der Krieg

»schon« Ende August 1944 beendet – als die Russen Rumänien ein zweites Mal besetzten.

Die vermiedene Beichte und der vermiedene Verrat. Sie würden auch verständlich machen, warum Weissglas auf die Frage nach der »Priorität« der beiden Gedichte äußerst milde und ausgewogen reagiert. Sie wäre so genau nicht zu entscheiden. Und wie wichtig ist das Erzählmaterial? Wie wichtig ist das literarische Können? Bei Gedichten wie »Er« oder der »Todesfuge«, bei denen Authentizität eine große Rolle spielt, ist auch das nicht einfach zu beantworten. Weissglas selbst gibt sich dezidiert. In seinem Brief an Gerhart Baumann vom 27. Mai 1975 schreibt er:

> *Im Bereich der Dichtung kommt es, – mag auch der Umriss einer Metapher von einem Gebilde ins andere herüberleuchten – immer nur auf Gewinn und Verlust im rein Künstlerischen an. Und die »Todesfuge« ist tief verankert im Bewusstsein unserer Zeit. Parallelismen bezeugen keineswegs irgendeine Priorität.*

Auch im Blick auf Celans neuen, postumen Plagiatsskandal, der von der Veröffentlichung seines Gedichts ausging und bei dem Claire Goll wieder kräftig mitmischte, meint Weissglas:

> *Sie können es sich kaum vorstellen, lieber Herr Baumann, wie bestürzt ich über die Umtriebe der hartnäckigen Frau Claire Goll bin. (…) Frau Claire Goll wird kaum etwas vom kameradschaftlichen Kontrapunkt verstehen, der zwei wortbesessene Freunde oft in gemeinsamer Bemühung um das Gedicht verband. Daß Liebe und Freundschaft, vielleicht nicht ohne eine mir unbewusste Schuld meinerseits – späterhin in Missachtung umschlugen, gehört zu den Irrsälen des zerrütteten Geistes.*

Das ist, am Ende, eine deutliche Adresse an Celan, mit ebenso »unbewusster« Schuld auf der eigenen Seite. Weissglas bleibt bei seiner doppelten Sichtweise, auch im ebenso schillernden Satz: »Von einer Ausschließlichkeit meinerseits kann allenfalls nicht die Rede sein.« Es sind beinahe Jean-Paul'sche Wendungen, die Immanuel Weissglas da benutzt, laut seinem ersten Brief an Baumann selbst »krähwinkelnd in verkeilter Klause«. Dazwischen setzt er immer wieder klare Akzente, etwa wenn er sagt: »Mein Gedicht wurde übrigens ohne mein Zutun in einer rumänischen Zeitschrift veröffentlicht.« Was den Aussagen von Dieter Schlesak, wonach Weissglas die Gedichte ihm persönlich in die Redaktion gebracht habe, widerspräche.

Einen klaren Akzent setzt Weissglas im Übrigen auch in Bezug auf Heidegger, den er ebenfalls schätzt. Aber schreiben will er ihm nicht. »Martin Heideggers hohen Namen als postalische Anschrift zu verwenden, verbietet mir die Scheu, aus meinem unnennbaren Dunkel in solch dröhnendes Licht zu treten.« Zu Claire Golls Verhalten und Celan meint er abschließend:

> *Sie werden, lieber Herr Baumann, verstehen, wie tief mich das schakalartige Schnüffeln empört, mit dem unlauteren Ziel, eine dichterische Erscheinung von hölderlinscher Prägung in Frage zu stellen. (…) Es kam so: wir sprachen Verse vor uns hin, die zu Gedichten gerannen.*

Das klingt noch einmal so schön wie ein Märchen aus der alten europäischen Stadt Czernowitz, an einem der äußersten Ränder der Habsburger Monarchie. Doch die Zeit der beiden Jugendfreunde ist vorbei. Immanuel Weissglas wird schon bald an einem Gehirntumor leiden, an dem er 1979 mit 59 Jahren sterben wird. Celan erlebt seine letzten Tage schon neun Jahre zuvor.

# 23

## DIE SEINE. EIN ABSCHIEDSBRIEF FÜR HEIDEGGER?

Am 27. März 1970, einen Tag nach der Lesung bei Baumanns und dem Konflikt mit Neumann, schreibt Celan nicht nur an Franz Wurm in Prag. Ein zweiter Brief geht an Ilana Shmueli in Ramat Gan, ungleich weniger gelassen, vielleicht offener. Er beginnt ohne einleitende Begrüßung:

*Es ist ein Kampf, Ilana, ich kämpfe ihn aus. Du weißt, daß es ein jüdischer Kampf ist. Ich stehe. Vieles bestätigt sich mir, oft auf das Unerwartetste, ich gewinne Einblicke, ich lerne, auch aus den Enttäuschungen.*
*Die Lesung in Stuttgart – sie war die bestbesuchte aller Veranstaltungen im Rahmen der Hölderlinfeier – wurde totgeschwiegen oder als unverständlich abgetan. Nun ja.*
*In vier Tagen bin ich wieder in Paris – schreib dorthin.*
*Hab es gut, Paul*

Der erste Abschnitt ist voller Andeutungen schlechter Erfahrungen, und man kann das Freiburger Erlebnis mit dem Aufsatz des »Zeugen« Neumann, auf den Celan einmal Hoffnungen gesetzt hatte, durchaus als eine dieser Enttäuschungen ansehen. Aber noch gibt es keine Spur von Andeutung eines Selbstmords. Es scheint eher, als seien Celans Energie und Kampfgeist am Tag nach der Lesung wieder erwacht. Das »Jüdische« des Kampfes steht möglicherweise auch in Zusammenhang mit Ereignissen in Israel. In seinem Notizkalender notierte Celan am 27. März: »in Palästina ein großes Luftgefecht«.

Am 2. April, zurück in Paris, hält die Entscheidung zum »Stehen«

an. Celan schreibt in einem Brief an Ilana: »Im Mai gehe ich wieder nach Freiburg, wahrscheinlich werde ich ›Lichtzwang‹ vollständig lesen, vor den Studenten.« Am 3. April denkt Celan ihr gegenüber über die Wichtigkeit seiner Lesungen nach:

*Oft, so auch jüngst in Deutschland, sage ich mir, daß ich bei meinen Gedichten aushalten muß, bei »Lichtzwang« und dann noch bei »Schneepart«, daß dies Dazustehen mein Kampf ist, mein Schicksal.*

Am 6. April, nach einem Anruf von Shmueli, spricht er noch einmal von seinem Aufenthalt in Deutschland, den Lesungen dort – und kommt auf Heideggers Verhalten in Freiburg zurück:

*Meine Gedichte – in Stuttgart gab es spürbaren Widerstand bei den Zuhörern, in Freiburg, wo ich sie zweimal, in engem und engstem Kreise bei Prof. Baumann las, bewirkten sie – nicht bei allen Anwesenden, auch nicht beim ebenfalls zuhörenden Martin Heidegger, ein Äußerstes an Hören und Verstehen – meine Gedichte schaffen mir augenblicksweise, eben wenn ich sie lese, Daseinsmöglichkeit, Stehen.*

Doch es gibt noch andere Probleme. Celan schreibt von »materiellen Abhängigkeiten« von Eric und den »Sorgen« mit ihm. Ein Anruf von Ilana am 5. März scheint nichts zur Besserung beigetragen zu haben. »Nun gut«, resümiert sie resigniert, »ich habe vermutlich wieder etwas nicht zum Gelingen gebracht. Ich wollte so gerne Deine Stimme hören. Ich wollte Dich in Paris begrüssen.«

Doch ihre Liebe, an die Ilana Shmueli ihn hier noch einmal erinnert, ist für Celan in diesem Augenblick zu groß. Wieder hat man den Eindruck absoluter Ehrlichkeit, wenn Celan spricht. Er scheint einen psychischen Prozess zu beschreiben, gegen den er nichts ausrichten kann:

*Bedräng mich nicht: ich lebe mit dem, was Du sagst, ich spüre, wenn Du schreibst, dass Du nah bist, doch – verzeih – , ich verlasse den Ort, wo das geschieht, die Dinge, noch die äußersten, stärksten und stärkenden, ziehn sich zurück, es bleibt das Alleinsein. Das wird, ich glaube es, kaum je anders sein können; vermutlich muß ich mit noch Extremerem rechnen.*

Noch wirkt er jedoch bereit, dieses »noch Extremere« auszuhalten. Und ein Brief an seinen Verleger Siegfried Unseld vom 7. April klingt gar von jeder Eintrübung frei. Celan verteidigt sich und die Gedichte von *Lichtzwang*, aus denen er in Stuttgart und Freiburg vorgelesen hat, selbstbewusst und unzweifelbar zukunftsgewiss:

*Ich glaube, ich darf sagen, daß ich mit diesem Buch ein Äußerstes an menschlicher Erfahrung in dieser unserer Welt und dieser unserer Zeit eingebracht habe, unverstummt und auf dem Wege zu Weiterem.*

Doch dann gibt es einen deutlichen Sprung. In Celans Brief an Shmueli vom Sonntag, dem 12. April 1970, ist zum ersten Mal ein Ton des Abschieds zu spüren. Es sind nicht Wut oder Aufregung, die ihn bestimmen. Der Brief hat auf einmal etwas Tieftrauriges, bewusst Beschließendes, aber auch Entspanntes:

*Ich schreibe Dir diese Zeilen in Dankbarkeit, Ilana. In Dankbarkeit für Dein An-Mich-Denken, Dein Zu-mir-Fühlen, Dein Zu-mir-Stehn (...) Ich habe einige Deiner Briefe wiedergelesen, ich werde alle wiederlesen. Dein Wort darüber, daß Wahrhaftigkeit Sehnsucht sei, hat mich ganz ergriffen. Laß mich dieses Wort Kafkas hier aufschreiben: »Die Welt ins Reine, Unabänderliche, Wahre heben.«*
*Sei nicht unruhig, wenn jetzt eine Zeitlang – acht oder zehn Tage – keine Post von mir kommt: ab morgen ist ein Poststreik angekündigt.*
*Im Herbst wird »Lichtzwang« erscheinen.*
*Erlaube mir, Dir zu sagen, daß ich zu meinem Verleger, Siegfried Unseld, Vertrauen habe.*
*Du weißt, was meine Gedichte sind. – lies sie, das spüre ich dann.*
*Paul*

Schon der Hinweis auf den »Herbst« und »Unseld«, der nach Nachlassgedanken klingt, lässt vermuten, dass eine erste Entscheidung gefallen ist. Und »Das spüre ich dann« liest sich, zusammen mit dem umfassenden Anfangsdank, beinahe wie ein Gruß von jenseits der Schwelle – als werde Celan die Seite »dann« schon gewechselt haben.

~

Was ist in der Zeit zwischen dem 7. und dem 12. April geschehen? Claire Golls Plagiatsvorwurf war erwiesenermaßen unberechtigt, und doch haben Celan die Umtriebe der Witwe, die ihn einst »Päulchen« nannte, schon beinahe zur Strecke gebracht. Jetzt ist in Celans Notizkalender 37 am 10. April 1970 dokumentiert, dass er den Erstdruck von »Er«, also das heute verschwundene Heft der *Neuen Literatur* mit den Gedichten von Weissglas, erhielt.

Wie gesagt: Alles spricht für ein äußerst kompliziertes Verhältnis zwischen der »Todesfuge« und »Er«, in dem Celans unmissverständlicher Ärger über das »Mimetische« der Begabung von Weissglas, über seinen mangelnden »Charakter«, und vor allem die Privatheit der beiden Briefe an Gusti Chomed, in denen Celan diese Vorwürfe ohne jeden publizistischen Hintergrund äußert, deutlich machen, dass etwas vorgefallen sein muss, das »nicht in Ordnung« war – aber dass es, sieht man es zusammen mit Weissglas' verwinkelten Briefen, wohl auf beiden Seiten anzusiedeln ist.

Doch das dürfte, wenn das Exemplar der *Neuen Literatur* tatsächlich den Ausschlag gegeben haben sollte, sich das Leben zu nehmen, für Celans Einschätzung der wieder aufziehenden Schwierigkeiten gar keine Rolle mehr gespielt haben. Der bloße Gedanke an die neuen Kämpfe mit der Presse, mit Claire Goll muss auf den intermittierenden Psychiatriepatienten, der in den letzten Jahren schon zu viel durchmachen musste, vernichtend gewirkt haben.

So liest sich der wie ein Abschied von Ilana Shmueli wirkende Brief, den Celan zwei Tage nach der Erwähnung des Hefts der *Neuen Litera-*

*tur* in seinem Notizkalender verfasst hat, auch unglaublich ruhig. Er berichtet alles andere als eine neue Aufregung. Sie ist schon verarbeitet. Der Brief ist formuliert wie ein endgültiges Ermatten. Mag sein, dass Celan schon vor Erhalt vom Inhalt des schon im Februar erschienenen Hefts gehört hat. Aber auch wenn das nicht der Fall war, gilt: Im selben Moment, da er »Er« erblickt hat, muss Celan klar geworden sein, dass über kurz oder lang ein neuer Kampf beginnen würde, dem er nicht mehr gewachsen wäre.

~

Am 16. April trifft Celan Eric zum letzten Mal. Er könne nicht, wie vorgesehen, mit ihm zu einer Aufführung von Becketts *Warten auf Godot* gehen. Die beiden Theaterkarten werden nach Celans Tod in seiner Brieftasche gefunden. Am selben Tag trifft sich Celan auch noch mit dem 2011 verstorbenen österreichischen Maler Jörg Ortner.

Nach Celans Tod findet sich in Gisèles Taschenkalender für den 19. April eine Bleistiftnotiz: »Départ Paul –«, Abreise Paul. Mit Tinte, also vermutlich zu einem anderen Zeitpunkt, doppelt unterstrichen. Hat er ihr, vielleicht am Telefon, irgendwann in diesen Tagen von einer bevorstehenden »Abreise« erzählt?

Gisèle hat nach seinem Verschwinden berichtet, dass Celan ihr einmal gesagt habe, wenn sie seine Armbanduhr finde, sei er »nicht mehr da«. Als sie, auf der Suche nach ihm, in seine Wohnung kommt, liegt die Uhr auf seinem Schreibtisch, daneben in gerader Anordnung Brieftasche, Ausweise und Geld.

Ein aufgeschlagenes Buch ist auch dabei: die 1967 erschienene Neuauflage von Wilhelm Michels 1941 erstmals veröffentlichter Biographie von Friedrich Hölderlin. Geöffnet auf Seite 464, mit einer Unterstreichung in einem Auszug aus einem Brief von Clemens Brentano: »Manchmal wird dieser Genius dunkel und versinkt in den bitteren Brunnen seines Herzens.« In diesem Moment ist die Identifikation vollkommen.

Ebenfalls in den sonst beinahe leeren Räumen, die Celan im November 1969 bezogen hatte, findet sich der undatierte Entwurf eines Briefs an Martin Heidegger. Celan hat ihm lange nicht mehr geschrieben – seit er ihn persönlich kennt, gar nicht mehr. Jetzt überlegt er, wie in einer ersten Notiz:

*… daß Sie durch Ihre Haltung das Dichterische und, so*
*wage ich zu vermuten, das Denkerische, in*
*beider ernstem Verantwortungswillen,*
*entscheidend schwächen.*

Eine ebenso vorsichtige wie lapidare, aber zugleich auch fundamentale Kritik.

Wann genau Celan diese, Martin Heidegger überschriebenen Zeilen, in denen »durch Ihre Haltung« nachträglich oben eingefügt ist, verfasst hat, weiß man nicht. Vielleicht, als er am 30. Dezember 1969 noch einmal in *Was heißt Denken?* las und eine Differenz zwischen der Philosophie und dem Verhalten Heideggers feststellte? Es könnte aber auch sein, dass Celan den Entwurf noch nach seinem letzten Besuch in Freiburg geschrieben hat, als wirklich nicht mehr mit einer Antwort Heideggers auf sein Gedicht »Todtnauberg« zu rechnen war. Eben jenes Martin Heidegger, der an exakt demselben 10. April 1970, an dem Paul Celan in Paris den Erhalt des Februar-Hefts der *Neuen Literatur* mit den Gedichten von Immanuel Weissglas in seinem Notizkalender dokumentiert, auf dem Weg zu seiner wohl letzten Geliebten in Augsburg einen Schlaganfall erleidet.

Heidegger wird sich wieder erholen, aber nichts Neues mehr schreiben. Elfride und er werden sich im hinteren Teil des Gartens im Freiburger Rötebuckweg ein kleines Haus bauen lassen, in dem sie von jetzt an – und zum ersten Mal wirklich – zusammenleben. Allein wird Heidegger keine Reisen mehr unternehmen. Elfride, die beinahe 100 Jahre alt werden wird, wird immer sagen, diese letzte gemeinsame Zeit, die paar Jahre bis zu Heideggers Tod im Mai 1976, sei ihre schönste gewesen. Statt zu schreiben, wird Heidegger, von Helfern begleitet, damit beginnen, sein Werk zu ordnen.

Es ist eine verrückte Koinzidenz. Aber auch für Heidegger ist dieser Tag, dieser 10. April, eine Wende in seinem Leben. Noch nach ihrem letzten Aufeinandertreffen, so scheint es, sind das Leben von Paul Celan und das Martin Heideggers nicht wirklich voneinander zu trennen.

~

Als Ilana Shmueli Celans Brief vom 12. April erhält, ahnt sie etwas, versucht ihn zu erreichen: »Es gelang nicht, und ich fuhr nach Paris. Die Freunde suchten ihn schon.«

Am 1. Mai wird im Rechen eines Wehrs an der sich durch den Westen von Paris schlängelnden Seine, auf der Höhe von Courbevoie, auf dem Landweg etwa zehn Kilometer vom Pont Mirabeau entfernt, eine Leiche entdeckt. Am 4. Mai wird sie von Gisèle Celan und Edmond Lutrand, dem damaligen Vertreter von Rowohlt in Paris, in dessen Sommerhaus in Dampierre Celan in den letzten Jahren immer wieder Zeit verbracht hat, identifiziert.

Hat sich Celan vom Pont Mirabeau gestürzt, wie oft angenommen wird? In einer letzten, klaren, spektakulären Entscheidung? In seinem langen Gedicht »Und mit dem Buch aus Tarussa« hat er das schon im September 1962 angedeutet.

*Von der Brücken-*
*quader, von der*
*er ins Leben hinüber-*
*prallte, flügge*
*von Wunden, – vom*
*Pont Mirabeau.*

Doch das schrieb Celan noch in einer bewegteren Zeit, vor aller Psychiatrie. Franz Wurm, der Celan als Letzter länger besucht hat, entwickelte, als er von Celans Tod hörte, eine Vorstellung, die zu seinem durchweg widersprüchlichen, immer in Zweifeln lebenden Freund nicht schlecht gepasst hätte. Auch das wäre ein klarer, bewusster, der letzten Zeit Celans möglicherweise eher entsprechender Abschied. Ein leiserer:

> *Ich stellte mir ihn vor, wie er, vielleicht an einem Treppengeländer sich festhaltend, hinuntergegangen war in den Fluß, sich festhaltend mit der ihm eigenen kämpferischen Entschlossenheit, solange ers konnte. Dann übernahm ihn die Strömung. Er soll ein guter Schwimmer gewesen sein.*

# DANK

Danken möchte ich zuerst Eric Celan und Bertrand Badiou, die mir an Paul Celans alter Arbeitsstätte in der Rue d'Ulm freundlicherweise wertvolle Hinweise gaben und mir die Konsultation wesentlicher Teile des Marbacher Nachlasses ermöglichten. Dasselbe gilt für Martin Heideggers Nachlassverwalter Arnulf Heidegger, der mir auf dem Freiburger Münsterplatz Einblicke in die Welt seines Großvaters vermittelte. Auch das Gespräch mit Gertrud Heidegger, die mir das Haus in der Freiburger Rötebuckstraße zeigte, war sehr aufschlussreich.

In Freiburg hat mir ansonsten vor allem Günter Schnitzler sehr weitergeholfen. Wie Lukas Trabert vom Karl Alber Verlag hat er mir Kontakte zu einigen der Zeitzeugen vermittelt, ohne deren Eindrücke ein Buch wie dieses nicht möglich gewesen wäre: Gabriele Brandstetter, Elisabeth Kurz, Rita Laurent, Brigitte Neumann, Ania Szyba, Karolina Szymaniak, Erika Tophoven, Lea Wolgensinger, Eberhard Brender, Klaus Demus, Jean-Pierre Lefebvre, Frank-Rutger Hausmann, Rainer Marten, Patrick Neumann, Jürgen Schröder, Peter Trawny, Silvio Vietta und Ernest Wichner haben wertvolle Informationen und Erinnerungen beigesteuert. Einen herzlichen Dank auch an die Mitarbeiterinnen der Bibliothek der Psychiatrischen Klinik von St. Anne. die meine Recherchen dort sehr hilfsbereit unterstützt haben.

Ein Buch wie dieses wäre aber auch ohne viele wissenschaftliche Vorarbeiten nicht möglich gewesen. Die zahlreichen Briefeditionen, Aufsätze und Bücher von Barbara Wiedemann, Bertrand Badiou, Arno Barnert, Christoph König, Joachim Seng und Thomas Sparr haben mir die Arbeit sehr erleichtert. Das gilt auch für die Herausgeber der Werke und der Briefeditionen von Martin Heidegger. Unzählige

Anregungen kommen aus den Büchern, die im Literaturverzeichnis aufgeführt sind. Besonders wichtig waren die Erinnerungsbücher von Gerhard Neumann, Gerhart Baumann, Ilana Shmueli und Brigitte Ehrenreich.

Franziska Günther von der Agentur Graf & Graf danke ich für die freundliche Vermittlung. Stefan Ulrich Meyer von dtv hat mit seiner Leidenschaft für das Thema zum Entstehen des Buches viel beigetragen. Andreas Wirthensohn hat als sehr kooperativer und geduldiger Lektor dafür gesorgt, dass einige Schwächen des Manuskripts beseitigt werden konnten. Und Julia Womser hat die letzten Korrekturen gelassen und genau übertragen.

Sehr freundlich aufgenommen wurde ich von all den abwechslungsreichen Landschaften und Städten, in denen dieses Buch spielt und geschrieben wurde. Und Heike Sicconi war bei allen Unternehmungen auf die eine oder andere Weise mit dabei.

Danken möchte ich aber vor allem auch Paul Celan und Martin Heidegger und ihrem »Fahrer«, Gerhard Neumann. Ihre spannungsreiche Beziehung zu verfolgen, ob in ihren Werken oder in ihrem Leben, war ein eigenes Abenteuer.

*Berlin, 22. Januar 2020*
*Hans-Peter Kunisch*

# LITERATURVERZEICHNIS

## BÜCHER UND AUFSÄTZE ZUR BEZIEHUNG CELAN-HEIDEGGER


Robert André: Gespräche von Text zu Text. Celan – Heidegger – Hölderlin. Hamburg 2003.

Charles Bambach: Thinking the Poetic Measure of Justice. Hölderlin – Heidegger – Celan. New York 2013.

Gerhart Baumann: Erinnerungen an Paul Celan. Frankfurt am Main 1992.

Jean Bollack: Vor dem Gericht der Toten. Paul Celans Begegnung mit Martin Heidegger und ihre Bedeutung, in: Neue Rundschau, H. 1/1998, S. 127–156.

Stephanie Born: »Die Weltgeschichte aus den Fugen?« Paul Celans kritische Poetik und Martin Heideggers »Seins-Philosophie« nach den Schwarzen Heften. Würzburg 2019.

Hadrien France-Lanord: Paul Celan und Martin Heidegger. Vom Sinn eines Gesprächs. Freiburg im Breisgau 2007.

Axel Gellhaus: »Seit ein Gespräch wir sind.« Paul Celan bei Martin Heidegger in Todtnauberg. Marbach am Neckar 2002.

Anja Lemke: Konstellation ohne Sterne. Zur poetischen und geschichtlichen Zäsur bei Martin Heidegger und Paul Celan. München 2002.

Jeremy K. Lyon: Paul Celan and Martin Heidegger. An unresolved conversation. Baltimore 2006.


## WERKE PAUL CELANS


Die Gedichte. Neue kommentierte Gesamtausgabe. Mit den zugehörigen Radierungen von Gisèle Celan-Lestrange. Herausgegeben und kommentiert von Barbara Wiedemann. Berlin 2018.

Ich hörte sagen. Ausgewählte Gedichte. Zwei Reden. Mit einem Nachwort von Beda Allemann. Inkl. kleiner CD mit Auswahl aus verschiedenen Produktionen: SDR 1954, HR 1963, NDR 1965/1967. SWF 1967. Frankfurt am Main 2001.

»Mikrolithen sinds, Steinchen«. Die Prosa aus dem Nachlass. Kritische Ausgabe, herausgegeben und kommentiert von Barbara Wiedemann und Bertrand Badiou. Frankfurt am Main 2005.

Paul Celan liest Gedichte. Von Sergej Jessenin und Ossip Mandelstam. Aus dem Russischen von Paul Celan. Produktion WDR Köln 1967. München 2002.

Werke in fünf Bänden. Herausgegeben von Beda Allemann und Stefan Reichert. Frankfurt am Main 1983.

Werke. Tübinger Ausgabe/Der Meridian. Endfassung – Entwürfe – Materialien. Herausgegeben von Bernhard Böschenstein und Heino Schmull, unter Mitarbeit von Michael Schwarzkopf und Christiane Wittkop. Frankfurt am Main 1999.

## BRIEFWECHSEL PAUL CELANS

Paul Celan/Ingeborg Bachmann: Herzzeit. Der Briefwechsel. Mit den Briefwechseln zwischen Paul Celan und Max Frisch sowie zwischen Ingeborg Bachmann und Gisèle Celan-Lestrange. Herausgegeben und kommentiert von Bertrand Badiou, Hans Höller, Andrea Stoll und Barbara Wiedemann. Frankfurt am Main 2009.

Arno Barnert/Chiara Caradonna/Annika Stello (Hrsg.): »Im Reich der mittleren Dämonen«. Paul Celan in Freiburg und sein Briefwechsel mit Gerhart Baumann. Mit der Audio-CD-Aufnahme eines Teils von Celans Lesung in Freiburg am 24. 7. 1967, in: Textkritische Beiträge, H. 15/2016, S. 15–115.

Paul Celan/Gisèle Celan-Lestrange: Briefwechsel. Mit einer Auswahl von Briefen Paul Celans an seinen Sohn Eric. Bd. 1: Die Briefe. Bd. 2: Kommentar. Aus dem Französischen von Eugen Helmlé. Herausgegeben und kommentiert von Bertrand Badiou in Verbindung mit Eric Celan.

Anmerkungen übersetzt und für die deutsche Ausgabe eingerichtet von Barbara Wiedemann. Frankfurt am Main 2001.

Paul Celan / René Char: Correspondance 1954–1968. Avec des lettres de Gisèle Celan-Lestrange, Jean Delay, Marie-Madeleine Delay et Pierre Deniker. Édition par Bertrand Badoiu. Paris 2015.

Paul Celan / Gustav Chomed: »Ich brauche Deine Briefe«. Der Briefwechsel. Herausgegeben von Barbara Wiedemann und Jürgen Köchel. Berlin 2010.

Paul Celan / Klaus und Nani Demus: Briefwechsel. Mit einer Auswahl aus dem Briefwechsel zwischen Gisèle Celan-Lestrange und Klaus und Nani Demus. Herausgegeben und kommentiert von Joachim Seng. Frankfurt am Main 2009.

Paul Celan / Gisela Dischner: Wie aus weiter Ferne zu dir: Briefwechsel. Mit einem Brief von Gisèle Celan-Lestrange. In Verbindung mit Gisela Dischner herausgegeben und kommentiert von Barbara Wiedemann. Berlin 2012.

Paul Celan / Hanne und Hermann Lenz: Briefwechsel. Mit den Briefen von Gisèle Celan-Lestrange. Herausgegeben von Barbara Wiedemann in Verbindung mit Hanne Lenz. Frankfurt am Main 2001.

Paul Celan: Briefwechsel mit den rheinischen Freunden. Heinrich Böll, Paul Schallück und Rolf Schroers. Mit einzelnen Briefen von Gisèle Celan-Lestrange. Herausgegeben von Barbara Wiedemann. Berlin 2011.

Paul Celan / Nelly Sachs: Briefwechsel. Herausgegeben von Barbara Wiedemann. Frankfurt am Main 1993.

Paul Celan / Ilana Shmueli: Briefwechsel. Herausgegeben von Ilana Shmueli und Thomas Sparr. Frankfurt am Main 2004.

Paul Celan / Peter Szondi: Briefwechsel. Mit Briefen von Gisèle Celan-Lestrange an Peter Szondi und Auszügen aus dem Briefwechsel zwischen Peter Szondi und Jean und Mayotte Bollack. Herausgegeben von Christoph König. Frankfurt am Main 2005.

Paul Celan: »etwas ganz und gar Persönliches«. Briefe 1934–1970. Ausgewählt, herausgegeben und kommentiert von Barbara Wiedemann. Berlin 2019.

## LITERATUR ZU PAUL CELAN

Helmut Böttiger: Orte Paul Celans. Wien 1996.
Helmut Böttiger: Wir sagen uns Dunkles. Die Liebesgeschichte zwischen Ingeborg Bachmann und Paul Celan. München 2017.
Jean Bollack: Paul Celan. Poetik der Fremdheit. Aus dem Französischen von Werner Wögerbauer. Wien 2000.
Jean Bollack: Dichtung wider Dichtung. Paul Celan und die Literatur. Herausgegeben von Werner Wögerbauer. Aus dem Französischen von Werner Wögerbauer u. a. Göttingen 2006.
Theo Buck: Paul Celan. Todesfuge. Mit einem Kommentar von Theo Buck. Aachen 2001.
Israel Chalfen: Paul Celan. Eine Biographie seiner Jugend. Frankfurt am Main 1983.
Andrej Corbea / Michael Astner (Hrsg.): Kulturlandschaft Bukowina. Studien zur deutschsprachigen Literatur des Buchenlandes nach 1918. Iaşi 1990.
Jean Daive: Unter der Kuppel. Erinnerungen an Paul Celan. Aus dem Französischen von Anke Baumgartner. Basel / Weil am Rhein 2009.
Jacques Derrida: Schibboleth. Für Paul Celan. Herausgegeben von Peter Engelmann. Aus dem Französischen von Wolfgang Sebastian Baur. Wien 2002.
Wolfgang Emmerich: Paul Celan. Reinbek bei Hamburg 1999.
Bernard Fassbind: Poetik des Dialogs. Voraussetzungen dialogischer Poesie bei Paul Celan und Konzepte von Intersubjektivität bei Martin Buber, Martin Heidegger und Emmanuel Levinas. München 1995.
Axel Gellhaus u. a. (Hrsg.): Fremde Nähe. Celan als Übersetzer. Marbacher Kataloge 50. Marbach 1997.
Werner Hamacher / Winfried Menninghaus: Paul Celan. Frankfurt am Main 1988.
Peter Horn: Die Garne der Fischer der Irrsee. Zur Lyrik von Paul Celan. Oberhausen 2011.
Marlies Janz: Vom Engagement absoluter Poesie. Zur Lyrik und Ästhetik Paul Celans. Frankfurt am Main 1976.

Jeremy K. Lyon: Paul Celan and Martin Buber: Poetry as Dialogue. In: PMLA, Vollume 86. 1/1971. S. 110–120.

Norman Manea: Er konnte nicht davonkommen. Ein Gespräch mit Ilana Shmueli, in: Die Welt, 5. Juni 2010.

Markus May u. a.: Celan-Handbuch. Leben – Werk – Wirkung. Stuttgart/Weimar 2012.

Gerhard Neumann: Die absolute Metapher. Ein Abgrenzungsversuch am Beispiel Stéphane Mallarmés und Paul Celans, in: Poetica 3 (1970), S. 188–225.

L. M. Olschner: Der feste Buchstab. Erläuterungen zu Paul Celans Gedichtübertragungen. Göttingen 1985.

Otto Pöggeler: Der Stein hinterm Aug. Studien zu Celans Gedichten. München 2000.

Alexandra Richter/Patrik Alac/Bertrand Badiou: Paul Celan. La Bibliothèque philosophique. Die philosophische Bibliothek. Catalogue raisonnée des annotations. Paris 2004.

Martin Jörg Schäfer: Schmerz zum Mitsein. Zur Relektüre Celans und Heideggers durch Philippe Lacoue-Labarthe und Jean-Luc Nancy. Würzburg 1980.

Ute Seiderer: Flussleichen des zwanzigsten Jahrhunderts: Georg Heym, Paul Celan, Peter Szondi, in: Recherches Germaniques. Revue Annuelle 32 (2002), S. 147–185.

Mirjam Sieber: Paul Celans »Gespräch im Gebirg«. Erinnerung an eine versäumte Begegnung. Tübingen 2007.

Edith Silbermann: Begegnung mit Paul Celan: Erinnerung und Interpretation. Aachen 1993.

Heinrich Stiehler: Paul Celan, Oskar Walter Cisek und die deutschsprachige Gegenwartsliteratur Rumäniens. Ansätze zu einer vergleichenden Literatursoziologie. Frankfurt am Main 1979.

Heinrich Stiehler: Zu den Anfängen Paul Celans, in: Akzente 19 (1972), H. 1, S. 11–40.

Texte zum frühen Paul Celan. Beiträge von Nina Cassian, Ovid S. Crochmalniceanu u. a. Zeitschrift für Kulturaustausch 32 (1982) [Bukarester Celan-Kolloquium 1981].

Silvio Vietta: Sprache und Sprachreflexion in der modernen Lyrik. Bad Homburg 1970.

Barbara Wiedemann-Wolf: Antschel Paul – Paul Celan. Studien zum Frühwerk. Tübingen 1985.

Barbara Wiedemann: Die Goll-Affäre. Dokumente zu einer Infamie. Zusammengestellt, kommentiert und herausgegeben von Barbara Wiedemann. Frankfurt am Main 2000.

Barbara Wiedemann: Welcher Daten eingedenk? Celans Todesfuge und der Iswestija-Bericht über das Lemberger Ghetto, in: Wirkendes Wort, H. 3/2011, S. 437–452.

Barbara Wiedemann: Ein Faible für Tübingen. Paul Celan in Württemberg/Deutschland und Paul Celan. Tübingen 2013.

Götz Wienold: Paul Celans Hölderlin-Widerruf, in: Poetica 2, München 1968, S. 216–228.

## WERKE MARTIN HEIDEGGERS

Anmerkungen I–V (Schwarze Hefte 1942–1948). Herausgegeben von Peter Trawny. Gesamtausgabe Bd. 97. Frankfurt am Main 2015.

Anmerkungen VI–IX (Schwarze Hefte 1949–1951). Herausgegeben von Peter Trawny. Gesamtausgabe Bd. 98. Frankfurt am Main 2018.

Aus der Erfahrung des Denkens. Pfullingen 1976.

Brief über den Humanismus. Frankfurt am Main 1949.

Denkerfahrungen 1910–1976. Herausgegeben von Hermann Heidegger. Frankfurt am Main 1983.

Erläuterungen zu Hölderlins Dichtung. Frankfurt am Main 1996.

Der Feldweg. Bebilderte Sonderausgabe. Frankfurt am Main 1989.

Hebel der Hausfreund. Pfullingen 1957.

Hölderlins Hymne Andenken. Freiburger Vorlesung. Wintersemester 1941/42. Herausgegeben von Curd Ochwadt. Gesamtausgabe Bd. 52. Frankfurt am Main 1982.

Holzwege. Herausgegeben von Friedrich-Wilhelm von Herrmann. Frankfurt am Main 1994.

Sein und Zeit. Tübingen 2001.
Die Selbstbehauptung der deutschen Universität. Das Rektorat 1933/34. Frankfurt am Main 1970.
Die Technik und die Kehre. Pfullingen 1962.
Überlegungen II–VI (Schwarze Hefte 1931–1938). Herausgegeben von Peter Trawny. Gesamtausgabe Bd. 94. Frankfurt am Main 2014.
Überlegungen XII–XV (Schwarze Hefte 1939–1941). Herausgegeben von Peter Trawny. Gesamtausgabe Bd. 96. Frankfurt am Main 2014.
Unterwegs zur Sprache. Stuttgart 1959.
Vier Hefte I und II (Schwarze Hefte 1947–1950). Herausgegeben von Peter Trawny. Gesamtausgabe Bd. 99. Frankfurt am Main 2019.
Vier Seminare. Le Thor 1966, 1968, 1969. Zähringen 1973. Herausgegeben von Curd Ochwadt. Frankfurt am Main 1977.
Vorträge und Aufsätze. Stuttgart 1994.
Was ist das – die Philosophie? Pfullingen 1988.
Zu Hölderlin. Griechenlandreisen. Herausgegeben von Curd Ochwadt. Gesamtausgabe Bd. 75. Frankfurt am Main 2000.
Martin Heidegger/Eugen Fink: Heraklit. Seminar Wintersemester 1966/1967. Frankfurt am Main 1970.

## BRIEFWECHSEL MARTIN HEIDEGGERS

Hannah Arendt/Martin Heidegger: Briefe 1925–1975 und andere Zeugnisse. Aus den Nachlässen herausgegeben von Ursula Ludz. Frankfurt am Main [2]1998.
Martin Heidegger/Elisabeth Blochmann: Briefwechsel 1918–1969. Herausgegeben von Joachim W. Storck. Marbach am Neckar 1989.
Walter Homolka/Arnulf Heidegger (Hrsg.): Heidegger und der Antisemitismus. Positionen im Widerstreit. Mit Briefen von Martin und Fritz Heidegger. Freiburg im Breisgau 2016.
Jörg Heidegger/Alfred Denker (Hrsg.): Martin Heidegger: Briefwechsel mit seinen Eltern (1907–1927) und Briefe an seine Schwester (1921–1967). Martin-Heidegger-Briefausgabe, Bd. I.1. Freiburg im Breisgau/München 2013.

Mein liebes Seelchen. Briefe Martin Heideggers an seine Frau Elfride. Herausgegeben, ausgewählt und kommentiert von Gertrud Heidegger. München 2005.

Martin Heidegger / Karl Jaspers: Briefwechsel 1920–1965. Herausgegeben von Walter Biemel und Hans Saner. Frankfurt am Main / München 1990.

Martin Heidegger / Erhart Kästner: Briefwechsel 1953–1974. Herausgegeben von Heinrich W. Petzet. Frankfurt am Main 1986.

Herbert Marcuse: Correspondence with Martin Heidegger 1947 / 1948. Vollständig auf der website von Harold Marcuse: www.marcuse.org/herbert/pubs/40spubs/47MarcuseHeidegger.htm

Martin Heidegger / Otto Pöggeler. Briefwechsel 1957–1976. Herausgegeben von Christoph Jamme und Kathrin Busch. Freiburg im Breisgau 2020.

## LITERATUR ZU MARTIN HEIDEGGER

Beda Allemann: Hölderlin und Heidegger. Zürich / Freiburg im Breisgau 1954

Jörg Appelhans: Martin Heideggers ungeschriebene Poetologie. Tübingen 2002.

Ingeborg Bachmann: Die kritische Aufnahme der Existentialphilosophie Martin Heideggers. Diss. 1949. Mit einem Nachwort von Friedrich Wallner. Herausgegeben von Georg Picht. Piper. München / Zürich 1985.

Donatella di Cesare: Heidegger, die Juden, die Shoah. Frankfurt am Main 2016.

Alfred Denker / Holger Zaborowski (Hrsg.): Heidegger und der Nationalsozialismus. Dokumente. Heidegger-Jahrbuch 4. Freiburg im Breisgau / München 2009.

Víctor Farías: Heidegger und der Nationalsozialismus. Aus dem Spanischen und Französischen übersetzt von Klaus Laermann. Mit einem Vorwort von Jürgen Habermas. Frankfurt am Main 1989.

Lutz Hachmeister: Heideggers Testament. Der Philosoph, der Spiegel und die SS. Berlin 2014.

Ethan Kleinberg: Generation Existential. Heidegger's Philosophy in France. 1927–1961. Ithaca, NY 2005.
Walter Kühn: Vermischte Zustände. Heidegger im literarisch-philosophischen Leben der fünfziger Jahre des zwanzigsten Jahrhunderts. Würzburg 2015.
Philippe Lacoue-Labarthe: Die Fiktion des Politischen. Heidegger, die Kunst und die Politik. Aus dem Französischen von Thomas Schestag. Stuttgart 1990.
Karl Löwith: Heidegger. Denker in dürftiger Zeit. Frankfurt am Main 1953.
Bernd Martin: Martin Heidegger und das »Dritte Reich«. Ein Kompendium. Darmstadt 1989.
Reinhard Mehring: Heideggers »große Politik«. Tübingen 2016.
Reinhard Mehring: Martin Heidegger und die »Konservative Revolution«. Freiburg im Breisgau 2018.
Digne Meller Marcovicz: Martin Heidegger. Photos 23. September 1966/17.+18. Juni 1968. Stuttgart 1978.
Günther Neske (Hrsg.): Erinnerung an Martin Heidegger. Pfullingen 1977.
Hugo Ott: Martin Heidegger: Unterwegs zu seiner Biographie. Frankfurt am Main/New York 1988.
Heinrich Wigand Petzet: Auf einen Stern zugehen. Frankfurt am Main 1983.
Rüdiger Safranski: Ein Meister aus Deutschland. Heidegger und seine Zeit. Frankfurt am Main 1997.
Guido Federico Schneeberger: Nachlese zu Heidegger. Dokumente zu seinem Leben und Denken. Mit zwei Bildtafeln. Bern 1962.
Adam Sharr: Heideggers Hütte. Berlin 2010.
George Steiner: Martin Heidegger. Eine Einführung. München 1989.
Dieter Thomä (Hrsg.): Heidegger-Handbuch. Leben – Werk – Wirkung. Stuttgart $^2$2013.
Silvio Vietta: »Etwas rast um den Erdball …« Martin Heidegger: Ambivalente Existenz und Globalisierungskritik. Paderborn 2015.

## WEITERE BÜCHER UND AUFSÄTZE ZUM GEISTES-, LITERATUR- UND KULTURGESCHICHTLICHEN HINTERGRUND

Theodor W. Adorno: Jargon der Eigentlichkeit. Zur deutschen Ideologie. Frankfurt am Main 1964.

Theodor W. Adorno: Negative Dialektik. Frankfurt am Main 1966.

Theodor W. Adorno: Parataxis, in: ders.: Noten zur Literatur. Frankfurt am Main 1981, S. 447–491.

Petra Ahne: Hütten. Obdach und Sehnsucht. Berlin 2019.

Hannah Arendt: La Philosophie de l'existence. Übersetzung von Catherine Mendelsohn, in Deucalion. Cahiers de philosophie. Ed. de la Revue »Fontaine«, H. 2, Paris 1947, S. 216–245.

Hannah Arendt / Günter Anders: Schreib doch mal hard facts über Dich: Briefe 1939 bis 1975, Texte und Dokumente. herausgegeben von Kerstin Putz. München 2016.

Hannah Arendt / Heinrich Blücher: Briefe 1936–1968. Herausgegeben und mit einer Einführung von Lotte Köhler. München 1996.

Otto Basil: Georg Trakl. Reinbek bei Hamburg 1965.

Adolf Beck: Hölderlin. Eine Chronik in Text und Bild. Herausgegeben von Adolf Beck und Paul Raabe. Frankfurt am Main 1970.

Friedrich Beißner / Paul Kluckhohn: Iduna. Jahrbuch der Hölderlin-Gesellschaft. 1. Jahrgang 1944. Reprint Amsterdam 1967.

Uwe Bergmann u. a.: Rebellion der Studenten oder Die neue Opposition. Eine Analyse. Reinbek bei Hamburg 1968.

Guiseppe Bevilaqua / Bernhard Böschenstein: Paul Celan. Zwei Reden. Herausgegeben von Eberhard Lämmert. Marbach am Neckar 1990.

Ernst Bloch: Hebel, Gotthelf und bäurisches Tao (1926). In: E.B.: Gesammelte Werke, Bd. 9 Literaturkritische Aufsätze. S. 365–384. Frankfurt am Main 1965.

Hans Blüher: Führer und Volk in der Jugendbewegung. Jena 1918.

Hans Blüher: Werke und Tage. Zweite, wesentlich erweiterte Auflage, München 1953.

Helmut Böttiger: Die Gruppe 47. Als die deutsche Literatur Geschichte schrieb. München 2012.

Bertolt Brecht: Stücke 1. Frankfurt am Main 2005.
Martin Buber: Ich und Du. Um ein Nachwort erweiterte Neuausgabe. Heidelberg 1958.
René Char: Hypnos. Aufzeichnungen aus dem Maquis (1943–1944). Deutsch von Paul Celan. Frankfurt am Main 1990.
Andrei Corbea-Hoişie u. a. (Hrsg.): Immanuel Weissglas 1920–1979. Studien zum Leben und Werk. Iaşi / Konstanz 2010.
Antoine Coron: René Char. Exposition à la Bibliothèque Nationale. Paris 2007.
Benoît Dalle: Traverser Sainte-Anne. Espaces psychanalytiques dans le traitement au long cours des psychoses. Paris 1992.
Benoît Dalle: Laissez parler les fous. Ou comment accompagner les psychotiques. Paris 2014.
Jean Delay: L'électro-choc et la psychiatrie. Paris 1946.
Jean Delay: La jeunesse d'André Gide. Paris 1956.
Jean Delay: Medizinische Psychologie. Stuttgart 1966.
Jean Delay: L'écarté de la grille. Paris 1988.
Friedrich Dürrenmatt: Stoffe, Zusammenhänge. Gesammelte Werke Bd. 6. Zürich 1985.
Jean Faurel: La cité grise. Paris 1946.
Hugo Friedrich: Montaigne. Mit einem Nachwort von Frank-Rutger Hausmann. Tübingen / Basel 1993.
Hugo Friedrich: Die Struktur der modernen Lyrik. Von Baudelaire bis zur Gegenwart. Hamburg 1956.
Hugo Friedrich: Antiromantisches Denken im modernen Frankreich. Sein System und seine Herkunft. München 1935.
Hans-Georg Gadamer: Anmerkungen zu Hölderlins »Andenken«, in: Uwe Beyer (Hrsg.): Neue Wege zu Hölderlin. Würzburg 1994, S. 143–152.
Hans-Georg Gadamer: Philosophische Lehrjahre. Eine Rückschau. Frankfurt am Main 1977
Claire Goll: Ich verzeihe keinem – eine literarische Chronique scandaleuse. Aus dem Französischen von Ava Belcampo. Berlin 1980.

Frank-Rutger Hausmann: »Aus dem Reich der Seelischen Hungersnot«. Briefe und Dokumente zur Fachgeschichte der Romanistik im Dritten Reich. Würzburg 1993.

Frank-Rutger Hausmann: »Vom Strudel der Ereignisse verschlungen«. Deutsche Romanistik im »Dritten Reich«. Frankfurt am Main 2000.

Johann Peter Hebel. Gesammelte Werke in sechs Bänden. Herausgegeben von Jan Knopf, Franz Littmann und Hansgeorg Schmidt-Bergmann unter Mitarbeit von Esther Stern im Auftrag der Literarischen Gesellschaft Karlsruhe. Göttingen 2019.

Johann Peter Hebel: Kalendergeschichten. Auswahl und Nachwort von Ernst Bloch. Frankfurt am Main 1965.

Dieter Henrich: Der Gang des Andenkens. Beobachtungen und Gedanken zu Hölderlins Gedichten. Stuttgart 1986.

Friedrich Hölderlin: Sämtliche Werke und Briefe. I–III. Herausgegeben von Michael Knaupp. München 1992.

Hölderlin-Jahrbuch, Bd. 16 / 1970. Herausgegeben von Bernhard Böschenstein und Alfred Kelletat. Stuttgart 1972.

Hans Egon Holthusen: Ja und Nein. Neue kritische Versuche. München 1954.

Elfriede Jelinek: Totenauberg, in: Spectaculum 56. Frankfurt am Main 1993, S. 91–136.

Alfred Kittner: Hungermarsch und Stacheldraht. Verse von Trotz und Zuversicht. Vorwort von Alfred Margul-Sperber. Bukarest 1956.

Christian Graf von Krockow: Die Entscheidung. Eine Untersuchung über Ernst Jünger, Carl Schmitt, Martin Heidegger. Stuttgart 1958.

Gustav Landauer: Aufruf zum Sozialismus. Köln 1923.

Gustav Landauer. Sein Lebensgang in Briefen. 2 Bde. Herausgegeben von Martin Buber. Frankfurt am Main 1929.

Gustav Landauer: Dichter, Ketzer, Außenseiter. Werkausgabe Bd. 3. Herausgegeben von Gert Mattenklott und Hanna Delf. Berlin 1997.

Gustav Landauer: Revolution. Einleitung von Harry Pross. Nachwort von Erich Mühsam. Berlin 1974.

Hermann Lenz: Ein Fremdling. Roman. Frankfurt am Main 1988.

Andreas Lörcher: Die biografische Lücke. Südwestpresse, 22.3.2012. https://www.swp.de/suedwesten/staedte/ulm/die-biografische-luecke-18220169.html

Karl Löwith: Mein Leben in Deutschland vor und nach 1933. Ein Bericht. Frankfurt am Main 1989.

Ossip Mandelstam: Im Luftgrab. Ein Lesebuch. Mit Beiträgen von Paul Celan, Pier Paolo Pasolini, Philippe Jaccottet, Joseph Brodsky. Herausgegeben von Ralph Dutli. Frankfurt am Main 1992.

Herbert Marcuse: Der deutsche Künstlerroman. Frühe Aufsätze. Schriften Bd. 1. Springe 2004.

Herbert Marcuse: Der eindimensionale Mensch. Schriften Bd. 7. Springe 2004.

Rainer Marten: Der menschliche Tod: eine philosophische Revision. Neuausgabe mit Nachwort. Freiburg-München 2016.

Henri Michaux: Dichtungen, Schriften. Zwei Bände. Aufgrund der von Henri Michaux unter Mitwirkung von Christoph Schwerin getroffenen Auswahl in Übertragungen von Kurt Leonhard und eigenen Übertragungen, herausgegeben von Paul Celan. Frankfurt a. Main 1966/1971.

Wilhelm Michel: Das Leben Friedrich Hölderlins. Frankfurt am Main 1967.

Robert Minder: Dichter in der Gesellschaft. Erfahrungen mit deutscher und französischer Literatur. Frankfurt am Main 1966.

Henry de Montherlant: Ein Mörder ist mein Herr und Meister. Mit einem Nachwort von Jean Delay. Aus dem Französischen von Ernst Sander. Berlin 1973.

Driss Moussaoui: A Biography of Jean Delay: First President of the World Psychiatric Association. Almere 2002.

Gerhard Neumann: Selbstversuch. Freiburg im Breisgau 2018.

Ernst Niekisch: Das Reich der niederen Dämonen. Berlin 1957.

Theodor Pfizer: Im Schatten der Zeit. 1904–1948. Stuttgart 1979.

Clemens Podewils: Sprachnot, in: ensemble. Lyrik, Prosa, Essay. Sonderband des Jahrbuchs Gestalt und Gedanke. München 1969, S. 203–213.

Clemens Podewils: Namen. Ein Vermächtnis Paul Celans, in: ensemble 2. Lyrik, Prosa, Essay. München 1971, S. 67–70.

Christian Plöger: Von Ribbentrop zu Springer. Zu Leben und Wirken von Paul Karl Schmidt alias Paul Carell. Marburg 2009.

Otto Pöggeler: Wege in schwieriger Zeit. Ein Lebensbericht. München 2011.

Hans Werner Richter: Im Etablissement der Schmetterlinge. 21 Porträts aus der Gruppe 47. Mit Fotos von Renate von Mangoldt. Berlin 2004.

Hans Werner Richter: Mittendrin. Die Tagebücher 1966–1970. Herausgegeben von Dominik Geppert, zusammen mit Nina Schmutz. München 2012.

Rainer Maria Rilke: Die Aufzeichnungen des Malte Laurids Brigge. Frankfurt am Main 1982.

Gershom Scholem: Wider den Mythos vom deutsch-jüdischen Gespräch, in: ders.: Judaica II. Frankfurt am Main 1970, S. 7–12.

Christoph von Schwerin: Als sei nichts gewesen: Erinnerungen. Berlin 1997.

Ilana Shmueli: Ein Kind aus guter Familie. Czernowitz 1924–1944. Mit einem Nachwort von Andrei Corbea-Hoisie. Aachen 2006.

Ilana Shmueli: Sag, daß Jerusalem ist. Über Paul Celan. Oktober 1969–April 1970. Mit einem Nachwort von Matthias Fallenstein. Aachen 2010.

Joachim W. Storck: Johann Peter Hebel und die Emanzipation der Juden. In: Johann Peter Hebel. Einen Wiederbegegnung zu seinem 225. Geburtstag. S. 137–157. Karlsruhe 1985.

Frank Trummler: Der kranke Hölderlin. Urkunden und Dichtungen aus der Zeit seiner Umnachtung. München 1921.

Immanuel Weissglas: Querschnitt. Gedichte, in: Neue Literatur, H. 2/1970, S. 30–34.

Die Wiederbegegnung mit mir selber. Briefe von Immanuel Weissglas an Gerhart Baumann samt Briefen von Beatrice Alexiu-Weissglas und Dokumenten. Herausgegeben von Joachim Jordan. Aachen 2012.

Immanuel Weissglas: »Der Tod ein deutscher Meister«. Immanuel Weissglas' frühe Gedichte. Herausgegeben von Heinrich Detering. Aachen 2013.

Isak Weißglas: Steinbruch am Bug. Bericht einer Deportation nach Transnistrien. Herausgegeben von Ernest Wichner und Herbert Wiesner. Berlin 1995.

Benno von Wiese: Ich erzähle mein Leben: Erinnerungen. Frankfurt am Main 1982.

Andrej Wosnessenski: Antiwelten. Nachgedichtet von Jens Gerlach auf der Basis der Interlinearübersetzung von Herbert Krempien. Herausgegeben und mit Nachwort versehen von Herbert Krempien. Berlin 1967.

# REGISTER